O enigma de Espinosa

IRVIN D. YALOM

O enigma de Espinosa

A história do filósofo judeu que influenciou uma das maiores mentes nazistas

Tradução
Maria Helena Rouanet

Rio de Janeiro, 2024

Título original: The Spinoza problem

First Published by HarperCollins Publishers Inc.

Translation rights arranged by Sandra Dijkstra Literary
Agency and Sandra Bruna Agencia Literaria, SL

Diretora editorial
Raquel Cozer

Gerente editorial
Alice Mello

Editor
Ulisses Teixeira

Revisão
Guilherme Semionato
Thiago Braz
Marcela Ramos

Projeto gráfico de capa e miolo
Elmo Rosa

Diagramação
Abreu's System

CIP-BRASIL. CATALOGAÇÃO NA PUBLICAÇÃO
SINDICATO NACIONAL DOS EDITORES DE LIVROS, RJ

Y17e Yalom, Irvin d., 1931-
O enigma de Espinosa : a história do filósofo judeu que influenciou uma das maiores mentes nazistas / Irvin D. Yalom ; tradução Maria Helena Rouanet. – 1. ed. – Rio de Janeiro : Harper Collins, 2019.
432 p. ; 23 cm.

Tradução de: The Spinoza problem
ISBN 9788595085268

1. Romance americano. I. Rouanet, Maria Helena. II. Título.

19-55904 CDD: 813
CDU: 82-31(73)

Vanessa Mafra Xavier Salgado – Bibliotecária – CRB-7/6644

Rua da Quitanda, 86, sala 601A – Centro
Rio de Janeiro, RJ – CEP 20091-005
Tel.: (21) 3175-1030
www.harpercollins.com.br

Para Marilyn

SUMÁRIO

PRÓLOGO

NÃO É DE hoje que Espinosa me intriga e havia anos que queria escrever sobre esse bravo pensador do século XVII, tão só no mundo — sem família, sem ser parte de qualquer comunidade —, e autor de livros que mudaram o mundo de forma efetiva. Ele antecipou a secularização, o Estado liberal-democrático e a ascensão das ciências naturais, preparando assim o terreno para o Iluminismo. O fato de ter sido excomungado pelos judeus aos 24 anos e censurado pelos cristãos pelo resto da vida sempre me fascinou, talvez por causa das minhas próprias tendências iconoclastas. E essa estranha identificação com Espinosa acabou ainda se reforçando quando fiquei sabendo que Einstein, um dos meus primeiros heróis, era espinosista. Sempre que ele falava de Deus, era ao Deus de Espinosa que se referia — um Deus inteiramente equivalente à natureza, que inclui toda substância e "que não joga dados com o universo" —, um Deus que significa que tudo que acontece, sem exceção, segue as imperturbáveis leis da natureza.

Também acredito que Espinosa, como Nietzsche e Schopenhauer, em cujas vida e filosofia baseei dois romances anteriores, escreveu muitas coisas extremamente relevantes para a minha área profissional, a psiquiatria e a psicoterapia — como, por exemplo, que as ideias, os pensamentos e os sentimentos são causados por experiências anteriores, que paixões podem ser estudadas de forma desapaixonada, que o entendimento leva à transcendência —, e quis celebrar as suas contribuições por meio de um romance de ideias.

Mas como escrever sobre um homem que levou uma vida tão contemplativa, marcada por tão poucos acontecimentos externos de peso? Ele era incrivelmente reservado e se conservou invisível nos seus escritos. Eu não dispunha de nenhum material do tipo que se presta a uma narrativa — nenhum drama familiar, nenhum caso amoroso, ciúmes, episódios curiosos, brigas, desavenças ou reconciliações. Espinosa manteve uma vasta correspondência, mas, depois da sua morte, e obedecendo às suas instruções, os seus colegas eliminaram das suas cartas qualquer comentário pessoal. Não, não havia muito drama na sua vida: a maioria dos intelectuais o vê como uma alma plácida e delicada — alguns comparam a sua vida com a dos santos cristãos, ou até mesmo com a de Jesus.

Resolvi então escrever um romance sobre a sua vida *interior*. Era ali que a minha especialidade podia ajudar de alguma forma a contar a história de Espinosa. Afinal de contas, ele foi um ser humano e, portanto, *deve* ter se visto às voltas com alguns dos conflitos humanos básicos que perturbaram a mim e aos vários pacientes com os quais trabalhei por décadas a fio. Deve ter vivido uma forte reação emocional ao ser banido, aos 24 anos, pela comunidade judaica de Amsterdã: um decreto irrevogável determinando que todos os judeus, inclusive a sua própria família, dele se afastassem definitivamente. Nenhum judeu deveria voltar a falar com ele, relacionar-se com ele, ler o que ele escrevia ou chegar a menos de 4,5m da sua presença física. E, é claro, ninguém vive sem uma vida interior de fantasias, sonhos, paixões e desejo de amor. Cerca de um quarto da obra máxima de Espinosa, a *Ética*, é dedicado a "superar a servidão às paixões". Como psiquiatra, estou convencido de que ele não poderia ter escrito essa seção sem ter vivenciado uma luta consciente com as suas próprias paixões.

Mesmo assim, passei anos tateando, porque não conseguia encontrar uma história para um romance. Até que tudo mudou depois de uma visita à Holanda cinco anos atrás. Fui fazer uma conferência e, como parte do pagamento, pedi um "dia de Espinosa", que me foi concedido. O secretário do Instituto Espinosa, da Holanda, e um destacado especialista no trabalho desse filósofo concordaram em passar um dia inteiro comigo, visitando todos os locais importantes relacionados ao pensador seiscentista — os lugares onde morou, a casa onde nasceu e, como principal atração, o museu Espinosa, em Rijnsburg. Foi lá que tive uma epifania.

Cheguei ao museu, que fica a cerca de 45 minutos de carro de Amsterdã, na maior ansiedade, procurando... o quê? Talvez um encontro com o espírito de Espinosa. Talvez uma história. Mas, ao entrar ali, a decepção foi imediata. Não podia acreditar que aquele lugar acanhado e com um acervo reduzido pudesse me aproximar mais do filósofo. Os únicos objetos remotamente pessoais eram os 151 volumes da sua biblioteca e foi para eles que logo me voltei. Autorizado pelos meus anfitriões, fui pegando, um a um, aqueles livros do século XVII, cheirando-os e segurando-os, empolgado com a ideia de manusear objetos que as mãos de Espinosa haviam tocado.

Logo, porém, os meus devaneios foram interrompidos por um dos meus anfitriões:

— Claro que os seus objetos pessoais, cama, roupas, sapatos, canetas e livros, foram leiloados depois da sua morte, dr. Yalom, para pagar as despesas do funeral. Os livros foram vendidos e se espalharam por aí afora. Por sorte, o tabelião fez uma lista completa dos volumes antes do leilão e, cerca de duzentos anos mais tarde, um filantropo judeu conseguiu reunir a maior parte dos títulos, nas mesmas edições, publicados nos mesmos anos e nas mesmas cidades. Portanto, isso que chamamos biblioteca de Espinosa é, na verdade, uma réplica. Os dedos dele jamais tocaram esses livros.

Deixei de lado aqueles livros e fitei o retrato do filósofo pendurado na parede. Não tardei a sentir que me fundia naqueles olhos imensos, tristes, amendoados, de pálpebras pesadas: foi quase uma experiência mística, coisa rara para mim. Nesse instante, porém, o meu anfitrião disse:

— Talvez não saiba, mas esse não é *efetivamente* o semblante de Espinosa. É apenas uma imagem oriunda da imaginação de um artista, criada a partir de algumas linhas de uma descrição por escrito. Se houve algum retrato de Espinosa, não sobreviveu.

Quem sabe uma história sobre a mais pura intangibilidade, pensei.

Enquanto eu observava a máquina de fabricar lentes no segundo aposento — também não era o equipamento que ele usava, segundo a plaquinha indicativa, mas algo similar —, ouvi um dos meus anfitriões, ainda na biblioteca, mencionar os nazistas.

Voltei para lá.

— O quê? Os nazistas estiveram aqui? Neste museu?

— Estiveram. Meses depois da tomada da Holanda, soldados da ERR chegaram com as suas limusines e roubaram tudo: os livros, um busto e um retrato de Espinosa. Tudo. Levaram embora e, depois, lacraram e expropriaram o museu.

— ERR? O que significa essa sigla?

— *Einsatzstab Reichsleiter Rosenberg*. A força-tarefa do figurão do Reich, Rosenberg, ou seja, Alfred Rosenberg, o principal ideólogo do antissemitismo nazista. Ele estava encarregado da pilhagem dos territórios ocupados pelo Terceiro Reich e, sob o seu comando, a ERR saqueou a Europa inteira, de início se apoderando dos bens dos judeus e, mais tarde, de qualquer objeto de valor.

— Então essa biblioteca foi tirada de Espinosa por duas vezes? — perguntei. — Quer dizer que esses livros tiveram de ser comprados novamente e reunidos pela segunda vez?

— Não. Milagrosamente, esses livros sobreviveram e foram devolvidos depois da guerra; perderam-se apenas uns poucos exemplares.

— Incrível! — *Aqui tem uma história*, pensei. — Mas, antes de mais nada, por que Rosenberg se interessaria por esses livros? Sei que valem alguma coisa, já que são do século XVII ou até mais antigos, mas por que eles não foram direto para Amsterdã, entraram no Rijksmuseum e pegaram um único Rembrandt que, sozinho, vale cinquenta vezes mais que essa biblioteca inteira?

— Não, não é por aí... Não era uma questão de dinheiro. A ERR tinha algum interesse misterioso em Espinosa. No relatório, o oficial de Rosenberg, o nazista que comandou pessoalmente o saque da biblioteca, escreveu uma frase bem significativa: "Eles contêm antigas obras valiosas, importantíssimas para o estudo do problema de Espinosa." Se quiser, pode ver o tal relatório na internet: está entre os documentos oficiais do julgamento de Nuremberg.

Fiquei estarrecido.

— Estudo do problema de Espinosa? Não estou entendendo nada. O que o sujeito queria dizer com isso? Que problema era esse?

Como num dueto de mímica, os meus dois acompanhantes encolheram os ombros e voltaram as palmas das mãos para cima.

— Vocês estão me dizendo — insisti — que foi por causa desse tal "problema de Espinosa" que eles protegeram esses livros em vez de queimá-los como fizeram em tantos outros lugares da Europa?

Ambos assentiram.

— E onde a biblioteca ficou guardada durante a guerra?

— Ninguém sabe. Os livros simplesmente sumiram durante cinco anos e, em 1946, reapareceram numa mina de sal na Alemanha.

— Numa mina de sal? Incrível! — Peguei um daqueles livros, uma edição da *Ilíada* do século XVI, e disse, acariciando-o: — Quer dizer que esse velho livro de histórias tem a sua própria história para contar...

Os meus anfitriões me levaram para ver o resto da casa. Eu tinha chegado em boa hora: poucos visitantes tinham podido ver a outra metade do prédio, pois, por vários séculos, ela havia sido ocupada por uma família de trabalhadores. Mas, como o último membro dessa família morrera recentemente, a Sociedade Espinosa logo tratou de comprar a propriedade e estava começando os trabalhos de reforma para incorporá-la ao museu. Saí andando em meio ao entulho da obra, passei pela modesta cozinha, pela sala, e subi a escada estreita e íngreme que levava ao quarto, um aposento acanhado sem nada de especial. Passei os olhos por aquele quarto e já ia descendo quando avistei uma pequena abertura, de 60x60cm, num canto do teto.

— O que é aquilo?

O velho zelador subiu alguns degraus da escada para ver a que eu me referia, e disse que era um alçapão que dava para um minúsculo sótão onde duas judias, uma mãe já idosa e sua filha, haviam passado a guerra inteira escondidas dos nazistas.

— Nós lhes dávamos comida e cuidávamos bem delas — acrescentou.

Do lado de fora, um verdadeiro inferno! Quatro em cada cinco judeus holandeses foram mortos pelos nazistas! No entanto, lá no alto da casa de Espinosa, escondidas no sótão, duas judias foram cuidadosamente resguardadas durante toda a guerra. E, no térreo, o pequeno museu Espinosa foi saqueado, lacrado e expropriado por um oficial da força-tarefa de Rosenberg que achava que aquela biblioteca podia ajudar os nazistas a resolver o tal "problema de Espinosa". Que problema seria esse? Fiquei me perguntando se aquele nazista, Alfred Rosenberg, também teria, a seu modo, pelos seus próprios motivos, andado à cata de Espinosa. Entrei no museu com um mistério e saí com dois.

Pouco depois, comecei a escrever.

CAPÍTULO I

AMSTERDÃ — ABRIL DE 1656

QUANDO OS ÚLTIMOS raios de luz se refletiram nas águas do Zwanenburgwal, Amsterdã se recolheu. Os tingidores saíram recolhendo os tecidos encarnados e magenta que estavam estendidos para secar nas margens de pedra do canal. Os comerciantes enrolavam os seus toldos e fechavam as suas barracas. Trabalhadores, a caminho de casa, paravam para comer alguma coisa e para tomar um gim holandês nas bancas de arenque e, depois, seguiam o seu rumo. Amsterdã se movia devagar: a cidade estava de luto, ainda se recuperando da peste que, poucos meses antes, matara um em cada nove de seus habitantes.

A alguns metros do canal, na Breestraat nº 4, o falido e ligeiramente embriagado Rembrandt van Rijn deu uma última pincelada no quadro *Jacó abençoa os filhos de José*, assinou o seu nome no canto inferior direito da tela, atira a paleta no chão e se virou para descer a escadinha sinuosa. A casa, que três séculos depois viria a se tornar o seu museu e memorial, era, na época, testemunha da sua vergonha. Vivia repleta de possíveis compradores na expectativa do leilão de todos os bens do artista. Ríspido, o pintor abriu caminho por entre os curiosos ao pé da escada, saiu pela porta da frente, inalou aquele ar salgado e, com passos trôpegos, rumou para a taberna da esquina.

Em Delft, a setenta quilômetros mais ao sul, outro artista iniciava a sua ascensão. Aos 23 anos, Johannes Vermeer deu uma última olhada no seu novo quadro, *A alcoviteira*. Examinou a tela da direita para a esquerda. Primeiro, a prostituta envergando um reluzente casaco amarelo. Ótimo.

Ótimo. A cor brilhava como um raio de sol. E o grupo de homens que a cercava. Excelente — cada um deles bem poderia sair andando do quadro e começar a conversar. O pintor se inclinou, chegando mais perto para examinar em detalhe o miúdo mas penetrante olhar do rapaz sequioso com um elegante chapéu na cabeça. Vermeer assentiu com um gesto diante da sua própria miniatura. Extremamente satisfeito, assinou com um floreio no canto inferior direito da tela.

Enquanto isso, em Amsterdã, na Breestraat nº 57, a apenas dois quarteirões do local onde aconteciam os preparativos para o leilão na casa de Rembrandt, um jovem comerciante de 23 anos (poucos dias mais velho que Vermeer, que ele admirava, mas que não conheceria pessoalmente) fechava a sua loja de produtos importados. Belo e delicado demais para um lojista. Tinha os traços perfeitos, a pele azeitonada era impecável, os olhos negros, grandes e expressivos.

Deu uma última olhada ao seu redor: várias prateleiras se mostraram tão vazias quanto os seus bolsos. Uns piratas haviam interceptado o seu mais recente carregamento vindo da Bahia e ficou lhe faltando café, açúcar e cacau. Havia mais de uma geração que a família Espinosa vinha mantendo um próspero comércio atacadista no ramo das importações e exportações. No momento, porém, os irmãos Espinosa — Gabriel e Bento — estavam reduzidos àquela lojinha de vendas no varejo. No ar empoeirado que inala, Bento Espinosa identificou, resignado, o fedor dos excrementos de ratos misturado ao cheiro dos figos secos, das uvas, do gengibre açucarado, das amêndoas e dos grãos-de-bico, além do odor ativo do vinho espanhol. Passou pela porta e começou a sua luta diária com o cadeado enferrujado, mas foi surpreendido por uma voz desconhecida falando um português afetado.

— Bento Espinosa?

O rapaz se virou e deu com dois estranhos, dois rapazes exaustos que pareciam estar vindo de muito longe. Um deles era alto, com uma cabeça avantajada que pendia para a frente como se fosse pesada demais para ficar erguida. Usava roupas boas, mas sujas e amarfanhadas. O outro, envergando uns trajes esmolambados de camponês, estava um pouco atrás do companheiro. Tinha o cabelo comprido e emaranhado, os olhos escuros, um queixo sólido e um nariz proeminente. Ficou parado ali, imóvel. Só os seus olhos se mexiam, indo de um lado a outro, como girinos assustados.

Espinosa fez que sim, desconfiado.

— Sou Jacob Mendoza — disse o mais alto. — Precisamos vê-lo. Precisamos lhe falar. Este aqui é o meu primo, Franco Benitez, que acabo de trazer lá de Portugal. O meu primo — prosseguiu Jacob, passando o braço pelos ombros do outro — está em crise.

— Sim... — replicou Espinosa. — E aí?

— É uma crise séria.

— Está certo, mas por que vieram me procurar?

— Disseram-nos que o senhor poderia nos ajudar. Talvez seja o único que possa fazer isso.

— Ajudar?

— Franco perdeu a fé. Hoje duvida de tudo. De todos os ritos religiosos, das orações, até da presença de Deus. Vive assustado. Não consegue dormir. Anda falando em se matar.

— E quem lhes deu essa sugestão equivocada de vir até aqui? Sou apenas um mercador que mantém uma lojinha. E nada lucrativa, como podem ver — dizendo isso, apontou para a janela empoeirada pela qual se viam as prateleiras parcialmente vazias.— O nosso líder espiritual é o rabino Mortera. É ele que devem procurar.

— Chegamos ontem e, já hoje pela manhã, estávamos dispostos a fazer exatamente isso. Mas o nosso senhorio, um primo afastado, nos aconselhou a desistir da ideia. "Franco precisa de alguém que o ajude, não de um juiz", disse ele. E nos contou que o rabino Mortera é muito severo com quem tem dúvidas; que acredita que todos os judeus de Portugal que se converteram ao cristianismo receberão a danação eterna, mesmo que tenham sido obrigados a escolher entre a conversão e a morte. "O rabino Mortera", acrescentou ainda o nosso senhorio, "só vai fazer com que Franco se sinta pior. É melhor vocês procurarem Bento Espinosa. Ele entende muito desse tipo de coisa."

— Que história é essa? Não passo de um mercador...

— Segundo ele, se o senhor não tivesse sido obrigado a assumir a loja depois da morte do seu irmão mais velho e do seu pai, teria se tornado o novo grande rabino de Amsterdã.

— Preciso ir. Tenho um compromisso ao qual não posso faltar.

— Está indo para o serviço do Sabbath na sinagoga? Nós também. Estou levando Franco comigo, pois ele precisa recuperar a fé. Podemos ir juntos?

— Não. Estou indo a outro tipo de reunião.

— Que outro tipo? — indagou Jacob, mas logo se conteve. — Desculpe. Isso não é da minha conta. Podemos nos ver amanhã? Estará disposto a nos ajudar no Sabbath? É permitido, já que se trata de um *mitzvah*. Precisamos do senhor. O meu primo está correndo perigo.

— Que coisa estranha... — observou Espinosa, balançando a cabeça. — Nunca ouvi pedido semelhante. Sinto muito, mas estão enganados. Não posso ajudá-los em nada.

Franco, que estivera olhando para o chão enquanto Jacob falava, ergueu os olhos e pronunciou as suas primeiras frases.

— Estou lhe pedindo quase nada: apenas que troque umas palavras comigo. Vai se recusar a receber um irmão judeu? É o seu dever para com um viajante. Tive de fugir de Portugal exatamente como fizeram o seu pai e a sua família, para escapar à Inquisição.

— Mas o que eu...?

— O meu pai foi queimado na fogueira um ano atrás. O seu crime? Encontraram trechos da Torá queimados no quintal dos fundos da nossa casa. O irmão do meu pai, o pai de Jacob, foi assassinado logo depois. Tenho uma pergunta a fazer. Pense nesse mundo onde um filho sente o cheiro da carne do próprio pai sendo queimada. Onde está o Deus que criou um mundo assim? Por que Ele permite esse tipo de coisa? Mereço censura por fazer essas perguntas? — Franco olhou bem dentro dos olhos de Espinosa por alguns instantes e, depois, voltou a falar: — Com toda a certeza um homem chamado "abençoado" (Bento, em português, e Baruch, em hebraico) não vai se recusar a conversar comigo.

Espinosa assentiu, com ar solene.

— Vou conversar com você, Franco. Amanhã, ao meio-dia, pode ser?

— Na sinagoga? — indagou o rapaz.

— Não. Aqui mesmo. Encontre-me aqui na loja. Estará aberta.

— A loja? Aberta? — perguntou Jacob. — Mas e o Sabbath?

— O meu irmão mais moço, Gabriel, vai representar a família Espinosa na sinagoga.

— Mas a sagrada Torá — insistiu o outro, ignorando os puxões que Franco lhe dava na manga da camisa — determina que o desejo de Deus é que não trabalhemos no Sabbath, que passemos esse dia sagrado oferecendo-Lhe as nossas preces e realizando *mitzvahs*.

— Diga-me, Jacob — principiou Espinosa, voltando-se para o estranho e falando com brandura, como um professor que se dirige a um aluno pequeno —, acredita que Deus é todo-poderoso?

Jacob fez que sim.

— Que Deus é perfeito? Completo em Si mesmo?

O rapaz voltou a aquiescer.

— Então vai decerto concordar que, por definição, um ser perfeito e completo não tem qualquer necessidade, nem insuficiências, nem vontades, nem desejos. Não é mesmo?

Jacob refletiu, hesitou e, finalmente, concordou sem muita firmeza. Espinosa percebeu o leve esboço de um sorriso nos lábios de Franco.

— Sendo assim — prosseguiu Espinosa —, sustento que Deus não tem qualquer desejo quanto a *como*, ou até mesmo *se*, nós O glorificamos. Permita-me, então, Jacob, amar a Deus do meu próprio jeito.

Os olhos de Franco estavam arregalados. Ele se voltou para o primo como se dissesse: "Está vendo? Está vendo? Este é o homem que procuro!"

CAPÍTULO 2

Reval, Estônia — 3 de maio de 1910

Horário: quatro da tarde.

Local: um banco no corredor principal da Petri-Realschule, diante da porta do escritório do diretor Epstein.

No banco, o jovem Alfred Rosenberg, de 16 anos, estava inquieto: não sabia muito bem por que foi chamado ao escritório do diretor. Alfred tinha o torso robusto, os olhos de um azul-acinzentado, o rosto teutônico bem proporcionado; uma mecha de cabelo castanho lhe caiu na testa exatamente no ângulo desejado. Não tinha olheiras: viriam mais tarde. Manteve o queixo erguido. Talvez seja um ar de desafio, mas os seus punhos, se abrindo e se fechando, denotaram certa apreensão.

Alfred se parecia com qualquer outro rapaz e com ninguém. Era quase um homem, com toda uma vida pela frente. Dali a oito anos deixaria Reval para morar em Munique e tornar-se um prolífico jornalista antibolchevique e antissemita. Em nove, numa manifestação do Partido dos Trabalhadores Alemães, ouviria um empolgante discurso pronunciado por uma nova promessa, um veterano da Primeira Guerra Mundial chamado Adolf Hitler, e filiaria ao partido logo a seguir. Em vinte anos depositaria a caneta na mesa e sorriria triunfante ao concluir a última página do seu livro, *O mito do século XX*. Destinada a se tornar um best-seller, com um milhão de exemplares vendidos, essa obra foneceria boa parte dos fundamentos ideológicos do Partido Nazista bem como a justificativa para a destruição dos judeus na Europa. Dali a trinta anos as tropas de Hitler invadiriam um pequeno museu holandês na cidade de Rijnsburg e confiscariam a biblioteca particular de Espinosa, composta de 151 volumes. E dali a 36 anos, os seus olhos, sombreados por profundas olheiras, se mostrariam atônitos, e ele faria que não com a cabeça quando o carrasco norte-americano em Nuremberg lhe perguntasse se tem uma última declaração a fazer.

O jovem Alfred ouviu o som de passos que se aproximavam pelo corredor e, vendo aparecer Herr Schäfer, seu professor de alemão e orientador, deu um pulo para cumprimentá-lo. Herr Schäfer limitou-se a franzir o cenho e a fazer um ligeiro aceno de cabeça quando passou para abrir a porta do escritório do diretor. Pouco antes de entrar, porém, hesitou, voltou-se para Alfred e, num tom de voz que não deixa de ser delicado, sussurrou:

— Rosenberg, você me decepcionou, nos decepcionou a todos, com as lamentáveis convicções que expressou no discurso de ontem à noite. Essas convicções deploráveis não são apagadas pelo fato de você ter sido eleito representante de turma. Mesmo assim, continuo acreditando que é um rapaz de futuro. Vai se formar dentro de poucas semanas. Não é hora de ser tão tolo!

O discurso de campanha da véspera! *Ah, então é isso.* Alfred bateu na testa. *Claro! Foi por isso que me chamaram aqui.* Embora praticamente todos os quarenta alunos da turma estivessem presentes — em grande parte alemães do Báltico, entre os quais um punhado de russos, estonianos, poloneses e judeus —, Alfred havia dirigido o seu discurso de campanha exclusivamente à maioria alemã, empolgando-a ao falar da sua missão como guardiã da nobre cultura germânica. "Mantenham a nossa raça pura", dissera-lhes ele. "Não a enfraqueçam, esquecendo as nossas nobres tradições, aceitando ideias inferiores, misturando-se com raças inferiores." Talvez devesse ter parado por aí. Mas se deixou levar pelo entusiasmo. Talvez tenha ido longe demais.

Os seus devaneios foram interrompidos pela maciça porta de três metros de altura que se abria e a voz tonitruante do diretor Epstein, que o mandava entrar.

— *Herr Rosenberg, bitte, herein.*

Ao entrar, Alfred vê o diretor e o professor de alemão sentados na ponta de uma mesa comprida e pesada de madeira escura. O rapaz sempre se sentia pequenino diante do diretor Epstein, com os seus quase dois metros de altura e aquela postura imponente, o olhar penetrante e a barba espessa e bem aparada, que faziam dele a própria encarnação da autoridade.

Com um gesto, o diretor lhe indicou uma cadeira na outra extremidade da mesa. Era nitidamente menor que as outras duas, de espaldar alto, que ficavam no extremo oposto. Sem perda de tempo, Epstein foi direto ao assunto.

— Então, Rosenberg, sou descendente de judeus, não é? E a minha esposa também é judia? E os judeus são uma raça inferior e não devem ensinar aos alemães? E, acrescento eu, não devem por certo ser elevados à condição de diretores?

Silêncio. Alfred soltou o ar, tenta se encolher na cadeira e abaixou a cabeça.

— Expus a sua convicção corretamente, Rosenberg?

— Bom, senhor... Hã... Falei sem pensar. Fiz essas observações num sentido mais geral. Era um discurso de campanha e disse essas coisas porque era o que todos queriam ouvir.

Com o rabo do olho, Alfred viu que Herr Schäfer afundou na cadeira, tirou os óculos e esfregou os olhos.

— Ah, entendi. Num sentido mais geral... Mas, agora, estou aqui à sua frente, não em geral, mas em particular.

— Eu só disse o que todos os alemães pensam, senhor. Que devemos preservar a nossa raça e a nossa cultura.

— E quanto a mim e aos judeus?

Alfred voltou a se calar, cabisbaixo. Adoraria olhar pela janela, que ficava mais para a outra ponta da mesa, mas ergueu os olhos para o diretor, com ar apreensivo.

— É claro que não pode responder a essa pergunta. Talvez você fique sem palavras se eu lhe disser que os meus antepassados, bem como os da minha esposa, são genuinamente germânicos, gente que veio para o Báltico no século XIV. E mais: somos luteranos devotos.

Alfred fez que sim, bem devagar.

— Mesmo assim, você disse que minha esposa e eu éramos judeus — prosseguiu o diretor.

— Não foi o que eu disse. Disse apenas que corriam boatos...

— Boatos que você logo se prontificou a espalhar em benefício próprio, visando ganhar a eleição. E diga-me, Rosenberg, esses boatos se baseiam em quê? Ou será que só estão vagando por aí?

— Em quê? — repetiu Alfred, abanando a cabeça. — Hã... Talvez o seu sobrenome...

— Então, "Epstein" é um sobrenome judeu? Todos os Epstein são judeus, é isso? Ou 50% deles? Ou só alguns? Ou quem sabe só um em cada mil? O que as suas pesquisas acadêmicas lhe revelaram?

Sem resposta. Alfred balançou a cabeça.

— Quis dizer que, apesar do ensino de ciências e filosofia em nossa escola, você nunca pensa em como sabe o que sabe? Esse não seria um dos maiores ensinamentos do Iluminismo? Será que falhamos com você? Ou você, conosco?

Alfred pareceu estarrecido. Herr Epstein tamborilou na mesa comprida.

— E o seu sobrenome, Rosenberg? — prosseguiu ele. — O seu sobrenome também é judeu?

— Tenho certeza que não.

— Pois eu não tenho tanta certeza assim. Deixe-me lhe fornecer algumas informações sobre nomes. Durante o Iluminismo, na Alemanha... — O diretor fez uma pausa e esbravejou. — Sabe quando foi isso, Rosenberg? Sabe o que foi o Iluminismo?

Olhando de soslaio para Herr Schäfer e com um tom de súplica na voz, Alfred respondeu de mansinho:

— Foi no século XVIII e... E foi a época... A época da razão e da ciência?

— Isso mesmo. Ótimo. Os ensinamentos de Herr Schäfer não foram inteiramente inúteis para você. Mais para o fim desse século, a Alemanha adotou algumas medidas para transformar os judeus em cidadãos alemães, e então eles foram obrigados a escolher um sobrenome alemão e a pagar por isso. Caso se recusassem a pagar, poderiam receber nomes ridículos, como Schmutzfinger, Drecklecker ou até coisa pior que "Dedo Sujo" ou "Sujeira Deliciosa". A maioria dos judeus aceitou pagar para ter um nome mais bonito ou mais elegante, talvez uma flor, como Rosenblum, ou nomes associados de alguma forma à natureza, como Greenbaum. Mais populares ainda eram os nomes de castelos da nobreza. Por exemplo, como o castelo de Epstein era ligado a nobres associações e pertencia a uma importante família do Sacro Império Romano, o seu nome foi escolhido por judeus que moravam nos arredores no século XVIII. Alguns pagaram preços menores por nomes judeus bem tradicionais, como Levy ou Cohen.

"Agora, o seu nome, Rosenberg, também é bastante antigo. Mas há cerca de um século adquiriu uma nova vida. Tornou-se um nome judeu comum na nossa pátria e posso lhe garantir que se, ou quando, viajar até lá vai perceber olhares e sorrisinhos, e vai ouvir boatos sobre a presença de judeus na sua genealogia. Diga-me, Rosenberg, quando isso acontecer, o que vai responder?"

— Vou seguir o seu exemplo, senhor, e falar dos meus ancestrais.

— Cuidei pessoalmente da pesquisa genealógica da minha família cobrindo vários séculos. Você fez isso?

Alfred balançou a cabeça.

— Sabe como se faz?

O rapaz repetiu o mesmo gesto.

— Então um dos seus trabalhos de fim de curso deve ser aprender os detalhes de uma pesquisa genealógica e, então, proceder à elaboração da genealogia da sua família.

— Um dos meus trabalhos, senhor?

— Exatamente. Você deverá apresentar dois trabalhos para eliminar qualquer dúvida que eu possa ter quanto à sua condição para se formar, bem como para entrar no Instituto Politécnico. Depois da nossa conversa de hoje, Herr Schäfer e eu vamos escolher um outro trabalho edificante para você.

— Sim, senhor — replicou Alfred, cada vez mais consciente da precariedade da própria situação.

— Diga-me, Rosenberg — prosseguiu o diretor —, sabia que havia alunos judeus no evento de ontem à noite?

Alfred assentiu com um levíssimo gesto de cabeça.

— E pensou nos sentimentos desses alunos e na reação deles às suas palavras quanto aos judeus não serem convenientes para esta escola?

— Creio que o meu primeiro dever é para com a Pátria, protegendo a pureza da nossa grande raça ariana, a força criativa em toda a civilização.

— A eleição já passou, Rosenberg. Poupe-me dos seus discursos. Responda à minha pergunta. E os sentimentos dos judeus que estavam entre os que o ouviam?

— Acredito que, se não tomarmos cuidado, a raça judia vai nos derrubar. Eles são fracos. São parasitas. O eterno inimigo. A antirraça para os valores e a cultura arianos.

Espantados com a veemência do rapaz, o diretor e Herr Schäfer trocaram olhares preocupados.

O primeiro aprofundou ainda mais as suas inquirições.

— Aparentemente, está tentando evitar responder à pergunta que lhe fiz. Vamos experimentar outro caminho. Os judeus são fracos, parasitários, uma raça inferior?

Alfred fez que sim com a cabeça.

— Diga-me então, Rosenberg, como uma raça tão fraca pode ameaçar a nossa todo-poderosa raça ariana? — E prosseguiu, enquanto o rapaz tentava formular uma resposta: — Diga-me, Rosenberg, estudou Darwin nas aulas de Herr Schäfer?

— Estudei — respondeu Alfred. — Nas aulas de história de Herr Schäfer e também nas de biologia de Herr Werner.

— E o que sabe sobre Darwin?

— Que ele formulou a teoria da evolução das espécies e a questão da sobrevivência do mais apto.

— Exatamente. A seleção natural. E com certeza você leu todo o Velho Testamento nas aulas de religião, não leu?

— Li. Nas aulas de Herr Müller.

— Então, Rosenberg, vamos considerar o fato de que quase todos os povos e culturas descritos pela Bíblia, e são dezenas, estão extintos. Certo?

Alfred fez que sim.

— Pode citar alguns desses povos?

O rapaz engoliu em seco.

— Fenícios, moabitas e... edomitas — disse ele, lançando um olhar para Herr Schäfer, que concordou.

— Excelente. Mas todos morreram e não existem mais. A não ser os judeus. Eles sobreviveram. Darwin não diria que os judeus eram os mais aptos de todos? Está compreendendo?

A resposta de Alfred veio rápida como um raio:

— Mas não por sua própria força. Eles sempre foram parasitas e impediram que a raça ariana atingisse condições ainda melhores. Só sobreviveram porque sugaram a nossa força, o nosso ouro, as nossas riquezas.

— Ah, eles jogam sujo — observou o diretor. — Está sugerindo que há lugar para lisura no grande esquema da natureza... Em outras palavras, o nobre animal, na sua luta pela sobrevivência, não deveria usar camuflagem ou artimanhas nas suas caçadas? Estranho... Não me lembro de ter visto nada sobre integridade na obra de Darwin...

Desnorteado, Alfred ficou sentado ali, calado.

— Bom, mas isso não tem importância — prosseguiu o diretor. — Vamos considerar um outro aspecto. Você decerto vai admitir, Rosenberg, que a raça judia produziu grandes homens. Veja, por exemplo, o Senhor Jesus, que era judeu.

Mais uma vez, a resposta do rapaz veio rápida:

— Li que Jesus nasceu na Galileia, e não na Judeia, onde viviam os judeus. Embora, com o tempo, alguns galileus tenham se tornado adeptos do judaísmo, não há uma gota de sangue judeu no sangue deles.

— O quê? — exclamou Herr Epstein, erguendo as duas mãos. Vira-se, então, para o professor e perguntou: — De onde ele tirou essas ideias, Herr Schäfer? Se fosse um adulto, eu lhe perguntaria se andou bebendo. É isso que o senhor ensina nas aulas de história?

Abanando a cabeça, Herr Schäfer voltou-se para Alfred.

— De onde tira essas ideias? Você diz que leu isso, mas não foi nas minhas aulas. O que anda lendo, Rosenberg?

— Um grande livro, professor. *Os fundamentos do século XIX*.

Herr Schäfer leva a mão à cabeça e desaba na cadeira.

— O que é isso? — indagou o diretor.

— O livro de Houston Stewart Chamberlain — respondeu o professor. — É um autor inglês, atualmente genro de Wagner. Faz o que chamamos história imaginativa, ou seja, uma história que vai sendo inventada à medida que é escrita. — E, voltando-se mais uma vez para Alfred, acrescentou: — Como descobriu o livro de Chamberlain?

— Comecei a ler na casa do meu tio e aí resolvi comprá-lo na livraria que fica ali em frente. Eles não tinham o livro, mas conseguiram encomendar para mim. Li ele todo no mês passado.

— Quanto entusiasmo! Só queria que você tivesse a mesma animação pelos textos que estudamos nas aulas — exclamou o professor, fazendo um gesto amplo na direção das estantes repletas de livros encadernados em couro que recobriam a parede do escritório de Herr Epstein. — Um que fosse!

— O senhor está familiarizado com essa obra, com esse tal de Chamberlain, Herr Schäfer? — perguntou o diretor.

— Tanto quanto gostaria de estar com qualquer pseudo-historiador. Ele difunde e populariza as ideias de Arthur Gobineau, o racista francês cujos escritos sobre a superioridade fundamental das raças arianas influenciaram Wagner. Tanto Gobineau quanto Chamberlain fazem alegações extravagantes sobre a liderança ariana nas grandes civilizações grega e romana.

— Eles *eram* fantásticos! — interrompeu bruscamente Alfred. — Até se misturarem com raças inferiores, até serem envenenados pelos judeus, negros e asiáticos. Foi aí que essas civilizações começaram a declinar.

O diretor e o professor ficaram atônitos ao ver um aluno ousar interromper a conversa deles. Epstein olhou para Herr Schäfer como se ele fosse o responsável por aquilo.

O professor, porém, jogou a culpa no aluno.

— Se ao menos ele demonstrasse fervor semelhante na sala de aula... — E, voltando-se para Alfred: — Quantas vezes lhe disse isso, Rosenberg? Você parecia não se interessar muito pela própria educação. Quantas vezes tentei incitar a sua participação nas nossas leituras? E, de repente, aí está você, todo empolgado com um livro. Como entender isso?

— Talvez seja porque nunca li um livro como esse antes; um livro que diz a verdade sobre a nobreza da nossa raça, sobre como os intelectuais estavam errados ao descrever a história como o progresso da humanidade, quando a verdade é que a nossa raça criou a civilização em todos os impérios! Não apenas na Grécia e em Roma, mas também no Egito, na Pérsia e até mesmo na Índia. Cada um desses impérios só desmoronou quando a nossa raça se deixou contaminar pelas raças inferiores que a cercavam. — Voltando-se então para o diretor, disse da forma mais respeitosa possível: — Se me permite, senhor, essa é a minha resposta para a pergunta que me fez ainda agora. É por isso que não me preocupo se vou ferir os sentimentos de um punhado de alunos judeus, ou mesmo dos eslavos, que também são inferiores, mas não tão organizados quanto os judeus.

Epstein e Schäfer se entreolharam, ambos finalmente conscientes da gravidade do problema. Não se tratava de simples bravata ou impulsividade de um adolescente.

— Faça-me o favor de esperar lá fora, Rosenberg — disse o diretor. — Eu e Herr Schäfer precisamos ter uma conversa em particular.

CAPÍTULO 3

AMSTERDÃ — 1656

NO DIA DO SABBATH, ao crepúsculo, a Jodenbreestraat ficava repleta de judeus. Todos levando nas mãos um livro de orações e uma bolsinha de veludo contendo um xale de orações. Todos os judeus sefardis de Amsterdã se dirigiam para a sinagoga; todos, menos um. Depois de fechar a loja, Bento ficou parado diante da porta, observou por alguns instantes aquela fila que passava, respirou fundo e se misturou à multidão, tomando a direção oposta. Evitava encarar quem quer que fosse e ia murmurando frases tranquilizadoras para minimizar o seu constrangimento. *Ninguém está reparando; ninguém se importa com isso. O que importa é a consciência tranquila, não a má reputação. Já fiz isso milhares de vezes.* Mas o coração acelerado não se deixava tocar pelas frágeis armas da racionalidade. O rapaz tentou então se isolar do mundo exterior, mergulhar dentro de si mesmo e se distrair, observando o curioso duelo que se travava entre razão e emoção, um duelo em que a primeira saía sempre perdendo.

Quando a multidão começou a diminuir, ele saiu andando mais à vontade e virou à esquerda, numa rua que margeava o canal Koningsgracht, rumo à casa e escola de Franciscus van den Enden, magnífico professor de latim e estudos clássicos.

Embora o encontro com Jacob e Franco tivesse sido algo notável, um encontro ainda mais memorável havia ocorrido na sua loja meses antes, quando Franciscus van den Enden entrou ali pela primeira vez. Enquanto caminhava, Bento se entreteve relembrando tal momento. Os detalhes estavam gravados na sua memória com a mais perfeita nitidez.

Estava quase anoitecendo, na véspera do Sabbath, quando um homem de meia-idade, corpulento, formalmente trajado e de aparência cortês entrou na loja de produtos importados e começou a observar as mercadorias. Bento estava tão absorto escrevendo no seu diário que nem dava pela chegada do freguês. Até que, com uma ligeira tosse, Van den Enden tratou educadamente de assinalar a sua presença e observou, com firmeza, mas não de forma indelicada:

— Nunca se está ocupado demais para atender um cliente, não é mesmo, meu jovem?

Largando a pena no meio de uma palavra, Bento se pôs de pé.

— Ocupado demais, meu senhor? Muito pelo contrário... O senhor é o primeiro freguês que apareceu hoje. Peço-lhe desculpas pela minha desatenção. Em que posso ajudá-lo?

— Queria um litro de vinho e, talvez, dependendo do preço, um quilo dessas uvas miúdas que estão no cesto ali de baixo.

Enquanto Bento pôs o peso no prato da balança e, com uma velha concha de pau, foi despejando as uvas no outro prato até encontrar o ponto de equilíbrio, Van den Enden acrescentou:

— Mas vim atrapalhar a sua escrita. Que agradável e rara visão esta. Não, mais que rara, poderíamos dizer singular... Entrar numa loja e deparar com um jovem vendedor tão absorto em escrever que nem percebe a chegada dos clientes. Sendo professor, tenho em geral a experiência oposta. Vejo que os meus alunos não escrevem, e tampouco pensam, quando deveriam fazê-lo.

— Os negócios andam mal — replicou Bento. — Com isso, passo horas e horas sentado aqui, sem nada para fazer além de pensar e escrever.

— Deixe-me dar uma espiada no que está escrevendo — disse o freguês, apontando para o diário de Espinosa ainda aberto na página em que ele havia parado. — Se os negócios andam mal, deve estar preocupado com o destino do seu estoque. Decerto anota as despesas e receitas no livro-caixa, prevê um orçamento e lista possíveis soluções. Estou certo?

Enrubescendo, Bento virou o diário de cabeça para baixo.

— Não precisa tentar esconder nada de mim, meu jovem. Sou um espião consumado e sei guardar segredos. E também tenho lá os meus pensamentos proibidos. Além disso, sou professor de retórica por profissão e posso certamente melhorar a sua escrita.

Espinosa lhe estendeu o diário e, esboçando um sorriso, indagou:

— Como anda o seu português, senhor?

— Português! Agora você me pegou, meu jovem. Holandês, sim. Francês, inglês e alemão, sim. Latim e grego também. Até mesmo um pouco de espanhol e algumas noções de hebraico e aramaico. Mas nada de português. O seu holandês falado é excelente. Por que não escreve em holandês? Com toda a certeza nasceu aqui...

— É verdade. O meu pai emigrou de Portugal ainda criança. Embora use o holandês nas transações comerciais, não me sinto inteiramente à vontade para escrever nessa língua. Às vezes escrevo também em espanhol. E comecei a estudar hebraico.

— Sempre desejei ler as Escrituras no original. Infelizmente, os jesuítas deram-me apenas parcos rudimentos de hebraico. Mas ainda não me disse sobre o que está escrevendo.

— A sua conclusão de que escrevo sobre balanços e melhoria das vendas baseia-se, presumo, no meu comentário sobre o fato de os negócios não andarem muito bem. Uma dedução bem sensata, mas, neste caso particular, inteiramente incorreta. É raro a minha mente se preocupar com negócios, e nunca escrevo sobre esse assunto.

— Correção devidamente anotada. Antes, porém, de prosseguir com o tema dos seus escritos, permita-me uma pequena digressão; um comentário pedagógico, uma deformação profissional. O uso que fez da palavra "dedução" está errado. O processo que se baseia em observações particulares para construir uma conclusão racional, em outras palavras, para chegar a conceitos a partir de observações distintas, é a indução, ao passo que a dedução parte de conceitos e premissas para chegar a uma série de conclusões. — E, percebendo o aceno compenetrado, talvez grato, de Espinosa, Van den Enden prosseguiu: — Se não é sobre negócios, sobre o que então escreve?

— Simplesmente sobre o que vejo pela janela da loja.

Van den Enden se virou para acompanhar o olhar do jovem em direção à rua.

— Veja só — continuou Espinosa —, todos estão sempre em movimento. Correndo para lá e para cá o dia inteiro, a vida inteira. E com que finalidade? Riqueza? Fama? Satisfação dos apetites? Sem dúvida alguma tais objetivos representam caminhos errados.

— Por quê?

Bento já havia dito o que queria, mas, estimulado pela pergunta do freguês, acrescentou:

— Tais objetivos são geradores. Sempre que um deles é atingido, ele simplesmente gera necessidades adicionais. Portanto, quanto mais se corre atrás, mais se busca, ad infini-

tum. *Deve ser porque o verdadeiro caminho para a felicidade imperecível está em outro lugar qualquer. É o que penso e é sobre isso que escrevo — disse Bento, enrubescendo intensamente. Jamais havia expressado tais reflexões antes.*

O semblante do freguês demonstrou grande interesse. Ele pôs a sacola com as compras no chão, chegou mais perto e fitou o rosto do rapaz.

Aquele foi o momento dos momentos. Bento adorou aquele instante, aquele olhar de surpresa, aquele olhar diferente e aquele interesse cada vez maior que se revelava no rosto do desconhecido. E que desconhecido! Um emissário daquele imenso mundo exterior, o mundo não judeu. Um homem obviamente importante. Achava impossível repassar aquele momento uma única vez. Revia então a cena de novo e, às vezes, pela terceira e pela quarta vez. E, sempre que a visualizava, os seus olhos se enchiam de lágrimas. Um professor, um elegante homem do mundo se interessando por ele, levando-o a sério, talvez pensando "Aí está um jovem extraordinário".

Não sem esforço, Bento se desvencilhou daquele momento dos momentos e retomou as recordações do primeiro encontro entre os dois.

— Você diz que a felicidade imorredoura está em outro lugar qualquer. Fale-me sobre esse "outro lugar" — insistiu o freguês.

— Só sei que ela não está em objetos perecíveis. Não está fora, mas dentro. Está na mente o que determina o que é assustador, o que não vale nada, o que é desejável ou valiosíssimo, e, portanto, é na mente, e apenas nela, que isso pode ser modificado.

— Como se chama, meu jovem?

— Bento Espinosa. Em hebraico, Baruch.

— E em latim o seu nome é Benedictus. Um belo nome, abençoado. Sou Franciscus van den Enden. Dirijo uma academia de estudos clássicos. Espinosa... humm, do latim spina *e* spinosus, *que significam, respectivamente, "espinho" e "cheio de espinhos".*

— D'espinhosa, em português — observou Bento, assentindo. — "De um local cheio de espinhos."

— As indagações que você formula podem soar espinhosas para instrutores doutrinários ortodoxos — disse Van den Enden, esboçando um risinho malicioso. — Diga-me, meu jovem, já foi um espinho para os seus professores?

— Fui, sim, uma vez — respondeu Bento, sorrindo também. — Mas, agora, me afastei dos professores. Restrinjo os meus espinhos ao diário. Questões como as minhas não são bem-vindas numa comunidade supersticiosa.

— A superstição e a razão nunca andaram juntas. Mas talvez eu possa apresentá-lo a pessoas que pensam como você. Aqui está, por exemplo, um homem que você deveria conhecer — disse Van den Enden, metendo a mão na bolsa, de onde tirou um velho livro que entregou a Bento. — Esse é Aristóteles e este livro contém as suas reflexões sobre o tipo de indagação que você propõe. Também ele considerava a mente e as nossas tentativas de aperfeiçoar os poderes da razão o único e supremo projeto humano. A Ética a Nicômaco deveria ser um dos seus próximos objetos de estudo.

Bento ergueu o livro à altura do nariz e sentiu o seu aroma antes de folheá-lo.

— Já ouvi falar desse homem e gostaria de conhecê-lo. Mas nunca poderíamos conversar. Não sei grego.

— Então o grego também deveria ser parte da sua educação. Depois que tiver dominado o latim, é claro. É uma pena que os seus rabinos tão eruditos saibam tão pouco sobre os clássicos. O seu cenário é tão reduzido que eles geralmente esquecem que os não judeus também se empenham na busca da sabedoria.

Bento retrucou de imediato, tornando-se, como sempre, profundamente judeu quando os judeus eram atacados.

— Não é verdade! Tanto o rabino Menassch quanto o rabino Mortera leram Aristóteles na tradução latina. E Maimônides considerava Aristóteles o maior de todos os filósofos.

— É isso mesmo, meu jovem, é isso mesmo! — exclamou Van den Enden, tratando de se recompor. — Com esta resposta, você acaba de ser aprovado no meu exame de admissão. Tamanha lealdade para com os antigos professores me determina a lhe fazer um convite formal para vir estudar na minha academia. Chegou a hora não apenas de ouvir falar de Aristóteles, mas também de conhecê-lo de verdade. Posso introduzi-lo no seu entendimento, bem como no mundo dos seus confrades, tais como Sócrates, Platão e vários outros.

— Ah, mas há o problema da taxa... Como lhe disse, os negócios não vão nada bem.

— Podemos resolver isso. Antes de mais nada, vamos ver se você é um bom professor de hebraico. Tanto minha filha quanto eu mesmo gostaríamos de melhorar os nossos conhecimentos nessa língua. E ainda podemos encontrar outras formas de barganha. Por enquanto, sugiro que acrescente um quilo de amêndoas ao meu vinho e às minhas uvas. E *não quero essas uvinhas mirradas. Que tal aquelas outras bem maiores que estão na prateleira de cima?*

As lembranças do início da sua nova vida eram tão arrebatadoras que, perdido nos seus devaneios, Bento continuou andando por alguns quarteirões além do seu destino. Tomou um susto, mas logo se orientou e refez o caminho percorrido até chegar à casa de Van den Enden, uma construção estreita, de quatro andares, que dava para o canal Singel. Como sempre, ao subir até o último andar, onde aconteciam as aulas, Bento parava em cada patamar e espiava os aposentos da residência. No primeiro andar, deu uma olhada sem maior interesse no intricado piso de lajotas bordejado por uma fileira de azulejos azuis e brancos com desenhos dos moinhos de Delft.

No segundo, o forte cheiro de *sauerkraut* e de curry fizeram-no perceber que, mais uma vez, tinha se esquecido de almoçar e de jantar.

No terceiro, não se deteve para admirar a harpa reluzente e as tapeçarias penduradas, mas, como de costume, saboreou as inúmeras telas a óleo que recobriam todas as paredes. Passou vários minutos contemplando um pequeno quadro de um barco encalhado na praia e reparou bem na perspectiva criada pelo tamanho das personagens que estavam na areia em contraste com outras duas, menores, dentro do barco. Uma delas estava de pé na proa e a segunda, ainda menor que a primeira, sentada na popa. Tratou de gravar bem a pintura e tentar reproduzi-la a carvão naquela mesma noite.

No quarto andar, foi recebido por Van den Enden e seis rapazes, todos alunos da academia: um deles estudava latim e os outros cinco já haviam começado os estudos de grego. Como de costume, Van den Enden deu início à aula ditando um texto em latim que os rapazes deveriam depois traduzir para o holandês ou para o grego. Na esperança de infundir alguma paixão no aprendizado de novas línguas, Van den Enden ensinava a partir de textos que, a seu ver, seriam interessantes e divertidos. Nas últimas três semanas, haviam trabalhado Ovídio e, naquela noite, o professor leu um trecho da história de Narciso.

À diferença dos seus colegas, Espinosa demonstrava pouquíssimo interesse pelos relatos mágicos de metamorfoses fantásticas. Logo ficou evidente que não precisava ser entretido. Por outro lado, tinha verdadeira paixão por aprender e uma aptidão impressionante para as línguas. Embora tenha percebido de imediato que Bento ia se revelar um aluno excepcional, Van den Enden continuava a se surpreender quando via como aquele rapaz compreendia e gravava cada conceito, cada generalidade e cada singularidade gramatical antes mesmo de serem proferidos pelos lábios do professor.

Quem supervisionava os exercícios cotidianos de latim era Clara Maria, a filha de Van den Enden, uma menina de 13 anos, desengonçada e de pescoço comprido, com um sorriso encantador e um defeito acentuado na coluna. A própria Clara Maria era um prodígio em termos de línguas e não demonstrava o menor constrangimento em exibir a facilidade que tinha, passando de uma língua à outra quando discutia com o pai as tarefas de cada aluno para a aula do dia. De início, Bento ficou chocado: um dos princípios judaicos que jamais havia questionado era a inferioridade das mulheres, inferioridade nos direitos e na capacidade intelectual. Apesar de ficar abismado com Clara Maria, acabou por considerá-la um ser estranho, uma aberração, uma exceção à regra que estabelece que a mente das mulheres não é igual à dos homens.

Depois que Van den Enden saiu da sala com os cinco alunos que estavam estudando grego, Clara Maria começou, com uma gravidade quase cômica para uma menina de 13 anos, a trabalhar com Bento e um estudante alemão, Dirk Kerckrinck, seus deveres de casa de vocabulário e declinações. Dirk estudava latim como pré-requisito para sua admissão à faculdade de medicina de Hamburgo. Terminado o exercício de vocabulário, Clara Maria pediu que traduzissem para o latim um popular poema holandês, de Jacob Cats, sobre o comportamento adequado de uma jovem solteira, texto que ela leu em voz alta de um jeito encantador. Radiante, se pôs de pé e fez uma reverência quando Dirk, logo secundado por Bento, aplaudiu a sua declamação.

Para Bento, a última parte da aula era sempre o ponto alto. Todos os alunos se reuniam na sala maior, a única que tinha janelas, para ouvir Van den Enden discorrer sobre o mundo antigo. O tema escolhido para essa noite era o conceito grego de democracia, na sua opinião a mais perfeita forma de governo.

— Muito embora — admitiu ele, e, nesse instante, lançou um olhar para a filha, que estava presente a todas as suas palestras — a democracia grega excluísse mais de 50% da população, a saber: as mulheres e os escravos. Considerem — prosseguiu o professor — a posição paradoxal que ocupam as mulheres no drama grego. Por um lado, as gregas ou eram proibidas de assistir a.qualquer espetáculo ou, em séculos mais tardios, mais esclarecidos, podiam entrar nos anfiteatros, mas só podiam se sentar nos setores em que a visão do palco era a pior possível. Mesmo assim, pensem nas heroínas dos dramas, naquelas mulheres de ferro que eram as protagonistas das maiores tragédias de Sófocles e Eurípedes. Permitam-me fazer uma breve descrição de três das mais formidáveis personagens de toda a literatura: Antígona, Fedra e Medeia.

No final da apresentação, durante a qual pediu à Clara Maria que lesse várias das passagens mais intensas de *Antígona*, tanto em grego quanto em holandês, disse a Bento que ficasse ainda alguns minutos depois que os demais tivessem saído.

— Tenho uma ou duas coisinhas para tratar com você, Bento. Antes de mais nada, lembra-se da minha proposta no nosso primeiro encontro lá na sua loja? Quando lhe disse que podia apresentá-lo a alguns pensadores com os quais você teria afinidade? — Bento assentiu e Van den Enden prosseguiu: — Não me esqueci disso e vou começar a cumprir o prometido. Os seus progressos no latim têm sido excelentes e, agora, devemos nos voltar para a língua de Sófocles e Homero. Na semana que vem, Clara Maria vai começar a lhe ensinar o alfabeto grego. Ademais, selecionei alguns textos que, acredito, vão ser de particular interesse para você. Trabalharemos passagens de Aristóteles e Epicuro relacionadas precisamente às questões pelas quais você se mostrou interessado naquele nosso primeiro encontro.

— Está se referindo às anotações no meu diário sobre objetivos perecíveis e imperecíveis?

— Exatamente. E, como um passo adiante no seu estudo do latim, sugiro que, agora, passe a fazer as suas anotações nessa língua.

Bento concordou.

— E mais uma coisa — prosseguiu Van den Enden —, eu e Clara Maria estamos prontos para dar início aos nossos estudos de hebraico sob a sua orientação. Acha que poderíamos começar na semana que vem?

— Com toda a certeza — respondeu Bento. — Terei imenso prazer em fazer isso e, assim, também poderei saldar a grande dívida que tenho para com o senhor.

— Talvez, então, esteja na hora de pensar sobre métodos pedagógicos. Tem alguma experiência como professor?

— Há três anos, o rabino Mortera pediu que eu fosse o seu assistente nas aulas de hebraico para os alunos mais novos. Fiz inúmeras reflexões sobre as complexidades dessa língua e espero escrever um dia uma gramática do hebraico.

— Excelente! E pode estar certo de que terá alunos entusiasmados e atentos.

— Por coincidência — acrescentou Bento —, hoje à tarde recebi um pedido bem estranho relativo à pedagogia. Dois homens angustiados vieram me procurar, tentando me persuadir a ser uma espécie de conselheiro para eles. — Assim, relatou em detalhes o episódio do encontro com Jacob e Franco.

Van den Enden ouviu o relato atentamente e, quando Bento concluiu, disse-lhe:

— Vou acrescentar mais uma palavra ao seu dever de casa de vocabulário. Anote, por favor, *caute*. Imagino que possa adivinhar o seu sentido a partir do termo espanhol *cautela*.

— Sim, *cautela*, ou *cuidado* em português. Mas por que *caute*?

— Em latim, por favor.

— *Quad cur caute?*

— Tenho um informante que me disse que os seus amigos judeus não andam gostando nada de você estar estudando comigo. Nada mesmo. E também não estão gostando do seu afastamento cada vez maior da comunidade. *Caute*, meu jovem. Tome cuidado para não lhes dar mais motivos de descontentamento. Não confie a estranhos os seus pensamentos e as suas dúvidas mais profundas. Quem sabe Epicuro não pode lhe dar alguns conselhos úteis na semana que vem?

CAPÍTULO 4

Estônia — 10 de maio de 1910

DEPOIS QUE ALFRED saiu da sala, os dois velhos amigos se levantaram e deram alguns passos para esticar as pernas, enquanto a secretária do diretor depositava na mesa uma bandeja com um strudel de maçã com nozes. Os homens voltaram a se sentar e, em silêncio, começaram a mordiscar o doce esperando o chá que ela estava preparando.

— Quer dizer que essa é a cara do futuro, Hermann? — indagou Epstein.

— Não a do futuro que eu gostaria de ver. Muito bom tomar esse chá quentinho: estar com esse rapaz me dá calafrios.

— Até que ponto temos mesmo que nos preocupar com ele, com a influência que possa vir a exercer sobre os seus colegas?

Viu-se uma sombra no corredor: era um aluno que passava. Herr Schäfer se levantou e foi fechar a porta, que tinha ficado entreaberta.

— Sou o seu orientador desde que ele chegou aqui e Alfred foi meu aluno em vários cursos. Por mais estranho que pareça, não o conheço absolutamente. Como pode ver, ele tem algo de mecânico, de remoto. Vejo os rapazes conversando animadamente, mas Alfred nunca participa. Consegue se manter bem escondido.

— Mas não se escondeu muito nos últimos minutos, Hermann.

— Para mim, isso foi uma grande novidade. Fiquei estarrecido. O que vi foi um Alfred Rosenberg inteiramente diferente. A leitura de Chamberlain o tornou ousado.

— Talvez ele tenha um lado menos sombrio. Talvez outros livros ainda possam vir a entusiasmá-lo numa outra direção. Pelo que você disse, porém, ele não é lá um grande amante da leitura...

— Estranho, mas não sei dizer com certeza. Às vezes, acho que ele adora a ideia dos livros, ou a aura que podem ter, ou quem sabe só as capas. É comum vê-lo circulando pela escola com uma pilha de livros nos braços: Hauptman, Heine, Nietzsche, Hegel, Goethe. Por vezes, a sua pose chega a ser quase cômica. Como se fosse uma maneira de exibir o seu intelecto superior, de se vangloriar por preferir os livros à popularidade. Não raro duvidei de que ele lesse efetivamente aqueles livros. Hoje, não sei o que dizer...

— Que paixão por Chamberlain! — observou o diretor. — Ele já demonstrou paixão assim por outras coisas?

— Aí é que está... Ele nunca demonstra os próprios sentimentos, mas lembro-me de ter visto nele um lampejo de empolgação quando tratávamos da pré-história local. Já aconteceu de eu levar pequenos grupos de alunos para participar de escavações arqueológicas logo ao norte da igreja de santo Olai. Rosenberg sempre se inscrevia para tais expedições. Numa dessas ocasiões, ajudou a desencavar algumas ferramentas da Idade da Pedra e uma lareira pré-histórica. Ficou entusiasmadíssimo.

— Estranho... — disse o diretor, folheando a pasta com os documentos de Alfred. — Ele escolheu vir para a nossa escola em vez de ir para o colégio onde teria feito estudos clássicos e, com isso, ingressar no curso de literatura ou de filosofia na universidade. Afinal, essas parecem ser as suas áreas de interesse... Por que teria optado pela politécnica?

— Acho que por motivos financeiros. A mãe morreu quando ele ainda era bebê e o pai, que é tísico, trabalha apenas esporadicamente como bancário. O novo professor de artes, Herr Purvit, considera Alfred um desenhista razoavelmente bom e anda encorajando-o a seguir a carreira de arquiteto.

— Quer dizer que ele se mantém distante dos demais — observou o diretor, fechando a pasta do arquivo — e, no entanto, ganhou a eleição... Alfred também não foi representante de turma uns dois anos atrás?

— Isso não tem nada a ver com popularidade, creio eu. Os estudantes não respeitam muito os cargos e, em geral, os mais populares evitam ser representantes de turma por causa do trabalho que requer e da preparação exigida para ser o orador na ocasião da formatura. A meu ver, os meninos não levam Rosenberg muito a sério. Nunca o vi no meio de um grupo ou fazendo brincadeiras com os colegas. Pelo contrário: em geral, ele é a vítima das brincadeiras que os outros resolvem fazer. É um solitário que está sempre circulando sozinho por Reval com o caderno de desenho nas mãos. Portanto, eu não ficaria muito preocupado com a perspectiva de ele difundir essas ideias extremistas aqui na escola.

O diretor Epstein se pôs de pé e foi até a janela. Lá fora havia as árvores copadas com a sua nova folhagem de primavera e, mais ao longe, magníficos prédios brancos recobertos de telhas vermelhas.

— Fale-me mais sobre esse tal Chamberlain. Não me interesso por esse tipo de leitura. Qual o alcance da sua influência na Alemanha?

— Cada vez maior. Tem crescido com uma rapidez assustadora. Esse livro foi publicado há cerca de dez anos e a sua popularidade só tem feito aumentar. Ouvi dizer que já se venderam mais de cem mil exemplares.

— E você leu?

— Comecei a ler, mas perdi a paciência e acabei só passando os olhos pelo resto do livro. Muitos amigos leram. Os historiadores experientes reagiram como eu, assim como a igreja e, é claro, a imprensa judaica. Mesmo assim, vários homens importantes, como o Kaiser Guilherme, por exemplo, e o americano Theodore Roosevelt, têm elogiado a obra. Diversos periódicos de destaque no exterior publicaram resenhas muito favoráveis, diria até que algumas delas chegam a ser deslumbradas. Chamberlain usa uma linguagem elevada e pretende falar aos nossos mais nobres impulsos. Mas acho que ele estimula os mais baixos...

— Como explica a sua popularidade?

— Ele escreve de forma persuasiva. E impressiona os menos instruídos. Em cada página podemos encontrar citações de Tertuliano ou Santo Agostinho que soam profundíssimas, ou talvez de Platão ou ainda de algum místico indiano do século VIII. Mas não passa de aparente erudição. Na verdade, ele simplesmente saiu recolhendo um punhado de citações aqui e ali ao longo dos séculos para fundamentar as suas ideias preconcebidas. Não há dúvida de que a sua popularidade foi alavancada pelo seu recente casamento com a filha de Wagner. Muitos o consideram o herdeiro do legado racista do compositor.

— Wagner lhe passou a coroa?

— Os dois nunca se encontraram. Wagner morreu antes de Chamberlain começar a cortejar a sua filha. Mas Cosima lhe deu a sua bênção.

O diretor serviu mais um pouco de chá.

— Bom, o nosso jovem Rosenberg parece tão profundamente impregnado do racismo de Chamberlain que não vai ser fácil livrá-lo dessas ideias. Mas, refletindo sobre a situação, que adolescente impopular, solitário, e de certa forma inepto, não ficaria todo feliz sabendo que faz parte de uma linhagem superior? Que os seus ancestrais fundaram as grandes civilizações? Principalmente um rapaz que jamais teve uma mãe que o admirasse, um rapaz cujo pai está à beira da morte, cujo irmão mais velho também não é nada saudável, quem...?

— Ah, Karl, parece até que estou ouvindo aquele *seu* visionário, aquele médico vienense, o tal dr. Freud, que também escreve de forma persuasiva, também mergulha nos clássicos e, ao voltar à superfície, vem sempre trazendo uma deliciosa citação entre os dentes...

— *Mea culpa.* Confesso que as ideias dele me parecem cada vez mais sensatas. Por exemplo, você acaba de dizer que foram vendidos cem mil exemplares da obra antissemita de Chamberlain. Dessas legiões de leitores, quantos a rejeitaram, como você? E quantos ficaram entusiasmados, como Rosenberg? Por que um mesmo livro provoca tamanha variedade de reações? Deve haver algo no leitor particular que logo pula para abraçar o livro. A sua vida, a sua psique, a imagem que tem de si mesmo... Deve haver alguma coisa escondida lá no fundo da sua mente, ou, como diz o tal Freud, do seu inconsciente, que faz com que determinado leitor se apaixone por determinado autor.

— Um tema perfeito para o nosso próximo jantar! Mas, agora, desconfio de que o meu aluninho Rosenberg esteja ali fora suando de preocupação. Que atitude devemos tomar com relação a ele?

— Tem razão: estivemos evitando o assunto. Prometemos lhe passar uns trabalhos e precisamos decidir quais serão. Talvez estejamos tentando dar um passo maior que as pernas. Será que temos mínimas condições de lhe passar um trabalho capaz de exercer alguma influência positiva sobre ele nas poucas semanas que nos restam? Vejo tanta amargura nesse rapaz, tanto ódio por todos, menos pelo fantasma do "verdadeiro alemão"... Acho que precisamos afastá-lo do plano das ideias e dirigir a sua atenção para algo tangível, algo que ele possa tocar.

— Concordo inteiramente. É mais difícil odiar um indivíduo que uma raça — disse Herr Schäfer. — Tenho uma ideia. Conheço um judeu de quem ele certamente gosta. Vamos chamá-lo de volta e vou pôr o meu projeto em prática.

A secretária do diretor Epstein retirou a bandeja com a louça do chá e foi buscar Alfred, que veio se sentar na mesma cadeira de antes, na outra ponta da mesa.

Bem devagar, Herr Schäfer encheu o cachimbo, acendeu-o e, exalando uma baforada de fumaça, principiou:

— Temos mais umas perguntinhas a lhe fazer, Rosenberg. Conheço os seus sentimentos com relação aos judeus em termos raciais, mas decerto já cruzou com alguns deles que são boa gente. Casualmente, sei que temos o mesmo médico, Herr Apfelbaum. Disseram-me que foi ele que fez o parto da sua mãe quando você nasceu.

— É isso mesmo — respondeu Alfred. — Ele é o meu médico desde que nasci.

— E também é meu amigo pessoal há muitos anos. Diga-me, ele é uma criatura venenosa? É um parasita? Ninguém em Reval trabalha tanto quanto Apfelbaum. Quando você ainda era bebê, vi com os meus próprios olhos como ele batalhou dia e noite tentando salvar a sua mãe da tuberculose. E contaram-me que chorou no enterro dela.

— O dr. Apfelbaum é um bom homem. Sempre cuidou bem de nós. E, aliás, sempre pagamos pelos seus serviços. Pode haver judeus bons. Sei disso. Não o critico enquanto indivíduo, mas sim pelo fato de ele ser uma semente do judaísmo. Isso é algo que não se pode negar: todos os judeus carregam as sementes de uma raça odiosa e...

— Ah, lá vem essa palavra de novo, "odiosa" — interrompeu o diretor Epstein, lutando para se conter. — Tenho ouvido muita coisa sobre ódio, Rosenberg, mas nada sobre amor. Não se esqueça que o amor é o cerne da mensagem de Jesus. Não apenas amar a Deus, mas ao próximo como a nós mesmos. Não acha que há uma contradição entre o que leu em Chamberlain e o que ouve toda semana na igreja sobre amor?

— Não vou à igreja toda semana, professor. Parei de ir.

— O que seu pai acha disso? Qual seria a reação de Chamberlain?

— O meu pai diz que nunca pôs os pés numa igreja. E li que tanto Chamberlain quanto Wagner afirmam que os ensinamentos da igreja mais nos enfraquecem que nos fortalecem.

— Você não ama o Senhor Jesus?

Alfred ficou calado por um instante; tudo ali lhe pareciam armadilhas. Estava pisando em solo traiçoeiro: o diretor já tinha declarado que era luterano fervoroso. Era mais garantido continuar com Chamberlain, e o rapaz se esforçou para se lembrar das palavras que havia lido no livro dele.

— Como Chamberlain, tenho grande admiração por Jesus. Chamberlain se refere a ele como um gênio moral. Tinha um grande poder e uma grande coragem, mas, infelizmente, os seus ensinamentos foram judaizados por Paulo, que fez de Jesus um homem dócil e sofredor. Todas as igrejas cristãs exibem imagens ou vitrais de Jesus sendo crucificado. Nenhuma delas mostra imagens do Jesus poderoso e corajoso, aquele que ousou desafiar os rabinos corruptos, o Jesus que, sozinho, expulsou os vendilhões do templo!

— Quer dizer que Chamberlain vê o Jesus leão, e não o cordeiro de Deus?

— Exatamente — respondeu Rosenberg, mais animado. — Chamberlain diz que foi uma tragédia Jesus surgir no lugar e na época em que surgiu. Se ele tivesse pregado para o povo germânico, ou, digamos, para o povo indiano, as suas palavras teriam exercido uma influência inteiramente diferente.

— Mas voltemos à pergunta que fiz antes — disse o diretor, percebendo que havia tomado o rumo errado. — O que quero lhe perguntar é muito simples: quem você ama? Quem é o seu herói? Aquele que você admira mais que qualquer outro? Além desse tal Chamberlain, claro.

Alfred não respondeu de imediato. Deliberadamente, demorou bastante antes de dizer:

— Goethe.

Tanto o diretor Epstein quanto Herr Schäfer se aprumaram um pouco na cadeira.

— Uma escolha interessante, Rosenberg — observou o diretor. — É sua ou de Chamberlain?

— Dos dois. E acho que também é a preferência de Herr Schäfer. Nas nossas aulas, ele sempre elogiou Goethe mais que qualquer outro — replicou o rapaz, lançando um olhar ao professor em busca de confirmação e recebendo.

— E, diga-me, por que Goethe? — prosseguiu o diretor.

— Ele é o eterno gênio germânico. O maior dos alemães. Um gênio da escrita, da ciência, da arte e da filosofia. É um gênio em muito mais áreas que qualquer outro.

— Excelente resposta — disse Epstein, subitamente empolgado. — E acho que encontrei o projeto de conclusão de curso perfeito para você.

Os dois professores conversaram, sussurrando bem baixinho. O diretor saiu da sala e voltou logo em seguida trazendo um livro volumoso. Ambos se debruçaram no livro e passaram um bom tempo folheando-

-o e percorrendo o texto. Depois de ter anotado os números de algumas páginas, Epstein voltou-se para o aluno.

— Aqui está o seu projeto. Você terá de ler, com muita atenção, dois capítulos, os de número 14 e 16, da autobiografia de Goethe, e copiar tudo o que ele escreveu sobre o seu próprio herói, um homem que viveu muito tempo atrás chamado Espinosa. Decerto vai gostar dessa tarefa. Será uma alegria ler parte da autobiografia do seu herói. Goethe é o homem que você ama, e imagino que terá todo o interesse em saber o que ele diz sobre o homem que *ele* ama e admira, não é mesmo?

Cauteloso, Alfred fez que sim. Desconcertado diante da animação do diretor, o rapaz pressentia que devia haver ali uma armadilha qualquer.

— Então — prosseguiu Epstein —, vamos tratar de deixar as coisas bem claras, Rosenberg. Você terá de ler os capítulos 14 e 16 da autobiografia de Goethe e copiar todas as frases que ele escreve sobre Bento Espinosa. Deverá fazer três cópias desse trabalho: uma para si mesmo e uma para cada um de nós. Se virmos que pulou qualquer dos comentários sobre Espinosa, vai ser obrigado a refazer toda a tarefa até que ela seja considerada correta. Voltaremos a chamá-lo daqui a duas semanas para que leia o que escreveu e discutiremos todos os aspectos do trabalho. Ficou claro?

Mais uma vez, o rapaz assentiu.

— Posso fazer uma pergunta, professor? No começo, o senhor disse que seriam duas tarefas. Tenho de fazer a pesquisa genealógica, tenho de ler dois capítulos e tenho de fazer três cópias do material sobre Bento Espinosa.

— Exatamente — concordou o diretor. — E qual é a sua pergunta?

— Não seriam três tarefas em vez de duas, senhor?

— Vinte tarefas ainda seriam pouco, Rosenberg — interveio Herr Schäfer. — Dizer que o diretor não deveria estar no cargo por ser judeu é motivo suficiente para expulsão em qualquer escola da Estônia ou da mãe-pátria.

— Sim, senhor.

— Espere, Herr Schäfer. Talvez o rapaz tenha razão. A tarefa relativa a Goethe é tão importante que gostaria que ele lhe dedicasse a máxima atenção possível — disse Epstein, e, voltando-se para Alfred, acrescentou:

— Está liberado do projeto sobre genealogia. Concentre-se inteiramente nas palavras de Goethe. E o nosso encontro está marcado. Voltaremos a vê-lo dentro de duas semanas. Nesse mesmo horário. E não se esqueça de me entregar as cópias do trabalho na véspera.

CAPÍTULO 5

Amsterdã — 1656

— Bom dia, Gabriel — exclamou Bento ao ouvir que o irmão se lavava, preparando-se para os serviços religiosos do Sabbath. Gabriel limitou-se a resmungar algo à guisa de resposta, mas voltou ao quarto e desabou no imponente leito de dossel que os dois dividiam. A cama, que ocupava quase todo o quarto, era a única lembrança familiar que lhes restava do passado.

O pai dos rapazes, Miguel, deixou todos os bens da família para Bento, o filho mais velho, mas suas duas filhas contestaram as disposições paternas sob a alegação de que o herdeiro havia optado por não ser membro efetivo da comunidade dos judeus. Embora a decisão do tribunal judaico tenha sido favorável a Bento, este surpreendeu a todos transferindo de imediato todas as posses familiares para os irmãos e guardando para si um único objeto: a cama de dossel que pertencera aos pais. Depois do casamento das duas irmãs, ele e Gabriel ficaram sozinhos na bela casa branca de três andares que a família Espinosa alugava havia décadas. A residência ficava de frente para o canal Houtgracht, bem próxima às áreas mais movimentadas do bairro judeu de Amsterdã, apenas a um quarteirão de distância da pequena sinagoga Beth Jacob e das salas de aula adjacentes.

Não sem tristeza, Bento e Gabriel decidiram mudar-se dali. Com a partida das irmãs, a velha casa ficou grande demais e era carregada de lembranças dos mortos. E também muito cara: a guerra entre a Holanda e a Inglaterra, em 1652, e os ataques dos piratas aos navios que vinham do

Brasil haviam sido desastrosos para o comércio de importação e exportação da família, o que obrigou os irmãos a alugarem uma pequena casa a cinco minutos a pé da loja.

Bento fitou o irmão por um bom momento. Em criança, era comum as pessoas chamarem Gabriel de "Bentinho", pois ambos tinham o mesmo rosto comprido e ovalado, os mesmos olhos penetrantes de coruja, o mesmo nariz marcante. Já homem feito, porém, Gabriel pesava quase vinte quilos a mais que o irmão mais velho, era uns quinze centímetros mais alto e muitíssimo mais forte que ele. E os seus olhos não mais pareciam perscrutar bem longe a distância.

Em silêncio, os dois ficaram sentados ali, lado a lado. Em geral, Bento adorava o silêncio e sentia-se muito bem fazendo as refeições com Gabriel ou trabalhando ao seu lado na loja sem trocar uma palavra que fosse com ele. No entanto, aquele era um silêncio opressivo que provocava sentimentos sombrios. Pensou na irmã, Rebekah, que, antigamente, era falante e sempre animada. Agora, também ela lhe oferecia o silêncio e evitava o seu olhar cada vez que o via.

Calados estavam também todos os mortos, todos aqueles que tinham morrido aninhados nessa mesma cama: a mãe, Hanna, falecida 17 anos antes, quando ele ainda nem tinha feito seis; o irmão mais velho, Isaac, havia seis anos; a madrasta, Esther, havia três anos; e o pai e a irmã Miriam, apenas dois anos antes. Dos irmãos, aquele bando ruidoso e divertido, que brincava, brigava e fazia as pazes, que chorou a perda da mãe e que, aos poucos, aprendeu a amar a madrasta, só restavam Rebekah e Gabriel. E esses dois vinham se afastando rapidamente dele.

Fitando o rosto pálido e inchado de Gabriel, Bento rompeu o silêncio.

— Dormiu mal outra vez, Gabriel? Senti você se remexendo na cama.

— Verdade, Bento. Mas como posso dormir? As coisas não andam nada bem hoje em dia. O que podemos fazer? O que podemos fazer? Detesto esses problemas que existem entre nós. Agora, por exemplo, estou me arrumando para o Sabbath. Está fazendo sol pela primeira vez na semana, o céu está azul e eu deveria estar alegre como todos os demais, como os nossos vizinhos por todo lado. Mas não. Por causa do meu próprio irmão... Perdoe-me, Bento, mas vou explodir se não falar. Por *sua* causa a minha vida é só infelicidade. Não há alegria em ir à minha própria sinagoga, em encontrar o meu próprio povo para rezar para o meu próprio Deus.

— Lamento muito saber disso, Gabriel. O meu maior desejo é que você seja feliz.

— As palavras são uma coisa. Os atos são outra.

— Que atos?

— Que atos?! — exclamou Gabriel. — E pensar que por tanto tempo, durante a minha vida inteira, acreditei que você sabia tudo... Se fosse qualquer outra pessoa a me fazer essa pergunta, eu diria "Está brincando!", mas sei que você nunca brinca. No entanto, não é possível que *não* saiba de que atos estou falando.

Bento suspirou, e Gabriel continuou:

— Bom, vamos começar pelo fato de você rejeitar os costumes judaicos e até mesmo a comunidade. E, além disso, o fato de desrespeitar o Sabbath. E se afastar da sinagoga e não ter doado praticamente nada esse ano. É a esses atos que estou me referindo.

Gabriel ficou olhando para Bento, que se manteve calado.

— Vou lhe dar mais alguns exemplos, Bento. Basta se lembrar de ontem à noite, quando você disse que não ia ao jantar do Sabbath na casa de Sarah. Sabe muito bem que vou me casar com ela e, mesmo assim, não quer unir as duas famílias indo jantar conosco no Sabbath. Faz ideia de como me sinto com isso? De como a nossa irmã Rebekah se sente? Que desculpa podemos dar? Podemos dizer que o nosso irmão prefere ir às aulas de latim com o seu jesuíta?

— É melhor que eu não vá, Gabriel. Para a digestão de todos. Você sabe disso. Sabe que o pai de Sarah é supersticioso.

— Supersticioso?

— Ultraortodoxo, quero dizer. Já viu como a minha presença o estimula a iniciar discussões religiosas. Já viu como qualquer resposta que eu dê só acaba gerando mais discórdia e mais dor para você e para Rebekah. A minha ausência serve à causa da paz, tenho certeza absoluta. A minha ausência significa paz para vocês dois. Tenho pensado cada vez mais dessa forma.

— Bento — replicou Gabriel, abanando a cabeça —, lembra que, quando eu era pequeno, ficava com medo porque imaginava que o mundo desaparecia se eu fechasse os olhos? Você me fez entender que eu estava enganado. Conseguiu me acalmar falando da realidade e das eternas leis da natureza. Agora, porém, está cometendo o mesmo erro que eu. Acha realmente que a discórdia gerada por Bento Espinosa deixa de existir quando ele não está presente para vê-la?

"A noite passada foi muito dolorosa. O pai de Sarah começou o jantar falando de você. Estava novamente furioso por você ter ignorado o nosso tribunal judeu local e recorrido à justiça civil holandesa para o seu processo. 'Que eu me lembre', disse ele, 'ninguém jamais insultou a corte rabínica dessa maneira. Isso é praticamente justa causa para excomunhão.' É isso que você está querendo? Um *cherem*? O nosso pai morreu, Bento, e o nosso irmão mais velho também. Você é o chefe da família. E, ainda assim, nos insulta a todos recorrendo ao tribunal holandês. Precisava fazer isso agora?! Não podia ter esperado até depois do casamento?"

— Já lhe expliquei isso repetidas vezes, Gabriel, mas você não me ouve. Preste atenção: assim, vai ficar conhecendo todos os fatos. E, acima de tudo, tente entender que levo muito a sério a minha responsabilidade para com você e Rebekah. Pense no meu dilema. O nosso pai, que Deus o tenha, era um homem generoso. Equivocou-se, porém, na sua avaliação quando afiançou uma promissória de propriedade daquele usurário avarento, Duarte Rodriguez, para a viúva Henriques, que estava então de luto. O marido dela, Pedro, era um simples conhecido do nosso pai, não era um parente ou sequer, pelo que sei, um amigo mais chegado. Nenhum de nós jamais viu o casal Henriques e o motivo pelo qual o nosso pai resolveu fazer isso é um verdadeiro mistério. Mas você sabe como ele era: não podia ver alguém sofrendo que logo estendia as mãos para ajudar, sem pensar nas consequências do seu gesto. Quando a viúva e o seu único filho morreram no ano passado, durante a peste, sem ter quitado a tal dívida, Duarte Rodriguez, aquele judeu piedoso que ocupa a bimá da sinagoga e já é dono de metade das casas da Jodenbreestraat, tentou transferir o prejuízo para nós pressionando o tribunal rabínico para exigir que a pobre família Espinosa pagasse a dívida de uma pessoa que nenhum de nós jamais viu na vida. Você sabe disso, Gabriel — acrescentou ele depois de uma breve pausa. — Não sabe?

— Sei, mas...

— Deixe-me concluir, Gabriel. É importante que fique sabendo da história toda. Um dia, pode vir a ser o chefe da família. Como eu ia dizendo, Rodriguez levou o caso ao tribunal judaico, uma corte cujos membros, em boa parte, lhe deviam favores, já que ele é o maior doador da sinagoga. Diga-me, Gabriel: será que iam querer desagradá-lo? Numa decisão quase imediata, o tribunal determinou que a família Espinosa assumisse a dívida integralmente. E trata-se de uma quantia que esgotaria os recursos da nossa família para o resto da vida. E, o que é ainda pior, eles determinaram também que a herança que a nossa mãe nos deixou fosse destinada a saldar a dívida com Rodriguez. Está me entendendo, Gabriel?

Depois de um relutante aceno de cabeça do irmão, Espinosa prosseguiu:

— Três meses atrás, recorri então à justiça holandesa porque ela é mais razoável, por um único motivo: o nome de Duarte Rodriguez não significa nada para ela. E a legislação holandesa estabelece que o chefe da família precisa ter 25 anos para assumir a responsabilidade por semelhante dívida. Como ainda não completei essa idade, a nossa família pode estar a salvo. Não somos obrigados a assumir as dívidas deixadas pelo nosso pai e, o que é ainda melhor, podemos receber o dinheiro que a nossa mãe nos legou. E, quando digo nós, estou me referindo a você e a Rebekah, pois tenho a intenção de lhes deixar toda a herança. Não tenho filhos ou mulher e não preciso de dinheiro.

"E só mais uma coisa. Quanto à questão do tempo, já que vou completar 25 anos *antes* do seu casamento, tinha de agir *imediatamente*. Agora, diga-me, não percebe que *estou assumindo* a minha responsabilidade para com a minha família? Não dá valor à liberdade? Se eu não agisse, passaríamos o resto da vida na mais completa escravidão. É isso que quer?"

— Prefiro deixar a decisão nas mãos de Deus. Você não tem o direito de desafiar a lei da nossa comunidade religiosa. E, quanto à escravidão, acho-a preferível ao ostracismo. Além do mais, o pai de Sarah não falou apenas do processo judicial. Quer saber o que mais ele disse?

— Acho que você é que está querendo me contar...

— Ele disse que o "problema de Espinosa", como ele se refere a esta questão, é algo que vem de muitos anos, desde a sua impertinência durante a preparação para o *bar mitzvah*. Ele lembra que o rabino Mortera passava a mão pela sua cabeça, preferindo-o a todos os outros meninos. Que o via como o seu possível sucessor. E, então, você chamou o relato bíblico de Adão e Eva de "fábula". O pai de Sarah disse que, quando o rabino o repreendeu por negar a palavra de Deus, você retrucou: "A Torá é confusa, pois, se Adão foi o primeiro homem, com quem o seu filho Caim teria se casado?" Você disse isso, Bento? É verdade que disse que a Torá é "confusa"?

— É verdade que a Torá chama Adão de primeiro homem. E é verdade que ela diz que o filho dele, Caim, se casou. Temos decerto o direito de fazer esta pergunta óbvia: se Adão foi o primeiro homem, como pode ter existido alguém com quem Caim viesse a se casar? Essa questão, chamada teoria dos pré-adamitas, vem sendo discutida há séculos pelos estudos bíblicos. Portanto, se você me perguntar se é uma fábula, devo responder que sim, pois, evidentemente, a história não passa de uma metáfora.

— Você diz isso porque não consegue entender. A sua sabedoria é maior que a de Deus? Não sabe que existem razões para não conhecermos tudo e que devemos confiar nos nossos rabinos para interpretarem e esclarecerem as escrituras?

— Essa conclusão é maravilhosamente conveniente para os rabinos, Gabriel. Ao longo dos tempos, os profissionais da religião sempre tentaram ser os únicos intérpretes dos mistérios. É algo que lhes vem bem a calhar...

— O pai de Sarah diz que essa insolência que o leva a questionar a Bíblia e os nossos líderes religiosos é ofensiva e perigosa não apenas para os judeus, mas também para a comunidade cristã. A Bíblia é igualmente sagrada para eles.

— Você acredita que deveríamos renunciar à lógica, Gabriel? Renunciar ao nosso direito de questionar?

— Não discuto o *seu* direito pessoal à lógica nem o *seu* direito de questionar a lei rabínica. Não estou discutindo o *seu* direito de duvidar do caráter sagrado da Bíblia. Na verdade, nem sequer discuto o seu direito de enfurecer Deus. Tudo isso é problema seu. Talvez seja uma doença. Mas você prejudica a mim e à sua irmã recusando-se a guardar as suas opiniões só para si.

— A tal conversa sobre Adão e Eva com o rabino Mortera aconteceu há mais de dez anos, Gabriel. Depois disso, passei a guardar as minhas ideias só para mim. Acontece que, dois anos atrás, fiz o voto de viver a minha vida de forma santificada, o que inclui nunca mais mentir. Portanto, se alguém perguntar a minha opinião, vou dizer a verdade, e foi *por isso* que recusei o convite para jantar com o pai de Sarah. Mas, acima de tudo, Gabriel, lembre-se de que somos almas separadas. Ninguém o confunde comigo. Ninguém vai responsabilizá-lo pelas aberrações cometidas pelo seu irmão mais velho.

Gabriel saiu do quarto balançando a cabeça e murmurando.

— O meu irmão mais velho fala como uma criança.

CAPÍTULO 6

Estônia — 1910

Três dias depois, um Alfred pálido e agitado foi procurar Herr Schäfer.

— Estou com um problema, professor — principiou o rapaz, abrindo a pasta e tirando dali o volume da autobiografia de Goethe com vários pedacinhos de papel aparecendo por entre as suas setecentas páginas. Abriu no local assinalado pelo primeiro desses papéis e apontou para o texto. — Goethe menciona Espinosa aqui, nesta linha, senhor. E outra vez aqui, umas duas linhas abaixo. Mas, depois, há vários parágrafos em que o nome dele não aparece e não estou conseguindo descobrir se o texto está se referindo a ele ou não. Na verdade, não entendo quase nada. É muito difícil.

Foi virando as páginas e apontou para outra seção.

— Aqui é a mesma coisa. Ele menciona Espinosa duas ou três vezes e, em seguida, passa quatro páginas sem mencioná-lo. Pelo que pude perceber, não fica claro se Goethe está falando de Espinosa ou não. Ele também está se referindo a alguém chamado Jacobi. E isso acontece em quatro outros momentos. Entendi *Fausto*, quando lemos o livro no seu curso, e entendi *Os sofrimentos do jovem Werther*, mas, este livro aqui, leio páginas e páginas sem conseguir entender nada.

— É muito mais fácil ler Chamberlain, não é mesmo? — exclamou Herr Schäfer, mas logo se arrependeu do próprio sarcasmo e apressou-se a acrescentar, num tom mais ameno: — Sei que você talvez não entenda todas as palavras de Goethe, Rosenberg. Mas precisa compreender que não se trata de uma obra estritamente organizada, e sim de uma série de reflexões sobre a vida do autor. Já teve um diário ou escreveu sobre a sua própria vida?

— Há uns dois anos — respondeu o rapaz, reforçando a afirmação com um aceno de cabeça. — Mas só escrevi por alguns meses.

— Bom, considere isto mais ou menos como um diário. Goethe escreveu essas linhas mais para si mesmo que para os outros. Pode acreditar: quando ficar mais velho e conhecer um pouco melhor as ideias de Goethe, terá condições de entender e apreciar as suas palavras de forma mais adequada. Deixe-me ver o livro.

Depois de passar os olhos pelas páginas que Alfred havia marcado, Herr Schäfer disse:

— Estou entendendo. A sua pergunta é legítima e vou ter de rever a sua tarefa. Vamos ler juntos esses dois capítulos.

Bem próximos um do outro, o professor e o aluno se puseram a ler boa parte do texto. Num bloquinho, o primeiro foi anotando várias páginas e os números das linhas.

— Aqui está o que deve copiar — disse Herr Schäfer, entregando o bloquinho ao rapaz. — Lembre-se: são três cópias em letra legível. Mas há um problema. Marquei apenas umas 20 ou 25 linhas, ou seja, um trabalho bem mais curto do que o diretor lhe atribuiu, e não acredito que ele fique satisfeito com o resultado. Então, você vai ter de fazer mais uma coisa: decore essa versão resumida e recite-a no nosso encontro com o diretor Epstein. Acho que ele vai se dar por satisfeito assim.

Poucos segundos depois, percebendo um ar contrariado no rosto de Rosenberg, Herr Schäfer voltou a falar:

— Apesar de eu não gostar nada dessa sua mudança, Alfred, dessa bobagem de superioridade racial, continuo do seu lado. Durante esses quatro anos, você sempre foi um bom aluno, e obediente, embora, como já lhe disse tantas vezes, devesse ser um pouco mais aplicado. Seria uma tragédia você arruinar o seu futuro não conseguindo se formar. — Fez uma pausa, para que a frase atingisse o rapaz. — Dedique-se inteiramente a esta tarefa. O diretor Epstein não vai se contentar apenas com uma cópia e uma recitação. Ele espera que você entenda o que leu. Então, trate de se esforçar, Rosenberg, porque eu desejo vê-lo formado.

— Ainda preciso lhe entregar a cópia antes de fazer as outras duas?

Herr Schäfer sentiu um profundo desânimo diante daquela reação mecânica; limitou-se, porém, a dizer:

— Se seguir as instruções que anotei nesse bloco, não precisa, não.

Quando Alfred já ia saindo, o professor o chamou de volta.

— Rosenberg! Não faz nem um minuto, eu disse que você era um bom aluno e que gostaria de vê-lo formado. Tem algo a dizer sobre isso? Afinal, sou seu professor há quatro anos...

— Sim, senhor.

— Sim, senhor?

— Não sei o que dizer.

— Tudo bem, Alfred. Pode ir agora.

Herr Schäfer arrumou a pasta com os trabalhos de alunos que ainda precisava ler e tirou Alfred da cabeça, preferindo pensar nos dois filhos, na mulher e no *spaetzle* com *verivorst* que ela tinha prometido fazer para o jantar.

Alfred foi embora confuso. Será que tinha piorado a situação? Ou estava menos sobrecarregado agora? Afinal de contas, tinha facilidade para memorizar; gostava de decorar trechos para apresentações teatrais e discursos.

Duas semanas mais tarde, Alfred estava novamente numa das cabeceiras da longa mesa do escritório de Herr Epstein, aguardando as instruções do diretor, que, no momento, parecia maior e mais bravo que nunca. Herr Schäfer, bem menor, com um ar sério, lhe fez um gesto indicando que deveria começar a recitar o texto memorizado. Depois de dar uma última espiada na cópia que fez das palavras de Goethe, Alfred levantou-se e anunciou:

— Da autobiografia de Goethe. "A mente que causou em mim uma impressão tão decisiva" — começou o rapaz — "e que teve tanta influência sobre toda a minha forma de pensar foi Espinosa. Depois de procurar em vão pelo mundo inteiro um meio de cultivar a minha estranha natureza, cheguei enfim à *Ética* desse homem. E ali encontrei um sedativo para as minhas paixões; ali pareceu abrir-se para mim uma visão ampla e livre do mundo material e mortal."

— Então, Rosenberg — interrompeu o diretor. — O que foi que Goethe encontrou em Espinosa?

— Hã... A sua ética?

— Não, não! Pelo amor de Deus! Você não entendeu que *Ética* é o título do livro de Espinosa? O que Goethe está dizendo que encontrou nesse livro? O que acha que ele quer dizer com "um sedativo para as minhas paixões"?

— Algo que o acalmou?

— Em parte, sim. Mas continue. Essa ideia vai aparecer de novo logo logo.

Alfred recitou mentalmente o texto por um instante para retomar do ponto em que havia parado, e prosseguiu:

— "Mas o que me ligou particularmente a Espinosa foi o interesse ilimitado que emanava..."

— Desinteresse... Não interesse — esbravejou o diretor Epstein, que ia acompanhando, na cópia que lhe havia sido entregue, cada palavra recitada pelo rapaz. — Desinteresse significa não estar apegado emocionalmente.

Alfred assentiu e continuou:

— "Mas o que me ligou particularmente a Espinosa foi o desinteresse ilimitado que emanava de cada uma das suas frases. Aquela magnífica passagem: 'Aquele que ama a Deus corretamente não deve desejar que Deus retribua a esse amor', com todas as premissas em que se baseia e com todas as consequências que dela decorrem, preencheu inteiramente a minha capacidade de pensar."

— Este é um trecho bem difícil — observou o diretor. — Deixe-me explicar. Goethe está dizendo que Espinosa o ensinou a libertar a mente da influência alheia. A encontrar os próprios sentimentos e as próprias conclusões e agir de acordo com eles. Em outras palavras, deixe fluir o seu amor, e não se deixe influenciar pela ideia do amor que se pode receber em troca. Podemos aplicar essa noção a discursos de campanha. Goethe faria um discurso baseado na admiração que receberia dos outros? Claro que não! Nem diria o que os outros gostariam que ele dissesse. Está entendendo? Percebe de que trata a passagem?

Alfred assentiu. Na verdade, o que entendeu foi que Herr Epstein estava profundamente ressentido com ele. Ficou esperando até que o diretor indicasse que podia continuar.

— "Ademais, não se pode negar que as uniões mais estreitas surgem dos opostos. A calma inteiramente sóbria de Espinosa contrastava de forma gritante com a minha atividade inteiramente imoderada. O seu método matemático era o oposto dos meus sentimentos poéticos. O seu tão disciplinado sistema de pensamento fez de mim o seu discípulo fervoroso, o seu mais ardoroso devoto. Mente e coração, entendimento e sentimento, buscavam-se mutuamente com uma necessária afinidade, e surgiu assim a união de duas naturezas as mais diversas."

— Sabe o que ele quer dizer aqui com "duas naturezas as mais diversas", Rosenberg? — perguntou Herr Epstein.

— Acho que está se referindo à mente e ao coração...

— Exatamente. E qual dos dois é Goethe e qual é Espinosa?

Alfred parecia atarantado.

— Isso não é apenas um exercício de memorização, Rosenberg! Quero que entenda o texto. Goethe é poeta. Portanto, qual dos dois ele é, mente ou coração?

— Coração. Mas é também uma mente fantástica.

— Ah, claro... Agora entendo o que o confundiu. Mas ele está justamente dizendo que foi em Espinosa que encontrou o equilíbrio que lhe permitiu conciliar a sua imaginação apaixonada e exaltada com a calma e a razão necessárias. É por *isso* que Goethe se diz o "mais ardoroso devoto" de Espinosa. Está entendendo?

— Estou, sim, senhor.

— Prossiga, então.

Alfred hesitou. Havia um lampejo de pânico nos seus olhos.

— Eu me perdi. Não sei exatamente onde estávamos.

— Você está indo bem — interrompeu Herr Schäfer, tentando acalmar o rapaz. — Sabemos que é difícil recitar um texto com tantas interrupções. Pode consultar as suas anotações para localizar o ponto em que parou.

Alfred respirou fundo, deu uma rápida olhada nas suas notas e retomou a recitação:

— "Alguns referem-se a ele como sendo ateu e o consideram digno de recriminação, mas também admitem que era um homem quieto e reflexivo, um bom cidadão, uma pessoa compassiva. Ora, os críticos de Espinosa parecem haver esquecido as palavras do Evangelho. 'Pelos seus frutos, os conhecereis'; pois como é possível uma vida que agrada a Deus e aos homens inspirar-se de princípios corruptos? Ainda me lembro da calma e da clareza que me dominaram quando passei os olhos pela primeira vez nas páginas da *Ética* desse homem admirável. Retornei, portanto, à obra à qual tanto devia e, mais uma vez, o mesmo clima de paz pairou sobre mim. Mergulhei na sua leitura e pensei, quando olhei para dentro de mim mesmo, que jamais havia percebido o mundo de forma tão clara."

Ao terminar a última linha, Alfred exalou profundamente. Com um gesto, o diretor mandou que se sentasse e observou:

— A sua recitação foi satisfatória. Você tem boa memória. Agora, vamos verificar se compreendeu esse último trecho. Diga-me, Goethe considera Espinosa ateu?

Alfred fez que não.

— Não ouvi a sua resposta.

— Não, senhor — replicou o rapaz em voz alta. — Goethe não o considerava ateu. Mas outras pessoas consideravam.

— E por que Goethe discordava delas?

— Por causa da ética?

— Não, não. Já esqueceu que *Ética* é o título do livro de Espinosa? Vamos tentar outra vez: por que Goethe discordava daqueles que criticavam Espinosa?

Alfred estremeceu e ficou calado.

— Santo Deus! Olhe as suas anotações, Rosenberg — exclamou o diretor.

Alfred passou os olhos pelo último parágrafo e arriscou:

— Porque ele era bom e levava uma vida que agradava a Deus?

— Exatamente. Em outras palavras, o que importa não é em que você acredita ou diz acreditar, mas sim a forma como vive. Agora, Rosenberg, uma última pergunta sobre essa passagem. Diga-nos, uma vez mais, o que Goethe encontrou em Espinosa?

— Ele diz que encontrou um clima de paz e de calma. Diz também que passou a ver o mundo com mais clareza. Essas foram as duas coisas principais.

— Exatamente. Sabe-se que o grande Goethe passou um ano inteiro carregando no bolso um exemplar da *Ética* de Espinosa. Imagine só, um ano inteirinho! E ele não foi o único; muitos outros grandes alemães, como Lessing e Heine, também se referem à clareza e à tranquilidade que nos vêm da leitura desse livro. Quem sabe não vai haver um momento na vida em que você também vai precisar da calma e da claridade propiciadas pela *Ética* de Espinosa? Não vou lhe pedir que leia esse livro agora. Você ainda é jovem demais para compreender o significado. Quero, porém, que prometa que vai lê-lo antes do seu 21º aniversário. Ou talvez seja melhor que o leia na época em que for efetivamente adulto. Você me dá a sua palavra de bom alemão?

— Tem a minha palavra, senhor.

Alfred teria prometido ler a enciclopédia inteira em chinês só para se livrar daquela inquisição.

— Passemos, então, ao cerne dessa tarefa. Ficou claro para você por que motivo nós lhe mandamos ler esse texto?

— Hã... Não, senhor. Achei que fosse apenas porque eu tinha dito que admirava Goethe mais que qualquer outra pessoa.

— Em parte foi por isso mesmo. Mas tenho certeza de que compreendeu qual era a pergunta que eu estava efetivamente fazendo?

Alfred parecia atônito.

— O que estou lhe perguntando é o seguinte: o que sente sabendo que o homem que *você* admira mais que qualquer outro escolheu um judeu como o homem que *ele* admira mais que qualquer outro?

— Judeu?

— Não sabia que Espinosa era judeu?

Silêncio.

— Não procurou saber nada sobre ele nessas duas últimas semanas?

— Não sei nada sobre esse tal de Espinosa, senhor. Isso não fazia parte da minha tarefa.

— E, então, graças a Deus, você pôde evitar o passo tão assustador que consistia em aprender alguma coisa extra? É isso, Rosenberg?

— Vamos tentar de outro jeito — interveio Herr Schäfer. — Pense em Goethe. O que ele teria feito nessa situação? Se tivessem mandado que Goethe lesse a autobiografia de alguém que não conhecesse, o que ele teria feito?

— Teria procurado informações sobre essa pessoa.

— Exatamente. Isso é importante. Se admira alguém, trate de imitá-lo. Use essa pessoa como seu guia.

— Obrigado, professor.

— Mas vamos voltar à minha pergunta — disse o diretor Epstein. — Como explica a admiração e a gratidão irrestritas que Goethe tinha por um judeu?

— Goethe sabia que ele era judeu?

— Claro que sabia, meu Deus do céu!

— Ora, Rosenberg — principiou Herr Schäfer, que, a essa altura, já estava perdendo a paciência —, pense um pouco na pergunta que fez. Que importância tem o fato de ele saber se Espinosa era judeu? Que motivo haveria para fazer essa pergunta? Acha que um homem da estatura de Goethe, um homem que você mesmo chamou de gênio universal, não abraçaria grandes ideias independentemente da origem que elas tivessem?

Alfred parecia atordoado. Jamais se vira exposto a tamanha avalanche de ideias. O diretor, pondo a mão no braço de Herr Schäfer para acalmá-lo, continuou insistindo.

— A minha pergunta fundamental continua sem resposta. Como explica que o gênio universal alemão tenha sido tão auxiliado pelas ideias de um membro de uma raça inferior?

— Talvez seja aquilo que eu disse sobre o dr. Apfelbaum. Talvez, por uma mutação qualquer, possa existir um bom judeu, mesmo que a sua raça seja corrupta e inferior.

— Esta resposta é inadmissível — disse Herr Epstein. — Uma coisa é falar de um médico que é delicado e realiza muito bem as tarefas relativas à profissão que escolheu; outra coisa bem diferente é falar de um gênio que pode ter mudado o curso da história. E há vários outros judeus cujo gênio é sabidamente reconhecido. Pense neles. Deixe que eu lhe dê alguns exemplos de pessoas que você conhece, mas que talvez não saiba que eram judias. Herr Schäfer disse que você recitou poemas de Heinrich Heine nas aulas. Disse-me também que gosta de música, e suponho que já tenha ouvido peças de Gustav Mahler e de Felix Mendelssohn, não é mesmo?

— Eles são judeus, senhor?

— São. E deve saber que Disraeli, o grande primeiro-ministro britânico, também era judeu.

— Não sabia, não, senhor.

— Pois é. E agora mesmo, lá em Riga, estão encenando a ópera *Os contos de Hoffmann*, de Jacob Offenbach, mais um nascido da raça judia. Tantos gênios... Que explicação daria para isso?

— Não sei responder a essa pergunta. Vou ter de pensar a respeito. Posso ir agora, por favor? Não estou me sentindo bem. Prometo que vou pensar sobre isso.

— Está certo. Pode ir — disse o diretor. — E quero muito que você pense mesmo. Pensar é bom. Pense sobre a nossa conversa de hoje. Pense sobre Goethe e sobre o judeu Espinosa.

Depois que Alfred saiu, o diretor Epstein e Herr Schäfer se entreolharam por alguns instantes.

— Ele prometeu que vai pensar, Hermann — disse enfim o diretor. — Quais são as chances de isso acontecer mesmo?

— Praticamente nulas, acho eu — respondeu o outro. — Vamos deixar que se forme, pois, assim, nos livramos dele. Esse rapaz tem uma falta de curiosidade que, muito provavelmente, é incurável. Se escavarmos qualquer ponto da sua mente, tudo o que vamos encontrar é o solo duro de convicções infundadas.

— Concordo com você. Não tenho a menor dúvida que, nesse exato momento, Goethe e Espinosa estão desaparecendo rapidamente dos seus pensamentos e jamais voltarão a perturbá-lo. De qualquer modo, estou aliviado pelo que aconteceu agora. Meus temores estão apaziguados. Esse rapaz não tem nem inteligência nem força moral para causar dano levando outras pessoas a pensarem como ele.

CAPÍTULO 7

AMSTERDÃ — 1656

BENTO FICOU NA janela, vendo o irmão, que se afastava em direção à sinagoga. *Gabriel tem toda a razão; estou prejudicando os que me são mais próximos. As minhas escolhas são terríveis: ou eu me refreio, abrindo mão da minha natureza interior e reprimindo a minha curiosidade, ou vou acabar causando danos aos meus entes queridos.* O relato que o irmão lhe fez da fúria do futuro sogro no jantar do Sabbath trouxe à mente de Bento a paternal advertência de Van den Enden quanto aos perigos cada vez maiores que ele enfrentaria em meio à comunidade judaica. Passou cerca de uma hora refletindo, tentando encontrar saídas para escapar dessa armadilha, e só então se levantou, vestiu-se e preparou um café. Com a xícara na mão, saiu pela porta dos fundos e foi para a Loja Espinosa de Importação e Exportação.

Lá chegando, tirou pó e varreu o lixo para a rua pela porta da frente. Despejou também numa cesta uma grande saca de figos secos bem cheirosos, um novo carregamento vindo da Espanha. Sentado no lugar de sempre perto da janela, tomou o seu café, mordiscou uns daqueles figos e se concentrou nos devaneios que lhe passavam pela cabeça. Ultimamente, vinha praticando meditação, o que lhe permitia desconectar-se do fluxo dos próprios pensamentos, perceber a mente como um teatro e a si mesmo como parte do público que assistia ao espetáculo que estava sendo encenado. O rosto de Gabriel, a própria expressão da tristeza e do desassossego, logo apareceu no palco, mas Bento havia aprendido a baixar as cortinas e a passar ao ato seguinte. Logo foi Van den Enden que se materializou ali.

Elogiou os progressos de Bento no latim, pondo a mão no seu ombro de um jeito paternal. Como gostava da sensação daquele toque... *Agora, porém,* pensou o rapaz, *já que Rebekah e Gabriel estão se afastando, quem voltará a me tocar?*

A mente de Bento se deslocou para uma cena em que ele ensinava hebraico ao seu professor e a Clara Maria. O rapaz sorria enquanto ia ensinando aos dois alunos, como se fossem crianças, o *aleph*, o *bet*, o *gimmel*, e sorria ainda mais ao ver a pequena Clara Maria lhe ensinando o *alpha*, o *beta*, o *gama*. Reparou na qualidade brilhante, quase luminosa, da imagem da menina: Clara Maria, aquela visão de 13 anos, com as costas encurvadas; aquela menina–mulher cujo sorriso travesso desmentia a sua pose de professora adulta e severa. Um pensamento fugidio lhe passou pela cabeça: *se ao menos ela fosse mais velha...*

Por volta do meio-dia, a sua longa meditação foi interrompida por um movimento lá fora. De longe, Bento avistou Jacob e Franco, que se dirigiam para a loja, conversando. O rapaz havia feito o voto de levar uma vida santificada e sabia que não era nada virtuoso observar os outros desse jeito sub-reptício, principalmente quando tais pessoas poderiam estar falando a seu respeito. Mas não pôde se impedir de voltar a atenção para a estranha cena que se desenrolava diante dos seus olhos.

Franco ficou uns três ou quatro passos atrás de Jacob. Este, então, se virou, tomou o primo pela mão e tentou puxá-lo. O rapaz desvencilhou-se, balançando a cabeça vigorosamente. Jacob contestou o que o outro tinha dito e, depois de olhar ao redor para se certificar de que não havia ninguém olhando, pôs as mãos enormes nos ombros de Franco, sacudiu-o rudemente e veio empurrando-o à sua frente até chegarem à loja.

Por um instante, Bento se inclinou para a frente, fascinado com aquele drama; logo, porém, reassumiu o estado meditativo e ficou refletindo sobre o enigma daquele comportamento tão estranho. Poucos minutos depois, foi despertado dos seus devaneios pelo som da porta se abrindo e pelo ruído de passos no interior do estabelecimento.

Levantou-se, cumprimentou os visitantes, puxou duas cadeiras para eles e sentou-se num enorme caixote de figos secos.

— Estão voltando dos serviços do Sabbath?

— Estamos, sim — respondeu Jacob. — Um de nós revigorado, o outro mais agitado que antes.

— Interessante... O mesmo acontecimento provocando duas reações diferentes... E como explicariam esse curioso fenômeno? — indagou Bento.

— Não se trata de coisa assim tão interessante — apressou-se a responder Jacob —, e a explicação é óbvia. À diferença de Franco, que não recebeu uma educação judaica, eu tive instrução quanto às nossas tradições, estudei hebraico e...

— Permita-me interrompê-lo — disse Bento. — Mas já do começo a sua explicação exige explicação. Nenhuma criança criada em Portugal, numa família marrano, aprende hebraico e os rituais judaicos. Foi assim com o meu pai, que só veio a aprender hebraico depois que saiu de Portugal. Ele contava que, quando era menino, lá no seu país, eram impostos severos castigos a qualquer família que desse às crianças instrução religiosa ou lhes ensinasse a língua hebraica. Na verdade — acrescentou, dirigindo-se a Franco —, vocês não me falaram ainda ontem de um pai amado que foi morto porque a Inquisição encontrou uma Torá enterrada?

Passando as mãos pelos cabelos num gesto nervoso, Franco não disse nada; limitou-se a confirmar com um ligeiro aceno de cabeça.

Voltando-se mais uma vez para Jacob, Bento prosseguiu:

— O que lhe pergunto, então, Jacob, é de onde vem o seu conhecimento do hebraico?

— As pessoas da minha família se tornaram cristãos-novos há três gerações — respondeu o rapaz mais que depressa. — Mas continuaram sendo criptojudeus, determinados a manter viva a sua fé. Quando eu tinha 11 anos, o meu pai me mandou para Roterdã, para trabalhar no comércio, e passei então oito anos estudando hebraico toda noite, com o meu tio que era rabino. Ele me preparou para o *bar mitzvah* na sinagoga de Roterdã e prosseguiu com a minha instrução judaica até a morte. Durante os últimos 12 anos, vivi praticamente o tempo todo em Roterdã e só voltei a Portugal para ir buscar Franco.

— E você — perguntou Bento, dirigindo-se a Franco, cujos olhos pareciam se interessar apenas pelo chão malvarrido da loja —, não sabe hebraico?

Mas foi Jacob quem respondeu:

— Claro que não. Como você acabou de dizer, essa língua não é permitida em Portugal. Todos aprendemos a ler as escrituras em latim.

— Quer dizer, Franco, que você não sabe hebraico?

Mais uma vez, o outro se intrometeu.

— Em Portugal, ninguém ousa ensinar hebraico. Não só porque isso equivaleria a enfrentar a morte imediata, mas também porque toda a sua família seria perseguida. Agora mesmo, a mãe e as duas irmãs de Franco estão vivendo escondidas.

— Franco — insistiu Bento, inclinando-se para fitar o rapaz bem nos olhos. — Jacob continua a responder por você. Por que decidiu não dizer nada?

— Ele só está tentando me ajudar — respondeu Franco num sussurro.

— E ficar calado pode ajudá-lo?

— Estou transtornado demais para confiar nas minhas próprias palavras — disse o rapaz num tom mais alto. — O que Jacob está dizendo é verdade. A minha família está em perigo e não tive qualquer educação judaica a não ser o *aleph*, *bet* e *gimmel*, que ele me ensinou desenhando as letras na areia. E mesmo isso ele teve de apagar, passando o pé em cima.

Bento voltou-se para Franco, desviando-se propositadamente de Jacob.

— Também acha que, enquanto o seu primo foi revigorado pelo serviço religioso, você só ficou mais agitado?

O rapaz fez que sim.

— E o que causou essa agitação foi...

— Foram as dúvidas e os sentimentos — respondeu ele, lançando uma olhadela furtiva a Jacob. — Esses sentimentos são tão fortes que tenho medo de descrevê-los. Mesmo para você.

— Confie em mim para entender os seus sentimentos e não julgá-los.

Franco baixou os olhos. Tinha a cabeça trêmula.

— Quanto medo! — prosseguiu Bento. — Deixe-me tentar acalmá-lo. Em primeiro lugar, vamos ver se o seu medo é racional.

O rapaz fez uma careta e encarou Espinosa atônito.

— Vamos ver se o seu medo se justifica. Considere esses dois fatos: *primeiro*, eu não represento uma ameaça. Dou-lhe a minha palavra de que jamais repetirei o que quer que me diga. Além disso, eu também duvido de muitas coisas. Quem sabe até não compartilho de alguns dos seus sentimentos? E, *segundo*, não há perigo na Holanda. Aqui não existe Inquisição. Nem nesta loja, nem nesta comunidade, nem nesta cidade ou sequer neste país. Amsterdã tornou-se independente da Ibéria há muitos anos. Sabe disso, não sabe?

— Sei — respondeu Franco, bem baixinho.

— E, mesmo assim, alguma parte da sua mente, que escapa ao seu controle, continua a agir como se houvesse um grande perigo imediato. Não é incrível como a nossa mente é dividida? Como a nossa razão, a parte mais elevada da nossa mente, é subjugada pelas nossas emoções?

Franco não demonstrou nenhum interesse por esses fatos notáveis.

Bento hesitou. Estava dividido entre uma impaciência crescente e uma noção de missão, quase de dever. Mas como proceder? Estaria esperando demais de Franco em tão pouco tempo? Lembrou-se das inúmeras ocasiões em que a razão foi incapaz de dominar os seus próprios medos. Ainda ontem à noite isso tinha acontecido, quando se viu andando contra o fluxo, no meio da multidão que se dirigia à sinagoga para o serviço do Sabbath.

Finalmente, decidiu lançar mão da única arma de que dispunha e, no tom mais delicado possível, disse:

— Você me implorou que o ajudasse. Concordei em fazer isso. Mas se quiser a minha ajuda, tem de confiar em mim hoje. Precisa me ajudar a ajudá-lo. Está entendendo?

— Estou — respondeu Franco com um suspiro.

— Então, o próximo passo é me dizer quais são os seus medos.

— Não consigo — replicou o rapaz, balançando a cabeça. — Eles são apavorantes. E são perigosos.

— Não tão apavorantes que possam resistir à luz da razão. E, como acabei de demonstrar, não são perigosos se não há nada a temer. Coragem! Chegou a hora de encará-los. Se não for assim, repito — e, nesse instante, Bento falou com voz firme —, não vejo sentido em continuarmos a nos encontrar.

Franco respirou fundo e principiou:

— Hoje, na sinagoga, ouvi as escrituras cantadas numa língua estranha. Não entendi nada...

— Mas, Franco — interveio Jacob —, *é claro* que você não entendeu nada. Já lhe disse mil vezes que esse seu problema é temporário. O rabino dá aulas de hebraico. Paciência, paciência...

— E eu já lhe disse mil vezes — retrucou o rapaz bruscamente, agora com muita raiva na voz — que é muito mais que uma questão de língua. Será que, pelo menos uma vez, você podia me *ouvir*? É todo o espetáculo. Hoje de manhã, na sinagoga, olhei ao meu redor e vi todos ali com os seus elegantes quipás bordados, com os seus xales de oração azuis e brancos com franjas, balançando a cabeça para a frente e para trás feito papagaios diante do comedouro, os olhos erguidos para o céu. Ouvi aquilo, vi aquilo e pensei... Não, não posso dizer o que pensei..

— Diga, Franco — insistiu Jacob. — Ainda ontem você me disse que este era o professor que vinha procurando.

— Fiquei me perguntando — respondeu o rapaz, fechando os olhos — qual era a diferença entre aquilo e o espetáculo... Não, vou dizer o que me passou mesmo pela cabeça... E aquela *bobagem* que eu via nas missas católicas a que nós, os cristãos-novos, éramos obrigados a assistir? Lembra, Jacob, que, quando éramos crianças, saíamos da igreja depois da missa ridicularizando os católicos? Debochávamos dos trajes exóticos dos padres, das milhares de imagens sangrentas da crucificação, daquela gente se ajoelhando diante de pedaços de ossos de santos, da hóstia e do vinho e daquela história de comer a carne e beber o sangue... — e Franco ergueu mais a voz — Judeu ou católico... Não tem diferença alguma... É uma loucura. Tudo isso é loucura.

Jacob pôs o quipá na cabeça, pousou a mão sobre ele e, baixinho, recitou uma oração em hebraico. Bento também estava abalado e, com todo o cuidado, tratou de procurar as palavras mais certas, mais serenas.

— Ter tais pensamentos e acreditar que é o único a pensar assim. Sentir-se só na sua dúvida. Isso deve ser mesmo apavorante.

— Há mais uma coisa — disse Franco em tom precipitado —, outra ideia ainda mais terrível. Fico pensando que foi por essa loucura que o meu pai sacrificou a própria vida. Por essa loucura ele nos pôs em perigo: eu, os seus pais, a minha mãe, o meu irmão, as minhas irmãs.

Jacob não conseguiu mais se conter. Aproximou-se do primo e, inclinando a cabeçorra para chegar mais perto da sua orelha, disse, de forma até branda:

— Talvez o pai conhecesse melhor as coisas do que o filho.

Franco balançou a cabeça, abriu a boca, mas não disse nada.

— E pense também — prosseguiu Jacob — como as suas palavras tornam a morte do seu pai algo sem sentido. Tais pensamentos acabam fazendo com que a morte dele tenha sido em vão. Ele morreu para manter a fé sagrada para você.

Franco pareceu abatido e baixou a cabeça.

Bento sabia que era hora de intervir. Voltou-se primeiro para Jacob e, brandamente, disse:

— Um momento atrás você insistiu que Franco dissesse o que pensava. Agora que ele finalmente fez o que você pediu, não seria melhor encorajá-lo em vez de calá-lo?

Jacob recuou menos de um passo. Bento prosseguiu, dirigindo-se a Franco com a mesma voz serena:

— Que dilema para você, Franco! Jacob diz que, se você não acreditar nas coisas que julga inacreditáveis, estará fazendo do martírio do seu pai uma morte vã. E quem quer prejudicar o próprio pai? Quantos obstáculos no caminho do pensar por si mesmo! Quantos obstáculos quando queremos nos aperfeiçoar usando a habilidade da razão que nos foi dada por Deus!

— Espere aí, espere aí... — interrompeu Jacob, balançando a cabeça. — As suas últimas palavras sobre a habilidade da razão que nos foi dada por Deus... Não foi *isso* que eu disse. Você está distorcendo as coisas. Fala de razão? Pois vou lhe mostrar o que é a razão. Use o seu bom senso. Abra os olhos. Quero que faça uma comparação! Olhe para Franco. Ele está sofrendo, chorando; anda arrasado, desesperado. Está vendo isso?

Bento assentiu.

— Pois agora olhe para mim. Sou forte. Amo a vida. Tenho cuidado dele. Fui salvá-lo da Inquisição. Sou sustentado pela minha fé e pelo apoio dos meus irmãos judeus. Sou confortado por saber que nosso povo e nossa tradição perseveram. Use a sua preciosa razão para nos comparar e diga lá, *homem sábio*, a que conclusão a razão vai chegar?

Falsas ideias propiciam um consolo frágil e falso, pensou Bento. Mas achou por bem ficar calado.

— E aplique o mesmo método com relação a si mesmo, erudito — insistiu o outro. — O que somos, o que você é sem a nossa comunidade, sem a nossa tradição? Pode viver vagando sozinho pela Terra? Soube que não se casou. Que tipo de vida pode levar assim sem ninguém? Sem família? Sem Deus?

Bento, que sempre evitava conflitos, ficou abalado com a invectiva de Jacob.

Este, voltando-se para Franco e abrandando a voz, disse:

— Você vai se sentir tão apoiado quanto eu quando compreender as palavras e as orações; quando entender o que elas significam.

— Com esta afirmação eu concordo — observou Bento, tentando aplacar a indignação de Jacob, que lhe lançava uns olhares furiosos. — A perplexidade só faz aumentar o estado de choque em que você se encontra, Franco. Todo marrano que deixa Portugal fica desorientado, precisa ser reeducado para voltar a ser judeu, tem de começar como uma criança e aprender o *aleph, bet, gimmel*. Durante três anos fui assistente do rabino nas aulas de hebraico para marranos e posso lhe assegurar que vai aprender bem depressa.

— Não — insistiu o rapaz, parecendo agora aquele Franco resistente que Bento vira pela janela. — Nem *você*, Jacob Mendoza, nem *você*, Bento Espinosa, estão me ouvindo. Vou repetir mais uma vez. *O problema não é a língua.* Não sei hebraico, mas, hoje de manhã, lá na sinagoga, durante todo o serviço fiquei lendo a tradução espanhola da Torá sagrada. O texto é cheio de milagres. Deus divide o mar Vermelho; atormenta os egípcios com mil sofrimentos; fala disfarçado de arbusto em chamas. Por que todos esses milagres aconteceram *nessa época*, no tempo da Torá? Digam-me: por que a época dos milagres acabou? Será que o Deus todo-poderoso foi dormir? Onde estava Ele quando o meu pai foi queimado na fogueira? E por que razão? Para proteger o livro sagrado desse mesmo Deus? Ele não era poderoso o bastante para salvar o meu pai, que sempre o reverenciou tanto? Se for esse o caso, quem precisa de um Deus assim tão fraco? Ou será que Deus não sabia que o meu pai O adorava? Se for esse o caso, quem precisa de um Deus assim tão pouco a par do que acontece? Será que Deus era poderoso o bastante para salvá-lo e escolheu não fazer isso? Se for esse o caso, quem precisa de um Deus tão desprovido de amor? Você, Bento Espinosa, aquele que se chama "abençoado", você sabe tudo sobre Deus; você é um erudito. Então explique-me isso.

— Por que estava com medo de falar? — perguntou Bento. — As questões que você coloca são importantes, são questões que vêm desnorteando os religiosos há séculos. Acho que a raiz do problema está num erro fundamental e maciço: o erro de partir do pressuposto de que Deus é um ser vivente, pensante; um ser à nossa imagem e semelhança, um ser que pensa *como* nós, um ser que pensa *sobre* nós.

"Os gregos da Antiguidade se deram conta desse erro. Dois mil anos atrás, um sábio chamado Xenófanes escreveu que, se os bois, os leões e os cavalos tivessem mãos para esculpir imagens, representariam Deus de acordo com as suas próprias formas e lhe dariam corpos semelhantes aos seus. Acredito que, se os triângulos pudessem pensar, criariam um Deus com a aparência e os atributos de um triângulo, ou os círculos criariam..."

— Você fala como se nós, judeus — disse Jacob, indignado —, não soubéssemos absolutamente nada sobre a natureza de Deus. Não se esqueça que temos a Torá, que contém as palavras Dele. E, Franco, não fique achando que Deus não tem poder. Não esqueça que os judeus vêm resistindo; que, a despeito de tudo que tem sido feito contra nós, nós resistimos. Onde estão todos esses povos que desapareceram, os fenícios, os moabitas, os edomitas e tantos outros cujos nomes desconheço? Não esqueça que devemos nos guiar pela lei que o próprio Deus entregou aos judeus, a nós, o povo por Ele eleito.

Franco lançou um olhar para Espinosa como se dissesse *Está vendo o que tenho de enfrentar?*, e, voltando-se para o primo, observou:

— Todos acreditam que Deus os elegeu: os cristãos, os muçulmanos...

— Não! Que importância tem o que os outros pensam? O que importa é o que está escrito na Bíblia. — E, dirigindo-se a Espinosa: — Admita, Baruch, admita, erudito: a palavra de Deus não afirma que os judeus são o povo eleito? Pode negar isso?

— Passei anos estudando essa questão, Jacob, e, se desejar, transmito-lhes os resultados de minhas pesquisas — respondeu Bento, com toda a delicadeza, como um professor falando com um aluno inquiridor. — Para responder à sua pergunta sobre a condição especial dos judeus, devemos voltar às fontes. Querem me acompanhar na exploração das próprias palavras da Torá? O meu exemplar está logo ali.

Trocando olhares, ambos assentiram e se levantaram para seguir Bento, que, com todo o cuidado, repôs as cadeiras no lugar e trancou a porta da loja antes de fazê-los entrar na sua casa.

CAPÍTULO 8

REVAL, ESTÔNIA — 1917-1918

O PROGNÓSTICO DO DIRETOR Epstein, para quem a curiosidade e inteligência limitadas deveriam fazer de Rosenberg um indivíduo inofensivo, revelou-se inteiramente equivocado. Errada também foi a sua predição de que Goethe e Espinosa desapareceriam imediatamente dos pensamentos do rapaz. Muito pelo contrário: Alfred jamais conseguiu tirar da cabeça a imagem do grande Goethe de joelhos diante do judeu Espinosa. Sempre que lhe ocorriam ideias sobre Goethe e Espinosa (daquele momento em diante inseparáveis), ele só aguentava tal dissonância por alguns segundos e logo tratava de varrê-la da lembrança com a primeira vassoura conceitual que tivesse à mão. Às vezes, convencia-se do argumento proposto por Houston Stewart Chamberlain, segundo o qual Espinosa, como Jesus, embora pertencendo à cultura judaica, não tinha uma gota sequer de sangue judeu. Ou talvez tivesse roubado ideias de pensadores arianos. Ou quem sabe Goethe houvesse sido enfeitiçado, envolvido pela conspiração judaica. Muitas vezes Alfred pensava em se aprofundar nessas hipóteses, pesquisando o assunto em bibliotecas, mas nunca levou tal projeto adiante. Pensar, pensar de verdade, era tão trabalhoso, tão duro quanto transportar baús pesados até o sótão. Em vez disso, foi se tornando cada vez mais adepto da repressão. Tratava de se distrair. Mergulhou em diversas atividades. Acima de tudo, convenceu-se de que a força das convicções elimina a necessidade de qualquer indagação.

Mas um bom e nobre alemão honra um juramento e, quando o seu vigésimo primeiro aniversário estava se aproximando, Alfred lembrou que havia prometido ao diretor ler a *Ética* de Espinosa. Decidido a manter a palavra dada, comprou um exemplar usado do livro, mas, ao abri-lo, foi recebido, já na primeira página, por uma longa lista de definições incompreensíveis.

I. Por causa de si compreendo aquilo cuja essência envolve a existência, ou seja, aquilo cuja natureza não pode ser concebida senão como existente.

II. Diz-se finita em seu gênero aquela coisa que pode ser limitada por outra da mesma natureza. Por exemplo, diz-se que um corpo é finito porque sempre concebemos um outro maior. Da mesma maneira, um pensamento é limitado por outro pensamento. Mas um corpo não é limitado por um pensamento, nem um pensamento por um corpo.

III. Por substância compreendo aquilo que existe em si mesmo e que por si mesmo é concebido teologicamente, isto é, aquilo cujo conceito não exige o conceito de outra coisa do qual deva ser formado.

IV. Por atributo compreendo aquilo que, de uma substância, o intelecto percebe como constituindo a sua essência.

V. Por modo compreendo as modificações, afecções, de uma substância, ou seja, aquilo que existe em outra coisa, por meio da qual é também concebido.

VI. Por Deus compreendo um ente absolutamente infinito, isto é, uma substância que consiste de infinitos atributos, cada um dos quais exprime uma essência eterna e infinita.

Quem pode entender essas coisas de judeu? Alfred atirou o livro longe no quarto. Uma semana depois, fez mais uma tentativa, pulando as definições e passando direto para a seção seguinte, a dos Axiomas.

I. Tudo o que existe existe ou em si mesmo ou em outra coisa.
II. Aquilo que não pode ser concebido por meio de outra coisa deve ser concebido por si mesmo.
III. De uma causa dada e determinada segue-se necessariamente um efeito; e, inversamente, se não existe nenhuma causa determinada, é impossível que se siga um efeito.
IV. O conhecimento de um efeito depende do conhecimento da causa e envolve este último.
V. Não se pode compreender, uma por meio da outra, coisas que nada têm de comum entre si; ou seja, o conceito de uma não envolve o conceito da outra.

Os tais axiomas eram igualmente indecifráveis e, mais uma vez, o livro saiu voando pelo quarto. Mais tarde, Alfred voltou a tentar, olhando uns trechos da seção seguinte, as proposições, que também eram incompreensíveis. Até que, finalmente, ocorreu-lhe que cada uma das partes dependia logicamente das definições e axiomas precedentes, e que, portanto, de nada adiantaria ficar escolhendo passagens para ler ao acaso. De quando em quando, o rapaz pegava o pequeno volume, abria-o onde havia o retrato de Espinosa, defronte da folha de rosto, e ficava fascinado por aquele rosto comprido e ovalado, aqueles enormes olhos de judeu, expressivos e de pálpebras pesadas (e que o fitavam bem nos olhos, independentemente do jeito como ele virasse o livro). *Livre-se desse maldito livro*, pensou ele com seus botões, *venda-o* (mas não valeria nada, já que estava bem mais estragado agora, depois de tantas viagens pelos ares). *Ou então passe-o adiante ou jogue-o fora*. Alfred sabia que era essa a atitude que devia tomar; estranhamente, porém, não conseguia se desfazer da *Ética*.

Por quê? Ora, a palavra dada era um dos motivos, mas não o determinante. O diretor não tinha dito que era preciso ser efetivamente adulto para entender a *Ética*? E ele não tinha ainda vários anos de estudos pela frente antes de se tornar um adulto de verdade?

Não, não, o que o incomodava não era a palavra dada: era o problema de Goethe. Ele adorava Goethe. E Goethe adorava Espinosa. Alfred não conseguia se livrar daquele maldito livro porque Goethe o adorava tanto que passara um ano inteiro levando-o para todo lado no bolso. Aquelas bobagens judias que não faziam nenhum sentido haviam aquietado as paixões desenfreadas de Goethe e o fizeram ver o mundo com mais clareza que nunca. Como era possível? Goethe viu ali alguma coisa que ele próprio não conseguia perceber. Quem sabe algum dia não encontraria o professor capaz de lhe explicar tudo aquilo?

Os acontecimentos conturbados da Primeira Guerra Mundial não tardaram a expulsar esse enigma da mente do rapaz. Depois de se formar na Oberschule de Reval e se despedir do diretor Epstein, de Herr Schäfer e do professor de artes, Herr Purvit, Alfred entrou para o Instituto Politécnico de Riga, na Letônia, a cerca de 320 quilômetros da sua cidade. Em 1915, porém, como as tropas alemães ameaçavam invadir tanto a Estônia quanto a Letônia, todo o Instituto Politécnico foi transferido para Moscou, onde Alfred morou até 1918, quando entregou o seu trabalho de fim de curso, o projeto arquitetônico de um crematório, e obteve assim o seu grau em arquitetura e engenharia.

Apesar dos bons resultados na faculdade, Alfred nunca se sentiu à vontade na área da engenharia, preferindo passar o tempo lendo mitologia e ficção. Era fascinado pelas histórias da mitologia nórdica contidas na *Edda*, bem como pelos enredos bem elaborados dos romances de Dickens e pelas obras monumentais de Tolstói (que lia em russo). Fez algumas incursões pela filosofia, catando, aqui e ali, as ideias essenciais de Kant, Schopenhauer, Fichte, Nietzsche e Hegel, e, como antes, não tinha pudor algum em exibir as suas escolhas, lendo obras filosóficas em lugares decididamente públicos.

Durante o caos do período da Revolução Russa de 1917, Alfred ficou chocado ao ver centenas de milhares de manifestantes inflamadíssimos tomando as ruas e exigindo a derrubada da ordem estabelecida. Havia-se convencido, a partir da obra de Chamberlain, de que a Rússia devia tudo à influência ariana, que lhe chegara através dos vikings, da Liga Hanseática e dos imigrantes alemães, como ele próprio. O colapso da civilização russa só podia significar uma coisa: os alicerces nórdicos haviam sido derrubados pelas raças inferiores, como os mongóis, os judeus, os eslavos e os chineses, e que a alma da verdadeira Rússia não tardaria a se perder. Seria esse também o destino da mãe-pátria? O caos racial e a degradação atingiriam a própria Alemanha?

A visão daquelas multidões ocupando as ruas causava-lhe repulsa. Os bolcheviques eram verdadeiros animais cuja missão era destruir a civilização. Uma observação atenta dos seus líderes deixou Alfred convencido de que 90% deles eram judeus. Daquele ano em diante, ele quase nunca diria "os bolcheviques"; seria sempre "os judeus bolcheviques", e esse duplo epíteto acabou sendo introduzido na propaganda nazista. Depois da sua formatura, em 1918, Rosenberg não via a hora de embarcar no trem que cruzaria a Rússia, levando-o de volta para casa, em Reval. Sentado por dias a fio naquele trem que ia resfolegando rumo ao oeste, ele ficava só olhando a imensidão das terras russas. Fascinado pela vastidão — ah, o espaço! —, lembrou-se de Houston Smith Chamberlain e do seu desejo de mais *Lebensraum*, mais espaço para que a mãe-pátria pudesse se expandir. Ali, do outro lado da sua janela de um vagão de segunda classe, estava aquele espaço vital de que a Alemanha tanto precisava. Mas a extensão impressionante do território russo impossibilitava a conquista do país, a menos que... A menos que um exército de colaboradores russos fosse combater pela mãe-pátria. E, nesse instante, brotou o germe de mais uma ideia: o que fazer com todo esse espaço tão gigantesco e proibido? Por que não levar para lá todos os judeus, todos os judeus da Europa?

O trem apitou e logo os solavancos e os rangidos dos freios lhe mostraram que tinha chegado em casa. Em Reval, fazia tanto frio quanto na Rússia. Alfred enfiou todos os suéteres que possuía, enrolou bem o cachecol no pescoço e, com as malas na mão e o diploma na pasta, soltando nuvens de vapor pelo nariz, saiu andando por aquelas ruas tão familiares até chegar diante do lar da sua infância, a casa da tia Cäcilie, irmã do seu pai. Assim que bateu à porta, foi saudado por gritos de "Alfred", por sorrisos enormes, apertos de mãos dos homens, abraços das mulheres, e levado às pressas para a acolhedora cozinha que cheirava a café e a *streusel*. Nesse meio-tempo, mandaram um dos seus primos ir correndo chamar a tia Lydia, que morava poucas casas adiante, na mesma rua. Ela não tardou a chegar, carregada de comida para um jantar de comemoração.

A casa não estava muito diferente das suas lembranças e, para Alfred, tal persistência do passado era um raro alívio para a sua tão angustiante sensação de desenraizamento. Ver o próprio quarto, praticamente idêntico depois de tantos anos, trouxe ao seu rosto um ar de alegria infantil. Afundou na sua velha poltrona de leitura e ficou ali, encantado com a visão da tia batendo o travesseiro para afofá-lo e ajeitando a colcha na cama. Passou os olhos pelo aposento: lá estava o minúsculo tapetinho vermelho onde, por alguns meses, fazia anos (quando o pai, avesso a toda e qualquer religião, não estava por perto), Alfred se ajoelhava para rezar antes de dormir: "Abençoe a minha mãe, que está no céu, abençoe o meu pai e faça com que ele melhore, faça com que o meu irmão Eugen fique curado, e abençoe também a tia Ericka, a tia Marlene e toda a nossa família."

Na parede, ainda reluzente, poderoso e na bendita ignorância dos destinos incertos do exército alemão, estava o imenso cartaz do Kaiser Guilherme. E, na prateleira logo abaixo da imagem, estavam as suas miniaturas de guerreiros vikings e de soldados romanos que o rapaz ia pegando com todo o carinho. Curvando-se um pouco para examinar a pequena estante repleta dos seus livros favoritos, Alfred ficou radiante ao constatar que continuavam dispostos na mesma ordem em que os havia deixado tantos anos antes: primeiro, o seu favorito, *Os sofrimentos do jovem Werther*; depois, *David Copperfield*, e assim por diante, em ordem decrescente de importância.

Continuou a se sentir em casa durante o jantar, com as tias, os tios, os primos e as primas. Mas, deitado ali sob as cobertas, depois que todos se foram e o silêncio se instalou na casa, Alfred sentiu que aquela anomia familiar estava de volta. O "lar" começou a se desvanecer. Mesmo a imagem das duas tias, ainda sorrindo, acenando e assentindo, foi aos poucos se perdendo na distância, até restar apenas a fria escuridão. Onde era o seu lar? Qual era o seu lugar?

No dia seguinte, saiu vagando pelas ruas de Reval, em busca de rostos conhecidos, embora todos os seus amigos de infância houvessem crescido e ido cada qual para o seu canto. Além disso, bem no fundo do coração, Alfred sabia que estava procurando por fantasmas: os amigos que ele *gostaria* de ter tido. Foi andando até a Oberschule, onde os corredores e as salas de aula abertas tinham um ar a um só tempo familiar e nada convidativo. Ficou esperando do lado de fora da sala do professor de artes, Herr Purvit, que, antigamente, fora tão gentil com ele. Quando tocou a sineta, entrou para falar com o seu ex-professor, aproveitando o intervalo entre uma aula e outra. Herr Purvit o fitou com ar inquiridor, fez um ruído indistinto de reconhecimento e perguntou sobre a sua vida em termos tão vagos que Alfred, indo embora quando os alunos já se instalavam nos seus lugares, se perguntou se teria sido mesmo reconhecido. Depois, procurou em vão a sala de Herr Schäfer mas, ao ver a sala de Herr Epstein, que deixara a direção e voltara a ser professor de história, tratou de passar diante da porta bem depressa, virando o rosto para o outro lado. Não queria ouvir perguntas sobre a sua promessa quanto à obra de Espinosa, mas tampouco queria ficar sabendo que a promessa feita por Alfred Rosenberg já tinha se apagado havia muito da memória de Herr Epstein.

De volta à rua, dirigiu-se à praça principal, onde viu o quartel-general do exército alemão e, num impulso, tomou a decisão que poderia mudar toda a sua vida. Em alemão, disse ao guarda de plantão que gostaria de se alistar, e foi encaminhado ao sargento Goldberg, um sujeito grandalhão, com um nariz enorme, bastos bigodes e a palavra "judeu" estampada na testa. Sem tirar os olhos da papelada que tinha à sua frente, o sargento mal ouviu o que Alfred lhe disse e recusou o seu pedido com palavras rudes.

— Estamos em guerra. O exército alemão é para alemães, e não para cidadãos dos países ocupados.

Desconsolado, e magoado pela forma brusca como foi tratado pelo sargento, Alfred se refugiou numa cervejaria que ficava quase ao lado do quartel. Pediu uma caneca de cerveja e se sentou na ponta de uma mesa bem comprida. Quando ergueu a caneca para tomar o primeiro gole, percebeu que um homem em trajes civis o fitava. Os seus olhos se encontraram por um instante e o estranho levantou a caneca, fazendo-lhe um aceno de cabeça. Com alguma hesitação, Alfred retribuiu o cumprimento e logo voltou a mergulhar nos próprios pensamentos. Poucos minutos mais tarde, quando voltou a erguer os olhos, viu que o tal estranho, um homem alto, magro, de boa aparência, com um crânio alongado tipicamente germânico e penetrantes olhos azuis, ainda o fitava. Finalmente, o sujeito se levantou e, caneca na mão, aproximou-se de Alfred e se apresentou.

CAPÍTULO 9

AMSTERDÃ — 1656

COM JACOB E FRANCO, Bento entrou na casa onde morava com Gabriel e levou os visitantes ao seu escritório, passando antes pela pequena sala de visitas, cujo mobiliário evidenciava a ausência de um toque feminino: havia ali apenas um banco de madeira rústica e uma cadeira, uma vassoura de palha num canto e uma lareira com um fole. No escritório, viam-se uma mesa grosseiramente talhada, um banquinho alto e uma velha cadeira de madeira. Três dos desenhos a carvão que Bento fizera, representando cenas do canal de Amsterdã, estavam pendurados na parede acima de duas prateleiras vergadas sob o peso de uns dez livros bem grossos. Foi para esse ponto que Jacob se dirigiu de imediato, para espiar os títulos daqueles livros, mas Bento mandou que os dois se sentassem enquanto foi buscar outra cadeira no aposento contíguo.

— Agora, ao trabalho — disse Bento, pegando um exemplar bem manuseado da Bíblia hebraica. Deixou cair o volume no centro da mesa e abriu-o para que Jacob e Franco pudessem vê-lo. De repente, mudou de ideia e se deteve, largando o livro, cujas páginas voltaram a se fechar. — Tenho de cumprir a minha promessa de lhes mostrar exatamente o que a nossa Torá diz, ou não diz, sobre o fato de os judeus serem o povo eleito. Mas prefiro começar pelas principais conclusões a que cheguei depois de anos e anos de estudo da Bíblia.

Obtendo a aprovação dos dois primos, Bento principiou:

— A mensagem central da Bíblia relativa a Deus, creio eu, é a afirmação de que Ele é perfeito, completo e tem sabedoria absoluta. Deus é tudo e, a partir de Si mesmo, criou o mundo e tudo o que nele existe. Concordam comigo?

Franco assentiu imediatamente. Jacob pensou um pouco, projetou o lábio inferior, abriu a mão direita espalmada e acabou fazendo um aceno de cabeça, lento e um tanto hesitante.

— Já que, por definição, Deus é perfeito e não tem qualquer necessidade, podemos concluir que Ele não criou o mundo para Si mesmo, mas para nós.

Mais uma vez, Franco logo concordou, ao passo que Jacob, com um ar intrigadíssimo e as mãos espalmadas, parecia dizer: "Mas o que isso tem a ver com todo o resto?"

Com toda a calma, Bento prosseguiu:

— E, já que Ele nos criou a partir da Sua própria substância, o Seu propósito para todos nós, que, repito, somos parte da substância de Deus, é que encontremos a felicidade e a bem-aventurança.

Jacob concordou enfaticamente, como se finalmente houvesse ouvido algo que podia aceitar.

— É — declarou ele. — Ouvi o meu tio falar da centelha de Deus em cada um de nós.

— Exatamente. O seu tio e eu estamos inteiramente de acordo — replicou Espinosa e, percebendo que o outro havia franzido um pouco a testa, decidiu calar esse tipo de observação dali em diante. Jacob era inteligente demais e desconfiado demais para ser tratado de forma paternalista. Abriu a Bíblia e procurou as páginas que queria. — Aqui. Comecemos com alguns versículos dos Salmos.

Bento se pôs a ler o texto em hebraico bem devagar, acompanhando com o dedo cada palavra que, pensando em Franco, ia traduzindo para o português. Ao cabo de poucos minutos, Jacob interrompeu a leitura, balançando a cabeça e exclamando:

— Não, não, não!

— Não o quê? — perguntou Bento. — Não está gostando da minha tradução? Garanto-lhe que...

— Não são as suas palavras — disse Jacob. — É o seu jeito de ler. Como judeu, fico ofendido pela maneira como trata o nosso livro sagrado. Você não o beijou, nem o reverenciou. Praticamente o atirou na mesa e não lavou o dedo que está usando para acompanhar o texto. E a sua leitura não é entoada, nem tem qualquer tipo de inflexão. Lê como poderia ler um contrato de compra das suas uvas. Esse tipo de leitura ofende a Deus!

— Ofende a Deus, Jacob? Peço-lhe que trilhe o caminho da razão, por favor. Não acabamos de concordar que Deus é pleno, que não tem necessidades e que não é uma criatura como nós? Será que um Deus assim poderia se ofender com coisas tão banais quanto o meu jeito de ler?

Jacob balançou a cabeça, mas não disse nada; já Franco assentiu, concordando, e puxou a sua cadeira um pouco mais para perto de Bento.

Este continuou lendo o salmo em voz alta, sempre traduzindo do hebraico para o português para que Franco pudesse compreender.

— "O Senhor é bom para todos e Sua misericórdia se estende a todas as Suas obras." — E, pulando um trecho, Bento continuou a ler o mesmo texto: — "O Senhor se aproxima de todos que o invocam." Pode confiar em mim. Seria capaz de encontrar uma infinidade de passagens como essas que afirmam claramente que Deus assegurou a *todos* os homens o mesmo intelecto e criou o seu coração da mesma forma.

Ao voltar a atenção para Jacob, Bento viu que, mais uma vez, ele balançava a cabeça.

— Não concorda com a minha tradução, Jacob? Posso lhe garantir que o texto diz "todos os homens". Aqui *não* está escrito "todos os judeus".

— Não posso discordar: as palavras estão aí. O que a Bíblia diz é o que a Bíblia diz. Mas a Bíblia tem muitas palavras e existem muitas leituras e muitas interpretações feitas por muitos homens santos. Ignora ou desconhece inteiramente os grandes comentários de Rashi e de Abarbanel?

— Sou bem familiarizado com os comentários — replicou Bento, sem se alterar. — E com os supracomentários. Li todos eles do amanhecer até o pôr do sol. Passei anos estudando os livros sagrados e, como você mesmo disse, muitos membros da nossa comunidade me respeitam como erudito. Vários anos atrás, por conta própria, consegui um bom conhecimento do hebraico antigo e do aramaico, deixei de lado os comentários de terceiros e recomecei a estudar a Bíblia, desta feita em suas verdadeiras palavras. Para compreender efetivamente o texto bíblico, é preciso conhecer a língua dos tempos antigos e ler com a mente isenta, desarmada. Gostaria que lêssemos e entendêssemos as palavras exatas da Bíblia, e não o que algum rabino achou que significavam; não algumas metáforas imaginárias que alguns eruditos dizem ver; e não alguma mensagem secreta que os cabalistas encontram em certos traçados das palavras ou nos valores numéricos das letras. Quero voltar e ler o que a Bíblia realmente diz. Esse é o meu método. Querem que eu continue?

— Continue, por favor — disse Franco, mas Jacob ficou hesitante.

Era evidente que estava agitado, pois, assim que ouviu Bento enfatizar a expressão "todos os homens", percebeu o rumo que aquela história estava tomando: podia sentir que vinha uma armadilha qualquer pela frente. Tentou então uma manobra preventiva.

— Você ainda não respondeu à minha pergunta tão simples e tão premente: nega que os judeus sejam o povo eleito?

— Você está fazendo as perguntas erradas, Jacob. É óbvio que não estou sendo claro. O que pretendo fazer é desafiar *a sua atitude diante da autoridade*. Não se trata de saber se nego isso, ou se algum rabino ou erudito afirma aquilo. Não vamos erguer os olhos para alguma autoridade importante. Em vez disso, olhemos para as palavras do nosso livro sagrado, que nos diz que a nossa verdadeira felicidade e a nossa bem-aventurança estão na simples fruição daquilo que é bom. A Bíblia não diz para nos orgulharmos porque só nós, judeus, somos abençoados ou porque somos mais capazes dessa fruição na medida em que os demais ignoram a verdadeira felicidade.

Como Jacob não pareceu lá muito convencido, Bento tentou outra tática.

— Deixe que eu lhe dê um exemplo tirado de nossa própria experiência hoje. Mais cedo, quando estávamos na loja, descobri que Franco não sabe hebraico, certo?

— Certo.

— Então me diga: será que, diante disso, eu devo me regozijar por saber mais hebraico que ele? O fato de ele desconhecer a língua faz de mim alguém mais instruído do que eu era uma hora antes? Alegrar-nos pela nossa superioridade com relação aos outros não é algo abençoado. É uma atitude infantil e maldosa. Não é verdade?

A reação de Jacob, dando de ombros, demonstrava ceticismo, mas Bento se sentiu estimulado. Oprimido pelos anos de silêncio necessário, saboreava no momento aquela oportunidade de expressar em voz alta vários dos argumentos que vinha desenvolvendo.

— Decerto vai concordar — prosseguiu, dirigindo-se a Jacob — que a bem-aventurança reside no amor. Ele é a mensagem suprema, o cerne mesmo de todas as Escrituras, e também do Testamento Cristão. Precisamos estabelecer uma distinção entre o que a Bíblia diz e o que os religiosos profissionais dizem que ela diz. Muitas vezes, rabinos e padres difundem os próprios interesses por meio de leituras arrevesadas, leituras que atestariam que eles são os únicos detentores da chave para a verdade.

Com o rabo do olho, percebeu que Jacob e Franco se entreolhavam, espantados; mesmo assim, continuou insistindo.

— Vejam, aqui, nesse trecho do livro dos 1Reis 3:12 — disse ele, abrindo a Bíblia numa página que estava marcada com um barbante vermelho. — Ouçam as palavras de Deus a Salomão: "Dou-te um coração tão sábio e inteligente, como nunca houve outro igual antes de ti e nem haverá depois de ti." Reflitam agora, por uns instantes, acerca do que Deus disse para o homem mais sábio do mundo. Trata-se sem dúvida de uma evidência de que as palavras da Torá não devem ser interpretadas ao pé da letra, devem, sim, ser compreendidas no contexto das épocas...

— Contexto? — indagou Franco.

— Dito de outra maneira, segundo a língua e os acontecimentos históricos da época. Não podemos compreender a Bíblia a partir da língua de hoje; devemos lê-la tendo conhecimento das convenções de linguagem da época em que os textos foram escritos e compilados, o que significa uns dois mil anos atrás.

— O quê?! — exclamou Jacob. — Moisés escreveu a Torá, o primeiro de cinco livros, há muito mais de dois mil anos!

— Este é um tema importante. Voltarei a ele daqui a pouco. Por enquanto, deixe-me continuar com Salomão. O que me interessa destacar aqui é que essa frase de Deus a Salomão é simplesmente uma forma de expressar uma grande sabedoria, uma sabedoria inigualável, e destina-se a aumentar a felicidade de Salomão. Seria possível acreditar que Deus esperasse que o rei, o mais sábio de todos os homens, fosse se regozijar por saber que todos os demais seriam sempre menos inteligentes do que ele? Com toda a certeza, Deus, em sua sabedoria, gostaria que todos fossem dotados das mesmas faculdades.

— Não estou entendendo nada do que diz — protestou Jacob. — Pega algumas palavras ou frases, mas ignora o fato evidente de que somos os eleitos de Deus. O Livro Sagrado diz isso repetidas vezes.

— Vejam aqui, no Livro de Jó — prosseguiu Bento, sem se deixar abalar. Foi passando as páginas até chegar a Jó 28 e leu: — "Todos os homens devem evitar o mal e fazer o bem." Em passagens como essas — observou ele —, fica claro que Deus tem em mente a totalidade da raça humana. E não se esqueçam também que Jó era um gentio e, mesmo assim, tinha todos os méritos aos olhos de Deus. Vejam só essas linhas. Leiam vocês mesmos.

— A Bíblia pode até conter algumas dessas palavras — disse Jacob, recusando-se a olhar o texto. — Mas há milhares de exemplos do contrário. Nós, judeus, somos diferentes e você sabe disso. Franco acaba de escapar da Inquisição. Diga lá, Bento, quando os judeus realizaram Inquisições? Os outros massacram os judeus. Alguma vez já massacramos os outros?

Com toda a calma, Bento foi virando as páginas, dessa vez até chegar a Josué 10:37.

— "Tomaram Ebron e passaram ao fio da espada a cidade com seu rei, seus arrabaldes e todo ser vivo, sem nada deixar escapar, como tinham feito a Eglon." Ou ainda Josué 11:11, que se refere à cidade de Hazor — prosseguiu Espinosa —: "Passaram ao fio da espada toda a alma viva nessa cidade e votaram-na ao interdito. Nada ficou de tudo o que tinha vida, e incendiou-se Asor." Ou também aqui, em 1Samuel 18:6-7: "Voltando o exército, depois de Davi ter matado o filisteu, de todas as cidades de Israel saíam as mulheres ao encontro do rei Saul, cantando e dançando alegremente, ao som de tamborins e címbalos. E enquanto dançavam, diziam umas às outras: 'Saul matou seus milhares, e Davi seus dez milhares.'" Infelizmente, existem, na Torá, inúmeras evidências de que, quando os israelitas detinham o poder, eram tão cruéis e impiedosos quanto qualquer outra nação. Eles não eram moralmente superiores, mais corretos ou mais inteligentes que nenhuma das outras nações antigas. A sua superioridade residia apenas no fato de terem uma sociedade bem organizada e um governo eminente, o que lhes permitiu sobreviver por muito tempo. Mas essa antiga nação já há muito deixou de existir e, desde então, os hebreus se equiparam a todos os demais povos. Não vejo nada na Torá que sugira que os judeus sejam superiores aos outros povos. Deus é igualmente magnânimo para com todos.

— Está dizendo que não existe nada que distinga os judeus dos gentios? — indagou Jacob com ar de descrença estampado no rosto.

— Exatamente. Mas não sou eu que estou dizendo isso, e sim a Bíblia Sagrada.

— Como pode alguém chamado Baruch dizer coisa semelhante? Está realmente negando que Deus tenha escolhido os judeus, favorecido e ajudado o nosso povo, esperado muito dele?

— Mais uma vez, Jacob, pense no que está dizendo. Volto a repetir: seres humanos escolhidos, favorecidos, ajudados, valorizados, com expectativas depositadas neles... Mas e Deus? Deus tem esses atributos humanos? Lembre-se do que eu disse sobre a falácia de imaginarmos Deus como um ser à nossa imagem. Lembre-se do que eu disse sobre os triângulos e um Deus triangular.

— Nós é que *fomos feitos* à Sua imagem — replicou Jacob. — Volte ao Gênesis 1:26, 27. Deixe que eu lhe mostre essas passagens...

— "Então Deus disse: 'Façamos o homem à nossa imagem e semelhança'" — principiou Bento, que sabia o texto de cor —, "'que ele reine sobre os peixes do mar, sobre as aves dos céus, sobre os animais domésticos, e sobre toda a terra, e sobre todos os répteis que se arrastem sobre a terra.' Deus criou o homem à sua imagem; criou-o à imagem de Deus, criou o homem e a mulher."

— Exatamente, Baruch: essas são as palavras da Bíblia — disse Jacob. — Quem dera que a sua piedade fosse tão boa quanto a sua memória! Se essas são as palavras de Deus, então por que questiona o fato de sermos feitos à Sua imagem?

— Use a razão que Deus lhe deu, Jacob. Não podemos tomar essas palavras ao pé da letra. São metáforas. Acredita mesmo que nós, mortais, alguns surdos, corcundas, enfezados, miseráveis, somos feitos à imagem de Deus? Pense naqueles que, como a minha mãe, morrem aos vinte e poucos anos; naqueles que nascem cegos, deformados ou mentalmente deficientes, com aquelas imensas cabeças d'água; naqueles que têm escrófula, aqueles com os pulmões fracos e que cospem sangue; naqueles que são avarentos ou assassinos... Também eles são feitos à imagem de Deus? Acha que Deus tem uma mentalidade como a nossa e deseja ser elogiado, ou fica com inveja e resolve se vingar se desobedecermos às Suas regras? Tais formas de pensar, tão falhas, tão defeituosas poderiam estar presentes num ser perfeito? Trata-se apenas de uma maneira de falar daqueles que escreveram a Bíblia.

— Daqueles que escreveram a Bíblia?! Com que tom depreciativo você fala de Moisés, de Josué, dos profetas e dos juízes! Nega que a Bíblia seja a palavra de Deus? — exclamou Jacob, e a sua voz ia ficando mais alta a cada frase. Franco, que ouvia cada palavra de Bento com a maior atenção, pôs a mão no braço do primo para acalmá-lo.

— Não estou depreciando ninguém — retrucou Espinosa. — Você é que tirou essa conclusão. Mas digo efetivamente que as palavras e as ideias da Bíblia vêm da mente humana, de homens que escreveram essas passagens e imaginaram... ou melhor, *desejaram* assemelhar-se a Deus, ser feitos à imagem de Deus.

— Então nega que Deus fale pela boca dos profetas?

— É óbvio que qualquer palavra da Bíblia chamada de "palavra de Deus" originou-se apenas da imaginação dos vários profetas.

— Imaginação! Imaginação, diz você? — bradou Jacob, levando a mão à boca num gesto de horror; já Franco se esforçava para conter um sorriso.

Bento sabia que cada frase que saía da sua boca ia deixando Jacob cada vez mais chocado; no entanto, não conseguia evitar. Estava empolgado com a chance de romper a sua barreira de silêncio e expressar, em alto e bom som, as ideias sobre as quais vinha refletindo em segredo ou discutindo com o rabino da forma mais velada possível. Lembrou-se da recomendação de Van den Enden, *caute, caute*, mas, dessa vez, ignorou a razão e mergulhou de cabeça naquela oportunidade.

— É óbvio que é imaginação, Jacob. E não fique tão chocado: vemos isso a partir das próprias palavras da Torá — replicou Bento, que, com o rabo do olho, percebeu o sorriso de Franco. — Veja isso aqui, Jacob. Leia comigo o Deuteronômio 34:10. "Não se levantou mais em Israel profeta comparável a Moisés, com quem o Senhor conversava face a face." Ora, Jacob, pense no sentido desse trecho. É claro que sabe que a Torá nos diz que nem Moisés viu a face do Senhor, certo?

— É verdade. É o que diz a Torá — concordou o outro.

— Então, Jacob, se eliminamos a visão, significa que Moisés ouviu efetivamente a voz de Deus e que nenhum outro profeta depois dele ouviu a Sua verdadeira voz.

Jacob não soube o que dizer.

— Explique isso para mim — disse Franco, que vinha ouvindo atentamente cada uma das palavras de Bento. — Se nenhum outro profeta ouviu a voz de Deus, então qual é a origem das profecias?

Feliz com a participação de Franco, Bento logo tratou de responder à sua pergunta.

— Acredito que os profetas eram homens dotados de uma imaginação extraordinariamente vívida, mas não necessariamente de um poder de raciocínio altamente desenvolvido.

— Então, Bento — prosseguiu Franco —, você acredita que aquelas profecias miraculosas eram nada mais nada menos que ideias imaginadas pelos profetas?

— Exatamente.

— É como se não houvesse ali nada de sobrenatural — prosseguiu o rapaz. — Pelo que diz, tudo parece passível de explicação.

— Esta é precisamente a minha convicção. Tudo, e com isso estou me referindo a *tudo mesmo*, tem uma causa natural.

— Para mim — disse Jacob, que lançava olhares furiosos para Espinosa enquanto este falava sobre os profetas —, há coisas que só Deus conhece, coisas causadas apenas pela vontade de Deus.

— Creio que, quanto mais pudermos conhecer, menos coisas haverá que só Deus conheça. Em outras palavras, quanto maior for a nossa ignorância, mais coisas atribuiremos a Deus.

— Como ousa...?

— Jacob — interrompeu Bento —, vamos pensar no motivo que nos levou a nos reunir aqui. Você me procurou porque Franco estava enfrentando uma crise espiritual e precisava de ajuda. Não fui eu quem os procurou; na verdade, sugeri que fossem ver o rabino. Você alegou que haviam lhe dito que o rabino só faria com que Franco se sentisse ainda pior. Lembra?

— É verdade — respondeu Jacob.

— Então de que adianta você e eu ficarmos discutindo desse jeito? Na verdade, só uma coisa importa. Diga-me — prosseguiu ele, voltando-se para Franco —, estou conseguindo ajudá-lo de alguma forma? Algo do que eu disse lhe trouxe algum auxílio?

— *Tudo* que você disse me trouxe consolo — respondeu Franco. — Está ajudando a minha sanidade. Eu estava perdendo o rumo e o seu pensamento claro, o jeito que tem de não considerar nada com base apenas na autoridade é... é diferente de tudo que ouvi antes. Percebo a fúria de Jacob e peço desculpas por ele, mas quanto a mim... é óbvio que você me ajudou.

— Nesse caso — disse Jacob, levantando-se de súbito —, se já obtivemos o que viemos buscar, nada mais temos a fazer aqui.

Franco pareceu chocado e continuou sentado, mas o primo o pegou pelo braço e foi levando-o em direção à porta.

— Obrigado, Bento — disse Franco antes de sair. — Será que estaria disponível para novos encontros como este?

— Estou sempre disponível para uma conversa sensata. Apareça na loja. Mas — acrescentou Espinosa, voltando-se para Jacob — não estou disponível para discussões que excluam a razão.

Tão logo se viu a alguma distância da casa de Bento, Jacob abriu um sorriso, passou o braço pelos ombros de Franco e apertou o ombro do primo.

— Pronto! Temos tudo de que precisávamos. Fizemos um bom trabalho juntos. Você desempenhou bem o seu papel, na verdade, se quer a minha opinião, bem até demais, mas nem vou discutir esse ponto porque, agora, terminamos o que tínhamos a fazer. Veja só o que conseguimos. Os judeus não são eleitos por Deus; não há nenhuma diferença entre eles e os outros povos. Deus não experimenta quaisquer sentimentos a nosso respeito. Os profetas só fizeram imaginar coisas. As Sagradas Escrituras não são sagradas, mas sim obra de seres humanos. A palavra e os desígnios de Deus não existem. O Gênesis e todo o resto da Torá são fábulas e metáforas. Os rabinos, mesmo os maiores dentre eles, não têm nenhum conhecimento especial, pelo contrário, agem em benefício próprio.

— Não, ainda não temos tudo de que precisávamos — retrucou Franco, balançando a cabeça. — Quero voltar a vê-lo.

— Acabei de listar todas as abominações desse homem: as palavras dele são pura heresia. Foi isso que o tio Duarte nos pediu e fizemos o que ele queria. As evidências são avassaladoras: Bento Espinosa não é judeu; é, na verdade, antijudeu.

— Não — insistiu Franco. — *Não* temos o bastante. Preciso ouvir mais. Não vou testemunhar até ter mais informações.

— O que temos é mais que suficiente. A nossa família está em perigo. Fizemos um trato com o tio Duarte, e ninguém desfaz um trato com ele. Foi exatamente o que esse idiota do Espinosa tentou fazer: passá-lo para trás esquivando-se ao tribunal judaico. Se não fosse pelos contatos do tio, pelos subornos do tio e pelo navio do tio, você ainda estaria escondido num porão lá em Portugal. E daqui a duas semanas, o navio estará voltando para buscar a sua mãe, a sua irmã e a minha irmã. Quer que elas sejam assassinadas como os nossos pais? Se não for comigo à sinagoga e testemunhar diante da comissão responsável estará acendendo a fogueira onde elas serão queimadas.

— Não sou nenhum imbecil, e não vou ficar sendo mandado para lá e para cá como uma ovelha — replicou Franco. — Temos tempo, e preciso de mais informações antes de testemunhar diante do conselho da sinagoga. Um dia a mais não vai fazer diferença alguma, e você sabe disso muito bem. E, ainda por cima, o tio tem obrigação de cuidar da família mesmo que não façamos nada.

— O tio só faz o que quer. Conheço-o melhor que você. Ele obedece apenas às suas próprias regras, e não é de índole generosa. Não quero sequer que volte a procurar esse tal de Espinosa, que anda difamando todo o nosso povo.

— Esse homem é mais inteligente que a congregação inteira reunida. E, se você não quiser ir, vou procurá-lo sozinho.

— Não, senhor! Se você for, eu também vou. Não vou deixá-lo ir lá sozinho. O sujeito é persuasivo demais. Eu mesmo fiquei desconcertado. Se você for até lá sozinho, logo logo vamos ver um *cherem* realizado para você também. — Ao perceber o olhar perplexo do primo, Jacob acrescentou: — O *cherem* é a excomunhão, mais uma palavra do hebraico que você deve tratar de aprender.

CAPÍTULO 10

REVAL, ESTÔNIA — NOVEMBRO DE 1918

— GUTEN TAG — disse o estranho, estendendo a mão para cumprimentá-lo. — Eu me chamo Friedrich Pfister. Não nos conhecemos? Tenho a impressão de já tê-lo visto antes.

— Rosenberg. Alfred Rosenberg. Fui criado aqui. Acabo de chegar de Moscou. Terminei o curso do Instituto Politécnico há uma semana.

— Rosenberg? Ah, já sei, já sei... Você é o irmão caçula de Eugen. Tem os mesmos olhos dele. Posso me sentar na sua mesa?

— Claro.

Friedrich pôs a caneca de cerveja na mesa e se sentou defronte de Alfred.

— O seu irmão e eu éramos muito amigos e continuamos a manter contato. Eu vi você várias vezes lá na sua casa. Cheguei até a carregá-lo nos ombros. Você é o quê... seis, sete anos mais moço que Eugen?

— Seis. O seu rosto também me é familiar, mas não consigo me lembrar de tê-lo conhecido. Não sei por quê, mas tenho pouquíssimas lembranças da minha infância... Tudo se apagou de certa forma. Eu tinha uns nove ou dez anos quando Eugen foi estudar em Bruxelas e, depois, praticamente não o vi mais. Disse que vocês dois mantêm contato?

— Isso mesmo. Duas semanas atrás jantamos juntos em Zurique.

— Zurique? Ele não mora mais em Bruxelas?

— Faz uns seis meses que saiu de lá. Teve uma recaída da tuberculose e foi se tratar na Suíça. Estive estudando em Zurique e fui visitá-lo no sanatório. Daqui a umas duas semanas ele deve ter alta e vai fazer um curso de especialização em finanças em Berlim. Como também estou indo estudar na cidade, vamos nos encontrar com mais frequência. Não sabia de nada disso?

— Não. Cada um de nós foi para o seu lado. Nunca fomos muito próximos e, hoje em dia, praticamente perdemos contato um com o outro.

— É... Eugen disse alguma coisa a esse respeito... Lamentando que fosse assim, acho eu. Sei que a sua mãe morreu quando você ainda era bebê, o que foi um duro golpe para vocês dois. E lembro que o seu pai também morreu moço. De tísica?

— É. Tinha só 44 anos. Eu tinha 11. Diga-me, Herr Pfister...

— Chame-me Friedrich, por favor. O irmão de um amigo também é um amigo. Então, vamos nos chamar de Friedrich e Alfred, certo?

O rapaz assentiu.

— Mas, Alfred, você ia perguntar...?

— Se Eugen alguma vez falou de mim?

— No nosso último encontro, não. Fazia uns três anos que não nos víamos e tínhamos que pôr muitos assuntos em dia. Mas ele falou de você muitas vezes em outras ocasiões.

Alfred hesitou por alguns instantes e, depois, disse de forma quase intempestiva:

— Poderia me contar tudo o que ele disse sobre mim?

— Tudo? Bom, vou tentar, mas, antes, permita-me fazer uma observação: ainda agora, de um jeito quase indiferente, você me disse que vocês dois nunca foram muito próximos e, ao que parece, nenhum dos dois procurou entrar em contato com o outro. Agora, porém, você parece interessado, diria mesmo interessadíssimo, em ter alguma notícia. Meio paradoxal, não acha? Isso me dá a impressão de que você anda buscando a si mesmo e ao seu passado...

Alfred teve um sobressalto: a perspicácia daquela observação o surpreendeu.

— É verdade — disse, depois de alguns instantes. — Acho impressionante que tenha percebido. Esses últimos dias têm sido... bom, não sei bem como dizer... caóticos. Lá em Moscou, vi multidões em fúria deleitando-se na anarquia. Agora, essas cenas estão se espalhando para o Leste Europeu, para toda a Europa. São ondas e ondas de gente desalojada. E ando tão inquieto quanto eles, talvez mais perdido que os outros... Alijado de tudo.

— E, então, resolveu buscar um ponto de apoio no passado: está louco para encontrar um passado intocado. Posso entender a situação. Deixe-me reavivar a memória quanto ao que Eugen disse a seu respeito. Espere um minuto. Vou tentar me concentrar, encontrar as imagens e trazê-las à superfície.

Friedrich fechou os olhos, mas logo voltou a abri-los.

— Tem um problema — disse ele. — As lembranças que eu mesmo tenho de você estão interferindo. Acho melhor expressá-las primeiro e então poderei recuperar os comentários de Eugen. Pode ser assim?

— Claro. Está perfeito — murmurou Alfred. Mas não estava tão perfeito assim; muito pelo contrário: aquela conversa toda era esquisitíssima. Cada palavra que saía da boca de Friedrich era estranha e inesperada. Mesmo assim, resolveu confiar naquele homem que o conhecia desde criança. Friedrich cheirava a "lar".

Voltando a fechar os olhos, Friedrich começou a falar com uma voz que parecia vir de longe.

— Guerra de travesseiros... Eu tentei, mas você não quis brincar... Não conseguia fazer você brincar. Sério... tão, mas tão sério... Ordem, ordem... Brinquedos, livros, soldadinhos de chumbo, tudo tão organizado... Você adorava aqueles soldadinhos... Um menininho seríssimo... Às vezes, eu corria com você nos ombros... Acho que você gostava... Mas logo logo descia... As coisas divertidas não eram certas? A casa parecia fria... Sem uma mãe... O pai internado, deprimido... Você e Eugen nunca falavam... Onde estavam os seus amigos? Nunca vi nenhum amigo na sua casa...

Você era medroso... Corria para o quarto, fechava a porta... Sempre corria para os seus livros...

Friedrich parou, abriu os olhos, tomou um bom gole de cerveja e virou-se para Alfred.

— É tudo que sai do meu reservatório de lembranças a seu respeito. Talvez outras recordações venham a surgir mais tarde. Era isso que queria, Alfred? Gostaria de saber ao certo. Quero dar ao irmão do meu melhor amigo o que ele deseja, o que ele precisa.

Alfred assentiu e logo desviou o rosto, encabulado com o próprio espanto: nunca tinha ouvido algo assim antes. Embora falasse alemão, aquela língua lhe parecia estranha.

— Vou continuar, então, e tentar lembrar o que Eugen disse sobre você.

Mais uma vez, Friedrich fechou os olhos e, num minuto, já havia recomeçado a falar, sempre naquele tom estranho, distante.

— Eugen, fale-me de Alfred — disse ele, assumindo uma voz diferente, uma voz que talvez tentasse ser a de Eugen. — Ah... o meu irmão tímido e medroso, um artista magnífico... Herdou todo o talento familiar... Adorava os desenhos que ele fazia de Reval... O porto com todos os navios ancorados, o castelo teutônico com a sua torre que se ergue para o céu... Eram desenhos perfeitos, mesmo para um adulto, e ele só tinha dez anos. O meu irmãozinho caçula... Sempre lendo... Coitado do Alfred, um solitário... Tinha tanto medo das outras crianças... Não era nada popular... Os meninos debochavam dele e o chamavam de "filósofo"... Nunca teve muito amor... A nossa mãe tinha morrido, o nosso pai estava morrendo, as nossas tias eram boas pessoas, mas andavam sempre atarefadas cuidando da própria família... Eu deveria ter feito mais por Alfred, mas não era nada fácil chegar perto dele... e eu mesmo vivia de meras migalhas.

Friedrich abriu os olhos, piscou algumas vezes e, depois, retomando a sua voz natural, disse:

— É disso que me lembro. Ah, é mesmo... Tem mais uma coisa, Alfred, mas fico meio sem jeito de dizer... Eugen culpava você pela morte da sua mãe.

— A mim? Por que eu? Só tinha umas poucas semanas de vida!

— Quando alguém morre, é comum procurarmos alguma coisa ou alguém em quem jogar a culpa.

— Você não pode estar falando sério... Ou está? É verdade que Eugen disse isso? Mas não faz sentido...

— Muitas vezes acreditamos em coisas que não fazem sentido. É claro que você não a matou, mas suponho que Eugen ache que, se a sua mãe não tivesse engravidado novamente, de você, ainda estaria viva. Mas, Alfred, são apenas suposições minhas. Não me lembro das palavras exatas que ele disse, mas sei que há nele um ressentimento com relação a você, um ressentimento que ele próprio taxou de irracional.

Alfred, então lívido, ficou calado por um bom tempo. Friedrich o fitou, tomou uns goles de cerveja e disse, com brandura:

— Acho que acabei falando demais. Mas, quando um amigo me pede alguma coisa, tento lhe dar o máximo que puder.

— E isso é ótimo. Ser consciencioso, honesto... Eis aí nobres virtudes germânicas. Dou-lhe os parabéns, Friedrich. E boa parte do que disse me soa verdadeira. Tenho de admitir que, por vezes, me perguntei por que Eugen não fez mais por mim. E a gozação, o apelido de "filósofo", quantas vezes não ouvi isso dos outros meninos! Acho que isso teve um peso enorme para mim e acabei planejando me vingar deles todos tornando-me efetivamente um filósofo.

— No Politécnico? Mas como?

— Na verdade, não um filósofo diplomado. Fiz o curso de engenharia e arquitetura. Mas a filosofia era o meu campo e, mesmo na Instituto Politécnico, consegui encontrar alguns professores interessados que orientaram as minhas leituras. Acima de tudo, aprendi a cultuar a clareza de pensamento germânica. Essa é a minha única religião. No entanto, neste exato momento, estou enredado na maior confusão mental. Diria até que estou quase tonto. Talvez só precise de algum tempo para digerir o que você me disse.

— Creio que posso explicar o que está sentindo, Alfred. Eu mesmo passei por isso e vi outras pessoas na mesma situação. Você não está reagindo às lembranças que lhe contei. É outra coisa. Talvez seja melhor tentar explicar recorrendo à filosofia. Também tenho bastante conhecimento nessa área e é um prazer conversar com alguém com a mesma inclinação.

— Para mim também será um prazer. Passei anos e anos cercado apenas de engenheiros, vou adorar uma conversa filosófica.

— Ótimo, ótimo. Vamos começar assim: lembra o choque e a descrença provocados pela revelação que fez Kant de que a realidade exterior não é como geralmente a percebemos, ou seja, nós é que constituímos a realidade exterior por meio de nossos constructos mentais? Suponho que seja bem familiarizado com Kant, não é verdade?

— Ah, sou sim. Mas a importância dele para o estado mental em que me encontro é...?

— Bem, o que estou querendo dizer é que, de repente, o seu mundo, e refiro-me aqui ao seu mundo interior, constituído em boa parte pelas suas experiências passadas, *não é como você achava que fosse*. Ora, dizendo de outra maneira, usando um conceito de Husserl: o seu *noema* explodiu.

— Husserl? Sempre evitei esses pseudofilósofos judeus! O que vem a ser um *noema*?

— Ouça o meu conselho, Alfred: não desconsidere Edmund Husserl. Ele é dos melhores. O seu conceito de *noema* refere-se à coisa tal como a vivenciamos, a coisa tal como estruturada por nós. Por exemplo, pense na ideia de um prédio. Agora, pense que está se apoiando nesse prédio e descobrindo que ele não é sólido, que o seu corpo o atravessa. No momento em que o seu *noema* de um prédio explode, o mundo em que vive, o seu *Lebenswelt*, deixa de repente de ser como você pensava.

— Respeito o seu conselho. Mas, por favor, explique isso melhor: entendo o conceito de uma estrutura que impomos ao mundo, mas continuo sem compreender a importância que isso possa ter para mim e Eugen.

— Bem, o que estou dizendo é que você passou a vida inteira tendo uma visão da sua relação com o seu irmão e, de uma hora para outra, essa visão foi alterada. Pensava nele de um jeito; de repente, o passado se desloca um pouquinho e você descobre que, às vezes, o que ele sentia era ressentimento, *mesmo que*, é claro, tal ressentimento fosse irracional e injustificado.

— Está dizendo então que estou aturdido porque o solo firme do meu passado foi abalado?

— Exatamente. Você disse tudo, Alfred. A sua mente está sobrecarregada porque tem se dedicado inteiramente à reconstituição do passado e, portanto, não tem condições de exercer as suas funções habituais, como, por exemplo, cuidar do seu equilíbrio.

Alfred assentiu.

— Essa conversa foi absolutamente assombrosa, Friedrich — disse ele. — Tenho muito em que pensar agora. Mas devo dizer que já estava me sentindo atordoado antes.

Friedrich ficou aguardando, na maior tranquilidade e expectativa. Parecia alguém que sabia esperar.

— Em geral, não me abro tanto assim — prosseguiu Alfred, depois de alguma hesitação. — Na verdade, é raro eu falar com alguém sobre mim mesmo. Mas há alguma coisa em você que é muito... Como diria?... Convidativa; é algo que inspira confiança.

— Bom, de certa forma, sou da família... E, é claro, você sabe que não pode fazer velhos amigos de novo.

— Velhos amigos de novo... — repetiu Alfred e, depois de refletir por um instante, sorriu. — Entendo. Muito engenhoso. Bem, acordei me sentindo estranho hoje. Acabei de chegar de Moscou. Estou só. Fui casado por pouco tempo, a minha mulher é tísica e o pai a internou num sanatório na Suíça há algumas semanas. Na verdade, não é só a tuberculose: a família dela, que é rica, sempre desaprovou a mim e a minha pobreza, e tenho certeza de que o nosso breve casamento acabou. Passamos muito pouco tempo juntos e praticamente já não nos correspondemos.

Com um gesto apressado, Alfred tomou um gole da sua cerveja e prosseguiu.

— Quando cheguei aqui ontem, os meus tios e tias, primos e primas, pareciam felizes por me ver e foi bom receber aquela acolhida. Tive a sensação de estar em casa. Mas isso não durou muito. Quando acordei, hoje de manhã, estava me sentindo novamente deslocado, sem um lar, e saí andando pela cidade procurando, procurando... O quê? A minha casa, acho; amigos ou até mesmo rostos conhecidos. Mas só vi estranhos. Mesmo na Realschule, a única pessoa que encontrei foi o meu professor preferido, o de artes, e ele fingiu que me reconhecia. E depois, há menos de uma hora, veio o golpe final. Decidi ir para o meu lugar de verdade, decidi parar de viver no exílio, retomar o contato com a minha raça e voltar para a mãe-pátria. Com a intenção de me alistar no exército alemão, fui ao quartel-general que fica do outro lado da rua. Mas o sargento encarregado do alistamento, um judeu chamado Goldberg, me enxotou como a um inseto. Mandou-me embora dizendo que o exército alemão era para alemães, e não para cidadãos dos países anexados.

— Talvez esse golpe final tenha sido uma bênção — observou Friedrich, com um gesto de cabeça que expressava compreensão. — Talvez tenha sido uma sorte você ser poupado, dispensado da insensatez de uma morte na lama das trincheiras.

— Você disse que fui um menino estranhamente sério. Acho que continuo assim. Por exemplo, levo Kant muito a sério: considero o alistamento um imperativo moral. O que seria do mundo se todos abandonassem a mãe-pátria mortalmente ferida? Ao seu chamado, os seus filhos devem responder.

— É estranho, não é? — replicou Friedrich. — Como nós, os alemães do Báltico, somos tão mais alemães que os da Alemanha... Talvez todos nós que somos alemães deslocados tenhamos esse mesmo desejo fortíssimo que você descreveu: um lar, um lugar que seja realmente nosso. Nós, os alemães do Báltico, vivemos no próprio cerne da praga do desenraizamento. Atualmente, sinto isso de forma ainda mais aguda, pois o meu pai morreu essa semana. Foi por isso que vim para Reval. Agora, também não sei qual é o meu lugar. Os meus avós maternos são suíços, mas tampouco me sinto em casa por lá.

— Meus sentimentos — disse Alfred.

— Obrigado. De um modo geral, acho que as coisas foram mais fáceis para mim do que para você: o meu pai estava com quase oitenta anos e pude tê-lo presente, em boa saúde, durante a vida inteira. E a minha mãe ainda está viva. Tenho passado quase o tempo todo ajudando-a com a mudança; ela vai morar na casa da irmã. Na verdade, saí quando ela foi tirar um cochilo e já estou voltando para casa. Antes de ir, porém, queria dizer que essa história de lar é uma questão profunda e urgente para você. Posso ficar ainda alguns minutos se quiser explorá-la um pouco mais.

— Não sei *como* explorá-la. Para ser sincero, a sua capacidade de falar sobre coisas profundamente pessoais com a maior facilidade me deixa atônito. Nunca ouvi alguém expressar os seus sentimentos mais íntimos de forma tão franca quanto você.

— Quer que eu o ajude a fazer o mesmo?

— O que quer dizer com isso?

— Quer que eu o ajude a identificar e a entender os seus próprios sentimentos com relação à noção de lar?

Alfred pareceu desconfiado, mas, depois de um bom gole da sua cerveja letã, acabou concordando.

— Experimente isso. Tente fazer exatamente o que eu fiz quando queria desencavar as lembranças que tinha de você em criança. Sugiro que pense na frase "não estar em casa" e repita para si mesmo várias vezes: "não estar em casa", "não estar em casa", "não estar em casa".

Sem emitir som algum, os lábios de Alfred formaram aquelas palavras por um ou dois minutos, mas, logo a seguir, o rapaz balançou a cabeça.

— Não me vem nada. A minha cabeça está em greve.

— A nossa mente nunca entra em greve. Ela está sempre trabalhando, mas é comum alguma coisa nos impedir de tomar conhecimento disso. Em geral, é o constragimento. Nesse caso, suponho que o motivo do constrangimento seja eu. Tente outra vez. Vamos fazer o seguinte: feche os olhos, esqueça que estou aqui, não pense no que vou pensar a seu respeito, não pense no juízo que eu poderia fazer sobre o que você disser. Lembre-se de que estou tentando ajudar e lembre-se que lhe dei a minha palavra de que esta nossa conversa não vai sair daqui. Não contarei isso nem mesmo a Eugen. Agora, feche os olhos, deixe os pensamentos provocados pela ideia de "não estar em casa" aflorarem à sua mente e, então, dê voz a eles. Diga simplesmente o que lhe vier à cabeça, sem se importar se as coisas fazem algum sentido ou não.

Alfred fechou os olhos, mas não disse nada.

— Não consigo ouvi-lo. Fale mais alto, um pouco mais alto, por favor.

Bem baixinho, o rapaz começou a falar:

— Não estar em casa. Em lugar nenhum. Nem com tia Cäcilie, nem com tia Lydia... Não há lugar para mim na escola, nem com os outros meninos, nem na família da minha mulher, nem na arquitetura, nem na engenharia, nem na Estônia, nem na Rússia... A Mãe Rússia... Que piada!

— Ótimo, ótimo! Continue...

— Sempre de fora, olhando para dentro, sempre querendo mostrar a eles... — Alfred se calou, abriu os olhos. — É só isso...

— Você disse que quer mostrar a eles. Eles quem, Alfred?

— Todos que zombavam de mim. Na vizinhança, na Realschule, na Politécnica, em toda parte.

— E como vai fazer isso, Alfred? Continue dando rédea solta à sua mente. Lembre-se de que as coisas não precisam fazer sentido.

— Não sei. De um jeito ou de outro, vou fazer com que reparem em mim.

— E se eles repararem em você, vai se sentir em casa?

— Essa casa não existe. É isso que está tentando me dizer?

— Não tenho nenhum plano articulado, mas acabo de ter uma ideia. É só uma conjectura, mas me pergunto se você vai conseguir se sentir em casa em qualquer lugar que seja, porque essa casa não é um local: é um estado de espírito. Na verdade, estar em casa é se sentir à vontade consigo mesmo. E não acho que seja esse o seu caso, Alfred. Talvez nunca tenha sido. Talvez você tenha passado a vida inteira procurando essa casa no lugar errado.

O rapaz parecia perplexo. Tinha a boca aberta e os olhos cravados em Friedrich.

— As suas palavras atingiram em cheio o meu coração. Como descobre essas coisas, essas coisas tão milagrosas? Você disse que era filósofo. Foi aí que aprendeu tudo isso? Preciso conhecer essa filosofia!

— Sou um diletante. Exatamente como você. Adoraria viver da filosofia, mas tenho de me sustentar. Fiz faculdade de medicina em Zurique e aprendi muito sobre como ajudar os outros a falarem de coisas difíceis. E, agora — acrescentou Friedrich, levantando-se —, tenho de ir. A minha mãe está me esperando e preciso voltar para Zurique depois de amanhã.

— Que pena! Tudo isso foi tão esclarecedor... E tenho a impressão de que estávamos apenas começando. Não dá para continuarmos essa conversa antes de você deixar Reval?

— Só se for amanhã. A minha mãe sempre dorme um pouco depois do almoço. Quem sabe à mesma hora? Nos encontramos aqui?

Alfred conteve a impaciência e o desejo de exclamar "Claro, claro!". Simplesmente, limitou-se a fazer um aceno de cabeça e dizer, de forma contida:

— Estarei esperando.

CAPÍTULO II

Amsterdã — 1656

Na noite seguinte, na academia de Van den Enden, os constantes exercícios de latim propostos por Clara Maria foram interrompidos pelo pai da moça.

— Desculpe-me pela intromissão, mademoiselle Van den Enden — disse ele, fazendo uma reverência formal diante da filha —, mas preciso falar um minuto com o sr. Espinosa. Faça o favor de vir até a sala maior daqui a uma hora — prosseguiu o professor, dirigindo-se a Bento —, para a aula de grego. Vamos discutir alguns textos de Aristóteles e Epicuro. Embora o seu grego ainda seja bastante rudimentar, esses dois cavalheiros têm algo importante a lhe dizer. — E, voltando-se para Dirk, acrescentou: — Sei que você não se interessa muito pelo grego, já que, infelizmente, não se exige mais o conhecimento dessa língua para o ingresso na escola de medicina. No entanto, talvez alguns pontos da nossa discussão possam lhe ser úteis para o seu futuro trabalho com os pacientes.

Dito isso, Van den Enden fez nova mesura diante da filha.

— E agora, mademoiselle, vou deixar que continue a guiá-los pelas suas etapas do latim.

Clara Maria continuou a ler algumas breves passagens de Cícero que Bento e Dirk se revezavam para traduzir para o holandês. Por várias vezes, a menina teve de bater com a régua na mesa para chamar a atenção do seu aluno distraído, Bento, que, em vez de ouvir as palavras de Cícero, estava inteiramente encantado com o gracioso movimento dos lábios da professora ao pronunciar os *m* e os *p* em *multa, pater, puer* e, acima de tudo, em *praestantissimum*.

— Onde anda a sua concentração hoje, Bento Espinosa? — exclamou Clara Maria, fazendo o maior esforço para dar uma aparência severa àquele rostinho ovalado e adorável de 13 anos.

— Desculpe, senhorita Van den Enden, mas, por um instante, estive inteiramente perdido nos meus pensamentos.

— Decerto pensando no curso de grego do meu pai...

— Isso mesmo — mentiu o rapaz, que estivera pensando muito mais na filha do que no pai. Continuava também assombrado pelas palavras iradas de Jacob horas antes, predizendo-lhe um destino de isolamento e solidão. Jacob era teimoso, intolerante e estava errado a respeito de várias questões; nisso, porém, tinha toda a razão: Bento sabia que não poderia ter uma esposa, uma família, uma comunidade. A razão lhe dizia que a sua meta tinha de ser a liberdade e que a sua luta para se libertar das limitações da supersticiosa comunidade judaica seria mera farsa se ele se limitasse pura e simplesmente a trocá-las pelos entraves de uma vida com esposa e família. A liberdade era a sua única meta: liberdade de pensar, analisar, transcrever as ideias que ecoavam com estrondo na sua mente. Mas era difícil, tão difícil, tirar os olhos dos lábios adoráveis de Clara Maria...

Van den Enden começou o seminário com os seus alunos de grego exclamando:

— *Eudaimonia*. Vamos observar os dois radicais: *eu*?

Pondo a mão em concha junto ao ouvido, ficou esperando. Timidamente, os alunos foram dizendo:

— Bom!

— Normal!

— Agradável!

Van den Enden assentiu e repetiu o exercício com *daimon*. Dessa vez, o coro foi mais vigoroso:

— Espírito!

— Demônio!

— Deidade inferior!

— Isso mesmo, isso mesmo. Todos acertaram, mas, quando a palavra vem associada ao radical *eu,* toma o sentido de "boa fortuna". Assim, *eudaimonia* é geralmente traduzido por "bem-estar", "felicidade" ou "florescimento". Esses três termos são sinônimos? A princípio, parece que sim, mas, na verdade, inúmeros foram os filósofos que discorreram sobre as nuanças de diferença entre eles. *Eudaimonia* seria um estado de espírito? Uma forma de viver? — Sem esperar resposta, o professor acrescentou: — Ou seria um puro prazer hedonístico? Ou ainda poderia ser relacionado à noção de *arete*, que significa...? — Mais uma vez, pôs a mão em concha junto ao ouvido e esperou. Juntos, dois alunos exclamaram:

— Virtude.

— Exatamente. E muitos filósofos gregos da antiguidade incorporaram a ideia de virtude ao conceito de *eudaimonia*, elevando talvez essa noção do estado *subjetivo* de sentir-se feliz a um plano maior, de se levar uma vida virtuosa e desejável do ponto de vista moral. Sócrates expressou-se com veemência a esse respeito. Lembram-se da leitura que fizemos da *Apologia*, de Platão, na semana passada? O trecho em que ele aborda um cidadão ateniense e propõe a questão de *arete* nesses termos... — A essa altura, Van den Enden assumiu uma postura teatral e recitou o texto de Platão em grego; depois, bem devagar, foi traduzindo a passagem para o latim para que Dirk e Bento pudessem compreendê-la: — "Não te envergonhas de fazer caso das riquezas, para guardares quanto mais puderes e da glória e dos honrarias, e, depois, não fazer caso e nada te importares da sabedoria, da verdade e da alma, para tê-la cada vez melhor?" Ora, não devemos nos esquecer — prosseguiu Van den Enden — que as obras iniciais de Platão refletem as ideias do seu mestre, Sócrates, ao passo que nas mais tardias, como *A República*, vemos a emergência das ideias do próprio Platão enfatizando padrões absolutos em termos de justiça e de outras virtudes no reino metafísico. Para esse filósofo, qual é a nossa meta fundamental na vida? É atingir a mais elevada forma de conhecimento, e isso, na sua concepção, era a ideia do "bem" na qual se fundariam todas as demais ideias.

Só então, diz Platão, seremos capazes de atingir a *eudaimonia,* que, na sua concepção, é um estado de *harmonia da alma*. Vale repetir esta expressão: "harmonia da alma." E vale tê-la sempre em mente, pois ela pode lhes ser de grande valia na vida.

"Agora, vamos dar uma olhada no próximo grande filósofo, Aristóteles, que estudou com Platão talvez por uns vinte anos. *Vinte anos.* Lembrem--se disso, aqueles que andaram reclamando por acharem o meu programa difícil e longo demais...

"Nos trechos da *Ética a Nicômaco* que vocês vão ler essa semana, verão que Aristóteles também tinha algumas opiniões sólidas a respeito da vida boa. Afirmava categoricamente que ela *não* consistia nos prazeres dos sentidos, nem na fama ou na riqueza. Segundo Aristóteles, qual *é* o objetivo da nossa vida? Considerava que era cumprir *a nossa única e mais profunda função.* 'O que é', perguntava ele, 'que nos distingue das outras formas de vida?' Essa é a pergunta que faço também a vocês."

Não houve qualquer resposta imediata. Finalmente, um aluno disse:

— Podemos rir, e os outros animais não podem. — O que provocou algumas risadas por parte dos seus colegas.

— Andamos com duas pernas — propôs outro estudante.

— Riso e pernas... Será que é tudo que lhes ocorre? — exclamou Van den Enden. — Respostas tolas como essas banalizam a nossa discussão. Pensem um pouco! Qual o maior atributo que nos distingue das formas inferiores de vida? — E, voltando-se subitamente para Espinosa, prosseguiu: — A pergunta é para você, Bento Espinosa.

— Creio que é a nossa capacidade exclusiva de usar a razão — respondeu o rapaz, sem qualquer hesitação.

— Exatamente. E Aristóteles afirmava, pois, que a mais feliz das pessoas é aquela que melhor consegue desempenhar essa função.

— Então, o mais elevado e mais feliz dos empenhos é tornar-se filósofo? — indagou Alphonse, o aluno mais inteligente do curso de grego, que ficara irritado com a resposta tão pronta de Espinosa. — Não seria advogar em causa própria o fato de um filósofo fazer tal afirmação?

— É verdade, Alphonse, e você não é o primeiro a chegar a essa conclusão. Mas é justamente essa observação que nos fornece uma ponte para Epicuro, outro importante pensador grego, que deixou ideias radicalmente diferentes sobre *eudaimonia* e sobre a missão do filósofo. Quando lerem alguns dos seus escritos, daqui a duas semanas, vão ver que também ele se refere à vida boa usando, porém, um termo absolutamente diverso. Ele fala muito em *ataraxia,* que se traduz por... — E, mais uma vez, Van den Enden pôs a mão em concha junto ao ouvido.

— Tranquilidade — exclamou prontamente Alfred e logo outros alunos foram acrescentando:

— Calma.

— Paz de espírito.

— Exatamente — disse Van den Enden, visivelmente mais satisfeito com o desempenho da turma. — Para Epicuro, *ataraxia* era a única verdadeira felicidade. E como conseguimos alcançá-la? Não é através da harmonia da alma de que fala Platão, nem do aprimoramento da razão a que se refere Aristóteles. É simplesmente *pela eliminação das preocupações ou da ansiedade*. Se Epicuro estivesse lhes falando neste exato momento, insistiria que simplificassem a sua vida. É assim que expressaria a sua concepção se estivesse aqui nos dias atuais.

Van den Enden pigarreou e começou a falar num tom de camaradagem:

— São poucas as suas necessidades, rapazes. Todas elas podem ser facilmente satisfeitas, e nenhum sofrimento necessário pode ser tolerado de forma igualmente fácil. Não compliquem a vida com metas tão banais quanto riqueza e fama: elas são inimigas da *ataraxia*. A fama, por exemplo, consiste na opinião dos outros e exige que vivamos a nossa vida segundo os desejos alheios. Para obter e manter a fama, precisamos gostar daquilo que os outros gostam e evitar o que quer que eles evitem. Assim sendo, uma vida de fama ou uma vida na política? Fujam disso. E a riqueza? Tratem de evitá-la! A riqueza é uma armadilha. Quanto mais adquirimos mais desejamos conquistar, e quando os nossos desejos não forem satisfeitos mais profunda será a nossa tristeza. Ouçam o que lhes digo, rapazes: se anseiam pela felicidade, não desperdicem a vida lutando por aquilo de que efetivamente não precisam.

"Ora — prosseguiu Van den Enden, voltando ao seu tom de voz habitual —, observem a diferença entre Epicuro e os seus predecessores. Para ele, o maior de todos os bens é atingir a *ataraxia*, livrando-se de toda ansiedade. Algum comentário? Alguma pergunta? Ah, sim, sr. Espinosa. Uma pergunta?"

— Epicuro propõe apenas uma abordagem negativa? Quer dizer, ele diz que a eliminação do sofrimento é tudo de que precisamos e que o homem sem preocupações inúteis é perfeito, naturalmente bom, feliz? Não existe nenhum atributo positivo que devêssemos perseguir?

— Excelente pergunta. E os textos que selecionei decerto lançarão alguma luz sobre a resposta do filósofo. Felizmente, sr. Espinosa, não vai precisar esperar até melhorar o seu grego, pois pode ler as ideias de Epicuro em latim, escritas pelo poeta romano Lucrécio, que viveu cerca de duzentos anos mais tarde. Depois localizo as páginas para o senhor. Por ora, procurarei apenas abordar a ideia central que o distingue de outros: que a vida boa consiste na eliminação da ansiedade. No entanto, mesmo uma leitura superficial mostra que o pensamento de Epicuro é muito mais complexo. Ele estimula o conhecimento, a amizade e a vida virtuosa e moderada. Sim, Dirk, quer perguntar alguma coisa? Pelo visto, os meus alunos de latim têm mais curiosidade quanto aos gregos do que a minha turma de grego.

— Em Hamburgo — principiou o rapaz — existe uma taberna que se chama O deleite epicurista. Isso quer dizer que, para ele, o bom vinho e a cerveja fazem parte da vida boa?

— Estava mesmo esperando por essa pergunta: tinha certeza que ela surgiria. É comum essa associação inadequada do nome de Epicuro com a boa mesa ou o bom vinho. Se o filósofo tomasse conhecimento disso, ficaria perplexo. Creio que esse curioso engano deriva do seu estrito materialismo. Ele acreditava que não há vida depois da terrena e que, já que a vida é tudo o que existe, deveríamos buscar a felicidade nesta terra. Mas *não* incorram no erro de concluir que Epicuro sugere que passemos a vida mergulhados em atividades destinadas ao prazer ou à volúpia. De forma alguma: ele levou e pregou uma vida quase ascética. Repito: na sua concepção, seria mais fácil maximizar o prazer minimizando a dor. Uma das conclusões essenciais a que chegou foi que o medo da morte era uma das principais causas de dor e passou boa parte da vida buscando métodos filosóficos capazes de reduzir esse temor. Alguém tem mais perguntas?

— Ele fala de servir aos outros e à nossa comunidade, ou fala de amor? — indagou Dirk.

— Uma dúvida pertinente para um futuro doutor. Você gostará de saber que Epicuro se considerava um filósofo médico, tratando dos males da alma exatamente como os médicos tratam dos males do corpo. Certa vez, ele disse que uma filosofia que não fosse capaz de curar a alma teria tão pouca valia quanto uma medicina incapaz de curar o corpo. Já mencionei alguns dos males da alma decorrentes da busca da fama, do poder, da riqueza e do prazer sexual, mas estes eram apenas secundários. O verdadeiro beemote das angústias, que está por trás de todas as outras preocupações e as alimenta, é o medo da morte e do que possa vir depois dela. Na verdade, um dos primeiros princípios do "catecismo" que os alunos de Epicuro tinham de aprender era que somos mortais, que não existe vida após a morte e que, portanto, nada temos a temer dos deuses depois que morrermos. Logo logo você vai ler mais a esse respeito em Lucrécio, Dirk. Mas esqueci o resto da pergunta que me fez...

— Antes de mais nada — principiou o rapaz —, preciso dizer que não sei o que quer dizer "beemote".

— Perfeito. Alguém aqui conhece essa palavra?

Bento foi o único a erguer a mão.

— Diga lá, sr. Espinosa.

— O beemote é uma besta monstruosa — replicou Bento. — A palavra vem do hebraico *b'hëmāh* e aparece no Gênesis e também no livro de Jó.

— Ah, em Jó também... Eu mesmo não sabia disso. Obrigado. Agora, voltemos à sua pergunta, Dirk.

— Perguntei se não havia referência ao amor e a servir à nossa comunidade.

— Pelo que sei, Epicuro não se casou, mas acreditava no casamento e na constituição de uma família para alguns: aqueles que estivessem prontos para essa responsabilidade. Mas censurava categoricamente o amor apaixonado que escapa à razão e escraviza o amante, pois este acaba levando mais à dor que ao prazer. Dizia que, depois que o entusiasmo sensual houvesse sido consumado, o amante vivenciaria o tédio ou o ciúme, ou até mesmo ambos. No entanto, dava imenso valor ao amor mais elevado, o amor entre amigos, que nos desperta para um estado de bem-aventurança. É importante destacar que a perspectiva de Epicuro era abrangente e ele tratava todas as almas humanas de forma igual: a sua escola foi a única em Atenas que admitia tanto mulheres quanto escravos.

"Mas a sua pergunta sobre o ato de servir é importante, Dirk. Para Epicuro, devemos levar uma vida calma, isolada, e evitar responsabilidades públicas, exercer um ofício ou qualquer outro tipo de encargo que possa ameaçar a nossa *ataraxia*."

— Não ouvi uma palavra sequer sobre religião — disse um aluno católico, Edward, cujo tio havia sido bispo de Antuérpia. — Em seu conceito de felicidade, ele fala do amor pelos amigos, mas nada diz sobre o amor a Deus ou sobre os desígnios de Deus.

— Você tocou num ponto importante, Edward. Epicuro chega a ser chocante para os leitores de hoje, porque a sua fórmula para se atingir a felicidade praticamente não faz caso do Divino. Ele acreditava que a felicidade emanava exclusivamente da nossa própria mente e não dava importância alguma à nossa relação com qualquer coisa que fosse sobrenatural.

— O senhor está dizendo — indagou o rapaz — que ele negava a existência de Deus?

— Dos deuses, no plural. Lembre-se de que época estamos tratando, Edward. Epicuro viveu no século IV a.C. e a cultura grega, como quase todas as culturas primitivas, à exceção dos hebreus, era politeísta — retrucou Van den Enden.

Edward assentiu e reformulou a pergunta:

— Epicuro negava o Divino?

— Não. Ele era ousado, mas não temerário. Nasceu cerca de sessenta anos depois de Sócrates ter sido executado sob a acusação de heresia e sabia que alardear a descrença nos deuses era prejudicial à saúde. Assumiu então uma postura mais cautelosa: afirmava que os deuses existiam, levavam uma vida serena no monte Olimpo, mas não se preocupavam em absoluto com a vida humana.

— Mas que tipo de Deus é esse? Como é possível imaginar que Deus não queira que vivamos de acordo com o Seu plano? — insistiu Edward. — É inimaginável que um Deus que sacrificou o próprio filho por nós não pretenda que levemos uma vida santificada.

— Há muitas concepções de deuses inventadas por diversas culturas — interveio Bento.

— Mas tenho a mais profunda certeza de que Cristo, nosso Senhor, nos ama e tem um lugar para nós no Seu coração e um plano para a nossa vida — replicou o outro, erguendo os olhos.

— A força de uma crença não tem qualquer relação com a sua veracidade — retrucou Bento. — Todo deus tem os seus devotos profundos e ferrenhos.

— Cavalheiros, cavalheiros — atalhou Van den Enden. — Vamos deixar essa discussão para outra ocasião, depois que tivermos lido e dominado os textos. Mas uma coisa eu lhe digo, Edward: não se pode afirmar que Epicuro não levasse os deuses a sério. Ele os incorporou na sua noção de *ataraxia* e nos incitava a mantê-los no coração, emulando-os e utilizando-os como modelos para uma vida de perfeita serenidade. E mais: visando evitar transtornos — ao dizer isso, o professor voltou os olhos para Bento —, ele aconselhava os seus seguidores a participar de todas as atividades comunitárias, inclusive das cerimônias religiosas.

— Mas rezar simplesmente para evitar transtornos parece-me um simulacro de observância — retrucou Edward, que ainda não tinha se aquietado.

— Muitos já emitiram a mesma opinião, Edward, mas Epicuro também escreveu que devemos honrar os deuses como seres perfeitos. Ademais, obtemos prazer estético pela contemplação da sua perfeita existência. Já está ficando tarde, cavalheiros. Todas as perguntas foram excelentes, e vamos considerar cada uma delas quando estivermos lendo a obra desse filósofo.

O dia terminou com Bento trocando de lugar com os seus professores. Deu meia hora de aula de hebraico ao pai e à filha, e, depois, Van den Enden lhe pediu que ficasse ainda um pouco para terem uma conversa em particular.

— Lembra-se da conversa que tivemos na primeira vez que nos encontramos?

— Lembro-me muito bem, e o senhor está efetivamente me apresentando a pessoas que pensam como eu.

— Sem dúvida percebeu que alguns dos comentários de Epicuro aplicam-se perfeitamente à sua situação atual em meio à sua comunidade?

— Fiquei pensando se o senhor não estaria fazendo alusão direta a mim quando mencionou os comentários sobre participar tranquilamente das cerimônias religiosas da nossa comunidade.

— Exatamente. E surtiram algum efeito?

— Quase, mas há tanta contradição a desmerecê-los que acabaram falhando.

— Como assim?

— É que não consigo imaginar a tranquilidade brotando do solo da hipocrisia.

— Está decerto se referindo ao fato de Epicuro aconselhar que se faça todo o possível para se enquadrar numa comunidade, inclusive participar de um culto religioso?

— Perfeitamente. Chamo isso de hipocrisia. Mesmo Edward reagiu a essa afirmação. Como pode haver harmonia interior em alguém que não é fiel a si mesmo?

— Estava justamente querendo falar com você sobre Edward. Como acha que ele se sente com relação às nossas discussões e com relação a você?

Tomado de surpresa por essa pergunta, Bento ficou calado por um instante.

— Não sei como responder a isso.

— Estou lhe pedindo apenas um palpite.

— Bom, ele não está lá muito satisfeito comigo. Acho que ficou zangado. Sentindo-se ameaçado, talvez.

— Parece-me um bom palpite. Diria mesmo altamente previsível. Agora, responda a esta pergunta: é isso que está querendo?

Bento fez que não.

— E Epicuro diria que você agiu de forma propícia a atingir a vida boa?

— Devo admitir que não. Na hora, porém, achei que estava sendo sensato ao me conter para não dizer outras coisas.

— Por exemplo?

— Que Deus não nos fez à Sua imagem. Nós é que O fizemos à nossa imagem. Imaginamos Deus como um ser igual a nós, que ouve as preces que murmuramos e se preocupa com o que desejamos...

— Deus meu! Se era isso que você estava a ponto de declarar, entendo perfeitamente a sua posição. Digamos, então, que agiu de forma insensata, mas não inteiramente tola. Edward é católico praticante. Teve um tio que era bispo. Esperar que ele abra mão das suas convicções a partir de alguns comentários, por mais razoáveis que sejam, é algo extremamente irracional e talvez perigoso. Amsterdã tem fama de ser a cidade mais tolerante da Europa hoje em dia. Lembre-se, porém, do sentido da palavra "tolerante": conota que todos somos tolerantes com as crenças alheias, mesmo quando as consideramos insensatas.

— Cada vez mais — disse Bento — me convenço de que alguém que vive entre homens com crenças inteiramente diferentes só conseguirá se adaptar a esse meio ao preço de grandes mudanças pessoais.

— Agora começo a entender o que me disse o meu espião sobre a inquietação da comunidade judaica a seu respeito. Você expressa todas as suas ideias a outros judeus?

— Há cerca de um ano, nas minhas meditações, decidi ser sincero em todas as ocasiões...

— Ah! — exclamou Van den Enden. — Agora entendo por que os seus negócios vão tão mal. Um comerciante que só diz a verdade é um oximoro.

— Oximoro? — indagou Bento, balançando a cabeça.

— Vem do grego: *oxys*, que significa agudo, e *moros*, que quer dizer tolo. Portanto, o termo oximoro alude a um paradoxo interno. Imagine o que um comerciante sincero deve dizer ao seu cliente: "Compre essas uvas, por favor. O senhor estaria me fazendo um obséquio. Elas já estão velhas, ressecadas, e preciso me livrar delas antes que chegue o novo carregamento de uvas suculentas na semana que vem."

Como não viu o mínimo esboço de sorriso no rosto do rapaz, Van den Enden lembrou-se de algo que já havia percebido: Bento Espinosa não tinha nenhum senso de humor. E decidiu voltar atrás.

— Mas não pense que estou levando na brincadeira as coisas tão sérias que você me diz.

— O senhor me perguntou se tenho sido discreto na minha comunidade. Venho calando as minhas opiniões, a não ser com o meu irmão e com aqueles dois desconhecidos que vieram de Portugal e que me procuraram pedindo conselho. Na verdade, estive com eles poucas horas atrás e, tentando ajudar o que declarou estar passando por uma crise espiritual, não pude evitar expressar a minha opinião sobre as crenças supersticiosas. Cheguei mesmo a fazer uma leitura crítica da Bíblia hebraica com esses dois visitantes. E, desde que me abri com eles, estou sentindo o que o senhor chamou de "harmonia interior".

— Pelo visto, você andou se reprimindo por muito tempo.

— Não inteiramente aos olhos da minha família ou do meu rabino, que está muitíssimo descontente comigo. Adoraria encontrar uma comunidade que não fosse escrava de falsas crenças.

— Mesmo que procure pelo mundo inteiro, não vai encontrar nenhuma comunidade que não seja supersticiosa. Enquanto houver ignorância, haverá apego à superstição. A única solução é dissipar a ignorância. É por isso que sou professor.

— Temo que esta seja uma batalha perdida — replicou Bento. — A ignorância e as crenças supersticiosas espalham-se como rastilho de pólvora, e acredito que os líderes religiosos alimentam esse fogo para garantir a sua própria condição.

— Perigosas essas palavras... Palavras que estão além do nosso tempo. Mais uma vez eu repito que a discrição é indispensável para continuarmos a fazer parte de *qualquer* comunidade.

— Estou persuadido que preciso ser livre. Se tal comunidade não existe, talvez precise viver isolado.

— Lembre-se do que lhe disse sobre *caute*. Se não for cauteloso, é possível que os seus desejos, e talvez os seus temores, venham a se concretizar.

— As coisas já ultrapassaram o limite do "possível". Creio que já dei início ao processo — disse Bento.

CAPÍTULO 12

Estônia — 1918

No dia seguinte àquele encontro, Alfred foi bem cedo para a cervejaria e ficou com os olhos pregados na porta até que avistou Friedrich. Levantou-se então de um pulo para cumprimentá-lo.

— Que bom vê-lo, Friedrich. Obrigado por arranjar um tempinho para mim.

Depois de pegar as cervejas no balcão, os dois voltaram a se sentar na mesma mesa, num canto tranquilo do salão. Alfred, que havia decidido não ser novamente o assunto exclusivo da conversa, logo perguntou:

— Como está a sua mãe?

— Ainda sob o efeito do choque; ainda tentando assimilar que o meu pai já não existe. Às vezes, parece até esquecer que ele se foi. Por duas ocasiões, achou que o tinha visto em meio à multidão na rua. E nos sonhos, Alfred! É incrível como ela nega o ocorrido. Hoje de manhã, quando acordou, disse que foi terrível abrir os olhos: estava tão feliz, sonhando que passeava e conversava com o meu pai, que detestou ter de acordar e voltar a encarar uma realidade na qual ele continuava morto.

"Já eu — prosseguiu Friedrich — estou lutando em duas frentes, exatamente como o exército alemão. Não só tenho de lidar com a morte dele, mas, nesse breve tempo que estou passando aqui, preciso ajudar a minha mãe. E isso é bem delicado."

— O que quer dizer com "delicado"? — perguntou Alfred.

— Acredito que, para ajudar alguém, precisamos penetrar no mundo dessa pessoa. Mas, sempre que tento fazer isso com a minha mãe, a minha mente se dispersa e, num instante, já me vejo pensando em outra coisa inteiramente diferente. Ainda agora mesmo, ela estava chorando e, quando passei o braço pelos seus ombros para consolá-la, percebi que a minha cabeça estava pensando em vir aqui para encontrá-lo. Por um momento, me senti culpado. Depois, disse a mim mesmo que sou apenas humano e que os seres humanos têm uma tendência inata a usar a distração como forma de se proteger. Andei pensando nos motivos pelos quais não consigo me concentrar na morte do meu pai. Acho que é porque isso me põe cara a cara com a minha própria morte, e essa perspectiva é simplesmente assustadora demais para que eu possa aguentá-la. Não consegui encontrar nenhuma outra explicação possível. O que acha?

Friedrich se calou e virou-se para fitar Alfred bem nos olhos.

— Não entendo muito dessas coisas, mas a sua conclusão me parece plausível. Eu também nunca me permito pensar muito seriamente sobre a morte. Sempre detestava quando o meu pai insistia em me levar ao túmulo da minha mãe.

Friedrich permaneceu calado até ter a certeza de que Alfred não pretendia dizer mais nada.

— Como viu, Alfred — principiou ele então —, foi uma resposta bem longa à sua gentil pergunta sobre como vou indo, mas já deve ter percebido que adoro observar e discutir todas essas maquinações da minha mente. Dei uma resposta mais complexa do que você esperava ou queria?

— Você disse muito mais do que eu esperava, mas foi real, profundo, sincero. Admiro o jeito como evita a superficialidade, como está sempre pronto a expressar os seus pensamentos com honestidade e sem constrangimento.

— E você, Alfred, também mergulhou fundo em si mesmo no final da nossa conversa de ontem. Alguma consequência?

— Confesso que fiquei mexido. Ainda estou tentando entender a nossa conversa.

— O que foi que não ficou claro?

— Não estou me referindo à clareza das ideias, mas ao sentimento estranho que experimentei enquanto conversávamos. Na verdade, não durou muito... O quê? Talvez três quartos de hora? E, mesmo assim, revelei muitas coisas e me senti tão envolvido, tão estranhamente... próximo de você. Como se o conhecesse desde sempre, e intimamente.

— E esse sentimento é desconfortável?

— É e não é. Foi bom porque abrandou o meu isolamento, essa sensação que tenho de não possuir um lar. Mas também foi desconfortável porque tudo aquilo foi muito estranho... Como já disse, nunca tive uma conversa tão íntima como aquela, nem confiei num desconhecido tão depressa assim...

— Mas não sou um desconhecido, por causa de Eugen. Ou melhor, sou um desconhecido conhecido que teve acesso aos compartimentos mais íntimos da casa da sua infância.

— Tenho pensado muito em você desde ontem, Friedrich. Surgiu uma questão e não sei se você me permitiria fazer uma pergunta pessoal...

— Claro, claro. Não tem problema algum: *gosto* de perguntas pessoais.

— Quando perguntei como adquiriu essa habilidade de falar e explorar a mente, você disse que era por conta da sua formação médica. Mas fiquei me lembrando de todos os médicos que conheci e nenhum deles jamais mostrou um pouquinho que fosse desse seu jeito tão cativante. Com eles, tudo parecia uma questão de desempenhar uma função: algumas perguntas superficiais, nenhuma indagação pessoal; depois, uma prescrição misteriosa em latim rabiscada às pressas seguida da frase "O próximo paciente, por favor". Por que você é tão diferente deles, Friedrich?

— Não fui inteiramente franco, Alfred — respondeu o rapaz, fitando o seu interlocutor nos olhos daquele jeito direto. — É *verdade* que sou médico, mas omiti um detalhe de você: também completei a minha formação em psiquiatria, e foi essa experiência que moldou a minha forma de pensar e falar.

— Mas parece um detalhe tão... Tão inócuo. Por que ter o cuidado de escondê-lo?

— Atualmente, é cada vez mais comum eu ver as pessoas ficarem nervosas, recuarem e procurarem a porta da saída quando descobrem que sou psiquiatra. Elas ainda acreditam nessas ideias tolas de que os psiquiatras podem ler a mente dos outros e descobrir todos os seus segredos mais sombrios.

— Bom, talvez não sejam tão tolas assim... — replicou Alfred, assentindo. — Ontem tive exatamente a impressão de que você era capaz de ler a minha mente.

— Não, não, não. Mas estou aprendendo a ler a minha própria e, graças a essa experiência, posso lhe servir de guia para você mesmo ler a sua. Esse é o rumo mais importante que a minha área profissional vem tomando.

— Preciso confessar que você é o primeiro psiquiatra que conheço. Não sei absolutamente nada sobre essa especialidade.

— Bom, por séculos a fio, os psiquiatras foram principalmente responsáveis pelo diagnóstico e pela custódia de pacientes psicóticos, quase sempre incuráveis, que viviam hospitalizados. Mas isso mudou bastante na última década. A mudança começou com Sigmund Freud, em Viena, que inventou um tratamento chamado psicanálise, que, por meio de conversas, permite que ajudemos os pacientes a superar os seus problemas psicológicos. Hoje podemos tratar os males como a extrema ansiedade, o sofrimento irremediável ou algo que denominamos histeria: um transtorno em que sintomas físicos, como a paralisia ou até mesmo a cegueira, têm origem psicológica. Os meus professores lá em Zurique, Carl Jung e Eugen Bleuler, foram pioneiros nesse campo. Fiquei intrigadíssimo com essa abordagem e logo logo estarei começando um treinamento avançado em psicanálise em Berlim, com Karl Abraham, um professor muitíssimo bem-conceituado.

— Já ouvi falar da psicanálise. Mas falavam dela como mais uma tramoia dos judeus. Todos os seus professores são judeus?

— Jung e Bleuler, não.

— Mas, Friedrich, por que se meter numa seara judia?

— Esse campo *vai ser* uma seara judia se nós, os alemães, não penetrarmos nele. Em outras palavras, é algo bom demais para ser deixado nas mãos dos judeus.

— Mas por que se contaminar assim? Por que se tornar aluno de judeus?

— É uma área da ciência. Veja bem, Alfred: pense no exemplo de outro cientista, o judeu alemão Albert Einstein. Ele é a coqueluche da Europa inteira, e o seu trabalho vai transformar a física para sempre. E não dá para chamar a física moderna de física judia! Ciência é ciência. Na faculdade de medicina, um dos meus professores de anatomia era um judeu suíço, e ele não me ensinou anatomia judia. Se o grande William Harvey fosse judeu, você continuaria a acreditar na circulação do sangue, não é verdade? Se Kepler fosse judeu, você continuaria a acreditar que a Terra gira em torno do Sol. Ciência é ciência, independentemente de quem descobre o quê!

— Com os judeus é diferente! — objetou Alfred. — Eles corrompem, monopolizam, sugam qualquer área até esgotá-la. Veja a política. Vi com os meus próprios olhos os judeus bolcheviques minarem inteiramente o governo russo. Vi o rosto da anarquia pelas ruas de Moscou. Veja os bancos. Vi o papel que os Rothschild desempenharam nessa guerra: eles puxaram as cordas e fizeram a Europa toda dançar. Veja o teatro. Assim que assumem o controle, só permitem que judeus trabalhem.

— Todos nós adoramos ter ódio dos judeus, Alfred, mas você faz isso com tanta... Tanta intensidade! Deu para perceber isso em vários momentos nas duas breves conversas que tivemos. Por exemplo, a sua tentativa de alistamento com o sargento judeu, Husserl, Freud, os bolcheviques... O que diria de refletirmos filosoficamente sobre essa intensidade?

— O que quer dizer com isso?

— Uma das coisas que adoro na psiquiatria é que, à diferença das outras áreas da medicina, ela se aproxima muito da filosofia. Como acontece com os filósofos, nós, psiquiatras, confiamos na investigação lógica. Não nos limitamos a ajudar os pacientes a identificar e a expressar o que sentem, mas também perguntamos "por quê?". Qual é a origem desses sentimentos? Por que certos complexos surgem na mente? Às vezes chego a pensar que a nossa área começou efetivamente com Espinosa, que acreditava que tudo, até mesmo as emoções e os pensamentos, tinha uma causa que podia ser descoberta através da investigação adequada.

Percebendo a perplexidade que se manifestava no rosto de Alfred, Friedrich prosseguiu:

— Você parece atônito. Vou tentar ser mais claro. Voltemos à nossa brevíssima incursão por algo que o persegue: a sensação de jamais estar em casa. Ontem, num percurso informal que não durou mais que poucos minutos, conseguimos encontrar várias origens possíveis desse seu sentimento. Pense nelas: a ausência da sua mãe e um pai doente e distante. Depois, você mencionou ter escolhido a área acadêmica errada e ainda a sua falta de autoestima, que o leva a não se sentir bem consigo mesmo, certo? Está seguindo o meu raciocínio?

Alfred fez que sim.

— Agora, tente imaginar como a nossa investigação seria muito mais rica se dispuséssemos de várias, várias horas ao longo de semanas a fio para explorar essas origens mais a fundo. Compreende?

— Compreendo, sim.

— Esse é o meu campo de trabalho. E o que eu estava sugerindo ainda agora era que até mesmo o ódio particularmente intenso que você nutre pelos judeus deve ter raízes psicológicas e filosóficas.

— Nesse ponto, discordamos — retrucou Alfred, recuando ligeiramente. — Prefiro dizer que, por sorte, sou esclarecido o bastante para perceber os perigos que os judeus representam para a nossa raça e os danos que causaram às grandes civilizações do passado.

— Tente entender, por favor, Alfred: você não precisa discutir comigo a respeito das suas conclusões. Ambos experimentamos esses sentimentos com relação aos judeus. O que estou querendo dizer é simplesmente que, no seu caso, eles se manifestam de forma particularmente intensa e com uma paixão extraordinária. E o amor pela filosofia que ambos sentimos determina que podemos analisar a base lógica de quaisquer crenças e pensamentos. Não é verdade?

— Nesse ponto, não posso aceitar o seu raciocínio, Friedrich. Tenho que discordar de você. Parece quase obsceno submeter conclusões tão óbvias a uma investigação filosófica. É como analisar por que alguém acha que o céu é azul ou por que gostamos de cerveja ou de açúcar.

— É, Alfred, talvez você tenha razão — admitiu Friedrich, lembrando-se de Bleuler, que, mais de uma vez, lhe chamara a atenção: "A psicanálise não é um aríete, meu rapaz. Não ficamos batendo e batendo até que os egos exaustos ergam a bandeira branca da rendição. Paciência, paciência. Conquiste a confiança do paciente. Analise e compreenda a resistência. Mais cedo ou mais tarde ela vai se desmontar e a estrada da verdade vai se abrir à nossa frente." Friedrich sabia que precisava deixar de lado aquele tema. Mas o seu demônio interno impetuoso, que era quem precisava saber disso, não pôde se conter. — Vamos pensar só mais uma coisa, Alfred — prosseguiu ele. — Vamos pensar no exemplo do seu irmão, Eugen. Você há de concordar que ele é profundamente inteligente, foi criado no mesmo meio que você, na mesma cultura, com a mesma hereditariedade e cercado pelos mesmos parentes. Entretanto, ele não aborda a questão dos judeus com a mesma paixão. Não é tão impregnado pelo germanismo quanto você e prefere pensar na Bélgica como o seu verdadeiro lar. Sem dúvida, um desafio fascinante. Irmãos que cresceram na mesma família e que têm, no entanto, pontos de vista tão diferentes...

— Crescemos num meio semelhante, mas não idêntico. E por um detalhe: Eugen não teve o azar que eu tive de encontrar um diretor partidário dos judeus na Realschule.

— O quê? Herr Peterson? Impossível! Eu o conheci bastante bem quando estudei lá.

— Não, não era Peterson. No meu último ano na escola, ele estava no seu período sabático e foi substituído por Herr Epstein.

— Espere um pouco... Estou começando a lembrar que Eugen me contou uma história sobre você e esse diretor... Você teria tido algum problema sério na escola pouco antes de se formar. O que aconteceu exatamente?

Alfred então lhe contou a história toda: o seu discurso antissemita, a fúria de Epstein, o seu encantamento por Chamberlain, a imposição da leitura dos comentários de Goethe sobre Espinosa, e a sua promessa de ler o filósofo.

— Interessantíssimo esse episódio, Alfred... Gostaria de ver esses capítulos da autobiografia de Goethe. Prometa que vai me passar as indicações qualquer dia desses, está bem? E diga-me: você cumpriu a promessa de ler Espinosa?

— Tentei mil vezes, mas não consegui. Eram umas coisas tão esquisitas. Todas aquelas definições e todos aqueles axiomas incompreensíveis no início de cada parte acabaram se tornando uma barreira insuperável!

— Ah, começou pela *Ética*. Esse foi o seu erro. É difícil ler essa obra sem uma orientação. Deveria ter começado com o *Tratado teológico-político*, que é bem mais simples. Espinosa é um modelo de lógica. Eu o ponho no topo do meu panteão, junto com Sócrates, Aristóteles e Kant. Um dia voltaremos a nos encontrar lá na mãe-pátria e, se quiser, posso ajudá-lo a ler a *Ética*.

— Como pode imaginar, rejeito profundamente a ideia de ler a obra desse judeu. Mesmo assim, o grande Goethe o venerava, e dei a minha palavra ao diretor que o leria. Então, acha que pode me ajudar a entender Espinosa? Agradeço a sua proposta. Ela chega a ser tentadora. Vou dar um jeito de conseguirmos nos encontrar na Alemanha, e não vejo a hora de aprender Espinosa com você.

— Agora preciso voltar para ver a minha mãe, Alfred, e, como sabe, volto amanhã para a Suíça. Antes de partir, porém, gostaria de dizer uma última coisa. Estou numa espécie de dilema. Por um lado, gosto de você e só quero que esteja bem; por outro, tenho informações que podem lhe causar sofrimento, mas que, creio eu, também podem acabar levando-o a conhecer algumas verdades sobre si mesmo.

— Sendo um filósofo, como poderia eu me recusar a perseguir a verdade?

— Não esperava senão uma resposta nobre de sua parte, Alfred. O que preciso lhe dizer é que, ao longo dos anos e mesmo no mês passado, o seu irmão passou horas me falando sobre o fato de a avó da sua mãe, ou seja, a sua bisavó, ser judia. Ele me contou que foi visitá-la uma vez, na Rússia, e que, embora ela houvesse se convertido ao cristianismo ainda criança, conhecia perfeitamente as suas origens judaicas.

Alfred ficou calado, fitando um ponto qualquer ao longe.

— Alfred?

— Não é verdade! São apenas calúnias que vêm sendo repetidas há tempos, e lamento vê-lo divulgando-as por aí. Não é verdade! O meu pai sempre negou isso. As minhas tias, irmãs da minha mãe, também. O meu irmão é um tolo trapalhão! — exclamou o rapaz, com o rosto transtornado pela raiva. Evitando encontrar o olhar de Friedrich, acrescentou: — Não consigo entender por que Eugen acredita numa mentira dessas, por que toca nesse assunto com os outros e por que você veio me dizer isso!

— Por favor, Alfred! — replicou Friedrich, baixando o tom de voz até estar quase sussurrando. — Em primeiro lugar, pode ter a certeza de que não fico propagando essa história. Você foi a primeira pessoa a quem mencionei o fato e vai ser a única. Dou-lhe a minha palavra, a palavra de um alemão. Quanto ao motivo pelo qual toquei no assunto, bom, vamos pensar um pouco... Eu lhe disse que estava num dilema: falar disso parecia algo doloroso, mas *não* falar parecia ainda pior. Como posso fingir ser seu amigo e calar isso de você? Foi o seu irmão quem me contou, e a questão parecia importante para a nossa conversa. Bons amigos, ainda mais quando são ambos filósofos, podem e devem falar sobre tudo. Está muito aborrecido comigo?

— Estou perplexo com o fato de você ter vindo tocar nesse assunto comigo.

Friedrich voltou a pensar no seu trabalho sob a supervisão de Bleuler, que tantas vezes o alertou: "Não tem de dizer tudo que lhe passa pela cabeça, dr. Pfister. A terapia não é lugar para sentir-se melhor, aliviando-se de pensamentos perturbadores. Aprenda a contê-los. Aprenda a ser um veículo para pensamentos desarticulados. O mais importante é saber a hora certa."

— Talvez eu tenha cometido um erro, talvez devesse ter me calado sobre isso — disse, então, voltando-se para o rapaz. — Preciso aprender que há certas coisas que devem ser caladas. Perdoe-me, Alfred. Se falei disso, foi por amizade, por achar que a sua paixão desenfreada pode acabar sendo autodestrutiva. Veja o caso da Realschule, quando esteve a ponto de ser expulso. A sua educação posterior, a sua formatura, o futuro brilhante que estava à sua frente teriam sido sacrificados. Queria, de certa forma, tentar evitar que coisas como essa voltassem a acontecer.

— Vou pensar a respeito — replicou Alfred, que não parecia nada convencido. — Sei muito bem que está na hora de você ir embora.

Tirando um papel dobrado do bolso da camisa e entregando-o a Alfred, Friedrich disse:

— Se quiser voltar a me ver por qualquer motivo que seja, para continuar alguma parte da nossa conversa, para ter uma orientação quanto à leitura de Espinosa, ou qualquer outra coisa, eis o meu atual endereço em Zurique e um contato em Berlim, para onde devo ir daqui a três meses. Espero sinceramente que voltemos a nos ver. *Auf wiedersehen.*

Alfred ainda ficou sentado ali por uns 15 minutos, com um ar taciturno. Esvaziou a caneca e se levantou para ir embora. Desdobrou o papel que Friedrich tinha lhe dado, passou os olhos pelos endereços, rasgou a folha, atirou os pedaços no chão e dirigiu-se para a saída. Assim que chegou à porta, porém, parou, pensou melhor, voltou até a mesa e se abaixou para apanhar os pedaços de papel rasgados.

CAPÍTULO 13

AMSTERDÃ — 1656

NO DIA SEGUINTE, por volta das dez horas da manhã, os irmãos Espinosa estavam trabalhando na loja: Bento varrendo o chão e Gabriel abrindo um caixote de figos secos que acabara de ser descarregado. Foram interrompidos pela chegada de Franco e Jacob, que pararam à porta, hesitantes, até que Franco disse:

— Se a sua proposta ainda estiver de pé, gostaríamos de continuar a nossa conversa. Por favor. Estamos disponíveis em qualquer horário, o que for mais conveniente para você.

— Com o maior prazer — replicou Bento, mas, voltando-se para Jacob, indagou: — Isso é o que quer também, Jacob?

— Só quero o que for melhor para Franco.

Diante de tal resposta, o jovem comerciante refletiu por alguns instantes e disse:

— Esperem apenas um minuto, por favor. — E, depois de trocar algumas palavras com o irmão aos sussurros lá nos fundos da loja, declarou: — Estou à sua disposição. Que tal irmos para a minha casa e continuarmos o nosso estudo das Escrituras?

A volumosa Bíblia estava na mesa e as cadeiras, dispostas, como se Bento esperasse os dois.

— Por onde começamos? Abordamos tantas questões da última vez...

— Você estava falando sobre o fato de Moisés não ter escrito a Torá — respondeu Jacob, num tom mais brando, mais conciliatório que o da véspera.

— Passei anos estudando essa questão e creio que uma leitura cuidadosa e isenta dos livros de Moisés tem condições de fornecer várias evidências internas de que ele não pode absolutamente ter sido o autor dessas páginas.

— Evidências internas? Explique isso, por favor — atalhou Franco.

— Há algumas inconsistências na história de Moisés; certas partes da Torá contradizem outras tantas, e várias passagens não se sustentam diante da lógica mais elementar. Vou lhes dar alguns exemplos, a começar por um bastante óbvio, que já foi observado por diversas pessoas antes de mim.

"A Torá não apenas descreve a morte e o sepultamento de Moisés, além do luto de trinta dias dos hebreus, mas também o compara a todos os profetas posteriores e afirma que ele os superou em todos os aspectos. É óbvio que um homem não pode escrever sobre o que lhe acontece depois da própria morte, nem se comparar a outros profetas que sequer haviam nascido. Portanto, é evidente que essa parte da Torá não pode ter sido escrita por ele. Não é verdade?

Franco assentiu com um gesto. Jacob deu de ombros.

— Ou então nesse trecho aqui — retomou Bento, abrindo o livro numa página marcada com um barbante e indicando uma passagem no Gênesis, 22. — Podem ver que o monte Moriá é chamado de "monte de Javé-Yiré". E historiadores nos informam que ele só passou a ter esse nome *após* a construção do Templo, muitos e muitos séculos *depois* da morte de Moisés. Veja isso aqui, Jacob: Moisés diz claramente que Deus, numa época qualquer do futuro, vai escolher o local que receberá esse nome. Portanto, se ele antes havia dito uma coisa, depois vai dizer o contrário. Está percebendo a contradição interna, Franco?

Tanto um quanto o outro assentiram.

— Posso lhes dar mais um exemplo? — perguntou Bento, ainda cismado por causa das furiosas investidas de Jacob no último encontro. Para ele, as altercações eram sempre desconfortáveis; ao mesmo tempo, porém, estava empolgado pela perspectiva de poder enfim compartilhar as próprias ideias com outras pessoas. Acabou se acalmando. Sabia exatamente o que fazer: bastava expor as coisas com moderação e apresentar evidências incontestáveis. — No tempo de Moisés, os hebreus conheciam perfeitamente os territórios que pertenciam à tribo de Judá, mas estes não eram chamados de Argob ou Terra dos Gigantes, como se diz na Bíblia. Em outras palavras, a Torá usa denominações que só surgiram muitos séculos depois de Moisés.

Vendo que os dois primos concordavam, Espinosa prosseguiu:

— O mesmo acontece no Gênesis. Vejamos esse trecho aqui — disse ele. E, indo para outra página marcada com um barbante vermelho, leu o texto em hebraico para Jacob: — "Os cananeus estavam *então* naquela terra." Ora, essa passagem não poderia ter sido escrita por Moisés porque os cananeus foram expulsos da região *depois* da morte do profeta. Só pode ser algo escrito por alguém que via essa época como algo já passado, alguém que sabia que aquele povo havia sido expulso de lá.

Diante da anuência dos seus ouvintes, Bento continuou:

— É óbvio que temos mais um problema. Supostamente, quem escreveu isso foi Moisés, mas o texto não apenas se refere ao profeta na terceira pessoa, como ainda dá testemunho de diversos detalhes que lhe dizem respeito. Por exemplo, "Moisés falou com Deus"; "Moisés era o mais dócil dos homens", e aquela passagem que mencionei ontem: "O Senhor conversava com Moisés face a face." Era a isso que me referia quando falei de inconsistências internas. A Torá está tão repleta delas que é mais claro que o sol do meio-dia que os livros de Moisés *não* podem ter sido escritos por ele, e é irracional continuar afirmando que ele próprio é o autor de tais textos. Estão seguindo a minha linha de raciocínio?

Mais uma vez Franco e Jacob assentiram.

— Pode-se dizer o mesmo do livro dos Juízes. Ninguém pode acreditar em sã consciência que cada juiz escreveu o livro que traz o seu nome. A forma com que vários deles se remetem sugere que todos são do mesmo autor.

— Sendo assim, quem escreveu esse livro, e quando? — indagou Jacob.

— É possível estabelecer uma datação graças a afirmações como esta, por exemplo — respondeu Bento, abrindo o livro numa página do livro dos Reis e virando-o para que Jacob pudesse ler. — "Naquele tempo não havia rei." Reparou na formulação, Jacob? Isso significa que a passagem foi escrita depois de fundado um reino. Na minha opinião, o mais plausível é que um dos principais compiladores deste livro tenha sido Ibn Ezra.

— Quem era ele?

— Um escriba e sacerdote que viveu no século V a.C. Foi ele que guiou cinco mil hebreus exilados na Babilônia de volta à sua cidade, Jerusalém.

— E quando a Bíblia inteira foi compilada? — perguntou Franco.

— Acho que se pode afirmar sem risco que, antes da época dos macabeus, ou seja, por volta do ano 200 a.C., não havia essa coleção oficial de livros sagrados que chamamos de Bíblia. Ao que tudo indica, ela foi compilada a partir de um sem-número de documentos e esse trabalho foi realizado pelos fariseus quando da restauração do Templo. Portanto, não esqueçam que o que é sagrado e o que *não* é sagrado limita-se às opiniões recolhidas de alguns rabinos e escribas absolutamente humanos, sendo que, entre eles, havia os que eram sérios, homens verdadeiramente abençoados, ao passo que outros podiam estar lutando por sua própria condição na comunidade, tentando alçar posições dentro da própria congregação, com o estômago roncando e pensando no jantar ou preocupados com a esposa e os filhos. A *Bíblia foi composta por mãos humanas.* Não há outra explicação possível para tantas inconsistências. Ninguém, pensando racionalmente, pode imaginar que um autor divino e onisciente se pusesse a escrever com a intenção deliberada de se contradizer a seu bel-prazer.

Nitidamente confuso, Jacob tentou esquivar-se àquela situação.

— Não necessariamente. Não existem cabalistas eruditos que sugerem haver, na Torá, alguns erros deliberados velando segredos ocultos e que Deus preservou da corrupção cada palavra, ou melhor, cada letra da Bíblia?

Bento assentiu.

— Estudei os cabalistas e acredito que eles pretendem afirmar que são os únicos detentores dos segredos de Deus. Nos seus escritos, não encontrei sequer vestígio de algum segredo divino, mas apenas algumas elucubrações pueris. Gostaria que analisássemos as palavras da própria Torá, e não as interpretações desses indivíduos insignificantes. — E, depois de um breve instante de silêncio, perguntou: — Será que consegui deixar claro o que penso sobre a autoria das Escrituras?

— Conseguiu, sim — respondeu Jacob. — Talvez fosse bom passarmos a outras pendências. Por exemplo, Franco tem algumas questões sobre os milagres. Ele perguntou por que a Bíblia está repleta deles e, por que depois, nunca se viu mais nenhum. Diga-nos o que pensa a respeito dos milagres.

— Os milagres só existem em função da ignorância dos homens. Nos tempos antigos, qualquer acontecimento que não pudesse ser explicado por meio de causas naturais era considerado um milagre e quanto mais ignorantes fossem as massas com relação ao funcionamento da natureza, maior seria a quantidade de milagres.

— Mas houve milagres importantes que foram presenciados por verdadeiras multidões, como o mar Vermelho se abrindo para Moisés, o Sol se detendo para Josué.

— Presenciados por multidões é apenas uma maneira de falar, uma forma de tentar comprovar a veracidade de eventos inacreditáveis. No caso de milagres, estou persuadido que, quanto maior for o número de testemunhas, mais inacreditável será o fato em si.

— Como explicar, então, aqueles eventos inusitados que aconteceram exatamente no momento certo, quando o povo judeu estava em perigo?

— Antes de mais nada, gostaria de lembrar que existiram milhares de momentos certos em que *não* aconteceu milagre algum; momentos em que os indivíduos mais justos e piedosos, vendo-se diante de sério perigo, clamaram por socorro e a única resposta que receberam foi o silêncio. Você se referiu a isso na primeira vez que nos vimos, não é mesmo, Franco? Perguntou onde estavam os milagres na hora em que o seu pai morria queimado.

— É — respondeu o rapaz, bem baixinho, lançando um olhar ao primo. — Eu disse e repito: o que foi feito dos milagres quando os judeus portugueses estavam em perigo? Por que Deus ficou calado?

— Eis o tipo de pergunta que *deveria* ser feito — disse Bento, encorajando-o. — Deixem-me lhes falar mais um pouco sobre a questão dos milagres. Não devemos esquecer que sempre existem circunstâncias naturais que são omitidas nos relatos desses eventos. Por exemplo: o Êxodo diz que "Moisés estendeu a mão sobre o mar e [...] o mar voltou ao seu nível habitual"; *mais tarde*, porém, na canção de Moisés, encontramos alguns detalhes adicionais: "Ao sopro de vosso hálito o mar os sepultou." Em outras palavras, algumas descrições omitem a existência de causas naturais como, nesse caso, os ventos. Vemos, portanto, que as Escrituras narram esses fatos de forma a lhes dar mais força no sentido de tocar os homens, principalmente os incultos, e levá-los à devoção.

— E o Sol que se deteve para a grande vitória de Josué? Isso também é ficção? — perguntou Jacob, lutando para manter a compostura.

— Esse milagre é extremamente incerto. Em primeiro lugar, não se esqueçam de que os antigos acreditavam que o Sol se movia e a Terra ficava parada. Hoje em dia, sabemos que é a Terra que gira em torno do Sol. Por si só, esse erro é uma prova de que há mãos humanas por trás da escrita da Bíblia. E tem mais: o relato desse episódio obedece a motivações políticas. O Sol não era justamente o deus adorado pelos inimigos de Josué? Assim, pois, o milagre é uma forma de alardear o fato de que o Deus dos hebreus era mais poderoso que o dos gentios.

— Magnífica explicação — exclamou Franco.

— Não acredite em tudo que ouve dele, Franco — observou Jacob. — Então, Bento — prosseguiu —, para você, é assim que se explica o milagre de Josué?

— Em parte. O restante da explicação pode ser encontrado nas expressões da época. Muitos desses eventos chamados de milagres são apenas maneiras de falar. Era assim que se falava e se escrevia naquela época. É provável que, ao escrever que o Sol parou, o autor do Livro de Josué estivesse simplesmente querendo dizer que o dia em que aconteceu aquela batalha pareceu interminável. Quando a Bíblia afirma que Deus endureceu o coração do faraó, significa apenas que o monarca era obstinado. Quando afirma que Deus feriu a rocha para os hebreus e dali brotou um jorro de água, está querendo dizer que os hebreus encontraram fontes e puderam saciar a sua sede. Nas Escrituras, praticamente tudo que fosse incomum era atribuído a um ato de Deus. Até as árvores de tamanho invulgar eram chamadas árvores de Deus.

— E o que dizer do milagre de os judeus terem sobrevivido ao passo que todas as demais nações não sobreviveram? — insistiu Jacob.

— Não vejo nada de milagroso nisso; nada que não possa ser explicado por causas naturais. Os judeus sobreviveram depois da Diáspora porque sempre se recusaram a se misturar com outras culturas. Mantiveram-se à parte em virtude da complexidade dos seus ritos, das suas regras de alimentação e da marca da circuncisão que têm observado escrupulosamente. Conseguiram, pois, sobreviver, mas essa sobrevivência teve um preço: a obstinada opção pelo isolamento lhes angariou o ódio universal. — Bento calou-se e, vendo a expressão chocada tanto no rosto de Franco quanto no de Jacob, disse: — Talvez eu tenha lhes dito coisas em excesso para serem digeridas hoje?

— Não se preocupe comigo, Bento Espinosa — retrucou Jacob. — Decerto não ignora que ouvir não é o mesmo que engolir.

— Talvez eu esteja enganado, mas creio que concordou pelo menos três vezes com o que eu dizia. Estou certo?

— A maior parte do que ouvi aqui foi arrogância. Você acredita que sabe mais que inúmeras gerações de rabinos; mais que Rashi e que Gersonides; mais que Maimônides.

— E, mesmo assim, você concordou.

— Quando você mostra uma *evidência*, quando mostra dois trechos do Gênesis que se contradizem mutuamente, *não* tenho como negar. Apesar de tudo, porém, tenho certeza de que existem explicações para esses fatos, explicações que estão muito além do seu conhecimento. Tenho certeza de que é *você*, e não a Torá, que está enganado.

— Não existe contradição nas suas próprias palavras? Por um lado, respeita a evidência e, simultaneamente, continua a ter certeza de algo para o qual não existem evidências. E você? — indagou Bento, dirigindo-se a Franco. — Ficou mais calado que de costume. Terá sido indigestão?

— Não, não foi indigestão, Baruch. Importa-se que o chame pelo seu nome hebraico em vez do português? Eu prefiro assim. Não sei por quê. Talvez porque você seja diferente de qualquer outro português que conheci na vida. Não foi indigestão: foi justo o contrário. O que seria? Desafogo, acho. Desafogo para o estômago. E para a alma também.

— Lembro como você ficou amedrontado na primeira vez que conversamos. Arriscou-se muito contando-me a sua reação aos rituais, tanto na sinagoga quanto na catedral. Referiu-se a ambos como loucura, lembra?

— Como poderia esquecer? Mas saber que não estou sozinho, saber que existem outros, especialmente alguém como você, que compartilham dos mesmos sentimentos... Isso é uma dádiva que pode salvar a minha sanidade.

— A sua resposta me dá forças para seguir adiante, Franco, e lhe transmitir mais informações sobre os rituais. Cheguei à conclusão de que os rituais da nossa comunidade nada têm a ver com leis divinas, santidade, virtude e amor; na verdade, têm tudo a ver com tranquilidade cívica e perpetuação da autoridade rabínica...

— Mais uma vez — interrompeu Jacob, erguendo a voz — você está indo longe demais. Não há limite para a sua arrogância? Qualquer criança sabe que as Escrituras ensinam que a observância ao ritual é uma lei de Deus.

— Não concordo com isso, Jacob. Uma vez mais repito: não estou lhe pedindo que acredite em mim. Estou apelando para a sua razão e pedindo simplesmente que veja as palavras do Livro Sagrado com os seus próprios olhos. Há várias passagens da Torá que nos dizem para seguir o nosso coração e não levar o ritual tão a sério. Vejamos Isaías, que afirma, com a maior clareza possível, que a lei divina significa uma forma autêntica de viver, e não uma vida de observâncias cerimoniais. Isaías nos diz, com todas as letras, para renunciarmos aos sacrifícios e aos festins, e resume a lei divina com essas simples palavras... — Nesse ponto, Bento abriu a Bíblia numa página também assinalada e leu: — "Cessai de fazer o mal, aprendei a fazer o bem; respeitai o direito, protegei o oprimido."

— Está dizendo, então, que a lei rabínica não é a lei da Torá? — perguntou Franco.

— O que estou dizendo é que a Torá contém dois tipos de leis: há a lei moral e há leis que visam manter Israel unida como uma teocracia separada dos seus vizinhos. Infelizmente, os fariseus, na sua ignorância, não conseguiram enxergar a diferença e acharam que a moralidade se resumia ao respeito às leis do Estado, ao passo que tais leis visavam simplesmente ao bem-estar da comunidade. Elas não tinham por intuito instruir os judeus, mas sim mantê-los sob controle. Existe uma diferença fundamental entre esses dois tipos de leis no que se refere ao seu propósito: a observância das leis cerimoniais leva apenas à paz cívica, enquanto a observância da lei divina e moral leva à bem-aventurança.

— Será que ouvi direito? — indagou Jacob. — Você aconselhou Franco a não obedecer à lei cerimonial? A não comparecer à sinagoga, não rezar, não observar os preceitos alimentares?

— Você me entendeu mal — replicou Bento, recorrendo às suas recentes lições sobre Epicuro. — Não nego a importância da paz cívica, mas estabeleço a distinção entre ela e a verdadeira bem-aventurança. — E, voltando-se para Franco, prosseguiu: — Se você ama a sua comunidade, se deseja fazer parte dela, criar a sua família no seu seio, viver junto aos seus, deve participar das atividades comunitárias de bom grado, respeitando inclusive as observâncias religiosas. — E, dirigindo-se a Jacob, perguntou: — Será que ficou bem claro agora?

— O que ouvi foi você dizer que devemos obedecer à lei ritual apenas em função das aparências, e que, na verdade, ela não tem muita importância, pois a única coisa que efetivamente importa é essa outra lei divina que você ainda não definiu — retrucou Jacob.

— Por lei divina, entendo o bem supremo, o verdadeiro conhecimento de Deus e do amor.

— Bem vaga, a sua resposta. O que significa "verdadeiro conhecimento"?

— Significa o aperfeiçoamento do nosso intelecto, o que nos permite conhecer Deus mais plenamente. As comunidades judaicas impõem punições a quem deixa de seguir o ritual: crítica pública feita pela congregação e pelo rabino, ou, nos casos extremos, o banimento ou *cherem*. Existe algum castigo para quem não cumpre a lei divina? Existe, sim, mas não se trata de uma punição particular; trata-se da ausência do bem. Adoro as palavras de Salomão naquele trecho que diz: "Quando a sabedoria penetrar em teu coração e o saber deleitar a tua alma, compreenderás a justiça, a equidade, a retidão e todos os caminhos que conduzem ao bem."

— Essas frases grandiloquentes não escondem o fato de você estar desafiando a lei judaica mais básica — disse Jacob, balançando a cabeça. — O próprio Maimônides nos ensina que aqueles que seguem os mandamentos da Torá são recompensados por Deus com bênçãos e felicidade no mundo que há de vir. Eu, pessoalmente, ouvi o rabino Mortera declarar, de forma enfática, que quem negar a divindade da Torá será excluído da vida eterna junto a Deus.

— E eu digo que expressões como "mundo que há de vir" e "vida eterna junto a Deus" são humanas, e não divinas. Além do mais, essas palavras não estão contidas na Torá; são frases tiradas de comentários escritos por rabinos sobre outros comentários.

— Quer dizer — insistiu Jacob — que você acabou de negar a existência do mundo que há de vir?

— O mundo que há de vir, a vida eterna, a bem-aventurança após a morte, tudo isso, repito, são expressões inventadas por rabinos.

— Você nega — acrescentou Jacob, obstinado — que o justo vai obter a alegria eterna e a comunhão com Deus, e que o mau será aviltado e condenado ao castigo eterno?

— É inteiramente contrário à razão achar que nós, tal como somos hoje, vamos continuar a existir após a morte. O corpo e a mente são dois aspectos da mesma pessoa. A mente não pode subsistir depois que o corpo morre.

— Mas — retrucou Jacob, falando alto, nitidamente agitado — sabemos que o corpo vai ser ressuscitado. É algo que todos os nossos rabinos nos ensinam. Maimônides o afirma claramente. Trata-se de um dos 13 artigos da fé judaica. É o fundamento da nossa fé.

— Devo ser um péssimo mentor, Jacob. Julguei que tivesse deixado bem clara a impossibilidade de coisas como essas e, mesmo assim, lá está você mais uma vez transitando pela terra dos milagres. Volto a insistir que *todas* essas ideias são opiniões humanas; elas *nada* têm a ver com as leis da Natureza, e *nada* que contrarie essas leis imutáveis pode efetivamente ocorrer. A Natureza, que é infinita, eterna e engloba todas as substâncias do universo, age de acordo com uma série ordenada de leis que não podem ser suplantadas por recursos sobrenaturais. Um corpo que se decompôs, que voltou ao pó, não pode ser recuperado. O Livro do Gênesis nos diz isso com toda a clareza: "Comerás o teu pão com o suor do teu rosto até que voltes à terra de que foste tirado, porque és pó e pó te hás de tornar."

— Então quer dizer que nunca vou voltar a me encontrar com o meu pai martirizado? — perguntou Franco.

— Assim como você, adoraria rever o meu abençoado pai. Mas as leis da Natureza são como são, Franco. Compreendo a sua saudade e, quando era criança, também acreditava que o tempo chegaria ao fim e que, um dia, depois da morte, todos estaríamos reunidos novamente: eu junto com o meu pai e a minha mãe, embora fosse tão pequeno quando ela morreu que não tenho praticamente qualquer lembrança. E, é claro, eles estariam reunidos aos seus pais, e assim por diante, *ad infinitum*.

"Agora, porém — prosseguiu Bento com voz branda, falando como um professor —, abandonei essas esperanças pueris e consegui substituí-

-las pela certeza de que carrego o meu pai dentro de mim, o seu rosto, o seu amor, a sua sabedoria, e, dessa forma, já estou reunido a ele. Essa reunião abençoada deve acontecer nessa vida, pois ela é tudo que temos. Não existe a eterna bem-aventurança no mundo que há de vir porque esse mundo não existe. A nossa incumbência, e acredito que é o que a Torá nos ensina, é alcançar a bem-aventurança nesta vida, *agora*, levando uma vida de amor e aprendendo a conhecer Deus. A verdadeira piedade consiste na justiça, na caridade e no amor ao próximo."

Jacob se pôs de pé e empurrou a cadeira com um gesto brusco.

— Chega! Em termos de heresias, já ouvi o bastante por hoje! Aliás, o bastante por uma vida inteira! Está na hora de ir embora! Vamos, Franco! — Agarrou o primo pela mão.

— Não — interveio Bento. — Ainda não. Falta uma questão importantíssima que, para minha surpresa, vocês nem pensaram em abordar.

— Que questão? — perguntou Jacob, largando o braço de Franco e lançando a Espinosa um olhar desconfiado.

— Eu lhes disse que a Natureza é eterna, infinita e engloba toda substância.

— Sim... — disse Jacob, com o cenho franzido e um ar de perplexidade no rosto. — E qual é o problema?

— E não lhes disse que Deus é eterno, infinito e engloba toda substância?

Jacob assentiu, inteiramente atônito.

— Você disse que estava me escutando, que já tinha ouvido o bastante, mas não me fez a mais fundamental de todas as perguntas.

— Que pergunta é essa?

— Se Deus e a Natureza têm propriedades idênticas, qual é então a diferença entre os dois?

— Certo — retrucou Jacob. — Então, eu lhe pergunto: qual é a diferença entre Deus e a Natureza?

— E eu lhe dou a resposta que você já conhece: não há diferença alguma. Deus é a Natureza. A Natureza é Deus.

Os dois primos ficaram olhando para ele e, sem dizer mais nenhuma palavra, Jacob obrigou Franco a se levantar e saiu arrastando-o para a rua.

Quando já não podiam mais ser vistos, Jacob passou o braço pelos ombros de Franco e lhe deu um abraço apertado.

— Muito bom, muito bom, Franco! Conseguimos extrair dele exatamente o que pretendíamos. E você o considerava um sábio... Que grande tolo ele é!

— Nem sempre as coisas são como parecem — replicou o jovem, desvencilhando-se do abraço do primo. — Talvez você é que seja tolo em achar que ele é tolo...

CAPÍTULO 14

MUNIQUE — 1918-1919

O CARÁTER É DESTINO. A nova tendência do pensamento psicanalítico adotada por Friedrich concordava com Espinosa no sentido de considerar que o futuro é determinado pelo que aconteceu antes, pela nossa constituição física e psicológica: as nossas paixões, os nossos medos, os nossos objetivos; o nosso temperamento, o nosso amor-próprio, a nossa postura com relação aos outros.

Mas vejamos Alfred Rosenberg, um filósofo frustrado, pretensioso, insensível, desprovido de afeto e desagradável, com pouquíssima curiosidade a respeito de si mesmo, apesar da sua tão falseada noção de identidade, que andava mundo afora, todo prosa, sentindo-se superior aos demais? Será que Friedrich ou qualquer outro estudioso da natureza humana teria previsto a ascensão meteórica de Rosenberg? Não, o caráter, por si só, não basta para se fazerem profecias. Existe outro ingrediente crucial e imprevisível. Que nome dar? Acaso? Destino? Pura e simplesmente a sorte de estar no lugar certo na hora certa?

A hora certa? Novembro de 1918. A guerra estava chegando ao fim e a Alemanha, chorosa e vacilante diante da derrota, vivia no caos, à espera de um salvador. O lugar certo? Munique. Logo logo, Alfred Rosenberg estaria a caminho desse mesmo local, em cujos becos e cervejarias populares um drama de importância capital vivia a sua fase de incubação, aguardando a chegada do seu elenco extraordinariamente maligno.

Alfred permaneceu em Reval ainda por várias semanas, lutando para se manter dando aulas de arte em escolas de língua alemã. Certa ocasião, foi surpreendido com a notícia de que havia ganhado um pequeno prêmio por dois de seus desenhos, o primeiro e único dinheiro que a sua arte viria a lhe proporcionar. No dia seguinte, em clima de comemoração, compareceu a uma assembleia local e, lá do fundo da sala, ficou ouvindo embevecido um debate sobre o futuro da Estônia. De repente, como se estivesse em transe, teve ímpetos de se dirigir à frente da sala e fez um breve discurso apaixonado sobre os perigos do bolchevismo judaico que pairavam sobre a vizinha Rússia. Ficou inquieto quando um judeu, dono de um grande armazém, interrompeu a sua fala e deixou o local em protesto, levando consigo um grande grupo de judeus? Absolutamente. Os seus lábios se retorceram num sorriso bem sugestivo, convicto de que era ótimo ter limpado assim aquele auditório. Não lhes queria mal. Queria que ficassem felizes e confortáveis na cozinha das próprias casas. Só desejava que fossem embora de Reval. Aos poucos, a semente de uma grande ideia começou a germinar: que fossem embora não apenas de Reval, não apenas da Estônia, mas de toda a Europa. A mãe-pátria só estaria a salvo, só seria próspera, quando todos os judeus tivessem deixado o continente europeu.

Dia após dia, a sua decisão de emigrar para a Alemanha ia se tornando cada vez mais firme; não continuaria morando num insignificante país periférico. A Estônia, que os alemães começavam a abandonar, rumava para um futuro instável como país independente e frágil, ou, o que seria ainda pior, cairia no domínio imediato daqueles judeus russos bolcheviques. Mas como ir embora? As estradas estavam fechadas e todos os trens haviam sido requisitados pelos militares para o transporte das tropas taciturnas que voltavam para a Alemanha. Retido ali e sem saber o que fazer, Alfred recebeu a primeira visita do anjo da boa fortuna.

No café bem popular onde geralmente jantava, Alfred tomava uns goles de cerveja e comia umas salsichas lendo *Os irmãos Karamazov*. Estava lendo em russo, mas tinha uma edição alemã aberta na mesa e, de quando em quando, parava para verificar a exatidão da tradução. Pouco depois, incomodado com a alegria ruidosa da mesa ao lado, levantou-se para procurar um lugar mais tranquilo. Ao passar os olhos pela sala, entreouviu casualmente uma conversa em alemão na outra mesa.

— É isso mesmo, estou indo embora de Reval — disse um padeiro de meia-idade, envergando um avental branco todo sujo de farinha e que a custo conseguia conter o volume de uma barriga avantajada. Com um largo sorriso no rosto, o homem abriu uma garrafa para comemorar, brindando com os seus três companheiros de mesa. Encheu um copo, ergueu-o bem alto e exclamou: — À nossa despedida, meus caros amigos, e espero que voltemos a nos ver lá na mãe-pátria. Por uma vez na vida, fiz uma coisa inteligente... O padeiro esperto!

E, apontando para a própria cabeça e depois para a barriga, acrescentou:

— Levei duas formas do meu pão alemão e o meu melhor strudel, quentinho e recém-saído do forno, para o comandante alemão. O seu ajudante de ordens tentou bancar o durão e se apoderar do que eu estava carregando, dizendo que ele mesmo iria entregar tudo ao seu superior. Eu, porém, o olhei de alto a baixo e prometi que voltaria trazendo, só para ele, um strudel que ainda estava assando. E mais: disse também que o comandante tinha mandado que eu entregasse as encomendas pessoalmente. *Desta vez* acertei em cheio. Fui levado até o gabinete do oficial, mostrei a ele os meus presentes e implorei que me deixasse ir para Berlim. "A coisa vai ficar feia para mim depois que o exército tiver ido embora", falei. "Os estonianos vão me tratar como colaboracionista porque sempre fiz ótimos pães e doces alemães para as tropas. Veja este pão, pesado e crocante. Sinta o cheiro dele. Prove um pedacinho." Arranquei então um bom naco do pão e enfiei tudo na boca do comandante. Ele começou a mastigar e os seus olhos brilharam de prazer. "Agora, sinta o cheiro do strudel", acrescentei, aproximando o doce do seu nariz. Repetidas vezes, ele inalou o aroma que saía da torta. Não tardou muito e o homem estava inebriado: os seus olhos se reviravam, ele começou a balançar sobre os próprios pés. "Agora, abra a boca para sentir um gostinho dos céus." Ele obedeceu. Como uma mãe passarinho, fui lhe dando uns bocados do strudel, escolhendo pedaços bem cheios de passas, e ele começou a gemer de prazer enquanto comia. "Claro, claro, claro", exclamou, e, sem mais nenhuma palavra, ordenou que me dessem um passe para a Alemanha. E, assim, estou embarcando num trem amanhã de manhã, e, vocês, meus amigos, estão convidados para provar a massa que está crescendo lá no forno enquanto conversamos.

Alfred passou três dias ruminando o que tinha ouvido até que, uma manhã, acordou decidido a reproduzir a ousadia do padeiro. Chegando ao quartel-general com três dos seus melhores desenhos de Reval, como o outro, disse ao ajudante de ordens que pretendia entregar em mãos o presente que trazia para o comandante. A resistência do militar simplesmente desapareceu quando Alfred lhe deu um dos desenhos de presente. Levado ao gabinete do comandante, o rapaz lhe mostrou o que tinha nas mãos, dizendo:

— Eis aqui uma pequena lembrança do tempo que o senhor passou em Reval. Venho ensinando desenho aos alemães e, agora, tudo que quero é ensinar a minha arte aos berlinenses.

O comandante examinou os trabalhos, espichando o lábio inferior em sinal de aprovação. Quando Alfred descreveu o discurso que havia feito na tal assembleia local, e o episódio dos judeus saindo da sala, o comandante mostrou-se ainda mais acolhedor e, por conta própria, alegando que o rapaz talvez não ficasse a salvo na Estônia após a evacuação das tropas germânicas, ofereceu-lhe o último lugar disponível num trem para Berlim que partia naquele mesmo dia, à meia-noite.

Ir para casa! Finalmente ia para o seu lar, para a mãe-pátria! Um lar que jamais tinha visto. Aquela perspectiva abafava todo o desconforto da viagem até Berlim, viagem que se estendeu por vários dias, dentro daquele trem gélido. Lá chegando, o seu entusiasmo foi amortecido pela visão do desalentado exército que voltava derrotado à Alemanha e desfilava pela Unter den Linden. Alfred não tardou a descobrir que Berlim não era do seu agrado, e andava se sentindo mais solitário que nunca. Não falava com ninguém no albergue para imigrantes em que ficou hospedado, mas ouvia avidamente todas as conversas ao seu redor. Todos falavam de Munique. Era lá que estavam os artistas de vanguarda, bem como os grupos políticos antissemitas, e a cidade ainda era o ponto de encontro dos russos caucasianos, radicais agitadores antibolcheviques. A atração que sentia por Munique era irresistível e, na certeza de que esse, sim, era o seu destino, conseguiu, em uma semana, arranjar uma carona num caminhão de gado que seguia para aquela cidade.

Como o seu dinheiro estava quase acabando, passou a ir almoçar e jantar de graça no centro para imigrantes, local que oferecia uma comida bem decente, mas exigia o que ele considerava uma indignidade: que todos levassem a própria colher. Munique era uma cidade ampla, ensolarada, agitada, repleta de galerias e de artistas de rua. Para sua desolação, ao examinar as aquarelas daqueles artistas, Alfred viu que eram muito melhores que as suas, e ninguém estava vendendo nada. Por vezes, a ansiedade o assaltava: como ia viver? Onde conseguiria arranjar trabalho? Na maior parte do tempo, porém, sentia-se despreocupado; confiante de que estava no lugar certo, sabia que, mais cedo ou mais tarde, o seu futuro lhe seria revelado. Enquanto esperava por esse momento, passava o dia nas galerias de arte e nas livrarias, lendo tudo que encontrasse sobre história e literatura judaicas. Começou então a esboçar um livro que deveria se chamar *A trilha dos judeus*.

O nome de Espinosa estava sempre aparecendo nas suas leituras sobre a história judaica. Embora tivesse deixado Reval com todos os seus pertences numa única mala, Alfred não havia se desfeito do seu exemplar da *Ética*, mas, lembrando-se do conselho de Friedrich, não tentou voltar a lê-lo. Achou melhor deixar o seu nome na lista de espera da biblioteca, para pegar emprestado o outro livro do filósofo, o *Tratado teológico-político*.

Quando circulava pelas ruas de Munique, tentando em vão vender alguns dos seus desenhos, a boa estrela voltou a brilhar para ele. Foi no momento em que ergueu os olhos para um prédio onde havia um letreiro: *Edith Schrenk — Aulas de dança*. Edith Schrenk. Aquele nome não lhe era estranho. Anos antes, Hilda, a mulher de quem tinha se separado, e Edith tinham estudado dança na mesma escola, em Moscou. Apesar de ser tímido por natureza e só ter falado com Edith uma ou duas vezes, desejava tanto encontrar um rosto familiar que bateu à porta. Edith, envergando uma daquelas malhas colantes preta e com uma elegantíssima echarpe azul-piscina no pescoço, o recebeu com a maior cordialidade, convidou-o a se sentar, lhe ofereceu um café e perguntou por Hilda, de quem sempre gostara. Durante a longa conversa que tiveram, Alfred lhe falou da incerteza quanto ao futuro, do seu interesse pela questão dos judeus e de sua experiência no período da Revolução Russa. Quando mencionou que vinha escrevendo um relato sobre os perigos do bolchevismo judaico, Edith pousou a mão sobre a sua.

— Nesse caso, Alfred, você deveria procurar um amigo meu, Dietrich Eckart, editor do semanário *Auf gut Deutsch*. Ele tem opiniões semelhantes e é bem capaz de ficar interessado nas suas observações sobre a Revolução Russa. Eis o endereço. E não se esqueça de dizer que fui eu quem o mandou lá.

Mais que depressa, Alfred saiu de lá direto para o encontro que mudaria a sua vida. A caminho do escritório de Eckart, parou em duas bancas de jornal à procura do *Auf gut Deutsch*, mas em ambas lhe disseram que o periódico estava esgotado. Enquanto subia a escada que levava ao escritório, localizado no terceiro andar, lembrou-se de Friedrich alertando-o para ter cuidado com aquelas suas ações fanáticas e impulsivas, pois elas poderiam ser a sua perdição. Descartando, porém, tal conselho, abriu a porta, apresentou-se a Dietrich Eckart, mencionou o nome de Edith e, daquele jeito impulsivo de sempre, disse:

— Está precisando de um guerreiro para combater Jerusalém? Sou dedicado e vou lutar até o fim.

CAPÍTULO 15

Amsterdã — julho de 1656

Dois dias depois, quando Bento e Gabriel abriam a loja, apareceu um rapazinho usando um quipá. O menino, que tinha vindo correndo, parou um pouco para recuperar o fôlego e disse:

— Bento, o rabino quer falar com você. Agora mesmo. Ele está esperando lá na sinagoga.

Espinosa não se surpreendeu: já vinha esperando essa convocação. Sem se apressar, guardou a vassoura, tomou o último gole de café, se despediu de Gabriel com um aceno de cabeça e, sem dizer nada, seguiu o menino até o templo. Com a preocupação estampada no rosto, Gabriel se pôs à porta do estabelecimento e ficou olhando até os dois desaparecerem a distância.

No escritório do segundo andar, o rabino Saul Levi Mortera, vestido como um próspero burguês holandês, com uma calça de pelo de camelo, um paletó e sapatos de couro com fivela de prata, esperava impaciente a chegada de Baruch Espinosa, batendo com a pena na mesa. Aos sessenta anos, aquele homem alto, de nariz afilado, uns olhos de dar medo, lábios severos e um cavanhaque grisalho muito bem-aparado, era várias coisas: reputado erudito, autor prolífico, feroz debatedor de ideias, sobrevivente das mais acirradas batalhas travadas com outros rabinos concorrentes e nobre defensor da santidade da Torá. Mas nada paciente. Fazia quase meia hora que havia mandado um dos garotos que se preparava para o *bar mitzvah* buscar aquele seu ex-aluno tão teimoso...

Há 37 anos, e com a devida majestade, Saul Mortera presidia a comunidade judaica de Amsterdã. Em 1619, havia sido indicado para o seu primeiro cargo, como rabino da Beth Jacob, uma das três pequenas sinagogas sefardis da cidade. Quando a sua congregação se fundiu com a de Neve Shalom e a de Beth Israel, em 1639, ele foi nomeado, suplantando outros candidatos, para assumir a função de rabino da nova sinagoga Talmud Torah. Como poderoso bastião da lei tradicional judaica, vinha, fazia várias décadas, defendendo a sua comunidade contra o ceticismo e a secularização trazidos pelas levas de imigrantes portugueses, muitos dos quais haviam sido forçados a se converter ao cristianismo e, por isso, eram poucos os que tinham recebido uma educação judaica tradicional desde cedo. Estava cansado: doutrinar adultos nos velhos princípios não era um trabalho nada fácil. Mais que ninguém, tinha condições de dar valor à lição que todos os professores de religião acabavam por aprender: é essencial granjear alunos ainda em tenra idade.

Educador incansável, havia constituído um currículo abrangente, contratado inúmeros professores, e, pessoalmente, dava aulas diárias, ensinando a língua hebraica, a Torá e o Talmud para os alunos mais velhos. E estava sempre se empenhando em duelos com outros rabinos, no sentido de impor as suas próprias interpretações das leis da Torá. Um dos combates mais acirrados acontecera havia 14 anos: o adversário era o seu assistente e rival, rabino Isaac Aboab de Fonseca, e o que estava em jogo era definir se os judeus pecadores que não se arrependessem, mesmo aqueles obrigados a se converter ao cristianismo sob pena de serem executados pela Inquisição, alcançariam a vida eterna no mundo que está por vir. O rabino Aboab, que, como tantos membros da congregação, tinha parentes convertidos que continuavam a viver em Portugal, sustentava que um judeu jamais deixava de ser judeu e que todos acabariam ingressando no bem-aventurado mundo que está por vir. O sangue judeu persistia, reiterava ele, e nada era capaz de apagá-lo, nem mesmo a conversão a uma outra religião. Paradoxalmente, para sustentar a própria posição, recorria ao exemplo da rainha Isabel da Espanha, arqui-inimiga do seu povo, que reconhecera o caráter inexorável do sangue judeu ao promulgar os *Estatutos de limpeza de sangue*, lei que impedia os chamados cristãos-novos, ou seja, os judeus convertidos, de ocuparem qualquer cargo civil e militar de alguma importância.

A posição linha-dura do rabino Mortera era perfeitamente condizente com o seu físico: inflexível, intransigente, contestadora. Ele insistia, pois, que a todos aqueles impenitentes que houvessem infringido a lei judaica estava definitivamente vedado o acesso ao mundo que está por vir e que o seu destino era o castigo eterno. A lei era a lei, e não admitia exceções, nem mesmo para aqueles que houvessem cedido diante da ameaça de morte por parte da Inquisição portuguesa e espanhola. Todo judeu que não fosse circuncidado, violasse as leis alimentares, deixasse de observar o Sabbath ou qualquer outra determinação daquela miríade de leis religiosas, estava condenado à danação eterna.

A declaração implacável de Mortera enfureceu os judeus de Amsterdã que tinham parentes convertidos ainda vivendo na Espanha e em Portugal, mas o rabino não se abalou. O debate entre os dois foi tão acirrado e gerou tantas desavenças que os anciãos da sinagoga solicitaram ao rabinato de Veneza que interviesse e propusesse uma interpretação definitiva da lei. Com alguma relutância, o pedido foi aceito, e os rabinos venezianos concordaram e ouviram as alegações da delegação que havia sido enviada até eles, alegações estas muitas vezes proferidas em altos brados pelos partidários de ambos os lados daquela intricada controvérsia. Por duas horas, refletiram sobre a resposta que deveriam lhes dar. Os seus estômagos começaram a roncar. O jantar teve de ser atrasado e, finalmente, aqueles homens chegaram a uma decisão unânime: não tomar decisão alguma. Não queriam se imiscuir numa controvérsia tão espinhosa e determinaram que o problema tinha de ser resolvido pela própria congregação de Amsterdã.

A comunidade local, porém, não conseguia chegar a qualquer conclusão e, para impedir que sobreviesse um cisma irreparável, mandou com urgência uma segunda delegação a Veneza, implorando de forma ainda mais veemente uma intervenção externa. O rabinato de Veneza acabou enfim chegando a uma decisão e apoiou a posição de Saul Mortera (que, diga-se de passagem, havia sido educado na *ieshiva* de Veneza). De posse da decisão dos rabinos, a delegação regressou às pressas para Amsterdã. Quatro semanas depois, vários membros da congregação estavam parados no cais, pesarosos, para se despedir do rabino Aboab, que, juntamente com a família e todos os seus pertences, ia embarcar num navio rumo ao Brasil, onde assumiria as funções rabínicas na longínqua cidade litorânea do Recife. Desde então, nenhum rabino em Amsterdã voltaria a desafiar Saul Mortera.

Hoje, porém, ele estava enfrentando uma crise muitíssimo mais dolorosa em termos pessoais. Numa reunião realizada na noite anterior, os *parnassim* da sinagoga haviam tomado uma decisão com relação ao enigma de Espinosa e determinado que o rabino comunicasse a Baruch a sua excomunhão, a ser realizada no templo Talmud Torah dentro de dois dias. Por quarenta anos, Miguel Espinosa, pai de Baruch, fora um dos amigos mais próximos de Saul Mortera, e com quem sempre pôde contar. O seu nome constava da carta de fiança que garantiu a compra da Beth Jacob e, por décadas a fio, ele contribuiu para o fundo da sinagoga (que pagava o salário do rabino), bem como para outras obras de caridade. Durante todo esse tempo, era raro Miguel faltar às sessões da Coroa da Lei, grupo de estudos que se reunia na casa do rabino, e, por diversas vezes, algumas delas em companhia do seu filho prodígio, Baruch, jantara à sua mesa juntamente com uns quarenta outros membros da comunidade. Ademais, Miguel, e também o seu irmão mais velho, Abraão, haviam participado como *parnas*, membros da junta diretora, autoridade máxima na administração da sinagoga.

Anos depois, porém, o rabino se encontrava ali, mortificado. Naquele dia, a qualquer momento... Mas, afinal, onde estava Baruch? Teria de anunciar ao filho do amigo tão querido a calamidade que ia se abater sobre ele. Saul Mortera dissera as preces por ocasião da circuncisão do menino, supervisionara o seu desempenho impecável no *bar mitzvah* e o vira crescer ao longo dos anos. Que talentos prodigiosos tinha, talentos absolutamente sem igual! Absorvia as informações como uma esponja. Todos os cursos pareciam tão elementares para Baruch que os professores sempre acabavam por lhe indicar a leitura de textos mais avançados, enquanto o resto da turma lutava contra as tarefas mais básicas. Por vezes, o rabino Mortera chegou a temer que a inveja dos outros estudantes pudesse lhe angariar inimizades. No entanto, isso jamais aconteceu: as suas habilidades eram tão evidentes, tão acima da média que Baruch era estimado e benquisto por todos os demais, que com frequência recorriam a ele, mais que aos próprios professores, para tirar dúvidas sobre uma tradução ou interpretação complicada. Nesse instante, o rabino Mortera lembrava que também ele tinha uma profunda admiração pelo jovem Espinosa e, em diversas ocasiões, pedira a Miguel que trouxesse o filho a um jantar para impressionar algum convidado ilustre. Saul Mortera suspirou. A era de ouro de Baruch, que se estendera dos 4 aos 14 anos, estava encerrada. O rapaz tinha mudado, enveredado pelo mau caminho; a comunidade inteira se via diante do perigo de presenciar o seu prodígio, tendo se transformado num monstro, devorar-se a si mesmo.

Ouviram-se passos na escada. Era Baruch que vinha chegando. O rabino Mortera permaneceu sentado e, quando o rapaz apareceu à porta da sala, não se virou para cumprimentá-lo, limitando-se a lhe indicar uma cadeira baixa e nada confortável que ficava perto da sua escrivaninha.

— Sente-se aqui — disse ele, rispidamente. — Tenho uma notícia catastrófica para lhe dar, uma notícia que vai mudar a sua vida para sempre.

Falava um português ligeiramente hesitante mas bem razoável. Embora fosse de origem asquenaze, e não sefardi, e houvesse sido educado na Itália, Mortera tinha se casado com uma marrano e aprendera português o suficiente para fazer centenas de sermões no Sabbath para uma congregação que era principalmente originária de Portugal.

— Certamente o que aconteceu foi que os *parnassim* decidiram me excomungar e lhe deram instruções para realizar o *cherem* em cerimônia pública na sinagoga o mais depressa possível — disse Espinosa, num tom inalterado.

— Pelo que vejo, continua insolente como sempre. A essa altura, eu já deveria ter me acostumado com isso, mas ainda fico estarrecido ao ver como o menino sensato se transformou num adulto idiota. Está certíssimo na sua suposição, Baruch: foram exatamente essas as instruções que recebi. Amanhã mesmo você será submetido ao *cherem* e será definitivamente banido desta comunidade. Faço, porém, uma ressalva quanto ao uso inadequado que fez do verbo "acontecer". Não ceda à tentação de acreditar que o *cherem* é simplesmente algo que lhe *aconteceu*. Na verdade, foi *você* que o provocou com os seus próprios atos.

Espinosa abriu a boca para responder, mas o rabino apressou-se a prosseguir:

— No entanto, pode ser que nem tudo esteja perdido. Sou um homem leal e a minha amizade de tantos anos com o seu nobre pai me impele a fazer tudo que estiver ao meu alcance para lhe oferecer proteção e orientação. Neste exato momento, o que quero é que fique sentado e me ouça. Fui responsável pela sua instrução desde os seus cinco anos e você ainda não está velho demais para receber alguma instrução suplementar. Quero lhe dar uma aula de história de um tipo bem especial.

"Vamos retroceder — prosseguiu Mortera, com o seu tom mais rabínico — até a Espanha do passado, a terra dos seus ancestrais. Sabe que os primeiros judeus chegaram a esse país talvez há uns mil anos e, ali, viveram em paz, junto com mouros e cristãos por séculos a fio, apesar de o nosso povo encontrar hostilidade em todas as demais regiões?"

Baruch assentiu, sem nenhum entusiasmo, revirando os olhos.

O rabino percebeu aquela atitude, mas não fez caso dela.

— Nos séculos XIII e XIV, fomos sendo expulsos de todos os países. Primeiro, foi a Inglaterra, origem do libelo de sangue amaldiçoado que nos acusava de fazer matzá com o sangue de crianças gentias. Depois a França também nos expulsou e, em seguida, foram as cidades da Alemanha, da Itália e da Sicília. Na verdade, toda a Europa ocidental, à exceção da Espanha, onde *La Convivencia* continuava a vigorar e judeus, cristãos e mouros conviviam entre si de forma amistosa. No entanto, a reconquista gradual do país pelos cristãos, que derrotaram os mouros, veio deslustrar essa época de ouro. E sabe como foi o fim de *La Convivencia*, em 1391?

— Sei. Houve as expulsões e, nesse ano, houve também os *pogroms* em Castela e em Aragão. Conheço tudo isso. E o senhor sabe que eu sei. Por que resolveu me falar sobre isso hoje?

— Sei que você *acha* que sabe disso. Mas existe conhecimento e existe o verdadeiro conhecimento, que é conhecer algo do fundo do coração, e você ainda não atingiu esse estágio. Tudo o que lhe peço é que me ouça. Nada mais. No devido momento, as coisas vão se esclarecer.

"O que houve de realmente diferente em 1391 — prosseguiu o rabino — foi que, depois do *pogrom*, os judeus, *pela primeira vez na história*, começaram a se converter ao cristianismo, e convertiam-se aos bandos, aos milhares, às dezenas de milhares. Os judeus da Espanha desistiram de lutar. Eram fracos. Decidiram que a nossa Torá, a própria palavra de Deus, e a nossa herança de três mil anos não valiam o preço das incessantes perseguições.

"Essas conversões em massa dos judeus abalaram o mundo; nunca antes, em toda a história, o nosso povo havia aberto mão da sua fé. Compare esse episódio com a reação dos judeus em 1096. Sabe o que aconteceu nesse ano? Sabe a que estou me referindo, Baruch?

— Decerto aos judeus que foram massacrados nos *pogroms* durante as cruzadas... O *pogrom* de 1096, em Mainz.

— Em Mainz e em todas as outras localidades da região da Renânia. Isso mesmo, massacrados, e sabe quem comandou esse massacre? Os monges! Sempre que acontecia um massacre de judeus, podia-se ter certeza de que os homens da cruz estavam à frente dos ataques. Isso mesmo... Aquelas excelentes criaturas de Mainz, aqueles mártires extraordinários, preferiram morrer a se converter: muitos deles ofereceram o pescoço aos seus carrascos, e vários trucidaram a própria família para evitar que ela fosse trespassada pelas espadas dos gentios. Todos preferiram a morte à conversão.

— E o senhor aplaude esse gesto? — indagou Baruch, incrédulo. — Considera digno de louvor alguém dar cabo da própria existência e até mesmo assassinar os próprios filhos para...

— Ainda tem muito que aprender, Baruch, se acredita que não há causa que justifique o fato de abrirmos mão da nossa vida tão insignificante... Mas, agora, não há tempo suficiente para instruí-lo sobre tais assuntos. Você não veio aqui hoje para ostentar a sua insolência. Haverá bastante tempo para fazer isso mais tarde. Quer aprecie ou não, saiba que está na grande encruzilhada da sua vida e estou tentando ajudá-lo a escolher o caminho a seguir. Quero que ouça *calado*, e *com toda a atenção*, o meu relato, que visa lhe mostrar que, no momento atual, toda a civilização judaica está correndo perigo.

Bento manteve a cabeça erguida, a respiração tranquila, e se deu conta de que a voz implacável do rabino, que, no passado, tanto terror lhe havia inspirado, praticamente deixara de lhe soar ameaçadora.

O rabino Mortera respirou fundo e prosseguiu:

— No século XV continuaram ocorrendo dezenas de milhares de conversões na Espanha, inclusive na sua família. No entanto, a sede de sangue da Igreja Católica ainda não estava satisfeita. Os seus membros diziam que os convertidos não eram suficientemente cristãos, que alguns ainda exibiam sentimentos judeus, e decidiram, então, enviar os inquisidores para farejar o que quer que parecesse judeu. "O que fez na sexta-feira, ou no sábado?", perguntavam eles. "Acendeu alguma vela?" "Em que dia muda os seus lençóis?" "Como prepara a sua sopa?" E, se esses inquisidores encontrassem qualquer vestígio de características judaicas, de costumes judaicos ou da culinária judaica, os generosos padres queimavam aquelas pessoas na fogueira. Nem assim se convenciam da pureza dos convertidos. Toda e qualquer marca de judaísmo tinha de ser expurgada. Eles não queriam que os olhos dos convertidos cruzassem com algum judeu praticante, temendo despertar neles os velhos hábitos, e, portanto, em 1492, expulsaram os judeus, absolutamente todos, da Espanha. Muitos, entre os quais os seus próprios antepassados, foram para Portugal, mas a trégua que ali encontraram foi muito breve. Cinco anos depois, o rei de Portugal forçou os judeus a escolherem entre a conversão ou a expulsão. E, mais uma vez, dezenas de milhares optaram por se converter e se perderam para a nossa fé. Esse momento representou o ponto mais baixo do judaísmo em toda história. As coisas chegaram a um nível tal que muitos, inclusive eu, ficaram convencidos de que a vinda do Messias era iminente. Lembra que lhe emprestei a magnífica trilogia messiânica de Isaac Abravanel que propunha exatamente esta visão?

— Lembro que Abravanel não tenta entender racionalmente por que os judeus precisariam estar no pior momento da sua história para que esse evento mítico ocorresse. Nem dá qualquer explicação para o fato de um Deus onipotente não ser capaz de proteger o seu povo eleito, impedindo-o de chegar a esse ponto. Tampouco...

— Cale-se. Hoje, limite-se a ouvir, Baruch — esbravejou o rabino. — Por uma vez na vida, talvez a última, *faça exatamente o que estou mandando*. Quando eu lhe fizer uma pergunta, responda apenas sim ou não. Só tenho mais umas poucas coisas a lhe dizer. Estava falando do ponto mais crítico da história dos judeus. Onde o nosso povo poderia buscar abrigo em fins do século XV e durante o século XVI? Em que lugar *do mundo inteiro* poderia encontrar um porto seguro? Alguns judeus foram para o Oriente, para o Império Otomano ou para Livorno, na Itália, onde eram tolerados por causa da sua preciosa rede de comércio internacional. E, mais tarde, depois de 1579, quando as províncias do norte dos Países Baixos proclamaram a sua independência da Espanha católica, alguns judeus resolveram rumar para Amsterdã.

"Como os holandeses nos receberam? *Como nenhum outro povo no mundo jamais havia feito*. Eram absolutamente tolerantes em termos de religião. Ninguém se preocupava com questões de crenças religiosas. Eram calvinistas, mas asseguravam a qualquer um o direito de ter o seu próprio culto, com a única exceção dos católicos. Com relação a estes, não havia lá tanta tolerância. Mas isso não era problema nosso. Aqui, não éramos perseguidos; e não só isso: éramos bem-vindos, porque os Países Baixos queriam se tornar um importante centro comercial e sabiam que os comerciantes marranos poderiam lhes ser de grande auxílio para a criação dos seus negócios. Aos poucos, mais e mais imigrantes de Portugal iam chegando para desfrutar de uma tolerância que não se via em qualquer outra parte do mundo havia séculos. E vieram também outros judeus: houve um grande fluxo de pobres judeus asquenazes oriundos da Alemanha e do Leste Europeu, que procuravam escapar à violência ensandecida que o nosso povo enfrentava por lá. É claro que os asquenazes não eram tão cultos como os sefardis: faltava-lhes instrução e competência, e, de um modo geral, tornaram-se mascates, vendedores de roupas usadas ou abriram pequenas lojas. *Mesmo assim*, nós os acolhemos bem e lhes oferecemos a nossa caridade. Sabia que o seu pai fazia doações regulares e generosas à caixa de coleta que havia na nossa sinagoga para auxiliar os asquenazes?

Sem dizer uma palavra, Baruch apenas assentiu.

— E então — prosseguiu o rabino Mortera —, alguns anos depois, as autoridades locais, tendo consultado o grande jurista Grotius, reconheceram oficialmente o nosso direito de viver em Amsterdã. De início, sentíamo-nos intimidados e conservávamos os nossos velhos hábitos de passarmos despercebidos. Foi por isso que as nossas quatro sinagogas não ostentavam qualquer sinal externo: na verdade, realizávamos os nossos serviços religiosos em construções que pareciam casas de família. Só mesmo depois de vários anos sem perseguição alguma é que conseguimos entender que podíamos praticar a nossa fé abertamente e nos convencer de que o Estado garantiria a nossa vida e as nossas propriedades. Nós, judeus de Amsterdã, tivemos a extraordinária sorte de vir morar *no único lugar do mundo* em que o nosso povo pode ser livre. Faz ideia do que isso significa: o único lugar, no mundo inteiro?

Baruch se remexeu naquela cadeira de pau tão desconfortável e assentiu com um gesto veemente.

— Paciência, paciência, Baruch. Só precisa me ouvir mais um pouco: estou me aproximando de temas de grande importância para você. A nossa fantástica liberdade acarreta certas obrigações que o Conselho da cidade de Amsterdã sempre deixou bem claras. Tenho certeza de que sabe quais são essas obrigações.

— Não devemos difamar a fé cristã, nem tentar converter cristãos ou nos casar com eles — respondeu Espinosa.

— Não só. A sua memória é prodigiosa, mas não está se lembrando das outras obrigações. Por que será? Talvez porque não lhe convenham. Deixe-me refrescar a sua memória. Grotius também decretou que todos os judeus com mais de 14 anos devem afirmar a fé em Deus, em Moisés, nos profetas, na vida após a morte, e que as nossas autoridades civis e religiosas devem assegurar, sob pena de perdermos a nossa liberdade, que nenhum membro da nossa congregação diga ou faça qualquer coisa que possa desafiar ou solapar qualquer aspecto dos dogmas religiosos cristãos.

O rabino Mortera fez uma breve pausa e, brandindo o dedo indicador, recomeçou a falar de forma lenta e enfática:

— Vou tentar esclarecer ao máximo esse último ponto, Baruch: é fundamental que você o compreenda perfeitamente. *O ateísmo ou o descaso pela lei e pela autoridade religiosa, sejam elas judaicas ou cristãs, são expressamente proibidos.* Se mostrarmos às autoridades civis holandesas *que não somos capazes de proceder corretamente, perderemos a nossa tão preciosa liberdade e voltaremos a viver sob o comando das autoridades cristãs.*

"Terminei a minha aula de história — acrescentou o rabino depois de mais uma pausa. — A minha maior esperança é que você entenda que continuamos a ser um povo à parte; que, embora gozemos de relativa liberdade hoje em dia, *jamais podemos ser plenamente autônomos.* Mesmo atualmente, não é muito fácil nos mantermos como homens livres porque nos é negado o ingresso em várias profissões. Não se esqueça disso, Baruch, quando pensar na vida sem esta comunidade. Talvez esteja optando por morrer à míngua."

Espinosa ia começar a responder, mas o rabino o calou erguendo o indicador da mão direita.

— Há ainda um ponto que gostaria de esclarecer — disse ele. — Hoje, *o próprio fundamento da nossa cultura religiosa está sendo atacado.* Os imigrantes que continuam a chegar às centenas de Portugal são judeus desprovidos de qualquer instrução judaica. Foram proibidos de aprender hebraico; foram obrigados a aprender o dogma católico e a praticar essa religião. Vivem entre dois mundos, com uma frágil fé tanto no dogma católico quanto nas crenças judaicas. A minha missão é recuperá-los, trazê-los de volta ao lar, de volta às suas raízes judaicas. A nossa comunidade vem prosperando e evoluindo: atualmente, já produzimos eruditos, poetas, dramaturgos, cabalistas, médicos e editores. Estamos no limiar de um grandioso renascimento, e você tem lugar garantido nesse processo. A sua erudição, a sua mente ágil e o seu dom para lecionar nos seriam de grande valia. Se viesse dar aulas junto comigo, se assumisse as minhas funções quando eu não estiver mais aqui, estaria realizando todos os sonhos do seu pai a seu respeito... E os meus também.

— Como assim trabalhar com o senhor? — perguntou Baruch, atônito, fitando o rabino diretamente nos olhos. — As suas palavras me deixaram perplexo. Não esqueça que sou um comerciante e que um *cherem* pesa sobre mim.

— O *cherem* ainda está pendente. Só vai se tornar um fato concreto quando eu o tiver pronunciado publicamente na sinagoga. É claro que os *parnassim* detêm a autoridade suprema, mas tenho grande poder de influência sobre eles. Dois marranos recém-chegados, Franco Benitez e Jacob Mendoza, testemunharam ontem diante dos *parnassim*; um testemunho altamente nocivo. Declararam que você acredita que Deus nada mais é que a Natureza e que não existe um mundo por vir. Foram decerto declarações bem danosas, mas, cá entre nós, desconfio seriamente do testemunho daqueles dois e sei que distorceram as suas palavras. São sobrinhos de Duarte Rodriguez, que continua furioso por você ter recorrido ao tribunal holandês para evitar a execução da tal dívida. Por isso, estou convencido que ele os mandou mentir. E, confie em mim, não sou o único a pensar assim.

— Eles não mentiram, rabino.

— Tenha um pouco de juízo, Baruch! Eu o conheço desde que nasceu e sei que, vez por outra, você, como ninguém, é capaz de alimentar as ideias mais tolas. Eu lhe imploro: venha estudar comigo; deixe-me purificar a sua mente. Ouça bem. Vou lhe fazer uma proposta que não faria a nenhuma outra pessoa no mundo. Posso decerto lhe conseguir *uma pensão vitalícia que vai lhe permitir deixar o comércio de exportação e importação e se dedicar à vida intelectual*. Ouviu o que eu disse? Estou lhe oferecendo a possibilidade de viver para os estudos, de levar uma vida de leitura e reflexão. Pode até ter pensamentos proibidos enquanto procura, nos estudos rabínicos, evidências que os confirmem ou desmintam. Pense nessa proposta: uma vida da mais completa liberdade. E, para isso, há apenas uma condição: *o silêncio.* Você precisa se comprometer a guardar para si quaisquer pensamentos que sejam perniciosos para o nosso povo.

Espinosa parecia mentalmente paralisado. Depois de um longo silêncio, o rabino voltou a falar:

— O que me diz, Baruch? Agora, que é hora de falar, você fica calado!

— Não sei nem dizer quantas vezes — principiou o rapaz, com voz branda — ouvi o meu pai falar da sua amizade e da profunda estima que tinha pelo senhor. Falou também da opinião elogiosa que o senhor tinha a meu respeito: "uma inteligência sem limites", teriam sido as suas palavras, segundo ele. Foi isso mesmo? Reproduzi corretamente?

— Foi exatamente o que eu disse.

— Acredito que o mundo e tudo o que há nele funcionam segundo a lei natural e que posso usar a minha inteligência, desde que faça isso de modo racional, para descobrir a natureza de Deus e da realidade, e encontrar o caminho para levar uma vida abençoada. Já lhe disse isso antes, não foi?

O rabino Mortera apoiou a cabeça nas mãos e assentiu.

— E, no entanto, o senhor vem me sugerir que eu passe a vida confirmando ou negando as minhas concepções por meio dos estudos rabínicos. Esse não é e nunca será o caminho que decidi trilhar. A autoridade rabínica não se baseia na pureza da verdade. Ela se fundamenta simplesmente nas opiniões expressas por gerações de eruditos supersticiosos, gente que acreditava que o mundo era plano, com o Sol girando à sua volta, e que um homem chamado Adão apareceu de repente e deu origem à raça humana.

— Você nega o caráter divino do Gênesis?

— O senhor nega as evidências que provam que várias civilizações precederam de muito os israelitas? Na China? No Egito?

— Que blasfêmia! Não vê o quanto está pondo em risco o seu lugar no mundo que há de vir?

— Não existe nenhuma evidência racional que justifique a existência de tal mundo.

— Foi exatamente isso que os sobrinhos de Duarte Rodriguez declararam que você havia dito! — exclamou o rabino com um ar abismado. — Pensei que estivessem mentindo a mando do tio...

— Creio que o senhor não ouviu, ou não quis ouvir, quando eu disse ainda agora mesmo: *Eles não mentiram, rabino.*

— E as outras acusações que os dois fizeram? Que você nega a origem divina da Torá, que declara que não foi Moisés quem escreveu o livro sagrado, que Deus só existe de um ponto de vista filosófico e que a lei cerimonial não é sagrada?

— Os sobrinhos de Rodriguez não mentiram, rabino.

Saul Mortera fitou Espinosa, e a sua aflição estava se transformando em raiva.

— Uma única dessas acusações seria o bastante para justificar o *cherem*; juntas merecem o mais severo *cherem* já proferido.

— O senhor foi meu professor de hebraico e me ensinou muito bem. Permita que eu retribua o que fez por mim preparando esse *cherem*. Certa vez, o senhor me mostrou alguns dos *cherem* mais brutais proferidos pela comunidade de Veneza e me lembro desses textos palavra por palavra.

— Ainda há pouco, eu lhe disse que você teria bastante tempo para demonstrar a sua insolência. Pelo que vejo, já começou — replicou o rabino, e calou-se por um instante, tentando se recompor. — Está querendo me matar. Está querendo destruir todo o meu trabalho. Sabe perfeitamente que dediquei a minha vida a difundir o papel vital da vida após a morte na cultura e no pensamento judaicos. Conhece o meu livro, *A sobrevivência da alma*, que lhe entreguei pessoalmente por ocasião do seu *bar mitzvah*.

Tem conhecimento do grande debate que travei com o rabino Aboad sobre esse assunto e da minha vitória?

— Claro que sim.

— E descarta tudo isso com a maior facilidade... Faz ideia do que estava então em jogo? Se eu tivesse sido vencido nesse debate; se houvesse sido decretado que *todos* os judeus tinham condições idênticas com relação ao mundo que está por vir, que a virtude ficaria sem recompensa e que a transgressão não sofreria castigo, não consegue avaliar as repercussões que tudo isso teria sobre a comunidade? Sem a certeza de um lugar garantido no outro mundo, que incentivo essas pessoas teriam para se reconverter ao judaísmo? Pode imaginar o que os holandeses calvinistas pensariam de nós se não houvesse castigo para as más ações? Por quanto tempo ainda existiria a nossa liberdade? Acha que aquilo tudo foi uma brincadeira de criança? Pense nas implicações das ideias que ali se debateram...

— É, aquele grande debate... Como as suas próprias palavras acabam de deixar claro, não se tratou, ali, de um debate sobre verdade espiritual. Com toda a certeza, foi por isso que o rabinato de Veneza ficou tão desnorteado. Cada um dos debatedores defendia uma versão diferente da vida após a morte, mas por razões que nada têm a ver com a realidade de tal vida. Ambos tentavam conter as massas por meio do temor e da esperança: as armas tradicionalmente usadas pelos líderes religiosos ao longo da história. Vocês, autoridades rabínicas do mundo inteiro, alegam possuir a chave da vida após a morte e usam essa chave para exercer controle político. Por outro lado, o rabino Aboab assumiu uma postura que visava mitigar a angústia da sua congregação, que desejava ajudar de alguma forma as famílias dos seus convertidos. Não foi uma questão de desavença espiritual. Foi um debate político disfarçado de debate religioso. Nem um nem outro apresentava prova alguma da existência do mundo que está por vir, quer fosse uma evidência racional ou algo extraído das palavras da Torá. Posso garantir que ela não seria encontrada na Torá, e o senhor sabe disso muito bem.

— É óbvio que você não assimilou nada do que eu lhe disse sobre a minha responsabilidade para com Deus e a sobrevivência do nosso povo — replicou o rabino Mortera.

— Muito do que é feito pelos líderes religiosos tem pouco a ver com Deus — retrucou Baruch. — No ano passado, o senhor puniu com o *cherem* um homem que havia comprado carne com um açougueiro kosher asquenaze em vez de comprar com um sefardi. Acha que isso tem alguma importância aos olhos de Deus?

— Foi um *cherem* bastante breve e altamente instrutivo com relação à importância da coesão da comunidade.

— E, ainda no mês passado, fiquei sabendo que o senhor disse a uma moradora de uma pequena aldeia onde não existe padeiro judeu que ela podia comprar pão com um padeiro gentio, contanto que jogasse, no forno da padaria, uma lasquinha de lenha, para que participasse, assim, do cozimento.

— Quando me procurou, a mulher estava aflita, e, quando se foi, estava aliviada e feliz.

— Quando se foi, tinha a mente ainda mais tacanha que antes. Saiu de lá ainda menos capaz de pensar por si mesma e desenvolver as suas faculdades racionais. É exatamente a isto que me refiro: as autoridades religiosas de todos os credos procuram impedir o desenvolvimento das nossas faculdades racionais.

— Se pensa que o nosso povo pode sobreviver sem controle e autoridade, é um grande tolo!

— Na minha opinião, os líderes religiosos perdem o seu próprio rumo espiritual imiscuindo-se nas questões políticas dos Estados. A sua autoridade ou o seu aconselhamento deveriam se limitar a orientações relativas à piedade interior.

— Questões políticas dos Estados? Não entendeu o que aconteceu na Espanha e em Portugal?

— É justamente este o problema: ambos eram Estados religiosos. A religião e o Estado têm de ser separados. O melhor governante que se poderia imaginar deveria ser um líder eleito livremente, um líder cujos poderes seriam limitados por um conselho também eleito de forma independente e que agiria em prol da paz, da segurança públicas e do bem-estar social.

— Agora, Baruch, você conseguiu me convencer de que deve mesmo levar uma vida solitária e que o seu futuro incluirá não apenas a blasfêmia, mas também a traição. Pode se retirar.

Ao ouvir os passos do rapaz descendo as escadas, o rabino Mortera ergueu os olhos e murmurou:

— Miguel, meu amigo, fiz o que pude pelo seu filho. Mas tenho muitas outras almas para proteger.

CAPÍTULO 16

MUNIQUE — 1919

IMAGINEM A CENA: um jovem imigrante pobremente vestido, desempregado, que nunca publicou uma linha na vida e que trazia uma colher de sopa enfiada no bolso da camisa, entra no escritório de um jornalista famoso, que também é poeta e político, e diz: "Está precisando de um guerreiro para combater Jerusalém?"

Sem dúvida alguma, um começo nada promissor para uma entrevista de emprego! Qualquer editor-chefe responsável, bem-educado e sofisticado dispensaria aquele intruso, considerando a sua atitude infantil, estranha e, quem sabe até, perigosa. Mas não. A época era 1919; o local, Munique, e Dietrich Eckart ficou intrigado com as belas palavras do rapaz.

— Ora, ora, jovem guerreiro! Mostre-me as suas armas.

— A minha mente é o meu arco e as minhas palavras são... — exclamou Alfred, tirando um lápis do bolso e agitando-o no ar — as minhas flechas!

— Bela fala, jovem guerreiro. E fale-me dos seus feitos, dos seus ataques a Jerusalém.

Trêmulo de excitação, Alfred narrou os seus feitos anti-Jerusalém: o livro de Houston Stewart Chamberlain que sabia praticamente de cor; o discurso antissemita quando da sua eleição na escola, aos 16 anos; o seu entrevero com o diretor Epstein, que ele desconfiava de que fosse judeu (omitiu a parte relativa a Espinosa); a repulsa que sentiu ao presenciar a revolução judaico-bolchevique; o discurso inflamado que havia feito recentemente, naquela assembleia em Reval; o projeto de escrever o relato de uma testemunha ocular dos judeus bolcheviques revoltados; e a pesquisa histórica que vinha realizando sobre a ameaça representada pelo sangue judeu.

— Excelente começo, o seu. Mas é apenas um começo. Ainda precisamos verificar o calibre das suas armas. Daqui a vinte e quatro horas, traga-me um relato em mil palavras da sua experiência como testemunha ocular da revolução bolchevique, e vamos ver se o texto merece ser publicado.

Alfred não deu qualquer sinal de que ia embora. Voltou a fitar Dietrich Eckart, uma figura imponente, de cabeça raspada, óculos de armação escura protegendo seus olhos azuis, nariz de batata e um queixo largo, quase brutal.

— Vinte e quatro horas, meu rapaz. Já é tempo de começar.

Alfred passou os olhos pelo aposento, visivelmente relutante em ir embora do escritório.

— Tem uma escrivaninha — indagou ele, enfim, timidamente —, um canto qualquer onde eu possa ficar? E umas folhas de papel que eu possa usar? O único lugar aonde poderia ir é a biblioteca, que, atualmente, vive repleta de refugiados analfabetos tentando se manter aquecidos.

Dietrich Eckart chamou a secretária.

— Leve esse candidato à sala dos fundos. E dê a ele umas folhas de papel e uma chave. — E, voltando-se para Alfred, acrescentou: — O aquecimento ali não é grande coisa, mas o lugar é tranquilo e tem uma entrada separada. Assim, você pode trabalhar a noite toda, se precisar. *Auf Wiedersehen*. Até amanhã, a essa mesma hora.

Dietrich Eckart pôs os pés em cima da escrivaninha, bateu a cinza do charuto no cinzeiro e se recostou na cadeira para tirar um cochilo. Embora tivesse apenas uns cinquenta e poucos anos, não havia sido nada cuidadoso com o próprio corpo, e as carnes lhe caíam pesadas. Nascido em uma família rica, filho de um tabelião e advogado do rei, perdera a mãe ainda criança, e o pai poucos anos depois. Antes dos vinte, mergulhou numa vida boêmia regada a drogas, dissipando assim, em pouco tempo, a fortuna que o pai lhe havia deixado. Depois de uma série de tentativas frustradas nas artes e em movimentos políticos radicais, e de um ano cursando a faculdade de medicina, viu-se seriamente dependente de morfina, o que lhe valeu um período de vários meses internado num hospital psiquiátrico. Começou, então, a escrever peças de teatro, mas nenhuma delas jamais foi encenada. Plenamente convicto dos seus talentos literários, jogou a culpa do próprio fracasso nos judeus, que, acreditava ele, controlavam os teatros alemães e ficaram ofendidos com as suas concepções políticas. O seu desejo de vingança deu origem a uma carreira profissional antissemita: Eckart renasceu como jornalista e lançou o periódico *Auf gut Deutsch* depois de toda uma série de publicações que visavam combater o poder dos judeus. Em 1919, a época não podia ser mais propícia e, como o seu estilo jornalístico era cativante, o jornal não tardou a se tornar leitura obrigatória para todos aqueles que se interessavam pelas infames maquinações judaicas.

Apesar da saúde frágil e da pouca energia, Dietrich tinha uma imensa sede de mudança e aguardava com ansiedade a chegada do salvador da Alemanha, um homem de força e carisma extraordinários que levaria o país à posição de glória que lhe estava destinada. Percebeu de imediato que aquele rapaz bonito chamado Rosenberg não era esse homem: por trás daquela apresentação exaltada, o seu lamentável desejo de obter aprovação saltava aos olhos. Mas quem sabe ele não teria um papel qualquer a desempenhar, preparando o caminho para aquele que ainda estava por vir?

No dia seguinte, Alfred estava sentado no escritório de Eckart, cruzando e descruzando as pernas de tanto nervosismo, enquanto o jornalista lia as suas mil palavras.

O outro tirou os óculos e ergueu os olhos para fitá-lo.

— Para alguém que é formado em arquitetura e nunca escreveu nada assim antes, diria que o seu trabalho até que promete. É claro que essas mil palavras não formam uma única frase gramaticalmente correta, mas, apesar desse detalhe bem inconveniente, o seu texto tem alguma força. Há nele uma tensão; há inteligência e complexidade, e há mesmo umas poucas, não o bastante, por certo, imagens textuais. Com isso, estou decretando o fim da sua virgindade jornalística. Vou publicar este artigo. Mas temos muito trabalho pela frente: cada uma dessas frases está gritando por socorro. Puxe a sua cadeira mais para cá, Alfred, e vamos repassar esse texto linha por linha.

Mais que depressa, Rosenberg aproximou a cadeira da mesa de Eckart.

— Esta é a sua primeira lição sobre jornalismo — prosseguiu o editor-chefe. — A tarefa do escritor é comunicar. Infelizmente, porém, várias das suas frases estão longe de cumprir essa função; pelo contrário, tentam confundir o leitor ou sugerir que o autor sabe muito mais do que resolveu dizer. Vamos cortar fora todas as frases do gênero. Veja essa aqui, e essa, e essa outra...

A caneta vermelha de Eckart começou a funcionar a toda e, com isso, teve início o aprendizado de Alfred.

O artigo revisado de Rosenberg foi publicado como parte de uma série intitulada "A judiaria entre nós e lá fora" e, em pouco tempo, ele já tinha escrito vários outros relatos como testemunha ocular dos distúrbios bolcheviques. Cada um desses textos se mostrava melhor que o anterior em termos de estilo. Poucas semanas depois, o seu nome havia sido incluído na folha de pagamento do semanário, como assistente de Eckart, e em alguns meses, o editor estava tão satisfeito com o seu trabalho que o convidou para escrever a introdução do seu livro *O coveiro da Rússia*, em que se descrevia, com detalhes macabros, como os judeus haviam solapado o regime tsarista naquele país.

Foi uma época feliz para Alfred e, no fim da vida, ficava radiante ao lembrar do trabalho com Eckart na redação do semanário e da ocasião em que o acompanhara, de táxi, para distribuir por toda Munique o seu inflamado panfleto *A todos os trabalhadores*. Tinha finalmente encontrado um lar, um pai, um objetivo.

Encorajado por Eckart, concluiu a sua pesquisa histórica sobre os judeus e, ao cabo de um ano, publicou o seu primeiro livro, *A trilha dos judeus através dos tempos*. O volume continha as sementes de tudo que viria a consistir nos principais temas do antissemitismo nazista: o judeu como fonte do materialismo destrutivo, da anarquia e do comunismo; os perigos da maçonaria judaica; os sonhos malévolos de filósofos judeus, de Ezra e Ezequiel a Marx e Trotsky, e, acima de tudo, a ameaça que representava para uma civilização mais elevada a contaminação pelo sangue judeu.

Sob a tutela do editor-chefe, Alfred passou a ter cada vez mais consciência do fato de os trabalhadores alemães, oprimidos pelo jugo financeiro dos judeus, serem ainda mais subjugados e reprimidos pela ideologia cristã. Eckart começou a confiar em Rosenberg para tudo que dizia respeito ao contexto histórico, não apenas com relação ao antissemitismo, mas também, por meio de uma vinculação do surgimento do jesuitismo ao judaísmo do Talmud, a um forte sentimento anticristão.

Ele passou a levar o seu protegido para as reuniões de grupos políticos radicais, apresentou-o a figuras influentes desse meio e também patrocinou sua filiação à Sociedade Thule, tendo feito questão de acompanhá-lo por ocasião de sua primeira participação nessa augusta sociedade secreta.

Nessa reunião, depois de apresentar Rosenberg a vários membros da Thule, Eckart o deixou sozinho enquanto discutia em particular com diversos colegas. Alfred ficou examinando tudo ao seu redor. Era um mundo inteiramente novo: não uma cervejaria, mas um dos salões do Quatro Estações, imponente hotel de Munique. Jamais havia entrado num lugar como aquele. Experimentou a espessura do tapete vermelho que tinha sob os sapatos já gastos e ergueu os olhos para o teto todo ornamentado com pinturas que mostravam fofas nuvens brancas e rechonchudos querubins. Como não viu cerveja em canto algum, dirigiu-se à mesa que ficava no centro do salão e serviu-se de uma taça de um suave vinho alemão. Ao observar os outros membros da sociedade, todos eles nitidamente abastados, bem-vestidos e bem-nutridos, Alfred se deu conta das roupas que usava, invariavelmente compradas em brechós.

Com a certeza de ser o mais pobre e malvestido dos presentes, resolveu se esmerar na aproximação com os demais e chegou até a tentar se exibir, referindo-se a si mesmo, sempre que possível, como um escritor e filósofo. Quando se via sozinho, ficava ensaiando novas expressões faciais que combinavam os lábios ligeiramente retorcidos, um aceno de cabeça quase imperceptível e um semicerrar das pálpebras. Com isso, esperava estar dizendo: "Claro, entendo perfeitamente o que diz... Não só estou a par da situação, mas sei até mais do que pode imaginar." Já mais tarde, naquela noite, conferiu ainda uma vez a tal expressão no banheiro do toalete masculino e ficou satisfeito com o resultado. Não tardou muito e aqueles trejeitos tinham se tornado a sua marca registrada.

— Olá! O senhor é o convidado de Dietrich Eckart? — indagou um homem de olhar intenso, rosto comprido, bigode e óculos de aro escuro. — Sou Anton Drexler, faço parte do comitê de recepção.

— Perfeitamente. Eu me chamo Rosenberg, Alfred Rosenberg. Sou filósofo e escrevo para o *Auf gut Deutsch*. Sou, sim, o convidado de Dietrich Eckart.

— Ele falou muito bem do senhor. Como é a primeira vez que vem aqui, deve ter algumas perguntas a fazer. O que posso lhe dizer sobre a nossa organização?

— Muitas coisas. Em primeiro lugar, gostaria de saber de onde vem o nome, Thule.

— Para isso, preciso começar dizendo que a nossa denominação original era "Grupo de Estudos da Antiguidade alemã". Muitos acreditam que Thule era uma região, hoje desaparecida, que ficaria localizada nas proximidades da Islândia ou da Groenlândia, e que foi a pátria original da raça ariana.

— Thule... Conheço bastante bem a história da raça ariana através de Houston Stewart Chamberlain, e não me lembro de ter lido nada sobre Thule.

— Ah, Chamberlain é historiador, e dos melhores, mas isso é pré-Chamberlain e pré-histórico. É do reino mítico. A nossa organização deseja prestar homenagem aos nossos nobres ancestrais que só conhecemos por meio da história oral.

— Então, todos esses homens impressionantes estão reunidos aqui, hoje à noite, porque se interessam por mitos, pela história antiga? Não pense que estou questionando esse fato. Na verdade, acho admirável ver tanta tranquilidade e devoção à erudição numa época tão volátil, em que a Alemanha pode se desmantelar a qualquer momento.

— A reunião ainda não começou, Herr Rosenberg. Logo poderá ver por que motivo a Sociedade Thule tem em tão alta conta os seus textos publicados no *Auf gut Deutsche*. É claro que temos grande interesse pela história antiga, mas estamos ainda mais interessados na nossa história do pós-guerra, uma história que está sendo composta e que os nossos filhos e netos vão um dia poder ler.

Alfred ficou deslumbrado com os discursos que se fizeram ali. Todos os oradores, sem exceção, alertavam para o grave perigo que os bolcheviques e os judeus representavam para a Alemanha. Cada uma daquelas falas vinha enfatizar a necessidade urgente de agir. Mais para o fim da reunião, Eckart, já sob o efeito de um fluxo ininterrupto de taças de vinho alemão, passou o braço pelos ombros do rapaz e exclamou:

— Que momento empolgante, hein, Rosenberg! E vai ficar ainda mais. Divulgar as notícias, mudar as atitudes, incitar a opinião pública, tudo isso são tarefas nobres. Quem poderia negar? Mas fazer as notícias, isso mesmo, *fazer* as notícias: aí é que está a verdadeira glória! E você estará conosco, Alfred. Você vai ver só. Confie em mim. Sei o que vem aí pela frente.

Havia algo importantíssimo no ar. Alfred podia senti-lo intensamente e, agitado demais para conseguir dormir, depois que se despediu de Eckart, continuou andando ainda por uma hora pelas ruas de Munique. Lembrando-se do conselho de seu amigo Friedrich Pfister para aliviar a tensão, inalou profunda e rapidamente pelo nariz, prendeu a respiração por alguns segundos e exalou bem devagar pela boca. Não tardou muito a se sentir melhor e ficou espantado com a eficácia de um recurso assim tão simples. Sem dúvida alguma, Friedrich era meio bruxo. Não tinha gostado nada do rumo que aquela conversa tinha tomado, sobre uma possível origem judaica da família da sua avó; mesmo assim, os seus sentimentos com relação a Friedrich eram amistosos. Gostaria que os seus caminhos voltassem a se cruzar. Ia tomar providências nesse sentido.

Ao chegar em casa, viu um bilhete no chão; alguém o tinha jogado pela fresta que havia na porta para a correspondência. Estava escrito: "A Biblioteca Pública de Munique está reservando para V.Sa. o *Tratado teológico-político* de Espinosa por uma semana. O volume estará à sua disposição no balcão de retirada." Alfred leu e releu aquelas frases repetidas vezes. Como era estranha a sensação reconfortante provocada por um simples bilhete da biblioteca, um papelzinho que tivera de percorrer as ruas tumultuadas e violetas de Munique para chegar ao seu minúsculo apartamento.

CAPÍTULO 17

AMSTERDÃ — 1656

BENTO SAIU VAGANDO pelas ruas de Vlooyenburg, o bairro de Amsterdã onde morava a maioria dos judeus sefardis, olhando tudo com grande emoção. Passava um bom tempo fitando cada imagem, como se quisesse se imbuir daquela permanência e trazê-la de volta à lembrança no futuro, embora a voz da razão ficasse murmurando que tudo aquilo ia se evaporar e que a vida deveria ser vivida no presente.

Quando chegou de volta à loja, Gabriel, com os olhos assustados, largou a vassoura e correu para recebê-lo.

— Por onde andou, Bento? Passou todo esse tempo conversando com o rabino?

— Tivemos uma longa conversa, nada amistosa, e, quando saí de lá fiquei andando pela cidade tentando me recompor. Vou lhe contar tudo que aconteceu, mas prefiro falar com você e Rebekah juntos.

— Ela não virá, Bento. E, agora, não é só ela que está furiosa com você, é também o seu marido. Desde que Samuel concluiu a formação de rabino, no ano passado, vem assumindo uma postura cada vez mais rigorosa. Atualmente, Rebekah está terminantemente proibida de se encontrar com você.

— Ela virá se você lhe disser que o assunto é muito sério — replicou Bento, segurando o irmão pelos ombros e fitando-o nos olhos. — Sei que virá. Invoque a memória da nossa amada família. Diga-lhe que não se esqueça que somos os únicos ainda vivos. Ela virá se você lhe disser que esta vai ser a última conversa que teremos na vida.

— O que está acontecendo, Bento? — exclamou Gabriel, visivelmente aflito. — Você está me deixando assustado!

— Por favor, Gabriel. Não posso contar tudo isso duas vezes: é difícil demais. Vá chamar Rebekah, eu lhe peço. Sei que pode dar um jeito de trazê-la. É o último pedido que lhe faço.

Gabriel arrancou o avental, atirou-o atrás do balcão e saiu correndo da loja. Voltou vinte minutos depois, arrastando consigo a irmã, que o acompanhava visivelmente de má vontade. Não podendo recusar a súplica de Gabriel — afinal, ela havia criado Bento por três anos, desde a morte da mãe, Hana, até o segundo casamento do pai com Esther —, Rebekah destilava raiva quando entrou no estabelecimento. Cumprimentou Bento com um gélido aceno de cabeça e, estendendo as mãos espalmadas, disse:

— O que foi?

Bento, que já tinha prendido um cartaz na porta, onde se lia, em português e em holandês, que a loja logo voltaria a abrir, replicou:

— Vamos lá para dentro. Assim podemos conversar a sós.

Quando entraram, ele fechou a porta. Com um gesto, mandou que os irmãos se sentassem e ficou de pé, andando de um lado para outro.

— Por mais que eu desejasse que isso fosse um assunto particular, sei que não é. Gabriel deixou bem claro o quanto as minhas atitudes afetam a família inteira. Acho que o que tenho a lhes dizer vai deixá-los chocados. É difícil, mas preciso lhes contar tudo. Não quero que ninguém, absolutamente ninguém na comunidade saiba mais que vocês sobre o que vai acontecer.

Bento se deteve. Sentados ali, como blocos de pedra, os seus irmãos prestavam toda a atenção ao que ele estava dizendo.

— Vou direto ao ponto — prosseguiu ele, depois de respirar fundo. — Hoje de manhã, o rabino Mortera me comunicou que os *parnassim* se reuniram e que o *cherem* é iminente. Vou ser excomungado amanhã.

— Um *cherem*? — exclamaram Gabriel e Rebekah ao mesmo tempo. Ambos estavam lívidos.

— E não há um jeito de impedir isso? — perguntou a moça. — O rabino Mortera não vai defendê-lo? O nosso pai era o seu melhor amigo!

— Passei uma hora conversando com o rabino, e ele me disse que a questão escapava ao seu alcance. Os *parnassím* são eleitos pela comunidade e detêm todo o poder de decisão. Ele não tem outra escolha senão cumprir o que eles determinam. Mas disse também que concordava.

Espinosa hesitou por um instante.

— Não devo ocultar nada — acrescentou. E, fitando os irmãos nos olhos, admitiu: — Ele disse que havia, *sím*, uma chance. Disse que se eu me dispusesse a voltar atrás com relação às minhas opiniões; se me retratasse publicamente e proclamasse que, de agora em diante, abraçaria os 13 artigos de fé de Maimônides, ele usaria de toda a sua influência para solicitar que os *parnassím* reconsiderassem a aplicação do *cherem*. Na verdade, e não sei se ele gostaria que eu repetisse, já que me falou num sussurro, o rabino me ofereceu uma pensão vitalícia retirada do fundo da sinagoga caso eu aceitasse devotar a vida, em silêncio, ao estudo reverente da Torá e do Talmud.

— E aí? — indagou Rebekah, olhando-o fixamente.

— E aí... — replicou Bento, baixando os olhos. — Eu recusei. Para mim, a liberdade não tem preço.

— Seu idiota! Pense bem no que está fazendo — esbravejou a moça com voz estridente. — Meu Deus, irmão, qual é o seu problema? Perdeu inteiramente o juízo? — E inclinou-se para a frente como se estivesse pretendendo se levantar e se precipitar porta afora.

— Rebekah... — disse Bento, lutando para manter a voz calma. — Esta é a última vez, a última mesmo, que vamos estar juntos. O *cherem* significa o exílio absoluto. Vocês estarão definitivamente proibidos de falar comigo ou tentar entrar em contato por qualquer meio que seja. Nunca mais. Pensem como vocês, como nós três vamos nos sentir se o nosso último encontro for amargo e sem amor.

Agitado demais para continuar sentado, Gabriel se levantou e também começou a andar de um lado para outro.

— Por que fica repetindo essa palavra, Bento? A última vez que vamos vê-lo, o último pedido, o último encontro! Qual a duração do *cherem*?

Quando vai acabar? Ouvi dizer que existem *cherems* de um dia ou de uma semana...

Bento engoliu em seco e, fitando os irmãos nos olhos, respondeu:

— Este vai ser um outro tipo de *cherem*. Conheço bem o assunto e, se todas as determinações forem respeitadas, este *cherem* não vai acabar nunca. Será para o resto da vida, e irreversível.

— Vá procurar o rabino — disse Rebekah. — Aceite o que ele lhe propôs, Bento. Por favor. Todos cometemos erros quando somos jovens. Junte-se a nós. Louve a Deus. Seja o judeu que você efetivamente é. Seja o filho do seu pai. O rabino Mortera vai lhe dar uma pensão vitalícia. Você vai poder ler, estudar, fazer o que quiser, pensar o que quiser. Só precisará guardar suas ideias para si mesmo. Aceite essa proposta, Bento. Não percebe que, por nosso pai, ele está propondo lhe pagar para evitar que você cometa suicídio?

— Por favor — repetiu Gabriel, segurando a mão de Bento. — Aceite a oferta dele. Comece uma vida nova.

— Ele estaria me pagando para fazer algo que não posso fazer. Pretendo perseguir a verdade e devotar a minha vida ao conhecimento de Deus, ao passo que a proposta do rabino vai exigir que eu leve uma vida desonesta e, com isso, desonre Deus. Jamais farei isso. Não obedécerei a qualquer poder sobre a Terra, a não ser a minha própria consciência.

Rebekah começou a soluçar. Levou as mãos à nuca e ficou balançando a cabeça.

— Não entendo você, não entendo, não entendo... — repetia.

Bento se aproximou e pôs a mão no ombro da irmã. Ela se desvencilhou com um gesto brusco. Então, erguendo os olhos, dirigiu-se a Gabriel.

— Vocês dois eram pequenos demais, mas lembro-me perfeitamente, como se fosse ontem, de ver o nosso pai se vangloriar dizendo que o rabino Mortera considerava Bento o melhor aluno que jamais tinha visto. — E, voltando-se para Bento, com as lágrimas a lhe escorrerem pelo rosto, acrescentou: — O mais inteligente e o mais profundo, disse ele. O nosso pai ficava radiante quando ouvia dizer que você poderia vir a ser o próximo grande erudito, talvez o futuro Gersonides. Que você escreveria o grande comentário da Torá do século XVII! O rabino acreditava em você. Dizia que a sua mente gravava tudo e que nenhum dos membros mais eminentes da sinagoga seria capaz de enfrentá-lo num debate. E agora, *apesar* de tudo isso, *apesar* dos dons que Deus lhe deu, veja só o que você fez. Como pode jogar tudo isso fora? — perguntou ela, aceitando o lenço que Gabriel lhe estendia.

— Rebekah — disse Bento, inclinando-se para fitá-la nos olhos —, tente compreender, por favor. Talvez não agora, mas quem sabe um dia, no futuro, você vai entender essas palavras: escolhi trilhar o meu próprio caminho *por causa* desses dons, e não *apesar* deles. Entende? *Por causa* desses dons, e não *apesar* deles.

— Não entendo, não. *Nunca* vou conseguir entender você, embora eu o conheça desde que nasceu; embora nós três tenhamos dormido juntos na mesma cama por tantos anos depois que a nossa mãe morreu.

— Lembro-me disso — observou Gabriel. — Lembro-me de nós três dormindo juntos e você, Bento, lendo histórias da Bíblia para nós. E, às escondidas, ensinando tanto Rebekah quanto Miriam a ler. Lembro que você dizia que era muito injusto as meninas não poderem aprender a ler.

— Contei isso para o meu marido — disse Rebekah. — Eu lhe conto tudo: contei como você nos ensinou a ler, disse que lia para nós e questionava tudo, todos os milagres. E também que vivia correndo atrás do nosso pai para perguntar: "Pai, pai! Isso aconteceu mesmo?" Lembro que uma vez, quando estava lendo para nós a história de Noé e o dilúvio, você perguntou a papai se Deus podia mesmo ser assim tão cruel. "Por que ele resolveu afogar todo mundo? E como foi que a raça humana surgiu novamente?" Mas também quis saber "Com quem os filhos de Noé se casaram?", aliás a mesma pergunta que você fez com relação a Caim e Abel. Samuel acredita que esses foram os primeiros indícios da sua doença. Uma maldição de nascença. Às vezes, fico achando que a culpa é minha. Confessei ao meu marido que sempre ria de tudo que você dizia, de todas essas suas blasfêmias. Talvez eu o tenha estimulado a pensar desse jeito.

— Não, Rebekah — replicou Bento, balançando a cabeça —, você não tem de se sentir culpada pela minha curiosidade. Essa é a minha natureza. Por que tentamos nos culpar por coisas que acontecem por motivos externos a nós mesmos? Lembra que o nosso pai se culpava pela morte do nosso irmão? Quantas vezes não o ouvimos dizer que, se não tivesse mandado Isaac fazer aquelas entregas de café em outros bairros, ele não teria pegado a peste? É o curso da Natureza. Não podemos controlá-lo. Sentir culpa é apenas uma forma de nos enganarmos, achando que somos poderosos o bastante para controlar a Natureza. E fique sabendo, Rebekah, que respeito o seu marido. Samuel é um bom homem. O único problema é que discordamos quanto à fonte do conhecimento. Não acredito que questionar as coisas seja uma doença. Para mim, doença é a obediência cega que não questiona nada.

Rebekah não soube o que dizer. Os três ficaram em silêncio até que Gabriel perguntou:

— Um *cherem* definitivo, Bento! Isso existe mesmo? Nunca ouvi falar de nada parecido.

— Tenho certeza de que é o que eles vão fazer, Gabriel. O rabino Mortera disse que precisam fazer isso para mostrar aos holandeses que somos capazes de nos governar. Talvez seja melhor para todos. Você e Rebekah ficarão mais integrados à comunidade. Terão de se unir aos outros e respeitar o *cherem*. Terão de participar da exclusão. Como todos os demais, vocês deverão obedecer à lei e me evitar.

— Melhor para todos, Bento? — exclamou o rapaz. — Como pode dizer isso? Como algo assim pode ser o melhor para você? Como pode ser melhor viver entre pessoas que o desprezam?

— Não vou ficar aqui; vou morar em outro lugar qualquer.

— Onde poderia morar? — perguntou Rebekah. — Está pretendendo se converter ao cristianismo?

— Não. Quanto a isso, pode ficar tranquila. Acho que há muita sabedoria nas palavras de Jesus. Elas muito se assemelham à mensagem central da nossa Bíblia. Mas jamais assumiria uma concepção supersticiosa com relação a um Deus que, como qualquer ser humano, tem um filho e o incumbe da missão de vir à Terra para nos salvar. Como acontece em todas as religiões, inclusive na nossa, os cristãos imaginam um Deus dotado de atributos humanos, de necessidades e de desejos humanos.

— Mas onde vai morar, se pretende continuar sendo judeu? — insistiu Rebekah. — Um judeu só pode viver em meio aos judeus.

— Vou descobrir um jeito de viver fora de uma comunidade judaica.

— Você pode ser inteligentíssimo, Bento, mas também é uma criança ingênua — disse-lhe a irmã. — Pensou bem no que está fazendo? Já se esqueceu de Uriel da Costa?

— Quem? — perguntou Gabriel.

— Da Costa era um herege que foi punido com um *cherem* pelo rabino Modena, o professor do rabino Mortera — disse Rebekah. — Você ainda era bebê, Gabriel. Da Costa desafiou todas as nossas leis: a Torá, o uso do quipá e do tefilin, a circuncisão, até mesmo o uso do mezuzá na porta de casa. Exatamente como o nosso irmão. E o que era ainda pior: ele negava a imortalidade da nossa alma e a ressurreição do corpo. Uma após a outra, as comunidades judaicas da Alemanha e da Itália foram expulsando da Costa através do *cherem*. Ninguém queria acolhê-lo, mas ele vivia implorando para voltar. Até que nós finalmente o aceitamos. Ele, então, recomeçou com todas aquelas loucuras, mas também recomeçou a pedir perdão. E a sinagoga realizou a cerimônia de penitência. Você era pequeno demais para isso, Gabriel, mas Bento e eu assistimos juntos a essa cerimônia. Lembra-se disso?

Bento assentiu e Rebekah prosseguiu:

— Ele teve de se despir e recebeu 39 chibatadas terríveis nas costas. Depois, quando a cerimônia terminou, ele foi obrigado a se deitar no chão, bem diante da porta. Na saída, a congregação inteira pisou no seu corpo e as crianças o perseguiram e cuspiram nele. Todas as crianças, menos nós dois, porque papai não deixou. Pouco tempo depois, ele pegou um revólver e se matou com um tiro na cabeça.

"É isso que acontece — acrescentou a moça, voltando-se para Bento. — Não existe vida fora da comunidade. Ele não conseguiu suportar e você também não vai conseguir. Como vai viver? Não vai ter dinheiro, pois não terá autorização para abrir um negócio na comunidade. E Gabriel e eu ficaremos proibidos de ajudá-lo. Miriam e eu juramos à nossa mãe que cuidaríamos de vocês e, quando a nossa irmã estava morrendo, pediu que eu olhasse por vocês dois. Agora, porém, não posso fazer mais nada. Você vai viver de quê?

— Não sei, Rebekah. Não preciso de muito para viver. Você sabe disso. Olhe ao seu redor — replicou Bento, indicando o aposento com um gesto amplo. — Posso sobreviver com pouco.

— Mas me responda: sobreviver como? Sem dinheiro. Sem amigos.

— Estou pensando em trabalhar com vidro para me sustentar. Fabricando lentes. Posso ser um bom profissional, acho eu.

— Fazer lentes para quê?

— Para óculos. Para lupas. Talvez até para telescópios.

— Um judeu fabricando lentes! — exclamou Rebekah, fitando o irmão com ar atônito. — O que houve com você, Bento? Por que ficou assim tão esquisito? Não se interessa a mínima pela vida real. Não quer saber de mulher, de casamento, de família. Quando éramos crianças, vivia dizendo que queria se casar comigo, mas há anos, talvez desde o seu *bar mitzvah*, não ouço você se referir a casamento, e nunca soube que tivesse se interessado por alguma mulher. Isso não é natural. Sabe o que acho? Que você nunca se recuperou da morte da nossa mãe. Você a viu morrer, sem fôlego e lutando para tentar respirar. Foi horrível. Lembro que agarrou a minha mão no coche fúnebre que levava o corpo dela para o cemitério de Beth Haim, em Ouderkerk. Durante todo o dia, não disse uma única palavra. Ficou só olhando fixo para o cavalo que puxava o coche ao longo do canal. Os nossos vizinhos e amigos choravam e se lamentavam tão alto que os guardas apareceram para nos calar. Depois, passou o enterro todo de olhos fechados, parecendo até que estava dormindo em pé. Não viu quando deram sete voltas ao redor do corpo da nossa mãe. Eu o belisquei quando baixaram o caixão: você abriu os olhos, ficou apavorado e tentou sair correndo ao ver todos os presentes jogando punhados de terra sobre ela. Quem sabe não foi demais para você? Quem sabe a morte dela não deixou marcas muito profundas? Depois disso, você passou semanas praticamente sem dizer nada. Talvez nunca tenha superado esse episódio e, por isso, não queira correr o risco de amar outra mulher, de sofrer outra perda, de ter de enfrentar outra morte assim. Talvez seja por isso que não permite que ninguém tenha alguma importância para você.

— Não é nada disso, Rebekah — replicou Bento, balançando a cabeça. — *Você* é importante para mim. E Gabriel também. Vai ser muito sofrido nunca mais voltar a vê-los. Você fala como se eu não fosse humano...

— Acho que não superou nenhuma morte — prosseguiu a moça, como se não tivesse ouvido o que o irmão lhe disse. — Quando Isaac morreu, o sofrimento que você demonstrou foi tão insignificante, como se nem estivesse entendendo o que tinha acontecido. E, depois, quando o nosso pai lhe disse que você teria de interromper os estudos rabínicos para assumir a loja, tudo o que fez foi assentir. A sua vida tinha mudado num minuto e você simplesmente fez que sim com a cabeça. Como se aquilo não tivesse a mínima importância.

— Isso tudo é bobagem — interrompeu Gabriel. — Ter perdido os nossos pais não explica nada. Faço parte da mesma família, sofri as mesmas perdas e não penso como Bento. Quero ser judeu. Quero ter uma esposa e uma família.

— E quando foi que você me ouviu dizer que uma família era coisa sem importância? — perguntou Bento. — Estou felicíssimo por você, Gabriel. Fico encantado com a ideia de vê-lo constituir a sua própria família. E me entristece muito saber que jamais verei os seus filhos.

— Mas você ama as ideias, não as pessoas — exclamou Rebekah. — Talvez isso seja o resultado da forma como o nosso pai o educou. Lembra a plaquinha com mel?

Bento assentiu.

— O quê? — indagou o caçula.

— Quando Bento ainda era bem pequeno, com uns três ou quatro anos, não lembro direito, o nosso pai o ensinou a ler usando um método bem estranho. Mais tarde, ele me disse que era um sistema bem comum séculos atrás. Deu a Bento uma plaquinha onde havia pintado todo o *aleph, bet, gimmel* e, depois, cobriu com mel. Mandou que o nosso irmão lambesse o mel todinho. O nosso pai achou que isso pudesse ajudá-lo a gostar daquelas letras e da língua hebraica. — Talvez tenha dado certo demais — prosseguiu a moça. — Talvez seja por *isso* que você gosta mais dos livros e das ideias que das pessoas.

Bento hesitou. O que quer que dissesse só ia piorar as coisas. Nem a sua irmã nem o seu irmão teriam condições de entender as suas ideias e, afinal, quem sabe não era melhor assim? Se conseguisse ajudá-los a perceber os problemas acarretados pela obediência cega à autoridade do rabino, as suas esperanças de viverem satisfeitos no casamento e na comunidade iriam por água abaixo. Teria de partir sem a bênção dos dois.

— Sei que você está furiosa, Rebekah. E você também, Gabriel. E, quando observo a situação do ponto de vista de vocês, posso entender por quê. Mas vocês não podem ver as coisas do meu ponto de vista e fico triste porque vamos nos despedir nesse clima de desentendimento. Se é que isso pode lhes servir de consolo, as minhas últimas palavras para vocês dois são: prometo que vou levar uma vida santificada e obedecer às palavras da Torá amando os outros, não fazendo mal a ninguém, trilhando o caminho da virtude e voltando os meus pensamentos para o nosso Deus eterno e infinito.

Mas Rebekah não estava ouvindo; tinha mais coisas a dizer.

— Pense no seu pai, Bento. Ele não jaz ao lado das esposas; nem da nossa mãe nem de Esther. Ele está em solo sagrado, junto dos mais santos dos homens. Dorme o sono eterno, reverenciado pela sua devoção à sinagoga e à nossa lei. O nosso pai tinha convicção na vinda iminente do messias e na imortalidade da alma. Pense... Pense como ele se sentiria com relação ao filho Baruch. Pense como ele *está se sentindo*, na verdade, pois o seu espírito não morreu. Ele está pairando sobre nós, está nos vendo e tem conhecimento da heresia do filho preferido. Ele o está amaldiçoando neste exato momento!

— Você está fazendo exatamente o que os rabinos e os eruditos fazem — exclamou Bento, sem conseguir se conter. — E é justamente quanto a esse aspecto que eles e eu divergimos. Vocês todos proclamam com toda a certeza que o espírito do nosso pai me vê e me amaldiçoa! De onde vem tamanha certeza? Não é da Torá! Conheço o texto de cor e não há, ali, uma única palavra a esse respeito. Não existe qualquer evidência que justifique essas suas afirmações sobre o espírito do nosso pai. Sei que vocês ouvem essas histórias fantasiosas pelos nossos rabinos, mas não percebem que tudo isso serve aos propósitos deles? É pelo medo e pela esperança que eles nos controlam: *medo* do que possa acontecer depois da morte e *esperança* de que, vivendo de determinada forma, ou seja, sendo bons para a congregação e para a manutenção da autoridade dos rabinos, desfrutaremos de uma vida de bem-aventurança no mundo que está por vir.

Rebekah tapou os ouvidos, mas Bento simplesmente começou a falar mais alto.

— Pois eu lhes digo que, quando o corpo morre, a alma morre também. *Esse tal mundo que está por vir não existe*. Não vou permitir que os rabinos ou quem quer que seja me proíbam de usar a razão, pois é só pela razão que podemos conhecer Deus e essa busca é a única fonte verdadeira de bem-aventurança nesta vida.

Rebekah se levantou, preparando-se para ir embora. Aproximou-se do irmão e fitou-o bem nos olhos.

— Amo aquele Bento que fez parte da nossa família — disse ela, abraçando-o. — E, agora — acrescentou, dando-lhe uma bofetada no rosto — eu o odeio.

Pegou então Gabriel pela mão e levou-o para fora do quarto.

CAPÍTULO 18

MUNIQUE — 1919

NA MANHÃ SEGUINTE, lá estava Alfred na biblioteca, esperando na fila pelo livro de Espinosa. Nesse meio-tempo, um sonho que tivera durante a noite lhe passou pela mente: *Estou andando pela floresta, conversando com Friedrich. De repente, ele some. Fico sozinho e cruzo com outras pessoas que parecem não dar pela minha presença. Sinto-me invisível. Ninguém me vê. E então, a floresta mergulha na escuridão. Fico com medo.* Não se recordava de mais nada. Sabia que havia mais coisas, mas não conseguia lembrar o quê. Estranho, pensou ele, como os sonhos podem ser fugidios... Na verdade, Alfred nem lembrava que tinha sonhado até que esse trechinho simplesmente surgiu na sua mente. Talvez uma evocação trazida pela associação entre Espinosa e Friedrich. Estava ali, na fila, esperando para apanhar o *Tratado teológico-político* do filósofo, livro que o médico havia sugerido que ele lesse antes da *Ética*. Achava tão esquisita essa história de ficar sempre se lembrando daquele rapaz... Afinal, os dois só tinham se encontrado duas vezes. Não, não era exatamente verdade. Friedrich o conhecera quando ele ainda era criança. Talvez o motivo fosse simplesmente a natureza tão singular, tão estranhamente pessoal das conversas que tiveram...

Quando Alfred chegou ao escritório, Eckart ainda não tinha aparecido por lá, o que não era tão raro assim, já que o editor-chefe bebia muito toda noite e, pela manhã, os seus horários eram bem irregulares. O rapaz começou então a passar os olhos pelo prefácio do livro de Espinosa, que descrevia as questões que ele pretendia provar. Não era nada difícil ler *aquele* livro, pois o texto estava escrito numa prosa cristalina. Friedrich tinha razão: fora um erro começar pela *Ética*. Já na primeira página, algo atraiu a sua atenção. "O medo gera a superstição." E, mais adiante: "Os fracos e os ambiciosos, diante da adversidade, imploram o auxílio de Deus com orações e lágrimas de mulher." Como era possível que aquilo tivesse sido escrito por um judeu do século XVII? Aquelas eram as palavras de um alemão do século XX!

A página seguinte descrevia como "a pompa e o cerimonial de que se investe a religião entram na mente dos homens com dogmatismo, expulsam a razão sadia não deixando espaço para que haja sequer um mínimo de dúvida". Impressionante! E não parava por aí! Espinosa seguia falando da religião como "uma trama de ridículos mistérios" que atrai os homens "que desprezam categoricamente a razão". Alfred chegou a perder o fôlego. Estava com os olhos arregalados.

Os hebreus como "povo eleito" de Deus? "Bobagem", dizia Espinosa. Uma leitura fundamentada e honesta da lei mosaica, insistia ele, revelava que Deus havia favorecido os judeus apenas ao escolher para eles uma estreita faixa de terra onde poderiam viver em paz.

E as escrituras como "palavra de Deus"? A vigorosa prosa do filósofo descartava essa ideia sob a alegação de que a Bíblia continha somente a verdade espiritual — a saber, a prática da justiça e da caridade —, e não verdades terrenas. Todos aqueles que encontram leis e verdades terrenas na Bíblia ou estão enganados ou são movidos por interesses particulares, afirmava Espinosa.

O prefácio se encerrava com um alerta: "Não convido, portanto, o vulgo nem aqueles que compartilham das suas paixões a lerem este livro", e o autor seguia esclarecendo que "o povo inculto e supersticioso, que acredita que a razão nada mais é que a criada da teologia, não tirará proveito algum desta obra. Na verdade, a sua fé pode vir a ser abalada de forma perturbadora".

Perplexo diante de tais palavras, Alfred não pôde evitar um sentimento de admiração pela audácia de Espinosa. Na breve introdução biográfica, lia-se que, embora o livro houvesse sido publicado anonimamente em 1670 (quando o filósofo tinha 38 anos), a identidade do seu autor era muito conhecida. Era preciso ter muita coragem para escrever um texto como aquele em 1670: fazia apenas pouco mais de meio século que Giordano Bruno havia sido queimado na fogueira por heresia e uns quarenta anos que Galileu havia sido julgado pelo Vaticano. A introdução observava ainda que o livro de Espinosa logo fora banido pelo Estado, pela Igreja Católica, pelos judeus e, pouco depois, pelos calvinistas. Tudo isso depunha a seu favor.

Não se podia negar a extraordinária inteligência do autor. Alfred finalmente compreendia por que o grande Goethe e todos os outros alemães que tanto amava — Schelling, Schiller, Hegel, Lessing, Nietzsche — adoravam esse homem. Como poderiam não admirar uma mente como essa? Mas, é claro, eles viveram em outro século e nada sabiam sobre a nova ciência da raça, não faziam ideia dos perigos do sangue contaminado: simplesmente admiravam aquela mutação, aquela floração extraordinária que brotava do limo. Olhou então a folha de rosto: "Benedictus Espinosa"... Humm, Benedictus... O nome não poderia ser mais distante de um nome semita. O pequeno trecho biográfico dizia que ele havia sido excomungado pela comunidade judaica aos vinte e tantos anos e que jamais voltara a ter contato com qualquer judeu. Então, ele não era efetivamente judeu. Era uma mutação: os judeus não o reconheciam como tal e, assumindo aquele nome, ele também deve ter se dado conta disso.

Dietrich apareceu por volta das onze e passou boa parte do dia ensinando a Alfred como ser um editor mais eficiente. Logo lhe foi atribuída a responsabilidade pela edição da maioria dos textos a ser publicada. Poucas semanas depois, o lápis vermelho do jovem arquiteto corria a toda pela página enquanto, com toda a competência, ele ia aprimorando o estilo e a intensidade das obras alheias. Alfred se sentia abençoado: não apenas tivera um excelente professor, mas era o "filho" único de Eckart. No entanto, as coisas não tardariam a mudar. Estava para chegar um outro "filhote", um filhote que roubaria a cena por completo.

A transformação começou várias semanas depois, no mês de setembro, quando Anton Drexler, aquele que recepcionou Alfred na Sociedade Thule, apareceu no escritório dando mostras de grande entusiasmo. Dietrich já estava fechando a porta para os dois conversarem em particular quando Drexler, com a aprovação do editor, mandou que Alfred entrasse também.

— Deixe-me pôr você a par da situação, Alfred — disse Drexler. — Decerto sabe que, pouco depois do nosso primeiro encontro na Sociedade Thule, vários de nós fundamos um novo partido político, o Partido dos Trabalhadores Alemães. Lembro inclusive que você esteve presente a uma das primeiras reuniões, com um grupo bem pequeno. Agora, porém, estamos preparados para expandir os nossos quadros. Dietrich e eu queremos convidá-lo para participar da próxima reunião e escrever um editorial sobre o partido. Somos um entre toda uma legião de partidos e precisamos garantir algum destaque.

Depois de olhar para Eckart, cujo breve aceno de cabeça lhe sugeriu que aquilo era mais que um simples convite, Alfred respondeu:

— Faço questão absoluta de estar presente à próxima reunião.

Drexler pareceu satisfeito. Fechou a porta e, com um gesto, mandou que Alfred se sentasse.

— Então, Dietrich, acho que encontramos a pessoa que estávamos procurando. Vou lhe contar como tudo aconteceu. Claro que você lembra que, quando decidimos transformar a Thule de uma sociedade de discussões a um partido político ativo com assembleias abertas a quem quisesse comparecer, tivemos de recorrer ao exército para solicitar a sua permissão. E fomos notificados de que haveria observadores militares periodicamente presentes às nossas reuniões.

— Lembro e dei o meu total apoio a esse controle. Algo assim é fundamental para que os comunistas andem na linha.

— Bom — prosseguiu Drexler —, numa reunião na semana passada, em que havia uns 25 ou 30 participantes, apareceu um homem de aparência rude, bastante mal-ajambrado, que chegou atrasado e foi se sentar na última fileira. Carl, o nosso guarda-costas e segurança, me disse baixinho que era um observador do exército à paisana e que ele já havia sido visto em outras reuniões políticas, mas também em teatros e boates, à procura de agitadores perigosos.

"Ora, esse observador, que se chama Hitler e é cabo do exército, mas vai dar baixa daqui a alguns meses, passou o tempo todo calado enquanto um orador estava fazendo um discurso bem estúpido sobre a eliminação do capitalismo. Mais tarde, porém, quando foi aberto o debate, as coisas ficaram mais animadas. Alguém da plateia fez uma longa declaração defendendo aquele plano imbecil que anda circulando por aí, segundo o qual a Baviera se separaria da Alemanha e se fundiria com a Áustria para formar um estado da Alemanha do Sul. Foi então que, de repente, esse tal de Hitler ficou furioso, deu um pulo do assento, dirigiu-se para a frente da sala e atacou com a maior veemência tanto essa ideia quanto qualquer outro projeto que viesse deliberadamente a enfraquecer o país. E prosseguiu ainda por alguns minutos, investindo contra os inimigos da Alemanha, aqueles que se aliaram aos criminosos de Versalhes e que estão tentando matar a nossa pátria, nos fragmentar, nos privar do nosso destino glorioso, e assim por diante.

"Criou-se o maior tumulto, e ele parecia um louco prestes a perder inteiramente o controle. O público começou a se agitar, incomodado, e eu já estava a ponto de pedir a Carl que o retirasse da sala. Só hesitei em fazer isso porque, bom, porque ele é do exército. Nesse momento, porém, como se soubesse exatamente o que eu estava pensando, ele se conteve, se recompôs e, de improviso, fez um discurso impressionante e abrangente que durou 15 minutos. Não foi nada muito original, em termos de conteúdo. As suas concepções, antijudaicas, pró-militares e anticomunistas, equiparam-se às nossas. Mas a forma como ele discursou foi assombrosa. Depois de alguns minutos, todos ali, todos mesmo, estavam fascinados, com a atenção inteiramente voltada para aqueles ardentes olhos azuis e para cada palavra que ele dizia. O homem tem o dom da palavra. Percebi isso imediatamente. Quando a reunião terminou, corri atrás dele e lhe entreguei o meu panfleto, *Meu despertar político*. Também lhe dei o meu cartão e o convidei a me procurar para ter mais informações sobre o partido."

— E? — indagou Eckart.

— Bom, ele veio me ver ontem à noite. Conversamos longamente sobre os projetos e os objetivos do partido e, agora, ele é o membro de número 555 e vai discursar na nossa próxima reunião.

— Quinhentos e cinquenta e cinco? — exclamou Alfred. — Incrível! Vocês já são tão numerosos assim?

— Cá entre nós, Alfred, mas só entre nós, na verdade é número 55 — respondeu Drexler num sussurro. — Mas, no artigo, queremos que você acrescente um dígito e publique 555. Seremos levados mais a sério se acharem que o partido é maior.

Algumas noites depois, Eckart e Alfred foram juntos ouvir o cabo Hitler falar. Ao saírem de lá, foram jantar na casa do editor. Com toda a confiança, Hitler se postou diante de um público de quarenta pessoas e, sem qualquer preâmbulo, deu início a um veemente alerta sobre o perigo que os judeus representavam para a Alemanha.

— Vim até aqui — esbravejou ele — alertá-los sobre os judeus e sobre a necessidade urgente de uma nova forma de antissemitismo. Precisamos de um antissemitismo que se baseie em fatos, não em emoções. O antissemitismo emocional só leva a *pogroms* sem qualquer eficácia. Essa não é a solução. Precisamos de mais, muito mais que isso. Precisamos de um antissemitismo racional. E a racionalidade nos conduz a uma única conclusão absolutamente indubitável: a completa eliminação dos judeus da Alemanha.

Mais adiante, proferiu novo alerta.

— A revolução que derrubou a cabeça coroada do poder na Alemanha não pode, de jeito nenhum, abrir as portas para o bolchevismo judeu.

Alfred tomou um susto quando ouviu Hitler usar a expressão "bolchevismo judeu". Eram os termos que ele próprio vinha usando havia tempos, e ali estava aquele cabo pensando exatamente do mesmo jeito, empregando exatamente as mesmas palavras. Aquilo era bom, mas, ao mesmo tempo, ruim. Ruim porque Alfred se sentia o dono da expressão, e bom porque percebia que tinha um poderoso aliado.

— Deixem que eu lhes fale mais sobre o perigo judeu — prosseguiu Hitler. — Deixem que eu lhes fale mais sobre o antissemitismo racional. Não é por causa da religião desse povo: ela não é melhor nem pior que as outras; todas fazem parte do mesmo grande embuste. E também não é por causa da sua história ou da sua abominável cultura parasitária; embora os pecados por eles cometidos contra a Alemanha ao longo dos séculos sejam numerosíssimos. Não, não é por nenhum desses motivos. O verdadeiro problema é a sua raça, o seu sangue impuro que vem, a cada dia, a cada hora, a cada minuto, enfraquecendo e ameaçando este país.

"Um sangue contaminado jamais pode ser purificado. Pensemos nos judeus que escolheram o batismo, os judeus que se converteram ao cristianismo. Eles são a pior espécie. Representam a maior das ameaças. Insidiosamente, vão infectar e destruir o nosso grande país, exatamente como destruíram todas as grandes civilizações."

Ao ouvir tal declaração, Alfred assentiu vigorosamente. Ele tem razão, tem toda a razão, pensou. Esse Hitler vinha reavivar tudo aquilo que ele já sabia. O sangue não pode ser modificado. Uma vez judeu, sempre judeu. Precisava repensar toda aquela história do problema de Espinosa...

— E agora, hoje — prosseguiu o orador batendo no peito a cada tópico importante —, vocês precisam ter em mente que não podemos fazer apenas vista grossa para este problema. Tampouco será possível resolvê-lo com pequenas atitudes: trata-se de decidir se a nossa nação vai um dia se recuperar. O germe judeu tem de ser erradicado. Não se iludam pensando que se pode combater uma moléstia sem matar o seu transmissor, sem destruir o bacilo. Não pensem que é possível combater a tuberculose racial sem livrar a nação do transmissor dessa doença.

A cada tópico enfatizado, a voz de Hitler ia ficando cada vez mais estridente; cada frase era pronunciada num tom mais elevado, até que, a certa altura, parecia que aquela voz ia se estilhaçar em mil pedaços. Mas, não. Quando ele encerrou o discurso bradando: "Essa contaminação judaica não vai persistir; esse envenenamento da nação não estará eliminado até que o próprio agente transmissor, os judeus, tenha sido banido do nosso meio!", toda a plateia se pôs de pé e começou a aplaudir freneticamente.

O jantar na casa de Eckart foi mais íntimo; apenas quatro pessoas estavam presentes: Alfred, Drexler, Eckart e Hitler. Aquele, porém, era um Hitler diferente: não o indivíduo em fúria que esmurrava o próprio peito, mas um Hitler educado, gentil.

Rosa, a esposa de Eckart, uma mulher refinada, conduziu os convidados até a sala de visitas, mas retirou-se discretamente poucos minutos depois, deixando os quatro homens à vontade para conversar. O editor, num gesto afável, foi buscar um dos melhores vinhos da sua adega. No entanto, toda essa exuberância logo se extinguiu quando ele descobriu que Hitler era abstêmio e Alfred era daqueles que nunca bebiam mais que uma taça. E o anfitrião ficou ainda mais desanimado ao descobrir que Hitler era vegetariano e que, portanto, não experimentaria aquele ganso assado fumegante que a dona da casa havia trazido, toda orgulhosa, para a sala de jantar. Depois que Rosa preparou às pressas uns ovos mexidos com batatas para Hitler, os quatro passaram três horas comendo e conversando.

— E então, Herr Hitler, fale-nos das suas funções atuais e do seu futuro no exército — propôs Eckart.

— Não há muito futuro para o exército desde que esse maldito Tratado de Versalhes estabeleceu para nós um limite máximo de cem mil soldados enquanto os nossos inimigos não têm qualquer limitação. Por causa dessa redução compulsória, vou ter de dar baixa daqui a seis meses. Hoje em dia não tenho muitas funções além de observar as reuniões dos partidos políticos mais ameaçadores dentre os cinquenta em atividade na cidade de Munique no momento.

— E por que o Partido dos Trabalhadores Alemães é considerado uma ameaça? — indagou Eckart.

— Por causa da palavra "trabalhadores". É um termo que provoca suspeitas de alguma influência comunista. Mas, Herr Eckart, posso lhe garantir que, depois do meu relatório, o exército estará disposto a lhes dar todo o apoio. A situação é perigosa para todos nós. Os bolcheviques foram os responsáveis pela rendição da Rússia na guerra e, agora, estão empenhados em se infiltrar na Alemanha e transformar o país num estado bolchevique.

— Ontem mesmo conversamos — disse Drexler — sobre a recente onda de assassinatos de líderes de esquerda. Importa-se de repetir para Herr Eckart e Herr Rosenberg como acha que o exército e a polícia deveriam reagir a essas ocorrências?

— Acho que há pouquíssimos assassinatos. Se eu tivesse algum poder de decisão, trataria de fornecer mais munição aos assassinos.

Tanto Eckart quanto Drexler abriram um enorme sorriso ao ouvir essa resposta.

— E como vê o nosso partido a essa altura? — indagou o primeiro.

— Gosto do que vejo. Concordo inteiramente com a plataforma e, depois de refletir bastante sobre o assunto, não hesitaria um instante sequer em me filiar ao seu partido.

— E quanto ao nosso tamanho tão reduzido? — perguntou Drexler. — Alfred, o nosso jornalista aqui presente, ficou meio assustado quando soube que os nossos primeiros quinhentos soldados eram produto da nossa imaginação...

— Ah, como jornalista — observou Hitler, voltando-se para Rosenberg — espero que concorde que a verdade é o que o público acredita. Para falar com franqueza, Herr Drexler, o nosso tamanho reduzido é, a meu ver, uma vantagem, e não uma desvantagem. Tenho o meu soldo militar, o meu comandante me atribui poucas tarefas. Assim, durante os próximos seis meses, pretendo trabalhar incessantemente pelo partido e espero em breve pôr a minha marca nele.

— Posso tomar a liberdade de lhe pedir mais informações sobre o seu trabalho no exército, Herr Hitler? — indagou Eckart. — O que me interessa especialmente é a sua patente. É óbvio que o senhor tem muito potencial para liderança. Deveria portanto ter uma patente mais alta e, no entanto, é um simples cabo.

— O senhor deveria fazer essa pergunta aos meus superiores. Desconfio de que eles lhe diriam que, em termos de potencial, eu poderia ser um grande líder, mas que resisti ferrenhamente a ser um comandado. O mais pertinente, porém, são os fatos. Fui condecorado com duas Cruzes de Ferro por bravura — prosseguiu ele, voltando-se para Alfred, para ter certeza de que o rapaz estava tomando notas. — Verifique isso com o exército, Herr Rosenberg. Um bom jornalista precisa comprovar a veracidade dos fatos, muito embora haja momentos em que possa optar por não utilizá-los. E, em duas ocasiões, fui ferido no combate da linha de frente. A primeira vez foi um ferimento na perna provocado por estilhaços. Mas, em vez de me permitir um longo período de convalescença, fiz questão de ser imediatamente reintegrado ao meu regimento. A segunda vez foi um presente dos nossos amigos britânicos: gás mostarda. Vários de nós ficamos temporariamente cegos e só conseguimos sobreviver porque um dos soldados do nosso grupo não perdeu a visão por completo. Formamos uma fila, cada um segurando na mão do que vinha logo atrás, e ele foi nos guiando desde o front até um local onde pudéssemos encontrar assistência médica. Fui tratado no hospital Pasewalk. Saí de lá há cerca de um ano, com algumas sequelas nas cordas vocais.

Alfred, que anotava tudo que ouvia, ergueu os olhos e disse:

— Hoje à noite, as suas cordas vocais me pareceram em plena forma.

— Também achei. É estranho, mas quem me conheceu antes daquele episódio diz que, aparentemente, o gás de cloro fortaleceu a minha voz. Podem acreditar no que lhes digo: não hesitaria em usá-la contra os criminosos franceses e britânicos.

— O senhor é um excelente orador, Herr Hitler — observou Eckart. — E acho que será de extrema valia para o nosso partido. Diga-me: teve algum treinamento profissional para falar em público?

— Por pouco tempo. No exército. A partir de alguns discursos que fiz de improviso para outros soldados, deram-me poucas horas de treinamento e me mandaram fazer palestras, para prisioneiros de guerra alemães que estavam voltando, sobre os principais perigos que ameaçavam o nosso país: o comunismo, os judeus, o pacifismo. O meu prontuário inclui um relatório em que o meu comandante se refere a mim como um "orador nato". Concordo com isso. Tenho esse dom e pretendo usá-lo em benefício do nosso partido.

Eckart continuou a fazer perguntas sobre a educação de Hitler e as suas leituras. Alfred ficou surpreso ao saber que aquele homem era pintor e compartilhou da sua indignação pelo fato de os judeus estarem controlando a Academia de Arte de Viena e lhe terem negado o ingresso na escola de pintura. Combinaram de sair para desenhar juntos algum dia. No final da noite, quando os convidados já se preparavam para ir embora, Eckart pediu que Alfred ficasse ainda um pouco para discutirem algumas questões de trabalho. Tão logo os dois ficaram a sós, Eckart serviu uma taça de brandy para ambos, ignorando a recusa do rapaz, e disse:

— Bom, Alfred, ele chegou. Creio que vimos esta noite o futuro da Alemanha. Ele é rude e nada bem-apessoado; tem várias falhas, bem sei. Mas há força nele; muita força! E todas as opiniões corretas. Não concorda comigo?

— Entendo perfeitamente o seu ponto de vista — replicou Alfred, hesitante. — Mas, quando penso em eleições, vejo grandes setores da Alemanha que provavelmente não vão concordar com você. Será que votariam num homem que não passou um único dia da vida na universidade?

— Cada qual tem direito de decidir o seu voto. Como Hitler, a grande maioria da população aprendeu o que sabe na escola das ruas.

— Mesmo assim — arriscou-se a dizer o rapaz —, acredito que a grandeza da Alemanha emane dos nossos grandes espíritos: Goethe, Kant, Hegel, Schiller, Leibniz. Não acha?

— Foi exatamente por isso que lhe pedi que ficasse. Ele precisa... Como diria? De algum polimento. De certo acabamento. Lê, mas é um leitor altamente seletivo e temos de preencher as suas lacunas. Essa vai ser a sua tarefa, Rosenberg; sua e minha. Mas precisamos ser sutis, ter muito jeito. Percebi que é um homem muito orgulhoso e, portanto, a tarefa hercúlea que temos pela frente é a de instruí-lo sem que ele perceba que estamos fazendo isso.

Alfred voltou para casa um tanto abatido. O futuro tinha ficado mais claro. Um novo drama se armava naquele palco e, embora tivesse certeza de fazer parte do seu elenco, o papel que lhe caberia não era aquele com que sonhara.

CAPÍTULO 19

AMSTERDÃ — 27 DE JULHO DE 1656

A FACHADA DA SINAGOGA Talmud Torah, o principal templo da comunidade dos judeus sefardis de Amsterdã, assemelhava-se à fachada de qualquer outra casa da Houtgracht, uma avenida ampla e movimentada onde moravam muitos dos membros dessa comunidade. Mas, com o seu suntuoso mobiliário mourisco, o interior da sinagoga parecia pertencer a um outro mundo. Junto a uma das paredes laterais — a que ficava voltada para Jerusalém —, havia uma Arca Sagrada finamente esculpida e, dentro dela, a Sefer Torá, escondida por detrás de uma cortina de veludo vermelho-escuro toda rebordada. Diante da Arca, uma bimá de madeira servia de púlpito onde ficavam o rabino, o cantor, o ledor do dia e outros dignatários. Todas as janelas eram recobertas por pesadas cortinas bordadas com motivos de pássaros e ramagens, impedindo que os transeuntes enxergassem o interior do templo.

Ali funcionavam um centro comunitário judaico, uma escola de hebraico e uma casa de orações para simples serviços religiosos matinais, cerimônias do Sabbath e os festejos dos feriados importantes.

Não eram muitos os que frequentavam os breves serviços dos dias de semana; em geral, havia ali apenas dez homens, o *minyan* obrigatório, e, no caso de não haver dez, alguém saía às pressas pelas ruas à cata de membros para compor esse quorum mínimo exigido. É claro que as mulheres não podiam integrar o *minyam*. Mas, na manhã da quinta-feira, 27 de julho de 1656, não se viam ali dez fiéis devotos em silêncio, mas um ruidoso grupo de quase trezentos membros da congregação ocupando todos os lugares e todos os espaços onde se podia ficar de pé. E estavam presentes não apenas os frequentadores habituais dos serviços diários ou do Sabbath, mas também os "judeus dos feriados", raramente vistos no templo.

O motivo de tamanha algazarra e de tal afluência de público? Aquele frenesi era estimulado pela mesma comoção, o mesmo horror e o mesmo fascínio que, ao longo dos séculos, incitou as multidões a acorrerem para testemunhar crucificações, enforcamentos, decapitações e autos de fé. Toda a comunidade judaica de Amsterdã logo ficou sabendo que Baruch Espinosa estava para ser excomungado.

Os *cherem* eram coisa bem comum na comunidade judaica de Amsterdã durante o século XVII. De tempos em tempos, realizava-se uma dessas cerimônias e todos os adultos já haviam presenciado muitas. Mas a multidão reunida na sinagoga naquele dia 27 de julho deixava claro que não se tratava de um *cherem* como outro qualquer. A família Espinosa era conhecidíssima no seu meio. O pai e o tio de Baruch, Abraão, integraram por diversas ocasiões o *mahamad*, o conselho diretor da sinagoga, e ambos estavam enterrados no solo mais sagrado do cemitério. No entanto, quanto mais eminente é aquele que cai em desgraça, mais inflamadas ficam as massas: o lado sombrio da admiração é a inveja combinada à insatisfação que sentimos diante da nossa própria pequenez.

De longa tradição, o *cherem* foi descrito pela primeira vez no século II a.C., na Mishnah, a mais antiga compilação das tradições orais rabínicas. Um compêndio sistemático das ofensas passíveis dessa punição foi reunido no século XV pelo rabino Joseph Caro, no célebre livro *A mesa posta* (*Shulchan Arukh*), obra amplamente editada e difundida entre os judeus da Amsterdã seiscentista. O rabino Caro listou um sem-número de ofensas passíveis de *cherem*, entre as quais jogar, adotar um comportamento obsceno, deixar de pagar impostos, insultar publicamente outro membro da comunidade, casar-se sem o consentimento paterno, incorrer em bigamia ou cometer adultério, descumprir uma decisão do *mahamad*, desrespeitar o rabino, travar discussões teológicas com gentios, negar a validade da lei oral rabínica e questionar a imortalidade da alma ou a natureza divina da Torá.

No *cherem* que estava prestes a se realizar, não eram apenas *quem* seria punido e o *porquê* de tal punição que despertavam a curiosidade da multidão presente à sinagoga Talmud Torah: pelos boatos que corriam, aquele *cherem* seria extremamente severo. A maioria deles era branda, simples censuras públicas que resultavam numa multa ou num afastamento por alguns dias ou semanas. Nos casos mais sérios, que envolvessem blasfêmia, a sentença era normalmente mais longa, e, num determinado caso, chegou a 11 anos. Mas a reintegração era sempre possível, desde que o indivíduo estivesse disposto a se arrepender e aceitar algum castigo que lhe fosse imposto: em geral, uma multa mais pesada ou, como ocorreu com o infame Uriel da Costa, chibatadas públicas. Agora, porém, nas vésperas do dia 27 de julho de 1656, começaram a circular boatos sobre uma pena de severidade sem precedentes.

Obedecendo ao costume para essas ocasiões, o interior da sinagoga estava iluminado apenas por velas de cera negra, 7 delas instaladas num grande candelabro pendente e 12 em nichos espalhados em volta da sala. O rabino Mortera e o seu assistente, rabino Aboab, que voltara depois de passar 13 anos no Brasil, estavam de pé, um ao lado do outro, na bimá que ficava em frente à Arca Sagrada, ladeados pelos seis membros do *parnassim*. Solenemente, depois de esperar que a congregação fizesse silêncio, o rabino Mortera ergueu um documento em hebraico e, sem qualquer saudação ou discurso de abertura, leu a proclamação com sua voz tonitruante. A maioria dos presentes ficou ouvindo, calada. Os poucos que entendiam o hebraico falado iam sussurrando a tradução em português para os seus vizinhos, que, por seu turno, passavam a informação para os outros bancos. Quando o rabino acabou a leitura do texto, o clima que reinava na sala era grave, quase sombrio.

O rabino Mortera recuou um pouco. O rabino Aboab se adiantou e começou a traduzir o *cherem* para o português, palavra por palavra:

— Os senhores membros do *parnassim* fazem saber que, tendo há muito conhecimento das opiniões e dos atos malévolos de Baruch de Espinosa, tentaram por vários meios e promessas desviá-lo dessas atitudes perniciosas. Depois, porém, de falharem no seu intuito de fazê-lo emendar-se e, pelo contrário, recebendo, a cada dia, mais e mais informações graves sobre as abomináveis heresias que ele praticava e ensinava, e sobre os seus feitos monstruosos, e obtendo tais informações por meio de inúmeras testemunhas fidedignas que prestaram depoimento e deram testemunho a este respeito em presença do dito Espinosa, convenceram-se da veracidade dessa questão; e, depois de se procederem a investigações na presença dos honoráveis rabinos, decidiram que o dito Espinosa deve ser excomungado e banido do povo de Israel.

"Abomináveis heresias"? "Atos malévolos"? "Feitos monstruosos"? Era o que se murmurava em meio ao público presente. Atônitos, os membros da comunidade se entreolhavam. Muitos deles conheciam Baruch Espinosa desde sempre. A grande maioria o admirava e ninguém ali jamais ouvira falar que ele estivesse envolvido com malefícios, feitos monstruosos ou heresias abomináveis. Mas o rabino Aboab prosseguiu:

— Pelo julgamento dos anjos e pela sentença dos santos homens, excomungamos, expulsamos, amaldiçoamos e execramos Baruch Espinosa com o consentimento de Deus, bendito seja Ele, e com o consentimento de toda a sagrada comunidade reunida diante dos livros sagrados com os 613 preceitos neles inscritos; amaldiçoando-o com a excomunhão com a qual Josué puniu Jericó e com a maldição com a qual Eliseu amaldiçoou os meninos e com todos os castigos que estão escritos no Livro da Lei.

Do lado reservado aos homens da congregação, Gabriel procurou localizar Rebekah entre as mulheres, tentando ver como ela reagiria ao ouvir uma maldição tão violenta lançada sobre o irmão. O rapaz já tinha estado presente a outros *cherem* antes, mas nenhum fora tão veemente. E as coisas pioraram ainda mais quando o rabino Aboab continuou a sua tradução.

— Maldito seja ele durante o dia e durante a noite; maldito seja ao se deitar e ao se levantar. Maldito seja ao sair e ao entrar. Que o Senhor jamais o poupe, mas que a Sua fúria e o Seu desfavor recaiam sobre ele, e que o Senhor apague o seu nome sob o firmamento. E que o Senhor o afaste de todas as tribos de Israel, de acordo com todas as maldições inscritas neste Livro da Lei. Mas vós, que sois fiéis ao Senhor vosso Deus, cada um de vós estará vivo nesse dia.

Nesse ponto, o rabino Aboab recuou enquanto o rabino Mortera se adiantava. Este fitou a congregação como se quisesse olhar cada um dos seus membros bem nos olhos e, então, lentamente, buscando enfatizar cada sílaba, pronunciou o banimento:

— Ordenamos que ninguém mantenha com Baruch Espinosa laços de comunhão oral ou escrita, que ninguém lhe conceda qualquer favor, que ninguém permaneça com ele sob o mesmo teto, que ninguém mantenha com relação a ele distância inferior a quatro cúbitos ou leia qualquer coisa escrita ou transcrita por ele.

Dito isso, o rabino Mortera fez um aceno de cabeça para o seu assistente. Sem pronunciar uma palavra sequer, os dois se deram os braços e desceram juntos da bimá. Depois, seguidos pelos seis membros do *parnassim*, atravessaram o corredor central e deixaram o recinto da sinagoga. A congregação explodiu num clamor abafado. Nem mesmo os mais idosos dos anciãos se lembravam de ter visto um *cherem* assim tão severo. Não houve qualquer menção a arrependimento ou reintegração. Todos os presentes pareceram compreender o alcance das palavras do rabino: aquele *cherem* era para sempre.

CAPÍTULO 20

MUNIQUE — MARÇO DE 1922

À MEDIDA QUE AS semanas foram passando, Alfred começou a mudar de ideia quanto ao papel que lhe havia sido atribuído. Aquilo deixara de ser um fardo para se transformar numa gloriosa oportunidade, o papel perfeito que lhe permitia exercer grande influência sobre o destino da mãe-pátria. O partido continuava pequeno, mas Alfred sabia que era o partido do futuro.

Hitler morava num pequeno apartamento perto do escritório e vinha visitar Eckart praticamente todos os dias. O editor-chefe ia monitorando o seu protegido, refinando o seu antissemitismo, ampliando a sua visão política e apresentando-o a vários proeminentes alemães de direita. Três anos mais tarde, Hitler dedicaria o segundo volume da sua obra *Mein Kampf* a Dietrich Eckart, "esse homem que devotou a vida para despertar o nosso povo com os seus escritos, as suas ideias, os seus atos". Alfred também via Hitler com frequência, sempre no fim da tarde ou de noitinha, porque o cabo ficava acordado até altas horas e não se levantava antes do meio-dia. Os dois conversavam, saíam a passeio e visitavam galerias e museus.

Havia dois Hitler. Um deles era o orador feroz que eletrizava e fascinava todas as multidões a que se dirigia. Alfred nunca tinha visto algo assim, e Anton Drexler e Dietrich Eckart estavam encantados por terem finalmente encontrado o homem que deveria liderar o partido no futuro. Rosenberg assistia a vários desses discursos, e eram muitos. Com uma energia ilimitada, Hitler falava onde quer que houvesse alguém para ouvi--lo: nas esquinas de avenidas movimentadas, nos bondes lotados e, principalmente, em cervejarias. A sua fama de orador logo se espalhou, e o público que vinha ouvi-lo foi aumentando, chegando às vezes a superar a casa dos mil. Além do mais, visando tornar o partido menos restritivo, Hitler sugeriu que o nome fosse trocado, passando de Partido dos Trabalhadores Alemães para Partido Nacional-Socialista dos Trabalhadores Alemães (*Nationalsozialistische Deutsche Arbeiterpartei*, ou NSDAP).

Vez por outra, Alfred também discursava para os membros do partido; em geral, Hitler estava entre os presentes e sempre o aplaudia.

— As ideias são *wunderbar* — dizia ele. — Mas precisa ter mais fogo, mais fogo.

E havia ainda o outro Hitler, o sujeito amável, descontraído e gentil que ouvia tudo que Alfred tinha a dizer sobre história, estética ou literatura alemã.

— Pensamos do mesmo modo — exclamava ele muitas vezes, sem se dar conta de que era o próprio Alfred que havia plantado várias das sementes que agora desabrochavam em sua mente.

Certo dia, Hitler apareceu no novo escritório da sede do *Völkischer Beobachter* (Observador do Povo): vinha entregar um artigo sobre alcoolismo que estava querendo publicar. Meses atrás, nesse mesmo ano, o Partido Nazi tinha comprado o jornal da Sociedade Thule, o *Münchener Beobachter*. O periódico foi prontamente rebatizado e passou às mãos de Dietrich Eckart, que fechou o seu antigo semanário e transferiu-se, com toda a sua equipe, para o novo jornal. Hitler ficou esperando Alfred acabar de ler o texto e, qual não foi a sua surpresa ao ver o rapaz abrir a gaveta da escrivaninha e tirar dali o esboço de um artigo que, por mero acaso, ele também estava escrevendo sobre alcoolismo.

Depois de passar os olhos neste último, Hitler exclamou:

— Mas eles são gêmeos!

— Exatamente! São tão parecidos que não vou publicar o meu — replicou Alfred.

— Não. Insisto que não faça isso. Publique ambos. O impacto será maior se os dois forem publicados no mesmo número.

Quando começou a assumir mais poder de decisão no partido, Hitler decretou que todos os oradores deveriam submeter a ele os seus discursos antes de proferi-los nas assembleias. Mais tarde, dispensou Alfred de tal determinação: não era necessário, segundo disse, porque os discursos do rapaz eram muito semelhantes aos seus próprios. Mas Rosenberg percebia algumas diferenças. Para começar, Hitler, apesar das limitações da sua educação formal e das imensas lacunas de conhecimento, era incrivelmente confiante. Vivia usando termos como "inabalável", atribuindo a mais absoluta certeza às suas convicções e exprimindo o firme compromisso de nunca, sob qualquer circunstância que fosse, alterar um único aspecto dessas convicções. Alfred ficava sempre impressionado ao ouvir Herr Hitler falar. De onde vinha tamanha certeza? O jovem venderia a própria alma para ter uma confiança assim, e ficava profundamente contrariado quando se via sempre à cata de migalhas de concordância e aprovação.

Mas havia ainda outra diferença. Enquanto Alfred sempre se referia à necessidade de "retirar" os judeus da Europa, de "removê-los", "transferi-los" ou "expulsá-los", Hitler usava uma linguagem inteiramente diversa; falava em "exterminar" ou "erradicar", e até mesmo de enforcar todos os judeus nos postes das ruas. Por certo aquilo era uma questão de retórica; uma forma de arrebatar as plateias.

Os meses foram passando, e Alfred compreendeu que tinha subestimado Hitler. O homem era de uma inteligência notável, um autodidata que devorava avidamente diversos livros, gravava as suas informações e tinha uma apreciação refinada de arte e da música de Wagner. Mesmo assim, por falta de uma instrução superior sistemática, não tinha bagagem intelectual consistente, o que demonstrava acentuados abismos de insegurança em diversos campos. Rosenberg fez o que pôde para reparar essas falhas, mas a tarefa não era nada fácil. O orgulho de Hitler era tamanho que o rapaz jamais podia lhe sugerir explicitamente alguma leitura. Tratou então de aprender os meios de orientá-lo por vias tortas, pois tinha percebido que sempre que mencionava, por exemplo, Schiller, poucos dias depois o outro fazia uma longa exposição sobre as obras dramáticas do tal autor, com aquela sua habitual certeza inabalável.

Certa manhã, na primavera daquele mesmo ano, Dietrich Eckart se aproximou da porta do escritório de Alfred e ficou espiando pela vidraça por uns instantes. Lá dentro, o seu protegido estava ocupado, editando uma matéria. O diretor balançou a cabeça, deu umas batidinhas no vidro e pediu que o rapaz viesse até a sua sala.

— Tenho uma coisa para lhe dizer — principiou ele, indicando-lhe uma cadeira. — Pelo amor de Deus, Alfred, pare de fazer essa cara tão preocupada! Você está se saindo muito bem. Estou satisfeitíssimo com a sua dedicação. Talvez seja até o caso de sugerir um pouco *menos* de dedicação, algumas cervejas a mais e muito mais conversa fiada. Trabalho demais nem sempre é virtude. Mas isso fica para outra ocasião. Ouça bem. Você vem se tornando uma peça importante para o nosso partido e quero acelerar o seu crescimento. Concorda que os editores que conhecem os assuntos dos artigos que publicam levam vantagem sobre os demais?

— Claro que sim — respondeu Alfred, tentando manter um sorriso no rosto, mas sentindo-se aflito pela expectativa do que vinha pela frente. Eckart era um sujeito inteiramente imprevisível.

— Já viajou bastante pela Europa?

— Não. Muito pouco.

— Como pode escrever sobre os nossos inimigos sem vê-los com os seus próprios olhos? Às vezes, um bom guerreiro precisa fazer uma pausa para afiar as suas armas. Não é verdade?

— Sem dúvida alguma — replicou o rapaz, inquieto.

— Então, vá fazer as malas. O seu avião para Paris parte daqui a três horas.

— Paris? Avião? Três horas?

— Isso mesmo. O russo Dimitri Popoff, um dos maiores financiadores do partido, tem uma importante reunião de negócios naquela cidade.

Está viajando hoje, com dois sócios, e concordou em levantar fundos junto à comunidade de russos brancos que está vivendo lá. O avião é o novo Junker F13, que tem lugar para quatro passageiros. Eu estava pretendendo ir com eles, mas umas dores chatas que senti no peito ontem me obrigaram a desistir da ideia. O meu médico e a minha mulher me proibiram de viajar. Quero que vá no meu lugar.

— Lamento saber que está doente, Herr Eckart. Mas se o médico lhe recomendou repouso, não seria bom deixá-lo sozinho com os dois números que estão...

— O médico não disse nada sobre repouso. Só está tomando algumas precauções, pois não sabe bem quais seriam os efeitos de uma viagem de avião nesse tipo de condição clínica. Os próximos números estão praticamente prontos. Posso perfeitamente cuidar disso. Vá para Paris.

— O que quer que eu faça lá?

— Quero que acompanhe Herr Popoff nos encontros que ele tiver com potenciais doadores. Se ele quiser, faça algumas apresentações para essas pessoas. Está na hora de aprender a falar para gente rica. Depois, volte de trem, bem devagar. Tire uma semana ou uns dez dias. Tem toda liberdade. Vá para onde quiser e simplesmente observe. Veja como os nossos inimigos andam se regalando com o Tratado de Versalhes. E faça anotações. Tudo o que puder observar vai ser útil para o jornal. Aliás, Herr Popoff também concordou em lhe dar uma boa quantia em francos franceses. Vai precisar disso. O marco alemão não vale praticamente nada no exterior, por conta da inflação. Aqui mesmo já não vale quase nada...

— O pão está cada dia mais caro — observou Alfred.

— Exatamente. Agora mesmo estou escrevendo um artigo para o próximo número, explicando por que temos de aumentar novamente o preço do papel.

Na hora da decolagem, Alfred se agarrou aos braços da poltrona e, pela janela, viu Munique diminuir de tamanho a cada segundo. Achando graça no medo do rapaz, Herr Popoff, exibindo os reluzentes dentes de ouro, gritou para abafar o ruído do motor:

— É a primeira vez que viaja de avião?

Alfred fez que sim e continuou olhando pela janela, agradecendo por todo aquele barulho que impossibilitava qualquer conversa com Herr Popoff e os dois outros passageiros. Lembrou-se do comentário de Eckart sobre conversa fiada... Por que tinha tanta dificuldade em conversar? Por que era tão retraído? Por que não disse a Eckart que tinha ido à Suíça uma vez, com a tia, e que, havia alguns anos, pouco antes do início da guerra, tinha visitado Paris com Hilda, então sua noiva? Talvez simplesmente estivesse querendo apagar o seu passado báltico e renascer como cidadão alemão na mãe-pátria. Não, não... Sabia que as coisas não eram tão simples assim. Abrir-se sempre lhe parecera ameaçador. Era exatamente por isso que aquelas duas conversas com Friedrich na cervejaria tinham sido tão extraordinárias e tão libertadoras. Tentou vasculhar mais fundo dentro de si, mas, como sempre acontecia, acabou se distraindo. *Tenho que mudar... Vou procurar Friedrich novamente.*

No dia seguinte, Herr Popoff confiou a Alfred a tarefa de apresentar a plataforma do partido e explicar por que esse era o único capaz de deter os judeus bolcheviques. Um banqueiro, que usava um anel com um diamante faiscante no dedo mindinho, observou:

— Pelo que entendi, o nome oficial do seu partido é agora Partido Nacional-Socialista dos Trabalhadores Alemães, o *Nationalsozialistische Deutsche Arbeiterpartei*?

— Exatamente.

— Por que escolher um nome tão idiota e confuso? "Nacional" remete à direita; "socialista", à esquerda; "trabalhadores", à esquerda; "alemães", à direita! É impossível. Como o seu partido pode ser tudo isso ao mesmo tempo?

— Pois isso é justamente o que Hitler quer: ser tudo para toda a população, exceto para os judeus e os bolcheviques, é claro. Temos um plano de longo alcance. A nossa primeira tarefa é entrar para o Parlamento, com uma grande quantidade de representantes, nos próximos anos.

— Parlamento? Acredita que as massas ignorantes podem governar?

— Não. Mas, primeiro, temos de chegar ao poder. A nossa democracia parlamentarista está sendo fatalmente enfraquecida pelas incursões dos bolcheviques e eu lhes prometo que vamos finalmente nos livrar de todo esse sistema parlamentarista. Foram exatamente essas as palavras que Hitler usou várias vezes em conversas comigo. E ele tornou as metas do partido muito claras com a sua nova plataforma. Trouxe algumas cópias dos 25 itens que constituem o nosso programa.

Ao cabo das visitas que fizeram, Herr Popoff presenteou Alfred com um polpudo envelope contendo francos franceses.

— Bom trabalho, Herr Rosenberg. Esses francos vão ajudá-lo em suas viagens pela Europa. As suas apresentações foram excelentes, exatamente como Herr Eckart me garantiu. E num russo impecável. Um russo perfeito. Todos ficaram muito bem impressionados.

Uma semana inteira pela frente! Que prazer poder ir para onde quisesse. Eckart tinha razão: vinha efetivamente trabalhando *muito*. Passeando pelas ruas de Paris, Alfred percebia o contraste entre a alegria e a opulência que via por toda parte e austeridade de Berlim ou a pobreza e a agitação de Munique. Paris exibia poucas marcas da guerra, os seus habitantes pareciam bem-nutridos, os restaurantes viviam repletos. E, mesmo assim, a França, junto com a Inglaterra e a Bélgica, continuava a sugar o sangue da Alemanha com as suas rigorosas exigências de reparação. Alfred decidiu ficar dois dias em Paris — as galerias e os *marchands* eram absolutamente convidativos —, e, depois, pegar o trem até a Bélgica e a Holanda, a terra de Espinosa. De lá, iniciaria a longa viagem de volta, passando por Berlim, onde iria procurar Friedrich.

Não gostou nada de Bruxelas e detestou a visão da sede do legislativo, onde os inimigos da Alemanha estavam sempre inventando novos métodos para saquear a mãe-pátria. No dia seguinte, foi visitar o cemitério militar alemão, em Ypres, local onde haviam sofrido tão terríveis baixas na guerra e onde Hitler servira com tanta bravura. E, dali, rumou para o norte, em direção a Amsterdã.

Alfred não sabia muito bem o que estava procurando. Só sabia que o enigma de Espinosa continuava martelando lá no fundo da sua cabeça. O judeu Espinosa continuava a intrigá-lo. *Não*, disse com seus botões, intrigado, não; seja honesto: você o admira, exatamente como Goethe o admirava. Rosenberg não tinha devolvido o exemplar do *Tratado teológico-político* que apanhou na biblioteca e vira e mexe voltava a ler alguns parágrafos à noite, na cama. Dormia muito mal; por alguma razão inexplicável, ficava ansioso assim que se deitava e parecia lutar contra o sono. Era mais uma coisa para conversar com Friedrich.

No trem, abriu o *Tratado* na página em que estava quando adormecera na véspera. Mais uma vez, ficou impressionado com a audácia do filósofo, ousando questionar a autoridade religiosa no século XVII. Era incrível como ele apontava inconsistências nas escrituras e o absurdo de se considerar um documento como sendo de origem divina quando ele estava repleto de erros humanos. Gostava especialmente das passagens em que Espinosa menosprezava os padres e os rabinos que acreditavam ter uma percepção privilegiada dos desígnios de Deus.

> Se é ser blasfemo asseverar que existem erros nas escrituras, que nome dar àqueles que lhes impõem as suas próprias fantasias, que degradam os escritores sagrados a ponto de fazer com que estes pareçam ter escrito disparates confusos?

E vejam como Espinosa, com um simples gesto, descarta os fanáticos místicos judeus: "Li e conheço bem as bobagens cabalísticas, cuja insanidade nunca deixa de me supreender."

Que paradoxo! Um judeu a um só tempo sábio e corajoso. Como Houston Stewart Chamberlain reagiria ao enigma de Espinosa? Por que não ir vê-lo em Bayreuth e lhe fazer essa pergunta? É isso mesmo. É o que vou fazer, e vou pedir a Hitler que venha comigo. Afinal, não somos ambos seus herdeiros intelectuais? O mais provável é que Chamberlain conclua que Espinosa não era judeu. E não estaria errado: como poderia Espinosa ser judeu? Apesar de ter sido submetido a toda aquela doutrinação religiosa, ele conseguiu rejeitar o Deus judeu e o povo judeu. Ele tinha a sabedoria da alma: deveria haver sangue não judeu correndo nas suas veias...

No entanto, na pesquisa que fez da sua genealogia, tudo que conseguiu encontrar foi que o pai de Espinosa, Miguel D'Espinosa, era provavelmente natural da Espanha, tendo imigrado para Portugal e, depois, para Amsterdã, em princípios do século XVII. Apesar de tudo, porém, as suas pesquisas produziram alguns resultados interessantes e inesperados. Uma semana atrás, descobriu que a rainha Isabel, no século XV, havia proclamado as leis da limpeza do sangue (*limpiezas de sangre*) que impediam que os judeus convertidos ocupassem altos cargos no governo e nas forças armadas. Essa rainha era esclarecida o bastante para compreender que a malignidade dos judeus não tinha origem em crenças religiosas: *estava no próprio sangue*. E transformou isso em lei! Era de se tirar o chapéu! Agora, Alfred estava revendo a opinião que tinha sobre essa rainha. Antes, sempre a havia associado à descoberta da América, aquela cloaca de misturas raciais.

Amsterdã parecia uma cidade mais simpática que Bruxelas, talvez por causa da posição neutra assumida pela Holanda na guerra mundial. Apesar de manter-se à parte, Alfred resolveu se juntar a um passeio pelos canais, parando para visitar pontos turísticos dignos de interesse. A última parada era na Jodenbreestraat, para ver a grande sinagoga sefardi, um prédio enorme e horroroso, com lugar para duas mil pessoas e exibindo o que podia haver de pior naquele hibridismo judaico: uma estranha mistura de colunas gregas, janelas ogivais cristãs e entalhes mouriscos nas madeiras. Alfred ficou imaginando Espinosa ali de pé, diante do estrado central, sendo amaldiçoado e condenado por rabinos ignorantes e, depois, indo embora, provavelmente radiante com a sua libertação. Mas teve de apagar aquela imagem poucos minutos depois, quando leu no guia que o filósofo jamais pusera os pés naquela sinagoga. O templo foi construído em 1675, cerca de vinte anos depois da sua excomunhão, coisa que, como Alfred bem sabia, o proibiu de entrar em qualquer sinagoga e até mesmo de dirigir a palavra a qualquer judeu.

Do outro lado da rua, ficava uma grande sinagoga asquenaze, uma construção mais sombria, mais sólida e menos pretensiosa. A cerca de um quarteirão das duas sinagogas, ficava o lugar onde Espinosa havia nascido. A casa tinha sido demolida fazia muito tempo e, em seu lugar, havia agora a imensa igreja católica de Moisés e Aarão. Alfred mal podia esperar para contar isso a Hitler. Era um ótimo exemplo daquilo que ambos viam tão claramente: o judaísmo e o cristianismo são apenas os dois lados da mesma moeda. O rapaz sorriu ao lembrar a frase lapidar de Hitler — aquele homem era incrível com as palavras: "Judaísmo, catolicismo, protestantismo... Que diferença faz? *Todas fazem parte do mesmo grande embuste religioso.*"

Na manhã seguinte, embarcou num trem a vapor em direção a Rijnsburg, onde fica localizado o Museu Espinosa. Embora o trajeto durasse apenas duas horas, os bancos duros de madeira para seis passageiros faziam a viagem parecer bem mais longa. A estação mais próxima ao pequeno vilarejo de Rijnsburg ficava a três quilômetros do seu destino, e Alfred fez o percurso numa charrete. O museu era uma casinha de tijolos que tinha o número "29" e duas placas na fachada.

CASA DE ESPINOSA
CASA DO DOUTOR DESDE 1660
O FILÓSOFO B. DE ESPINOSA VIVEU AQUI DE 1660 A 1663.

Na segunda placa estava escrito:
AH, SE OS SERES HUMANOS FOSSEM SÁBIOS
E TIVESSEM MAIS BOA VONTADE
O MUNDO SERIA UM PARAÍSO
MAS HOJE É QUASE SEMPRE UM INFERNO

Que bobagem, pensou Alfred. Espinosa estava cercado por um bando de idiotas. Ao dar a volta no prédio, percebeu que metade da casa era o museu e a outra metade era habitada por uma família da aldeia que usava uma entrada lateral. Um velho arado no caminho que levava a essa entrada sugeria que se tratava provavelmente de lavradores. A porta do museu era tão baixa que Alfred precisou baixar a cabeça para entrar. Teve de comprar um ingresso das mãos de um vigia judeu com roupas bem esfarrapadas e que parecia estar acordando de um cochilo. Que figura deplorável! Era evidente que não se barbeava havia dias e tinha umas bolsas acentuadas sob os olhos baços.

Alfred era o único visitante e estava visivelmente desapontado. O museu inteiro consistia de dois pequenos cômodos, de 2,5m² x 3m², ambos tendo apenas uma janelinha envidraçada que dava para o pomar de macieiras nos fundos da casa. Uma dessas salas não instigava maior interesse, pois ali só havia uns equipamentos do século XVII para fabricação de lentes; a outra, porém, aquela que deixou Alfred empolgado, continha a biblioteca pessoal de Espinosa, uma estante de uns dois metros de comprimento que se estendia pela parede lateral e que tinha umas portas de vidro que precisavam urgentemente ser lavadas. Um grosso cordão vermelho preso a quatro espécies de pilares impedia o acesso ao móvel. As prateleiras estavam repletas de grossos volumes, quase todos na vertical, embora os maiores ficassem deitados, com velhas encadernações datando do século XVII ou até mais antigas. Aquilo ali era sem dúvida um tesouro. Alfred tentou contar os livros... Bem, havia mais de cem. O vigia, sentado numa cadeira a um canto, ergueu os olhos do jornal que estava lendo e disse:

— *Honderd een en vijftig.*

— Não falo holandês. Só alemão e russo — replicou Rosenberg.

O homem repetiu imediatamente a frase, num excelente alemão:

— *Ein hundert ein und funfzig.*

E retomou a sua leitura.

Na outra parede, uma pequena estante envidraçada exibia cinco primeiras edições (1670) do *Tratado teológico-político*, exatamente o mesmo livro que Alfred levava na sua sacola. Todos os volumes estavam abertos na folha de rosto e, como se lia na plaquinha escrita em holandês, francês, inglês e alemão, os editores julgaram aquela obra tão incendiária que nem o autor nem a editora eram identificados. Além disso, cada uma das cinco edições declarava ter sido impressa numa cidade diferente.

O vigia convidou Alfred a assinar o livro de visitas que estava na sua mesa. Depois de assinar, o rapaz folheou o tal livro para dar uma olhada no nome de outros visitantes. O vigia estendeu o braço, voltou algumas páginas, apontou para a assinatura de Albert Einstein (datada de 2 de novembro de 1920) e, dando umas batidinhas na folha, disse em tom orgulhoso:

— O Prêmio Nobel de Física. Um cientista famoso. Ele passou praticamente o dia inteiro aqui, lendo nesta biblioteca e escrevendo um poema para Espinosa. Olhe só — acrescentou, mostrando uma folhinha de papel que estava devidamente emoldurada na parede às suas costas. — É a letra dele. Fez uma cópia para nós. Esta é a primeira estrofe do poema.

Alfred foi até lá e leu.

Como amo esse homem nobre
Mais do que posso expressar com palavras.
Temo, porém, que ele fique só
Com a sua auréola luminosa.

Aquilo lhe deu ânsias de vômito. Mais baboseiras. Um pseudocientista judeu atribuindo uma auréola judaica a um homem que rejeitou tudo que era judeu.

— Quem administra este museu? — perguntou ele. — O governo holandês?

— Não, é um museu particular.

— Patrocinado por quem? Quem paga para mantê-lo?

— A Associação Espinosa. Os maçons. Doadores judeus. Este homem aqui — disse o vigia, passando as páginas do imenso livro de registros até chegar ao início, onde mostrou a primeira assinatura, datada de 1899 — pagou pela casa e por quase todos os volumes da biblioteca: George Rosenthal.

— Mas Espinosa não era judeu. Ele foi excomungado pela comunidade judaica.

— Uma vez judeu, sempre judeu. Mas por que tantas perguntas?

— Sou escritor e editor de um jornal da Alemanha.

O vigia se inclinou para ver mais de perto a assinatura.

— Ah, Rosenberg! *Bist an undzericker?*

— O que disse? Não entendi nada...

— É iídiche. Perguntei se é judeu?

— Olhe bem para mim — exclamou Alfred, aprumando-se. — Pareço judeu?

O homem o fitou de alto a baixo.

— Não parece distinto o bastante — retrucou ele, e se sentou novamente na cadeira.

Praguejando bem baixinho, Alfred voltou para junto da estante e se debruçou como pôde sobre o cordão de segurança para conseguir ler os títulos dos livros de Espinosa. Mas ainda ficou longe demais. Acabou perdendo o equilíbrio e caiu com tudo no móvel. O vigia, que estava no seu canto, largou o jornal e veio correndo para verificar se a biblioteca havia sofrido algum dano.

— O que pensa que está fazendo? — esbravejou ele. — O senhor é maluco? Esses livros são preciosíssimos.

— Só estava tentando ler os títulos.

— E por que precisa saber?

— Sou filósofo. Quero ver de onde ele tirou as suas ideias.

— Ah, antes era jornalista e agora é filósofo?

— Sou as duas coisas. Tanto filósofo quanto editor de jornal. Entendeu?

O vigia ficou só olhando.

Alfred também fitou aqueles lábios caídos, o nariz carnudo e disforme, os pelos que saíam daquelas orelhas sujas.

— É complicado demais para entender?

— Entendo bastante...

— Entende que Espinosa é um filósofo importante? Por que manter os livros dele assim tão afastados? Por que não existe um catálogo da biblioteca? Museus de verdade devem exibir os objetos, e não escondê-los.

— O senhor não veio aqui para aprender mais sobre Espinosa. Veio para destruí-lo. Para provar que ele roubou as ideias que expressava.

— Se tivesse alguma noção de como as coisas são, saberia que todo filósofo é influenciado e inspirado por outros que o precederam. Kant influenciou Hegel; Schopenhauer influenciou Nietzsche; Platão influenciou todos eles. Todo mundo sabe que...

— Influenciar, inspirar... Este é o problema: o senhor não disse "influenciou". E também não disse "inspirou". As suas palavras exatas foram: "de onde ele tirou as suas ideias", o que é bem diferente.

— Ah, pronto! Isso é um debate talmúdico? É isso que o seu povo gosta de fazer. Sabe muitíssimo bem o que estou querendo dizer...

— Sei exatamente o que o senhor quis dizer.

— Que tipo de museu é esse? Permitem que Einstein, um dos seus, passe o dia inteiro estudando essa biblioteca e obrigam os outros a se manterem a um metro de distância!

— Eu lhe prometo, senhor filósofo-editor Rosenberg, que se o senhor ganhar um Prêmio Nobel poderá abraçar todos os volumes dessa biblioteca. Agora está na hora de fechar. Vá embora.

Alfred tinha visto o próprio inferno: um vigia judeu exercendo autoridade sobre um ariano; judeus impedindo o acesso de não judeus; judeus aprisionando o grande filósofo que desprezava os judeus. Jamais se esqueceria daquele dia.

CAPÍTULO 21

Amsterdã — 27 de julho de 1656

A DOIS QUARTEIRÕES DA sinagoga Talmud Torah, Bento, com a ajuda de Dirk, seu colega na academia de Van den Enden, embalou a sua biblioteca de 14 volumes num caixote de madeira e, depois, desmontou a cama de dossel pertencente à sua família. Os dois rapazes puseram, então, a cama e os livros numa balsa que os transportaria, pelo canal Nieuwe Herengracht, até a casa do professor, onde Espinosa ia morar por algum tempo. Dirk também embarcou na balsa, acompanhando os volumes, enquanto Bento ficou em casa reunindo o restante dos seus pertences: duas calças, sapatos de fivela metálica, três camisas, dois colarinhos brancos, roupa de baixo, um cachimbo e tabaco. Enfiou tudo numa sacola que levaria na mão até a casa de Van den Enden. A sacola estava bem leve e Bento se felicitou por possuir tão pouco. Se não fosse pela cama e os livros, poderia perfeitamente viver um pouco aqui, um pouco ali, como um nômade.

Dando uma última olhada pelo quarto, apanhou a sua navalha, o sabão e a toalha, e, então, avistou o seu tefilin numa prateleira que ficava mais no alto. Não tinha posto as mãos nele desde o dia em que o pai morreu. Estendeu o braço para pegar as duas caixinhas de couro com aquelas tiras e as segurou com todo o cuidado — talvez, pensou, pela última vez. Que objetos estranhos! Estranho também era o fato de se sentir a um só tempo atraído e repelido por eles. Na caixa que trazia a inscrição "*rosh*" — para ser usada na cabeça — havia duas tiras de couro. A que trazia a inscrição "*yad*" — usada no braço — era presa por uma única tira bem longa. As caixinhas continham versículos das escrituras sagradas escritos em pergaminho. E, é claro, tudo — o couro com que as caixas eram feitas, as duas tiras que ficam pendentes e as que se usam para prender o tefilin, bem como o pergaminho — oriundo de animais kosher.

Ocorreu-lhe a lembrança de algo acontecido 15 anos atrás. Muitas vezes, quando era criança, ficava observando com a maior curiosidade o pai vestir o seu *talit* e começar a prender o tefilin antes do café da manhã, coisa que ele fazia todo dia útil enquanto viveu. (O tefilin nunca era usado no Sabbath). Certa manhã, o pai virou-se para ele e disse:

— Quer saber o que estou fazendo, não é?

— É — respondeu o menino.

— Nisto como em tudo o mais — prosseguiu o pai — sigo os ensinamentos da Torá. As palavras do Deuteronômio nos ensinam: "Atá-los-ás à tua mão como sinal, e os levarás como uma faixa frontal diante dos teus olhos."

Poucos dias depois, o seu pai chegou lhe trazendo um presente: exatamente aquele conjunto de tefilins que ele agora estava segurando.

— Isso é para você, Baruch, mas não para agora. Vamos guardá-lo até você completar 12 anos e, então, algumas semanas antes do seu *bar mitzvah*, nós dois vamos começar a pôr o tefilin juntos.

O menino ficou tão empolgado com a perspectiva de pôr o tefilin junto com o pai, e tanto o crivou de perguntas sobre a maneira correta de se fazer isso que, ao cabo de alguns dias, o homem acabou cedendo.

— Mas é só hoje. Vamos fazer um ensaio e, depois, vamos guardar o tefilin até chegar a época certa. Combinado?

Bento concordou prontamente.

— Vamos treinar juntos — prosseguiu o pai. — Faça exatamente o que eu fizer. Ponha a caixa *yad* na parte superior do seu braço esquerdo, próximo ao coração, e enrole a tira de couro sete vezes em torno do braço até chegar ao pulso. Olhe só. Veja como faço. Não se esqueça, Baruch, são sete vezes, não seis, ou oito, pois foi assim que os rabinos nos ensinaram.

E então o pai entoou a bênção prescrita:

Baruch atah Adonai Eloheinu melech ha-olam asher kid'ishanu b'mitzvotav v'tzivanu l'hani'ach tefillin.
(Bendito seja Deus, o nosso Deus, rei do universo, que nos santificou com os seus mandamentos e mandou que puséssemos o tefilin.)

Depois, abriu o livro de orações e o entregou a Bento.

— Tome, é *você* que vai ler a prece.

Bento, porém, não pegou o livro. Limitou-se a erguer a cabeça para que o pai visse que os seus olhos estavam fechados. Então, foi recitando as orações exatamente como o pai as recitava. Quando ouvia uma oração, ou qualquer outro texto, nunca mais esquecia. Encantado, o pai lhe deu dois beijos na face, com todo carinho.

— Ah, que *mitzvah*, que mente! Aqui no meu coração, sei que você vai ser um dos maiores judeus de todos os tempos!

Espinosa interrompeu os seus devaneios para apreciar as palavras: "um dos maiores judeus de todos os tempos." As lágrimas lhe escorriam pelo rosto quando ele retomou as suas recordações.

— Agora, vamos continuar com o *tefilin shel rosh* — disse-lhe o pai. — Ponha a caixinha na testa, do jeito que estou fazendo: no alto. Logo abaixo da linha do cabelo e exatamente no ponto entre os olhos. O nó fica na nuca, assim, como estou botando. Agora, diga a próxima oração.

Baruch atah Adonai Eloheinu melech ha-olam asher kid'ishanu b'mitzvotav v'tzivanu al mitzvat tefillin.
(Bendito seja Deus, o nosso Deus, rei do universo, que nos santificou com os seus mandamentos e ordenou o preceito do tefilin.)

Mais uma vez, para deleite do pai, Bento recitou a oração palavra por palavra.

— Passe agora as duas tiras *rosh* pelos ombros, cuidando para que o lado preto fique voltado para cima e sem esquecer que elas devem se encontrar aqui — disse ele ainda, pondo o dedo na altura do umbigo do filho e fazendo-lhe cócegas. — Preste atenção, pois a ponta da tira da direita deve ficar alguns centímetros mais para baixo, perto do seu regadorzinho.

"Vamos pegar então a tira do *tefillin shel yad* e enrolá-la três vezes no dedo médio. Está vendo como é que se faz? Depois, enrole-a na mão. Viu que ela toma a forma da letra *shin* no meu dedo? Sei que não é lá muito fácil de perceber. O que *shin* representa?"

Bento balançou a cabeça.

— *Shin* é a letra inicial de *Shaddai*, Todo-poderoso.

Bento lembrou-se da estranha sensação de calma que experimentou ao enrolar aquelas tiras de couro na cabeça e no braço. A impressão de confinamento, de estar atado lhe pareceu muitíssimo agradável e sentiu-se quase como se estivesse se fundindo ao pai, que estava atado por tiras de couro exatamente do mesmo jeito que ele.

— Bento — disse ainda o sr. Espinosa, encerrando aquela aula —, sei que você não vai esquecer nem uma etapa disso tudo, mas precisa se controlar para não voltar a pôr o tefilin até a hora dos ensaios oficiais, que vão acontecer pouco antes do seu *bar mitzvah*. Depois, então, vai colocar o tefilin toda manhã, pelo resto da vida, a não ser...

— Nos dias santos e no Sabbath.

— Isso mesmo — disse o pai, beijando-lhe a face. — Exatamente como eu faço, como todo judeu faz.

Bento deixou que a imagem paterna se desvanecesse, voltou ao presente, fitou aquelas caixinhas estranhas e, por um instante, sentiu uma pontada de dor por nunca mais colocar o tefilin, nunca mais sentir novamente aquela agradável impressão de confinamento e de fusão. Estaria agindo de forma desonrosa deixando de obedecer ao desejo do pai? Balançou a cabeça. O pai, bendito seja o seu nome, era de uma época tolhida pelas superstições. Voltando a fitar aquelas tiras *rosh* e *yad* emaranhadas, Bento teve certeza de que tomara a decisão mais acertada. Mas o que fazer do tefilin, que havia sido um presente do pai? Não podia simplesmente abandoná-lo ali para que Gabriel o encontrasse. O seu irmão ficaria magoadíssimo. Teria de levar as caixinhas consigo e, depois, ver o que faria com elas. Até segunda ordem, resolveu guardá-las na sacola, junto com a navalha e o sabão, e se sentou para escrever uma longa carta carinhosa para Gabriel.

Pouco depois, compreendeu a bobagem que estava fazendo. A essa altura, juntamente com toda a congregação, Gabriel já havia sido proibido pelo *cherem* de ler o que quer que tivesse sido escrito por ele. Não desejando aumentar ainda mais o sofrimento do irmão, rasgou a carta e escreveu um bilhete contendo apenas algumas linhas de informações essenciais. E depositou-o na mesa da cozinha.

Gabriel, estas são as minhas últimas palavras, infelizmente. Levei a cama que o nosso pai deixou para mim em testamento, e também as minhas roupas, o sabão e os meus livros. Todo o resto fica para você, inclusive a nossa loja, coitada, que não vale lá grande coisa.

Por causa de todas as paradas pelo caminho, Bento sabia que a balsa que transportava a sua cama e os seus livros levaria umas duas horas para chegar à casa de Van den Enden. A pé, ele poderia percorrer essa distância em meia hora, portanto, tinha tempo para fazer um último passeio pelas ruas daquele bairro judeu onde havia passado a vida inteira. Deixando a sacola, saiu com relativa calma, andando a passos rápidos, mas logo se viu angustiado diante daquelas ruas assustadoramente desertas. Tal visão o fez lembrar que quase todas as pessoas que conhecia estavam na sinagoga naquele momento, ouvindo o rabino Mortera amaldiçoar o nome de Baruch Espinosa e mandar que mantivessem distância dele definitivamente. Imaginou o que aconteceria se resolvesse dar esse mesmo passeio no dia seguinte: todos os olhos o evitariam e os passantes desviariam dele, como se estivessem abrindo caminho para um leproso.

Embora tivesse se preparado para esse momento por meses a fio, ficou chocado ao perceber a dor inesperada que o invadia — a dor de não ter mais casa, de estar perdido, de saber que nunca mais andaria por aquelas ruas carregadas de lembranças da sua meninice, as ruas de Gabriel, de Rebekah e de todos os seus vizinhos e amigos de infância, as ruas por onde, no passado, andaram aquelas pessoas tão amadas que já não andavam por nenhuma rua da terra: os seus pais, Miguel e Hanna, a sua madrasta, Esther, e os seus dois irmãos que tinham morrido, Isaac e Miriam. Bento seguiu adiante, passando por uma série de lojinhas. Aquelas ruas eram a sua última conexão tangível com os mortos. Como ele, essas pessoas tinham circulado por essas mesmas ruas, e os seus olhos tinham avistado os mesmos letreiros: o açougue kosher do Mendoza, a padaria do Manuel, as barracas de arenque do Simão. Agora, porém, essa conexão estava se rompendo. Nunca mais poria os olhos em nada que o seu pai, a sua mãe e a sua madrasta também tinham visto. Solidão. Como nunca antes, sabia o que isso significava.

Quase instantaneamente, Bento percebeu que um sentimento oposto surgia na sua mente.

— Liberdade — sussurrou. — Que coisa interessante!

Não tinha evocado essa ideia: ela brotara por si só, para compensar a dor da solidão. Algo que a sua mente logo tratara de arranjar para restabelecer o equilíbrio. Como isso acontecia? Haveria dentro dele, em algum ponto bem lá no fundo, uma força independente, dotada de vontade consciente, que criava pensamentos, propiciava proteção e lhe permitia florescer?

— Isso mesmo, liberdade — disse o rapaz, que fazia tempos havia adquirido o hábito de manter longas conversas consigo mesmo. — A liberdade é o antídoto. Você está finalmente livre do jugo da tradição. Lembre como desejava a liberdade e lutava por ela. Como desejava libertar-se das orações, dos rituais, das superstições. Lembre o quanto a sua vida já foi ligada aos rituais. As horas e horas intermináveis dedicadas ao tefilin. O cântico das orações prescritas três vezes ao dia na sinagoga e também sempre que bebia água, comia uma maçã ou qualquer bocado de comida. Sempre que participava de qualquer acontecimento. Lembre-se das horas intermináveis passadas recitando a lista dos pecados, em ordem alfabética, batendo no peito absolutamente inocente e implorando perdão.

Bento parou numa ponte sobre o canal Verwers e, debruçado na mureta de pedra fria, fitando as águas escuras lá embaixo, ficou lembrando-se do seu estudo dos comentários religiosos. Sempre que a observância dos rituais lhe deixava algum tempo livre, esse tempo era dedicado à leitura dos comentários. Dia após dia, noite após noite, por horas a fio, mergulhou nos textos — alguns banais, alguns brilhantes — de vastos exércitos de eruditos que haviam passado a vida escrevendo sobre o sentido e as implicações das palavras de Deus nas escrituras, bem como sobre a justificação e as implicações dos 613 mandamentos prescritos que comandavam cada aspecto da vida dos judeus. E, depois, começou a estudar a cabala com o rabino Aboab: as aulas passaram a ser incrivelmente esotéricas quando ele se defrontou com o significado secreto de cada letra e as ramificações dos números a elas atribuídos.

Apesar de tudo, porém, nenhum dos seus professores rabinos ou eruditos jamais se perguntou a validade daqueles textos básicos ou se os livros de Moisés eram efetivamente a palavra de Deus. Certa vez, numa aula de história judaica, cerca de dez anos antes, quando ele ousou perguntar como Deus podia ter escrito um documento com tantas inconsistências, o rabino Mortera ergueu a cabeça bem devagar, olhou para ele como quem não acreditava no que ouvia e respondeu:

— Como pode alguém como você, uma simples criança, uma única alma, questionar a autoridade de Deus e ter a pretensão de conhecer a infinita sabedoria de Deus e os Seus desígnios? Não sabe que a apresentação das Tábuas da Aliança a Moisés foi presenciada por dezenas, por centenas de milhares de pessoas, por toda a nação de Israel? Que a cena foi vista por mais pessoas que qualquer outro evento em toda a história?

O tom adotado pelo rabino deixou bem claro para toda a turma que ninguém deveria voltar a fazer pergunta assim tão tola. E foi o que aconteceu. Mas também, foi a impressão que Bento teve, ninguém a não ser ele mesmo se deu conta de que o povo de Israel, com a postura de reverência que assumia diante da Torá, cometera, coletivamente, exatamente o pecado contra o qual Deus, por meio de Moisés, tanto os havia alertado: a idolatria. Por toda parte, os judeus reverenciavam não ídolos de ouro, mas ídolos de papel e tinta...

Enquanto olhava um barquinho desaparecer num dos lados do canal, Bento ouviu o som de passos correndo na sua direção. Ergueu os olhos e viu Manny, o filho do padeiro, o rapaz gorducho e meio simplório que tinha sido seu fiel companheiro de escola e era seu amigo de longa data. Num reflexo, Espinosa sorriu e já ia cumprimentando o amigo, mas, sem se desviar do seu rumo e parecendo nem sequer reconhecê-lo, Manny passou a toda pela ponte e entrou pela rua que levava à padaria do pai.

Bento estremeceu. Então o *cherem* tinha mesmo acontecido! É claro que sabia que se tratava de uma situação real — o olhar do rabino Mortera lhe garantira isso, bem como as ruas vazias e o tapa que Rebekah tinha lhe dado e que ainda lhe doía no rosto. Mas foi só quando Manny passou direto, como se não o conhecesse, que a realidade literalmente desabou. Engoliu então em seco e pensou: *É melhor assim! Não estão me obrigando a fazer nada que eu não faria por minha própria conta. Tinha medo do escândalo, mas, já que eles quiseram que fosse assim, sigo bem contente o caminho que se abriu à minha frente.*

— Não sou mais judeu — murmurou ele, e ouviu o som das próprias palavras. Voltou a repetir a frase várias vezes. *Não sou mais judeu. Não sou mais judeu. Não sou mais judeu.* Estremeceu. A vida parecia fria e desprovida de aconchego. Mas a vida vinha parecendo fria desde que o seu pai e a sua madrasta tinham morrido. A partir de hoje, ele não era mais judeu. Talvez agora, depois de ter sido excomungado, pudesse pensar e escrever o que quisesse, e teria a oportunidade de trocar ideias com os gentios.

Havia vários meses, tinha feito o voto de levar uma vida abençoada de honestidade e amor. Agora que deixara de ser judeu, poderia viver com mais serenidade. Os judeus sempre defenderam a posição de que opiniões verdadeiras e um verdadeiro projeto de vida concebido pela razão, e não segundo os textos proféticos de Moisés, não tinham lugar no caminho da bem-aventurança. Rejeitar a razão era algo que não fazia sentido algum para Bento. Portanto, agora que era um não judeu, será que não poderia levar uma vida orientada pela razão?

Quando estava deixando a ponte, um pensamento lhe ocorreu. *O que eu sou? Não sendo mais judeu, o que eu sou?* Enfiou a mão no bolso, procurando o caderninho que sempre levava consigo, o mesmo em que estava escrevendo quando teve seu primeiro encontro com Van den Enden. Dobrando à direita, numa ruela, sentou-se às margens do canal e se pôs a procurar uma resposta entre as observações que havia registrado durante os dois últimos anos e parando para reler os comentários que reforçavam particularmente a sua decisão.

> Se estou entre homens que não concordam em absoluto com a minha natureza, dificilmente serei capaz de me adequar a eles sem me modificar extremamente.
> Um homem livre que vive em meio a ignorantes esforça-se ao máximo para evitar os seus favores.
> Um homem livre age com honestidade, não de forma enganosa.
> Só os homens livres são genuinamente úteis uns aos outros e podem estabelecer verdadeiras relações de amizade.
> E é absolutamente admissível, pelo mais elevado direito da Natureza, para todos aqueles que usam a razão clara, determinar como viver de uma forma que lhes permita florescer.

Fechou então o caderninho, levantou-se e seguiu pelas ruas desertas, de volta à sua casa, para buscar os seus pertences. De repente, ouviu às suas costas uma voz aflita chamando o seu nome:

— Baruch Espinosa. Baruch Espinosa.

CAPÍTULO 22

BERLIM — 1922

NO PRIMEIRO DIA da primavera, Berlim estava praticamente do mesmo jeito que Alfred a tinha visto na sua breve estada na cidade, no inverno de 1919. Sob um céu de granito, com uns ventinhos frios cortantes e uma chuva miúda incessante que parecia jamais chegar até o chão, comerciantes de cara amarrada, envoltos em várias camadas de roupas, ficavam sentados nas suas lojas sem aquecimento. A avenida Unter den Linden estava vazia, mas, em cada esquina, havia soldados de guarda. Berlim era perigosa: violentas manifestações políticas e assassinatos, tanto de comunistas quanto de social-democratas eram coisa corriqueira.

No fim do último encontro que tiveram, quatro anos antes, Friedrich havia escrito "Hospital Charité, Berlim" no papel que Alfred rasgou em pedacinhos e jogou fora, mas depois voltou para catar. Aproximando-se de um guarda, Rosenberg perguntou onde ficava o hospital.

— Em quem votou? — grunhiu o sujeito, olhando-o de alto a baixo.

— Como? — exclamou Alfred, perplexo.

— Em quem o senhor votou?

— Ah! — replicou o jornalista, empertigando-se. — Vou lhe dizer em quem votarei nas próximas eleições: em Adolf Hitler e em toda a plataforma antijudeus bolcheviques do NSDAP.

— Nunca ouvi falar de nenhum Hitler — retrucou o soldado. — Nem desse tal de NSDAP. Mas gosto dessa plataforma. O Charité... Bom, não tem como errar... É o maior hospital de Berlim. Vá por aqui, sempre em frente — acrescentou ele, apontando para a rua que ficava à sua esquerda.

— Muito obrigado. E guarde bem esse nome. Logo, logo o senhor estará votando em Adolf Hitler.

O funcionário da recepção reconheceu o nome de Friedrich no mesmo instante.

— Ah, claro! O doutor Pfister atende no departamento de doenças nervosas e mentais para pacientes não hospitalizados. Siga pelo corredor da direita e saia pela porta. É no outro prédio, que fica logo em frente.

A recepção do outro prédio estava tão lotada de rapazes e homens de meia-idade envergando os seus sobretudos cinzentos do uniforme militar que Alfred levou bem uns quinze minutos para chegar ao balcão onde, finalmente, conseguiu atrair a atenção da recepcionista atarantada, dizendo:

— Por favor... Por favor, sou amigo pessoal do doutor Pfister. Tenho certeza de que ele vai querer me ver.

— Qual o seu nome? — perguntou a mulher, fitando-o nos olhos. Alfred era um rapaz bem bonito.

— Alfred Rosenberg.

— Assim que ele terminar a consulta, digo-lhe que o senhor está aqui.

Vinte minutos depois, ela lhe deu um sorriso caloroso e o convidou a acompanhá-la até um amplo consultório. Usando um espelho preso por uma tira na cabeça, um jaleco branco com os bolsos cheios de objetos como lanterna, caneta, oftalmoscópio, espátula de língua em madeira e um estetoscópio, Friedrich estava à sua espera.

— Alfred! Que surpresa! Uma ótima surpresa. Nunca pensei que fosse voltar a vê-lo. Como tem passado? O que aconteceu desde que nos encontramos lá na Estônia? O que o traz a Berlim? Ou está morando aqui? Já viu que estou meio atrapalhado, fazendo-lhe todas essas perguntas bobas quando não tenho nem tempo de ouvir as suas respostas. O ambulatório está lotado, como sempre, aliás. Mas termino os atendimentos às 19h30. Está livre a essa hora?

— Inteiramente. Estou só de passagem por Berlim. Achei que seria uma boa oportunidade para revê-lo — disse Alfred, censurando-se por dentro. *Por que não diz a ele o verdadeiro motivo que o trouxe até aqui?*

— Ótimo, ótimo! Podemos jantar e conversar. Pessoalmente, gostaria muito disso.

— Eu também.

— Então, nos encontramos na recepção, às 19h30.

Alfred passou a tarde numa penosa caminhada pela cidade e comparando aquelas míseras ruas de Berlim com os magníficos bulevares de Paris. Quando o frio ficava quase insuportável, metia-se nas salas mais quentes dos museus sem aquecimento. Às sete, voltou para a sala de espera do hospital, que se encontrava quase vazia. Friedrich apareceu às 19h30 em ponto e o levou até o refeitório dos médicos, um salão bem grande, sem janelas, cheirando a chucrute e onde vários garçons iam e vinham, servindo os clientes de jaleco branco.

— Como vê, Alfred, aqui é como em todos os cantos da Alemanha: muitas mesas, muitos funcionários, mas pouca comida.

O jantar do hospital, invariavelmente uma refeição fria, consistia de finas fatias de *bierwurst*, de *leberwurst*, queijo Limburger, batatas cozidas e chucrute com picles.

— Lamento, mas é o melhor que posso lhe oferecer — disse Friedrich, desculpando-se. — Espero que tenha feito uma refeição quente hoje.

Alfred assentiu.

— Comi umas salsichas no trem — disse ele. — Estavam até bastante boas.

— Podemos contar é com a sobremesa. Pedi ao cozinheiro que caprichasse. O filho dele é um dos meus pacientes, então ele costuma preparar uma coisa gostosa para mim. Mas, agora — prosseguiu o médico, recostando-se na cadeira e soltando o ar pela boca, visivelmente exausto —, podemos finalmente relaxar e conversar. Antes de mais nada, tenho notícias do seu irmão. Eugen me escreveu recentemente perguntando se eu sabia de você. Nós nos encontramos algumas vezes aqui em Berlim, mas, há seis meses, ele voltou para Bruxelas para assumir um bom cargo num banco belga. Continua em remissão da tuberculose.

— Ah, não... — exclamou Alfred, aborrecido.

— O que foi? Estar em remissão é *uma boa* notícia.

— Eu sei. O problema é Bruxelas. Se soubesse disso antes. Acabei de passar um dia lá.

— Mas como poderia saber? Está tudo tão confuso aqui neste país! Eugen me disse que não fazia ideia de onde você estava morando. Ou de como estava vivendo. As únicas informações que pude lhe dar foram que tínhamos nos visto em Reval e que você estava pretendendo vir para a Alemanha. Se quiser, posso servir de intermediário e dar o seu endereço para ele e o dele para você.

— Ótimo. Quero escrever para o meu irmão.

— Depois do jantar, pego o endereço dele lá no quarto. Mas o que foi fazer em Bruxelas?

— Quer a versão completa ou uma versão resumida?

— A versão completa. Não tenho pressa alguma.

— Mas deve estar cansado. Não passou o dia inteiro ouvindo as pessoas? A que horas começou hoje?

— Peguei no trabalho às sete. Mas falar com pacientes não é a mesma coisa que falar com você. Você e Eugen são tudo o que resta da minha vida na Estônia. Eu era filho único e você deve lembrar que o meu pai morreu pouco antes do nosso encontro em Reval. A minha mãe morreu dois anos atrás. Dou o maior valor ao passado, talvez até num grau irracional. E lamento profundamente termos nos separado de forma não muito amistosa, tudo por causa da minha falta de delicadeza. Então, a versão completa, por favor.

De bom grado, Alfred contou como vinha sendo a sua vida nos últimos três anos. Não, era mais que isso: um calorzinho lhe percorria os ossos enquanto ele ia falando, algo que emanava do prazer de estar contando a sua vida para alguém que realmente queria ouvir o que ele tinha a dizer. Falou da partida de Reval pelo último trem para Berlim, da carona no caminhão de gado até Munique, da sorte de ter encontrado Dietrich Eckart, do seu trabalho como editor do jornal, da sua filiação ao NSDAP, da relação entusiasta que mantinha com Hitler. Falou também dos seus grandes feitos: ter escrito *A trilha dos judeus* e, no ano anterior, ter publicado *Os protocolos dos sábios de Sião.*

Essa última referência atraiu a atenção de Friedrich. Poucas semanas antes, na Sociedade Psicanalítica de Berlim, tinha ouvido falar desse documento durante a conferência feita por um eminente historiador sobre o tema da eterna necessidade que tem o homem de arranjar um bode-expiatório. Ficou sabendo, então, que *Os protocolos dos sábios de Sião* eram supostamente uma coletânea de discursos proferidos no Primeiro Congresso Sionista, realizado na Basileia, em 1897, e revelavam uma conspiração internacional judaica para solapar as instituições cristãs, provocar a eclosão da Revolução Russa e preparar o terreno para a dominação do mundo pelos judeus. O conferencista mencionara o fato de *Os protocolos* terem sido recentemente publicados na íntegra por um jornal inescrupuloso de Munique, muito embora várias instituições de estudo e pesquisa de renome houvessem demonstrado, de forma convincente, que a tal coletânea era uma fraude. *Será que Alfred tinha conhecimento disso?*, perguntou-se o psiquiatra. *Será que, mesmo assim, teria publicado o texto?* Mas preferiu não dizer uma palavra sobre o assunto. Nos últimos três anos, durante o período intensivo de análise a que se submeteu, Friedrich aprendeu a ouvir, mas também a pensar antes de falar.

— Eckart tem tido problemas de saúde — prosseguiu Alfred, tratando agora das suas próprias ambições. — Isso me entristece, porque ele tem sido um magnífico mentor, mas, por outro lado, sei que a sua aposentadoria iminente vai abrir caminho para eu me tornar o editor-chefe do jornal do Partido Nacional-Socialista, o *Völkischer Beobachter*. O próprio Hitler me disse que é óbvio que sou o melhor candidato para o cargo. O jornal está ficando cada vez mais forte e em breve passará a ser publicado diariamente. A minha maior esperança, porém, é que essa posição, aliada à minha proximidade com Hitler, acabe me levando a desempenhar um papel capital dentro do partido.

E, para encerrar o seu relato, Alfred confiou um grande segredo ao seu interlocutor:

— Estou planejando escrever um livro realmente importante que pretendo intitular *O mito do século XX*. Espero que ele deixe bem clara para todas as cabeças pensantes a magnitude da ameaça que os judeus representam para a civilização ocidental. Levarei muitos anos para escrevê-lo, mas tenho esperança de que o meu livro acabe se tornando o sucessor da obra fundamental de Houston Stewart Chamberlain, *Os fundamentos do século XIX*. Pronto! Essa é a minha história até o ano de 1923.

— Estou impressionado com a quantidade de coisas que conseguiu fazer em tão pouco tempo, Alfred! Mas você ainda não terminou. Que tal me pôr a par do presente? Que história foi essa de ir a Bruxelas?

— Ah, claro. Eu lhe contei tudo; só não respondi à pergunta que você tinha feito!

E, então, Alfred fez um relato detalhado da sua viagem a Paris, à Bélgica e à Holanda. Por alguma razão que ele próprio não conseguiu decifrar, omitiu toda e qualquer referência à visita que fez ao museu Espinosa, em Rijnsburg.

— Como foram ricos esses três anos, Alfred! Deve estar orgulhoso do que conseguiu realizar. E sinto-me honrado por você me confiar tudo isso. A intuição me diz que você não deve ter contado essa história, especialmente no que se refere às suas ambições, a ninguém antes. Estou certo?

— Está. Certíssimo. Não tive nenhuma conversa assim tão pessoal desde o nosso último encontro. Existe algo em você, Friedrich, que me encoraja a me abrir — replicou Alfred, sentindo que estava prestes a contar a Friedrich que gostaria de modificar alguns aspectos básicos da própria personalidade. Nesse momento, porém, o cozinheiro apareceu trazendo duas generosas porções de uma torta Linzer ainda quentinha.

— Acabei de assar. Para o senhor e para o seu convidado, dr. Pfister.

— Muita gentileza sua, Herr Steiner. E o seu filho, Hans? Como tem passado a semana?

— Durante o dia, está bem melhor, mas continua a ter pesadelos horrorosos. Ouço-o gritar quase toda noite. Os pesadelos dele tornaram-se os meus pesadelos.

— Isso é comum nas suas atuais condições. Tenha paciência, Herr Steiner. Aos poucos, os pesadelos vão desaparecer. Sempre acabam desaparecendo.

— Qual é o problema do filho dele? — indagou Alfred depois que o homem se afastou.

— Não posso lhe falar sobre nenhum paciente em particular, Alfred. Trata-se de sigilo profissional. Uma coisa, porém, posso dizer: lembra aquela multidão de homens que viu na sala de espera do meu consultório? Todos eles, sem exceção, sofrem do mesmo mal. É o que chamamos de "choque da granada". E a situação se repete nas salas de espera dos setores de transtornos nervosos de todos os hospitais da Alemanha. Esses homens sofrem imensamente: são irritadiços, incapazes de se concentrar e têm crises terríveis de ansiedade e de depressão. Nunca param de reviver o trauma que sofreram. Durante o dia, imagens aterradoras se impõem em suas mentes. Durante a noite, em pesadelos, veem os colegas indo pelos ares e a própria morte cada vez mais próxima. Embora se considerem sujeitos de sorte por terem escapado, sofrem com a culpa do sobrevivente: sentem-se culpados por terem sobrevivido enquanto tantos outros morreram. Ficam ruminando, tentando descobrir o que poderiam ter feito para salvar os companheiros que tombavam e imaginando que poderiam ter morrido em seu lugar. Em vez de se sentirem orgulhosos, vários deles se sentem covardes. Trata-se de um problema gigantesco, Alfred. Estou me referindo a toda uma geração de alemãs sofrendo desse mal. E, é claro, há ainda a dor das famílias. Perdemos três milhões na guerra e praticamente todas as famílias alemães perderam um filho ou um pai.

— E, com toda a certeza — acrescentou Alfred imediatamente —, tudo isso é ainda agravado pela tragédia daquele diabólico Tratado de Versalhes, que faz com que todo esse sofrimento seja em vão.

Friedrich percebeu a facilidade com que desviou a conversa para o campo da política, área que conhecia bem, mas o médico simplesmente ignorou essa manobra.

— Aí está uma especulação interessante, Alfred. Para analisá-la, precisaríamos saber o que anda acontecendo nas salas de espera dos hospitais militares de Paris e de Londres. Talvez você tenha todas as condições de explorar essa questão no seu jornal, e, francamente, gostaria muito que escrevesse sobre o tema. Qualquer divulgação que pudermos conseguir vai ser de grande valia. A Alemanha precisa levar esse problema mais a sério. Precisamos de mais recursos.

— Vou fazer isso, dou-lhe a minha palavra. Vou escrever um artigo assim que voltar a Munique.

Enquanto saboreavam a torta de Linzer, Alfred indagou:

— Quer dizer que já terminou a sua formação?

— Terminei. Pelo menos a maior parte do treinamento oficial. Mas a psiquiatria é um campo estranho porque, à diferença de qualquer outra área da medicina, na verdade, nunca concluímos a nossa formação. O nosso maior instrumento somos nós mesmos, e o trabalho de autoconhecimento não tem fim. Continuo aprendendo. Se notar algo em mim que possa me ajudar a saber mais sobre mim mesmo, por favor, não hesite em apontá-lo.

— Nem consigo imaginar isso acontecendo... O que eu poderia notar? O que poderia lhe dizer?

— Qualquer coisa que perceba. Talvez me veja olhando para você de um jeito estranho, ou quem sabe interrompendo-o, ou usando alguma palavra inadequada. Posso interpretá-lo mal ou lhe fazer perguntas desastradas ou que o deixem irritado... Qualquer coisa... Estou falando sério, Alfred. Gostaria de saber mesmo.

Alfred ficou sem saber o que dizer; estava desnorteado. Tinha acontecido de novo. Mais uma vez, tinha penetrado naquele mundo estranho de Friedrich, com regras inteiramente diferentes para o discurso, um mundo que não encontrava em nenhum outro lugar.

— Então — prosseguiu o médico —, você disse que esteve em Amsterdã e ia voltar para Munique. Mas Berlim não fica exatamente no caminho entre essas duas cidades.

Levando a mão ao bolso do sobretudo, Alfred apanhou o *Tratado teológico-político* de Espinosa.

— Uma longa viagem de trem era a melhor oportunidade para ler isso — disse ele, mostrando o livro a Friedrich. — Terminei no trem. Você tinha toda razão quando me sugeriu que o lesse.

— Estou impressionado, Alfred. Você é *mesmo* um estudioso aplicado. Não existem muitos como você por aí. Afora os filósofos profissionais, são poucos os que leem Espinosa depois que saem da universidade. Estava achando que, a essa altura, com a sua nova profissão e todos esses acontecimentos que têm abalado a Europa, você já nem pensasse mais no velho Benedictus. E aí, o que achou do livro?

— Lúcido, corajoso, inteligente. É uma crítica devastadora ao judaísmo e ao cristianismo, ou, como diz o meu amigo Hitler, "o grande embuste religioso". Entretanto questiono as ideias políticas de Espinosa. Ele é sem dúvida ingênuo na defesa que faz da democracia e da liberdade individual. Veja aonde essas noções nos levaram, aqui, na Alemanha de hoje. Ele parece quase estar pregando o sistema americano, e todos sabemos que os Estados Unidos estão caminhando... para se tornar um desastroso país formado por uma semirraça mulata.

Alfred calou-se por uns instantes e os dois homens saborearam os últimos pedaços da torta, um verdadeiro luxo em tempos assim tão magros.

— Mas fale-me mais sobre a *Ética* — retomou ele. — Foi *esse* livro que deu a Goethe tanta tranquilidade e capacidade de percepção... O livro que ele carregou no bolso durante um ano inteiro. Lembra que se ofereceu para ser o meu guia, para me ajudar nessa leitura?

— Lembro, e a oferta permanece de pé. Só espero estar à altura dessa tarefa, pois tenho ocupado demais a cabeça com as pequenas e as grandes questões da minha profissão. Desde que nos vimos na Estônia, não pensei em Espinosa. Por onde começar? — indagou Friedrich, fechando os olhos. — Estou me transportando para a minha época de universidade e ouvindo as aulas do meu professor de filosofia. Lembro-me de tê-lo ouvido dizer que Espinosa era uma figura proeminente na história da intelectualidade. Que ele era um solitário que havia sido excomungado pelos judeus; um homem cujos livros haviam sido proibidos pelos cristãos, e que mudara o mundo. Segundo afirmava, foi Espinosa que introduziu a era moderna; o Iluminismo e o surgimento das ciências naturais haviam começado com ele. Alguns o consideravam o primeiro ocidental a viver absolutamente sem religião. Lembro que o seu pai declarava publicamente o desprezo que tinha pela igreja. Eugen me contou que ele se recusava a pôr os pés ali, mesmo na Páscoa e no Natal. É verdade? — perguntou, fitando o seu interlocutor nos olhos.

— É — replicou Alfred, assentindo também com um gesto.

— Então, de certa forma, o seu pai tinha uma dívida com Espinosa. Antes dele, uma postura assim tão abertamente contrária à religião seria impensável. E você percebeu muito bem o papel que ele desempenhou com relação ao surgimento da democracia nos Estados Unidos. A Declaração de Independência norte-americana se inspirou no pensamento do filósofo britânico John Locke, que, por sua vez, se inspirou em Espinosa. Vejamos... O que mais? Ah, sim. Lembro que o meu professor de filosofia enfatizava particularmente a adesão de Espinosa à imanência. Sabe o que isso significa?

Alfred pareceu hesitar, e abriu as mãos espalmadas como que em dúvida.

— Ela se opõe à "transcendência". Refere-se à ideia de que essa existência terrena é tudo o que existe; que as leis da natureza regem todas as coisas e que Deus é inteiramente equivalente à Natureza. O fato de Espinosa negar a existência de qualquer vida futura teve uma importância capital para a filosofia que veio depois dele, pois isso significava que toda a ética, todo o código de sentido da vida e de comportamento precisam começar com *este* mundo e *esta* existência — disse Friedrich, e, depois de uma pausa, prosseguiu: — É tudo que me ocorre... Ah, sim, uma última coisa: segundo o meu professor, Espinosa foi o homem mais inteligente que já existiu.

— Entendo perfeitamente essa afirmação. Quer se concorde ou não com ele, Espinosa é nitidamente brilhante. Tenho certeza de que Goethe, Hegel e todos os nossos grandes pensadores reconheceram isso.

E, no entanto, como tais ideias podem ter vindo de um judeu? Era o que Alfred pretendia acrescentar, mas se conteve. Talvez os dois estivessem tomando o cuidado de evitar o assunto que levou a tanta animosidade no último encontro que tiveram.

— E você ainda tem o seu exemplar da *Ética*, Alfred?

O cozinheiro se aproximou e lhes serviu chá.

— Você está se atrasando por nossa causa? — indagou o médico ao ver que eram os últimos clientes que restavam ali na sala.

— Não, não, dr. Pfister. Tenho muito serviço a fazer. Ainda vou ficar por aqui algumas horas.

— Ainda tenho, sim — respondeu Alfred depois que o homem se afastou. — Mas há anos que não abro aquele livro.

Friedrich soprou o chá e tomou um gole.

— Acho que está na hora de começar a lê-lo — disse, voltando-se novamente para Alfred. — É uma leitura difícil. O curso que tive sobre esse livro durou um ano inteiro e, muitas vezes, nas aulas, passávamos uma hora discutindo uma única página. Sugiro que você vá bem devagar. É um texto incrivelmente rico e aborda praticamente todos os aspectos importantes da filosofia: a virtude, a liberdade, o determinismo, a natureza de Deus, o bem e o mal, a identidade pessoal, a relação mente-corpo. Talvez só a *República*, de Platão, tenha uma envergadura assim tão ampla.

O médico voltou a olhar para a sala vazia.

— Apesar da resposta tão gentil de Herr Steiner — observou ele —, acho que, ficando aqui, nós o estamos atrasando. Vamos até o meu quarto.

Lá posso reavivar a minha memória dando uma rápida olhada nas minhas anotações sobre Espinosa e pegar o endereço de Eugen para você.

O quarto, no dormitório dos médicos, era espartano, contendo apenas uma estante, uma escrivaninha, uma cadeira e uma cama muito bem-arrumada. Friedrich ofereceu a cadeira ao convidado e lhe entregou o seu exemplar da *Ética* enquanto, sentado na cama, começou a remexer numa velha pasta de anotações.

— Bom, alguns comentários gerais — principiou ele, dez minutos depois. — Mas, em primeiro lugar, e isso é importante, não desanime diante do estilo geométrico. Não acredito que nenhum leitor tenha achado esse texto agradável. Parece até Euclides, com definições precisas, axiomas, proposições, provas e corolários. É terrivelmente difícil de ler, e ninguém sabe ao certo por que ele teria optado por escrever desse jeito. Lembro que você disse que desistiu de tentar porque ele parecia impenetrável, mas eu lhe peço que insista. O meu professor duvidava que Espinosa pensasse efetivamente dessa forma; a seu ver, ele devia considerá-la um precioso instrumento pedagógico. Talvez este tenha lhe parecido o meio natural de apresentar a sua ideia fundamental de que nada é contingente, que tudo na Natureza é ordenado, compreensível e exigido por outras causas para ser exatamente o que é. Ou talvez ele quisesse que a lógica imperasse no seu texto: assim, ele próprio ficaria inteiramente invisível, deixando que as suas conclusões fossem sustentadas pela lógica, e não por recursos de retórica ou de autoridade, nem preconcebidas a partir da sua bagagem judaica. Queria que a obra fosse julgada como são julgados os textos matemáticos: pura e simplesmente pela lógica do seu método.

Friedrich pegou o livro das mãos de Alfred e começou a folheá-lo.

— Ele é dividido em cinco partes — observou. — "Deus", "A natureza e a origem da mente", "A origem e a natureza dos afetos", "A servidão humana ou a força dos afetos", "A potência do intelecto ou a liberdade humana". A quarta seção, "A servidão humana ou a força dos afetos", é a que mais me interessa porque tem mais relevância para a minha área profissional. Ainda agora, eu lhe disse que não tinha mais pensado em Espinosa desde a última vez que nos encontramos, mas, enquanto conversávamos, percebi que não era verdade. Com muita frequência, quando estou lendo alguma coisa, assistindo a alguma palestra sobre psiquiatria ou falando com pacientes, fico pensando na influência, tão pouco valorizada, que ele exerceu sobre esse campo. E a quinta seção, "A potência do intelecto ou a liberdade humana" também é relevante para o meu trabalho e deve interessar a você também. Acho que foi a parte que mais serviu a Goethe.

"Algumas reflexões sobre as duas primeiras partes — prosseguiu Friedrich, dando uma olhada no relógio de pulso. — Para mim, são as mais difíceis e mais obscuras, e nunca consegui entender todos os conceitos. A questão principal é que tudo no universo é uma única substância eterna, a Natureza ou Deus. E nunca esqueça que ele usa esses dois termos indiferentemente."

— Todas as páginas estão repletas de menções a "Deus"? — indagou Alfred. — Achava que ele não era religioso...

— Há muita controvérsia a esse respeito. Muitos dizem que ele era panteísta. O meu professor preferia chamá-lo de "ateu dissimulado", que usava muitas vezes o termo "Deus" para estimular os leitores do século XVII a prosseguirem com a leitura. E para impedir que tanto o livro quanto o seu autor fossem condenados às chamas. Uma coisa, porém, é certa: ele não usa essa palavra no seu sentido convencional. Critica a ingenuidade da afirmação humana de que somos feitos à imagem de Deus. Em algum lugar, na sua correspondência, acho eu, ele diz que se os triângulos pudessem pensar criariam um deus triangular. A seu ver, todas as versões antropomórficas de Deus não passam de meras invenções supersticiosas. Para Espinosa, a Natureza e Deus são sinônimos; poderíamos dizer que ele naturaliza Deus.

— Até agora não ouvi nada relacionado à ética.

— Para isso, tem que chegar às seções quatro e cinco. Primeiro, ele estabelece que vivemos num mundo determinista repleto de obstáculos ao nosso bem-estar. O que quer que aconteça é fruto das imutáveis leis da natureza e nós, que somos parte da natureza, estamos sujeitos a essas leis deterministas. Além do mais, a natureza é infinitamente complexa. Como ele diz, a natureza tem uma quantidade indefinida de modos ou atributos e nós, seres humanos, só podemos apreender dois deles: as ideias e a essência material.

Alfred fez ainda umas poucas perguntas sobre a *Ética*, mas Friedrich percebeu que ele parecia estar fazendo um esforço para manter aquela conversa. Escolhendo com todo o cuidado o momento adequado, o médico arriscou uma observação.

— Acho maravilhoso relembrar e discutir Espinosa com você, Alfred. Mas quero ter certeza de que não estou deixando passar nada de importante. Como terapeuta, aprendi a dar atenção às intuições que me passam pela cabeça, e tenho uma intuição com relação a você.

Alfred ergueu as sobrancelhas e ficou na maior expectativa.

— Tenho a impressão de que você não veio aqui apenas para falar de Espinosa; veio por outro motivo qualquer.

Diga a verdade, pensou Rosenberg com seus botões. *Fale da sua rigidez. Da sua dificuldade para dormir. Do fato de não se sentir amado. Da sensação de ser sempre um estranho e de nunca fazer parte de seja lá o que for.* Em vez disso, porém, replicou:

— Não, foi ótimo encontrar com você, retomar o contato, aprender mais sobre Espinosa... Afinal, não deve ser lá muito comum alguém topar assim com um orientador para ler esse filósofo. E mais: ainda tenho uma ótima matéria para o jornal. Se puder me arranjar mais algumas informações médicas sobre o tal "choque da granada", vou escrever o texto na viagem de trem para Munique e publicá-lo no número que sai na semana que vem. Mando um exemplar para você.

Friedrich foi até a escrivaninha e começou a procurar numa pilha de periódicos.

— Há um bom artigo aqui, na *Revista de doenças nervosas*. Pode levar com você e, quando tiver terminado, me devolver pelo correio. E tome também o endereço de Eugen.

Quando Alfred, com certa relutância, começou a se levantar bem devagar, Friedrich decidiu fazer uma última tentativa, lançando mão de outro estratagema que tinha aprendido com o seu analista e que utilizara inúmeras vezes com os seus pacientes. Aquilo raramente falhava.

— Fique ainda um pouco, Alfred. Queria lhe fazer uma última pergunta. Na verdade, queria lhe pedir que imaginasse algo. Feche os olhos e imagine que está indo embora agora mesmo. Imagine que está pondo fim à nossa conversa e, depois, imagine-se sentado no trem para o longo trajeto até Munique. Quando chegar a esse ponto, me avise.

Alfred fechou os olhos e não tardou a assentir com um aceno.

— Agora, preste atenção ao que gostaria que você fizesse. Relembre a nossa conversa desta noite e faça a si mesmo estas duas perguntas: há alguma coisa que eu lamente com relação à minha conversa com Friedrich? Há questões importantes que não levantei?

Alfred continuou ali, de olhos fechados. Depois de um bom momento de silêncio, fez que sim com a cabeça, num gesto lento.

— Bom, tem *uma* coisa...

CAPÍTULO 23

AMSTERDÃ — 27 DE JULHO DE 1656

BENTO SE VIROU ao ouvir chamarem o seu nome e se deparou com Franco desgrenhado, aos prantos. O rapaz se jogou de joelhos, baixando a cabeça até a testa tocar o chão.

— Franco! O que está fazendo aqui? E o que está fazendo aí no chão?

— Eu precisava vê-lo, alertá-lo, implorar o seu perdão. Perdoe-me, por favor. Deixe que eu me explique.

— Levante-se, Franco. Podem vê-lo falando comigo, é perigoso. Estou indo para casa. Siga-me a alguma distância, e, ao chegar lá, entre direto, sem bater. Antes, porém, certifique-se de que ninguém esteja vendo.

Poucos minutos depois, no escritório de Bento, o rapaz prosseguiu com a sua história, a voz trêmula.

— Acabo de sair da sinagoga. Os rabinos o amaldiçoaram. Perversos, isso é o que foram. Entendi tudo porque eles traduziram para o português. Nunca imaginei que fossem ser tão cruéis. Ordenaram que ninguém falasse com você, ou olhasse para você, ou...

— Foi por isso que eu disse que era arriscado ser visto comigo.

— Então já sabia? Como? Estou acabando de sair da sinagoga. Saí correndo assim que terminou a cerimônia.

— Eu sabia que isso ia acontecer. Era o que se prenunciava.

— Mas você é bom. Ofereceu-se para me ajudar. E ajudou mesmo. E veja o que lhe fizeram. Tudo por minha culpa — disse o jovem, caindo mais uma vez de joelhos, segurando a mão de Bento e levando-a à testa. — Foi uma crucificação e sou o Judas. Eu o traí.

Conseguindo soltar a mão, Bento a pousou na cabeça de Franco por um instante.

— Levante-se, por favor. Tenho algumas coisas para lhe dizer. Acima de tudo, tem de se convencer de *que não foi culpa sua*. Eles estavam procurando um pretexto.

— Não. Tem umas coisas que você ignora. Chegou a hora: preciso confessar. Nós o traímos, Jacob e eu. Fomos procurar os membros do *parnassim* e Jacob lhes contou tudo que você tinha nos dito. E eu não fiz nada para impedi-lo. Fiquei parado ali, ouvindo-o falar e assentindo com a cabeça. E cada gesto desses cravava um prego na sua cruz. Mas eu precisava agir assim. Não tinha escolha... Acredite, eu não tinha escolha.

— Sempre existe uma escolha, Franco.

— Belas palavras... Mas não é verdade. A vida real é muito mais complicada que isso.

Espantado, Bento fitou o rapaz por um bom momento. Algo nele havia mudado.

— O que não é verdade?

— O que fazer quando nos confrontamos com apenas duas escolhas possíveis, e ambas são fatais?

— Fatais?

— O nome Duarte Rodriguez lhe diz alguma coisa? — indagou Franco, evitando fitar o seu interlocutor.

— É o homem que tentou roubar a minha família — respondeu Bento. — O homem que não precisava de nenhuma proclamação dos rabinos para me odiar.

— Ele é meu tio.

— Eu sei, Franco. O rabino Mortera me disse isso ontem.

— E ele lhe disse que o meu tio me deu duas opções? Se eu concordasse em traí-lo, ele me tiraria lá de Portugal e, depois que eu tivesse cumprido o trato, mandaria imediatamente um navio para salvar a minha mãe, a minha irmã e a minha tia, a mãe de Jacob. Elas estão escondidas e correm grande perigo por causa da Inquisição. Se eu recusasse, ele as deixaria em Portugal.

— Compreendo. Você fez a escolha certa. Salvou a sua família.

— Mesmo assim, isso não apaga a minha vergonha. Estou pretendendo voltar diante do *parnassim* tão logo a minha família esteja a salvo e confessar que nós o provocamos para dizer as coisas que você disse.

— Não! Não faça isso, Franco. O melhor que você pode fazer por mim agora é se calar.

— Calar?

— É melhor para mim. Para todos nós.

— Melhor *como*? Nós armamos uma *cilada* para você dizer o que disse.

— Isso não é verdade. Eu disse tudo por livre e espontânea vontade.

— Não! Você estava sendo bondoso comigo, estava tentando aplacar o meu sofrimento. Continuo a me sentir culpado. Aquilo tudo foi uma farsa; foi tudo planejado. Eu pequei. Eu o enganei. E lhe causei um grande mal.

— Você não me enganou, Franco. Eu *sabia* que vocês iam testemunhar contra mim. Falei abertamente de propósito. *Queria* que vocês fossem lá depor. Eu é que sou culpado de fraude nessa história.

— *Você?*

— Isso mesmo. Eu me aproveitei de você. E o que é ainda pior: fiz isso apesar de desconfiar de que nós dois pensamos da mesma forma.

— E tem toda razão. Mas isso só agrava a minha culpa. Enquanto Jacob ia relatando as suas opiniões diante do *parnassim*, fiquei calado quando, na verdade, deveria ter gritado a plenos pulmões: "Concordo com Baruch Espinosa. As opiniões dele são também as minhas."

— Agindo assim, só teria conseguido o pior de todos os mundos. O seu tio ia se vingar, a sua família correria perigo, eu não deixaria de ser excomungado e o *parnassim* o teria excomungado junto comigo.

— Baruch Espinosa...

— Bento, por favor. Agora já não existe mais nenhum Baruch Espinosa.

— Está certo. *Bento*. Você é um enigma, Bento Espinosa. Nada do que aconteceu hoje faz sentido. Responda a uma pergunta bem simples: se queria deixar esta comunidade, por que não a deixou por livre e espontânea vontade? Por que atrair para si mesmo tamanha catástrofe e tanta desgraça? Por que não ir embora pura e simplesmente? Ir para outro lugar qualquer?

— Ir para onde? Pareço holandês? Um judeu não pode simplesmente desaparecer. E pense nos meus irmãos. Pense como seria difícil deixá-los e, depois, viver optando permanecer longe deles. Foi melhor assim. E foi melhor também para a minha família. Agora, eles não vão mais precisar passar o tempo todo escolhendo não falar mais com o irmão. O *cherem* dos rabinos tomou a decisão por mim e por eles, e de uma vez por todas.

— Está me dizendo que é melhor entregar o seu próprio destino nas mãos dos outros? Que é melhor não escolher, mas levar os outros a escolherem por você? Mas não me disse, ainda agora mesmo, que existe sempre uma escolha?

Chocado, Bento voltou a fitar aquele Franco tão diferente... Um Franco que pensava, que expressava esses pensamentos, e que nada tinha a ver com aquele outro, tímido e bronco, dos primeiros encontros.

— Há muita verdade no que está dizendo — replicou ele. — O que o levou a pensar assim?

— O meu pai, aquele que foi queimado pela Inquisição, era um homem sábio. Antes de ter sido obrigado a se converter, era o principal rabino e conselheiro da nossa comunidade. Mesmo depois de nos tornarmos cristãos, os moradores da aldeia continuavam a vir procurá-lo para discutir problemas sérios de suas vidas. Volta e meia, eu me sentava junto dele, e acabei aprendendo muito sobre culpa, vergonha, escolhas e dor.

— Você, filho de um rabino sábio? Então, nas vezes em que nos encontramos, você escondeu o conhecimento que tinha e as suas verdadeiras ideias. Quando falei sobre as palavras da Torá, fingiu desconhecê-las.

— Já admiti que estava ali para enganá-lo — disse o rapaz, baixando a cabeça. — Mas, na verdade, *sou mesmo* ignorante no que se refere à cultura judaica. O meu pai, na sua sabedoria e em seu amor por mim, quis que eu não fosse educado dentro das nossas tradições. Para nos mantermos vivos, tínhamos de ser cristãos. Deliberadamente, ele não me ensinou nada da língua hebraica e dos nossos costumes, pois os inquisidores eram espertos e peritos em detectar os mínimos vestígios de judaísmo.

— E o seu rompante sobre a loucura das religiões? Também foi fingimento?

— De jeito nenhum! O plano de Jacob era efetivamente que eu expressasse uma profunda dúvida quanto à religião para encorajá-lo a soltar a língua. Mas era um papel bem fácil: nunca ator algum recebeu um papel tão fácil assim. Na verdade, Bento, senti um grande alívio quando proferi aquelas palavras. Até então, sempre tinha escondido os meus sentimentos. Quanto mais dogmas e milagres cristãos eu tinha de aprender, mais me dava conta de que tanto a fé cristã quanto a judaica são baseadas em fantasias sobrenaturais e pueris. Mas nunca pude dizer isso ao meu pai. Não podia feri-lo desse jeito. E, então, ele foi assassinado por esconder páginas da Torá que, acreditava ele, continham as próprias palavras de Deus. Mais uma vez, eu não pude dizer nada. Ouvir as suas ideias foi algo tão liberador que a minha sensação de estar fingindo diminuiu, embora a minha sincera concordância com você estivesse sendo posta a serviço desse engano. Um paradoxo bem complexo.

— Compreendo perfeitamente. Durante a conversa que tivemos, também me senti radiante por poder finalmente dizer a verdade sobre as minhas convicções. Saber que Jacob estava ficando chocado não me demoveu em absoluto. Muito pelo contrário: confesso que tive até prazer em chocá-lo, mesmo sabendo que tudo aquilo teria as mais sombrias consequências.

Ambos se calaram. Aquela sensação angustiante de isolamento absoluto que Bento havia experimentado quando Manny, o filho do padeiro, fingiu não vê-lo estava começando a se desvanecer. Esse encontro com Franco, esse momento de honestidade o tocou e aqueceu o seu coração. Como era do seu feitio, não se deteve por muito tempo nos sentimentos, mas logo tratou de assumir o papel de observador e examinar a própria mente, percebendo especialmente a serenidade que o invadia por inteiro. Nem mesmo a plena consciência da natureza fugaz daquela sensação impedia o prazer que ela lhe proporcionava. Ah, a amizade! Então essa é a *argamassa* que mantém as pessoas unidas: esse calor, esse estado de espírito que dissipa a ideia de solidão. Tendo tantas dúvidas, tantos temores e revelando tão pouco, Bento experimentara a amizade pouquíssimas vezes na vida.

— Está indo embora hoje mesmo? — perguntou Franco, rompendo o silêncio ao perceber a bagagem de Espinosa.

Este fez que sim com a cabeça.

— Para onde? O que vai fazer? Como vai se manter?

— Tenho a esperança de estar começando uma vida que me permita me dedicar à contemplação. No ano passado, fui aprendiz de um fabricante de lentes da cidade e sou capaz de fazer lentes para óculos e, o que é mais do meu interesse, para instrumentos ópticos, tanto telescópios quanto microscópios. Não preciso de muito para viver e devo conseguir me manter com facilidade.

— Vai ficar aqui, em Amsterdã?

— Por enquanto. Na casa de Franciscus van den Enden, que leciona numa academia perto do canal Singel. Mais tarde, talvez me mude para uma comunidade menor, onde poderei prosseguir com os meus estudos num local mais tranquilo.

— Vai ficar sozinho? Suponho que o estigma da excomunhão vá manter os outros a distância.

— Pelo contrário. Sendo um judeu excomungado vou ter mais facilidade para viver entre os gentios. Talvez principalmente por ser definitivamente excomungado, e não apenas um renegado que só deseja a companhia deles.

— Então, esse foi mais um motivo para você aceitar o *cherem* de bom grado?

— Admito que sim. Mas não só: tenho planos de escrever e talvez as obras de um judeu excomungado, e não de um membro da comunidade judaica, tenham mais chances de ser lidas pelo mundo afora.

— Tem certeza?

— É pura especulação, mas travei relações com vários colegas que pensam como eu e que insistem que eu ponha as minhas ideias por escrito.

— Eles são cristãos?

— São, mas de um tipo diferente daqueles católicos fanáticos da Península Ibérica que ambos conhecemos. Eles não acreditam no milagre da ressurreição, no fato de se beber o sangue de Jesus durante a missa nem defendem que aqueles que pensam diferente sejam queimados vivos. São cristãos liberais, que se autodenominam colegiantes e pensam por si mesmos, sem depender de padres ou de igrejas.

— Então, está planejando se converter e se tornar um deles?

— De jeito nenhum. Pretendo levar uma vida religiosa sem interferência de qualquer religião. Acredito que todas as religiões, o catolicismo, o protestantismo, o islamismo, bem como o judaísmo, simplesmente bloqueiam a nossa visão das verdades religiosas cruciais. A minha esperança é que, um dia, haja um mundo sem religiões; um mundo com uma religião universal em que todos os indivíduos usem a própria razão para experimentar e venerar Deus.

— Quer dizer que você deseja o fim do judaísmo?

— Desejo o fim de *todas* as tradições que interferem no direito que cada um tem de pensar por si próprio.

— Você é tão radical, Bento... — observou Franco, depois de alguns minutos de silêncio. — Chega a ser assustador. Perco até o fôlego só de imaginar que, depois de sobreviver por milhares de anos, a nossa tradição devesse morrer.

— Devemos dar valor às coisas por elas serem verdadeiras, e não por serem antigas. As nossas religiões nos aprisionam insistindo que, se abandonarmos a tradição, estaremos desonrando todos os fiéis que jamais existiram. E se acaso um dos nossos antepassados sofreu algum martírio, estaremos ainda mais aprisionados por nos sentirmos compelidos a perpetuar as crenças de tal mártir, embora sabendo que elas são repletas de erros e de superstições. No seu íntimo, não sente um pouco isso em consequência do martírio do seu pai?

— Claro. Como se, negando exatamente aquilo pelo que ele morreu, eu estivesse tornando a vida dele algo sem sentido.

— Mas também não seria inteiramente sem sentido dedicar a única vida que você tem a um sistema falso e supersticioso, um sistema que elege apenas um povo e exclui todos os outros seres humanos?

— Você força demais a minha mente, Bento Espinosa. Um pouco mais e ela vai se estilhaçar. Nunca ousei refletir sobre coisas assim. Não posso me imaginar vivendo sem pertencer à minha comunidade, ao meu próprio grupo. Como pode ser tão fácil para você?

— Fácil? Não, não é nada fácil, mas é menos difícil quando os nossos entes queridos já morreram. A minha excomunhão definitiva me impõe agora a tarefa de reformular toda a minha identidade e aprender a viver sem ser judeu, cristão ou membro de qualquer outra religião. Talvez eu seja o primeiro homem dessa espécie.

— Cuidado! É possível que a sua excomunhão definitiva não seja tão definitiva assim. Aos olhos dos outros, talvez não possa se dar ao luxo de não ser judeu. O que sabe sobre as *límpiezas de sangre*, Baruch?

— As leis ibéricas do sangue? Não muito. Só sei que foram promulgadas na Espanha para impedir que judeus convertidos conquistassem um poder excessivo.

— Segundo disse o meu pai, tudo começou com Torquemada, o grande inquisidor, que, há duzentos anos, convenceu a rainha Isabel que a mácula judaica permanecia no sangue apesar da conversão ao cristianismo. Uma vez que o próprio Torquemada tinha antepassados judeus na quarta geração, ele traçou a linhagem que determinou as leis do sangue a partir da terceira geração. Assim, indivíduos recém-convertidos ou até aqueles cujos antepassados tinham se convertido há duas ou três gerações permaneciam sob suspeita e eram impedidos de ter acesso a diversas carreiras: na igreja, no Exército e também em muitas corporações e cargos civis.

— Essas crenças obviamente falsas, como tal determinação das "três, mas não quatro gerações", são nitidamente inventadas para beneficiar aquele que as inventou. Como acontece com os pobres da terra, as falsas crenças sempre existirão entre nós, e a sua subsistência escapa ao meu controle. Atualmente, venho lutando para me importar apenas com as coisas que posso controlar.

— Tais como?

— Acredito que exerço efetivo controle sobre uma única coisa: o progresso do meu entendimento.

— Adoraria lhe dizer algo que sei que é impossível, Bento.

— Mas não é impossível de dizer?

— Sei que é impossível, mas queria ir com você! As suas ideias são notáveis e sei que ainda vai ter outras mais notáveis ainda. Queria segui-lo, ser seu discípulo, seu criado, participar dos seus próximos passos, ser copista dos seus manuscritos, tornar a sua vida um pouco mais fácil.

Bento ficou calado por alguns instantes. Depois, sorriu, balançando a cabeça.

— É muito agradável ouvi-lo dizer isso. É até mesmo tentador. Vou responder tanto de dentro, quanto de fora. Primeiro, de dentro. Embora eu deseje e insista em levar uma vida solitária para prosseguir com as minhas meditações, sinto que há outra parte de mim que deseja o convívio com outras pessoas. Às vezes, sou capaz de mergulhar num desejo incrivelmente intenso de experimentar aquelas velhas sensações de ser acolhido e apoiado por uma família amorosa. Essa parte de mim, essa parte desejosa, recebe com a maior alegria o seu próprio desejo, me dá vontade de abraçá-lo e dizer "Sim, sim, sim!"

"Ao mesmo tempo, porém, outra parte de mim, a minha parte mais forte e mais elevada, clama por liberdade. Sofro ao pensar que o passado já se foi e nunca mais vai voltar. Sofro ao pensar que todos aqueles que me aninharam estão mortos, e também detesto essa dor que me entrava e me retém. Não posso intervir em nada nos acontecimentos passados, mas decidi evitar ligações intensas no futuro. Jamais voltarei a me deixar envolver por esse desejo infantil de ser acarinhado. Entende?"

— Claro. Entendo perfeitamente.

— Essa é a resposta interior. Agora, vou lhe dar a resposta exterior. Presumo que você usou o termo "impossível" referindo-se à impossibilidade de abandonar a sua família. Se eu estivesse no seu lugar, também acharia tal coisa impossível. Acho bem difícil abandonar o meu irmão caçula. A minha irmã tem a sua própria família e, por isso, não me preocupa tanto. Mas, Franco, não é apenas a sua família que o impede de vir junto comigo. Existem outros obstáculos. Ainda agora mesmo, você me disse que não conseguia imaginar a vida sem uma comunidade. Já o meu caminho é de solidão e não deseja outra comunidade que não seja a absoluta absorção em Deus. Jamais me casarei. Mesmo que deseje me casar, isso não será possível. Como um solitário, posso conseguir viver sem qualquer filiação religiosa, mas duvido que, mesmo a Holanda, o país mais tolerante do mundo, permita que um casal viva nessas condições e crie os seus filhos sem pertencerem a nenhum credo religioso. E, na minha vida solitária, não há lugar para tios ou primos, celebrações festivas em família, almoços de Páscoa ou Rosh Hashanah. Nela só cabe a solidão.

— Compreendo, Bento. Compreendo que sou mais gregário e talvez mais carente. A sua extraordinária autossuficiência me deixa fascinado. Você não parece querer companhia ou precisar de ninguém.

— Já me disseram isso tantas vezes que estou até começando a acreditar. Não é que eu não goste da companhia dos outros. Agora mesmo, Franco, estou tendo muito prazer nessa conversa com você. Mas você tem razão, uma vida social não é algo essencial para mim. Ou, pelo menos, não tanto quanto para outras pessoas. Lembro que os meus irmãos ficavam chateados quando não eram convidados para algum evento com os seus amigos. Esse tipo de coisa jamais me afetou, por menor que fosse.

— É verdade — assentiu Franco. — Eu não poderia viver do seu jeito. Para mim, isso é algo inteiramente estranho. Mas pense na minha outra opção, Bento. Cá estou eu, um homem que compartilha tantas das suas dúvidas e dos seus desejos de viver sem superstições, e, mesmo assim, destinado a sentar nos bancos da sinagoga, rezando para um Deus que não me ouve, seguindo um ritual idiota, vivendo como hipócrita, abraçando uma vida desprovida de sentido. É isso que me resta? A vida é isso? Não serei empurrado para uma vida solitária, mesmo estando no meio de uma multidão?

— Não, Franco. A perspectiva não é tão sombria assim. Há muito tempo venho observando esta comunidade, e você terá como viver aqui. A cada dia, chegam a Amsterdã mais e mais cristãos-novos vindos de Portugal e da Espanha, e, sem dúvida, muitos deles desejam ardentemente resgatar as suas raízes judaicas. Já que nenhum deles teve uma educação tradicional, todos precisam começar a aprender o hebraico e as leis judaicas, como se fossem crianças, e o rabino Mortera trabalha dia e noite para trazê-los de volta para o judaísmo. Muitos vão emulá-lo e tornar-se mais religiosos que o rabino, mas, acredite no que lhe digo, haverá outros como você que, em virtude da conversão forçada ao cristianismo, sentem-se desvinculados de qualquer religião e vão integrar a comunidade judaica sem nenhum fervor religioso. Você vai encontrá-los, se procurar, Franco.

— Mesmo assim, será o fingimento, a hipocrisia...

— Deixe que eu lhe fale um pouco sobre as ideias de Epicuro, um sábio, um pensador da Grécia antiga. Ele acreditava, como qualquer pessoa racional, que não existe nenhum mundo por vir e que devemos levar a nossa vida da forma mais pacífica e alegre possível. Qual é o propósito da vida? A sua resposta era que devemos tentar atingir a *ataraxia*, termo que poderia ser traduzido por "serenidade" ou "liberdade das aflições emocionais". Ele sugeria que as necessidades de um homem sábio são bem poucas e podem ser facilmente satisfeitas, ao passo que as pessoas com uma ambição implacável de poder ou riqueza, talvez como o seu tio, nunca atingem a *ataraxia* porque os desejos acarretam mais desejos. Quanto mais desejos você tem, mais esses desejos o dominam. Quando pensar em criar uma vida aqui, lembre-se de procurar atingir a *ataraxia*. Inclua-se na parte da comunidade que lhe crie menos tensões. Case-se com alguém que tenha sentimentos semelhantes aos seus: vai encontrar muitas convertidas que, como você, vão aderir ao judaísmo apenas pelo conforto de pertencer a uma comunidade. E, se o resto dessa comunidade, algumas vezes por ano, cumpre um ritual de orações, então reze com eles, sabendo que só está fazendo isso em nome da *ataraxia*, para evitar o transtorno e a tristeza da não participação.

— Isso não é justo... Quer dizer que *eu* devo me contentar com a *ataraxia* enquanto *você* procura atingir algo muito mais além? Ou também está buscando a *ataraxia*?

— Esta é uma pergunta difícil. Creio que... — De repente, soaram os sinos da igreja. Bento se deteve um instante, à escuta, e olhou a sua bagagem arrumada. — Infelizmente, o tempo para a reflexão é breve — prosseguiu ele. — Tenho de ir andando, antes que as ruas fiquem muito movimentadas. Mas, rapidamente: não escolhi a *ataraxia* como meta; na verdade, tracei como objetivo aperfeiçoar a minha razão. No entanto, talvez a meta seja a mesma, embora o método seja outro. A razão está me fazendo chegar à extraordinária conclusão de que tudo no mundo é uma única substância, substância esta que é a Natureza, ou, se preferir, Deus. E que tudo, sem exceção, pode ser compreendido à luz da lei natural. À medida que vou atingindo maior clareza quanto à natureza da realidade, consigo, vez por outra, sabendo que não passo de uma ondulação na superfície de Deus, experimentar um estado de alegria ou bem-aventurança. Talvez essa seja a minha variante da *ataraxia*. Talvez Epicuro esteja certo aconselhando-nos a procurar a serenidade. Cada pessoa, porém, de acordo com as circunstâncias externas que a cercam, com o pendor natural da sua mente e as suas características mentais internas, deve procurar por isso ao seu próprio modo.

Os sinos voltaram a soar.

— Antes de nos despedirmos, Franco, gostaria de lhe fazer um pedido.

— Pode fazer. Devo-lhe muitíssimo.

— Tudo que lhe peço é silêncio. Hoje eu lhe disse coisas que são ideias ainda não inteiramente desabrochadas. Tenho muita reflexão pela frente. Prometa que toda a nossa conversa de hoje será o nosso segredo. Segredo que não será contado ao *parnassim*, a Jacob, a quem quer que seja. E para sempre.

— Eu lhe prometo que carregarei os seus segredos para o túmulo. O meu pai, que Deus o tenha, me ensinou muito sobre a santidade do silêncio.

— Agora, temos de nos despedir, Franco.

— Espere só mais um instante, Bento Espinosa, pois eu também tenho um último pedido a lhe fazer. Você acaba de dizer que podemos ter metas de vida semelhantes e dúvidas semelhantes, mas que cada um de nós deve trilhar um caminho diferente. Assim, de certo modo, vamos levar vidas diferentes rumando para o mesmo objetivo. Talvez, se o destino e o tempo fizessem um ligeiro desvio e alterassem as nossas circunstâncias externas e o nosso temperamento, você poderia ter levado a minha vida, e eu, a sua. Pois é isto que lhe peço: quero saber da sua vida de vez em quando, mesmo que seja apenas uma vez por ano, ou a cada dois ou três anos. E quero que você saiba como anda a minha vida. Assim, cada um de nós saberá *o que poderia ter acontecido*, como é a vida que poderíamos ter levado. Promete manter contato comigo? Ainda não sei como fazer isso. Mas promete me dar notícias?

— Desejo isso tanto quanto você, Franco. A minha mente tem perfeita clareza da necessidade de deixar o meu lar, mas o meu coração vacila mais do que eu esperava, e acolho com a maior satisfação essa sua instigante proposta de conhecer a minha vida alternativa. Conheço duas pessoas que vão sempre saber do meu paradeiro: Franciscus van den Enden e um amigo, Simão de Vries, que mora no Canal do Singel. Vou dar um jeito de me comunicar com você através deles, por carta ou nos encontrando pessoalmente. Agora, você precisa ir. Tome cuidado para não ser visto.

Franco abriu a porta, espiou lá fora e se foi. Bento deu uma última olhada naquela casa e trocou de lugar o bilhete para Gabriel, deixando-o numa cadeira bem na entrada, pois, assim, o papel ficaria mais visível. Sacola na mão, abriu a porta e saiu para uma nova vida.

CAPÍTULO 24

Berlim — 1922

— Bom... — principiou Alfred, hesitante — Há uma coisa que eu lamentaria não ter conversado com você, mas... humm... Não sei muito bem como dizer. Não consegui tocar no assunto a noite inteira.

Friedrich ficou esperando, com toda a paciência. As palavras do seu supervisor, Karl Abraham, surgiram nítidas na sua mente: "Em caso de impasse, esqueça o conteúdo e dê atenção à resistência. Vai ver que aprenderá muito mais sobre o seu paciente." Com essa ideia em mente, Friedrich decidiu falar:

— Acho que posso ajudá-lo, Alfred. A minha sugestão é a seguinte: por enquanto, simplesmente esqueça *o que* pretendia me dizer. Em vez disso, vamos explorar todos *os obstáculos* que o impedem de tocar no assunto.

— Obstáculos?

— Qualquer coisa que atrapalhe a sua fala. Por exemplo, quais seriam as repercussões disso que você quer me dizer?

— Repercussões? Não sei se estou entendendo.

Friedrich não perdeu a paciência. Sabia que a resistência precisava ser abordada com muito tato e por todas as frentes.

— Vamos tentar desse jeito. Tem algo que você quer me dizer, mas não consegue. Que coisas negativas poderiam acontecer se você falasse? Não esqueça que sou uma parte central disso tudo. Você não está tentando dizer algo num quarto vazio: está tentando dizer isso para *mim*. Certo?

Alfred assentiu, com um aceno de cabeça relutante.

— Então — prosseguiu o médico —, tente imaginar agora que você acabou de me revelar o que tem em mente. Que reação acha que eu vou ter?

— Não sei como você reagiria. Acho que eu ficaria constrangido.

— Mas o constrangimento exige sempre outra pessoa e, hoje, essa pessoa sou *eu*, alguém que o conhece desde que você era uma criancinha.

Friedrich ficou muito orgulhoso do tom gentil da própria voz. As observações do dr. Abraham, recomendando-lhe que parasse de atacar a resistência como um touro bravo estavam surtindo efeito.

— Bom... — Alfred respirou fundo e, então, começou a falar. — Por um lado, você poderia achar que eu o estou explorando ao pedir a sua ajuda. Fico constrangido em lhe pedir os seus serviços profissionais de graça. E também sinto que seria a parte frágil e você, a parte forte.

— Aí está um bom começo, Alfred. Era exatamente o que eu estava tentando dizer. E, agora, posso compreender a sua dificuldade. Tudo isso pode lhe parecer extremamente desigual. Eu tampouco gostaria de me sentir tão em dívida para com alguém. Mas você já me deu algo em troca ao concordar em publicar, para mim, uma matéria no seu jornal.

— Não é a mesma coisa. Você não está recebendo nada do ponto de vista pessoal.

— Está certo, mas, diga-me: acha que eu ficaria chateado por lhe oferecer algo?

— Não sei. Poderia. Afinal, o seu tempo é precioso. Você é pago para fazer isso o dia inteiro.

— E o fato de você ser como alguém da família para mim também é irrelevante?

— Tudo bem. Isso já me alivia um pouco.

— Diga-me, como se sentiu enquanto falávamos de Espinosa, de filosofia? A mim, me pareceu que você estava mais relaxado.

— Verdade. Era diferente. Embora você estivesse me ensinando coisas, tenho sempre a impressão que conversar sobre filosofia é algo que lhe dá prazer.

— Tem razão. Já ouvi-lo falar de si mesmo *não* me daria prazer?

— Não posso imaginar por que motivo isso lhe daria prazer.

— Ouça. É apenas uma suposição. Talvez você tenha sentimentos negativos sobre si mesmo e ache que, abrindo-se com alguém, esse alguém também teria uma impressão negativa de você.

— É possível, acho... — replicou Alfred, meio desconcertado. — Mas, se for esse o caso, não é o motivo principal. Simplesmente não consigo me imaginar dedicando um interesse assim a quem quer que seja.

— Aí está algo que me parece importante, e imagino que dizer isso para mim seja um risco. Agora, diga-me, Alfred: estamos chegando perto daquilo que você lamentaria não ter abordado na nossa conversa de hoje?

— Meu Deus! — exclamou Rosenberg, com um largo sorriso no rosto. — Você é bom nisso *mesmo*, Friedrich! Estamos chegando mais perto. A questão é exatamente esta.

— Fale mais — disse Friedrich, agora relaxado. A essa altura, estava navegando em águas conhecidas.

— Bem, pouco antes de eu viajar, o meu patrão, Dietrich Eckart, me chamou ao seu escritório. Estava simplesmente querendo falar da viagem a Paris, mas eu não sabia disso, e a primeira coisa que ele fez quando entrei na sala foi me censurar por parecer tão preocupado. Depois de me tranquilizar, dizendo-me que o meu trabalho era ótimo, ele sugeriu que seria muito melhor para mim ser um pouco menos diligente, um pouco mais chegado à bebida e aos bate-papos informais.

— E essa declaração atingiu o alvo em cheio.

— Atingiu. Porque é verdade. De uma forma ou de outra, não é a primeira vez que me dizem isso. Até eu mesmo já me disse isso. Mas não consigo me sentar com pessoas que não têm nada na cabeça e ficar conversando sobre ninharias.

Surgiu uma cena na cabeça de Friedrich: o momento, 25 anos antes, em que ele tentou, sem sucesso, carregar Alfred nas costas. Da última vez que se encontraram, tinha descrito aquela situação e acrescentado: "Você não gostava de brincar." Achou fascinante que tais características perdurassem pela vida inteira. Que chance rara de estudar a origem da formação da personalidade! Poderia ser uma descoberta profissional importantíssima. Quem mais tivera a oportunidade de analisar alguém que conhecera em criança? Ainda por cima, tinha conhecido também os adultos importantes para aquele paciente: o pai de Alfred, o seu irmão, uma mãe substituta, a tia Cäcilie, até mesmo o médico do menino. O mesmo ambiente que cercara Alfred lhe era muito familiar — a sua casa, o quintal onde brincavam — e haviam frequentado a mesma escola e tido os mesmos professores. Era uma pena que Alfred não morasse em Berlim, se não poderia lhe propor um processo psicanalítico completo.

— E foi nessa hora, logo depois do comentário de Dietrich Eckart — prosseguiu Alfred —, que decidi procurar você. Sabia que ele tinha razão. Poucos dias antes, havia entreouvido a conversa de dois empregados do jornal a meu respeito. Eles se referiram a mim como a esfinge.

— Como se sentiu então?

— Bom, experimentei sentimentos contraditórios. Não era ninguém importante, só o pessoal que faz a limpeza e as entregas, e em geral não dou a mínima para as opiniões desse tipo de gente. Mas, na hora, aquilo chamou a minha atenção porque eles tinham razão. Sou fechado e tenso, e sei que preciso modificar essa parte de mim se quero ser bem-sucedido no Partido Nacional-Socialista.

— Você falou de "sentimentos contraditórios". O que há de *positivo* em ser uma esfinge?

— Humm, não sei. Talvez seja...

— Espere! Vamos parar um pouco, Alfred. Estou me adiantando. Não é justo com você. Comecei a crivá-lo de perguntas pessoais e, na verdade, não estabelecemos o que estamos fazendo aqui. Ou, para usar os termos técnicos da minha profissão, não definimos o *quadro* da nossa relação, não é mesmo?

— Quadro? — indagou Alfred, espantado.

— Vamos retroceder e chegar a um acordo sobre o que estamos fazendo. Presumo que você queira modificar certas coisas em si próprio através da terapia. É isso mesmo?

— Não sei ao certo o que significa essa terapia.

— É o que estivemos fazendo, e muito bem, nos últimos dez minutos: falando honesta e abertamente sobre as coisas que o preocupam.

— Não há dúvida que desejo modificar algumas coisas em mim. Se for assim, é verdade: quero fazer terapia. Mas também quero trabalhar com você.

— Mas as modificações exigem muitos, muitos encontros, Alfred. Esta noite, estamos apenas tendo uma conversa introdutória e, amanhã, estou viajando para participar de uma conferência psicanalítica por três dias. Estou pensando no futuro. Berlim fica a uma distância considerável de Munique. Não seria mais sensato procurar um psicanalista lá em Munique, já que, assim, poderia vê-lo mais vezes? Posso lhe dar uma ótima indicação...

— Não — replicou Alfred, balançando a cabeça vigorosamente. — Outra pessoa, não. Não tenho a menor chance de confiar em mais ninguém, muito menos em alguém de Munique. Tenho a convicção, uma convicção bem profunda, de que algum dia vou ocupar uma posição de poder neste país. Vou ter inimigos e poderia ser destruído por alguém que conhecesse os meus segredos. Sei que, com você, estou em segurança.

— É verdade. Bom, vamos pensar nas possibilidades de horários... Quando deve voltar a Berlim?

— Não sei ao certo, mas, em muito pouco tempo, o *Völkischer Beobachter* vai se tornar uma publicação diária e teremos mais matérias nacionais e internacionais. No futuro, devo vir a Berlim com certa frequência e espero poder vê-lo para uma ou duas sessões sempre que estiver aqui.

— Vou tentar arrumar um horário para você desde que me avise com alguma antecedência. Quero que saiba que vou manter tudo o que disser aqui em completo e absoluto sigilo.

— Tenho certeza disso. Para mim, é fundamental, e fiquei muito mais tranquilo depois que você se recusou a me dizer qualquer coisa pessoal com relação ao seu paciente, o filho do cozinheiro.

— Fique mesmo tranquilo, pois jamais contarei os seus segredos a quem quer que seja. Ninguém, nem mesmo seu irmão, saberá sequer que você está em terapia comigo. A confidencialidade é um aspecto crucial da minha área, e fiz um juramento quanto a isso.

— Obrigado. Muito obrigado — disse Alfred, batendo no peito, na altura do coração.

— Sabe de uma coisa? — prosseguiu Friedrich. — Talvez você tenha razão. Acho que o nosso trabalho vai funcionar melhor se não existir aquela ideia de desigualdade. Creio que, a partir da próxima sessão, vou lhe cobrar a taxa-padrão. Tenho certeza de que pode arcar com essa despesa. O que acha?

— Perfeito.

— Então, agora, ao trabalho. Vamos continuar. Há alguns minutos, quando estávamos falando sobre a tal conversa em que as pessoas se referiram a você como uma esfinge, você me disse que experimentou sentimentos contraditórios. Gostaria que fizesse associações livres com relação à palavra "esfinge". Ou seja, tente deixar que as ideias lhe venham livremente à cabeça e que você vá dizendo o que lhe ocorre. Não precisa fazer sentido.

— Agora?

— É. São só uns minutinhos.

— Esfinge... deserto, enorme, misterioso, poderoso, enigmático, guarda para si as próprias ideias... perigoso. A esfinge estrangulava todos aqueles que não soubessem decifrar o seu enigma.

Alfred se calou.

— Continue.

— Você sabia que essa raiz grega significava "estrangular", ou apertar? "Esfíncter" tem a mesma origem que esfinge. Todos os esfíncteres do corpo apertam... Com força... Faz pensar em alguma coisa como "enfezado".

— Então — perguntou Friedrich —, quando disse que experimentou sentimentos contraditórios, estava querendo dizer que não gostou de ser considerado tão calado, tão arredio, tão "enfezado", mas gostou de ser chamado de enigmático, misterioso, poderoso, ameaçador.

— É isso mesmo. Exatamente isso.

— Talvez, então, os aspectos positivos, ou seja, o seu orgulho de ser poderoso e misterioso, ou até mesmo perigoso, atrapalhem a vontade de ser mais aberto e conversar com as pessoas. O que significa que você teria de escolher entre se dar mais com as pessoas e se sentir incluído, ou permanecer misterioso, perigoso e ser um excluído.

— Você está tocando no ponto. É tão complexo...

— Se não me engano, você também se sentia excluído quando era mais jovem, não é verdade?

— Vivia sozinho. Não me entrosava em grupo nenhum.

— Mas mencionou também que é muito chegado ao líder do partido, Herr Hitler. Isso deve ser bom. Fale-me dessa amizade.

— Passo boa parte do tempo com ele. Tomamos café, conversamos sobre política, literatura e filosofia. Visitamos galerias e, um dia, no outono passado, fomos à Marienplatz... Conhece?

— Sei. A praça principal de Munique.

— Exatamente. Tem uma luminosidade incrível ali. Armamos os nossos cavaletes e ficamos horas desenhando juntos. Esse dia foi um dos melhores da minha vida. Nossos desenhos saíram bons; trocamos cumprimentos e descobrimos semelhanças no nosso trabalho. Ambos somos fortes nos detalhes arquitetônicos e fracos em termos de figuras humanas. Sempre me perguntei se a minha falta de jeito para desenhar figuras não seria simbólica e fiquei aliviado ao ver que ele tem as mesmas limitações. Com toda a certeza, isso não seria algo simbólico para Hitler: ninguém sabe se relacionar com as pessoas como ele.

— Pelo visto, é uma relação prazerosa. Voltaram a desenhar juntos?

— Ele nunca propôs que o fizéssemos.

— Fale-me de outros bons momentos passados com ele.

— O melhor dia da minha vida aconteceu cerca de três semanas atrás. Hitler me levou para comprar uma escrivaninha nova para o meu escritório. Tinha uma bolsa cheinha de francos suíços. Não sei onde conseguiu aquilo e nunca pergunto nada. Prefiro deixar que ele me conte as coisas na hora que lhe der vontade. Certa manhã, apareceu na sede do *Beobachter* e disse: "Vamos fazer compras. Pode comprar a escrivaninha que quiser. E também tudo que tiver vontade de pôr em cima dela." Passamos, então, duas horas rodando as lojas de móveis mais caras de Munique.

— O melhor dia da sua vida... Isso é interessante. Conte mais.

— Em parte, foi pela empolgação do presente. Imagine alguém chegando para você e dizendo: "Compre a escrivaninha que quiser. O preço não importa." Além disso, ver Hitler dedicar a mim tanto tempo e tanta atenção foi realmente maravilhoso.

— Por que ele é tão importante para você?

— De um ponto de vista prático, ele é o chefe do partido atualmente e o meu jornal é um órgão desse partido. Portanto, ele é o meu verdadeiro patrão. Mas acho que não era por esse prisma que você estava pensando.

— Isso mesmo. Pensei em "importante" num sentido mais pessoal, mais profundo.

— É meio difícil de explicar. Hitler simplesmente provoca essa sensação nas pessoas, em todo mundo.

— Levar você para uma maravilhosa manhã de compras. Parece algo que teria adorado fazer com o seu pai.

— Você conheceu o meu pai! Dá para imaginar alguém como ele me levando para sair e me dando alguma coisa de presente, uma bala que fosse? Eu sei que ele perdeu a esposa, tinha péssima saúde e muitos problemas financeiros. Mesmo assim, nunca ganhei nada dele, absolutamente nada.

— Há muita mágoa nessas palavras.

— Uma vida inteira de mágoas.

— Eu o conheci. E sei que você teve pouquíssima atenção paterna. Além disso, é claro, nem conheceu a sua mãe.

— Tia Cäcilie fez o melhor que pôde. Não a culpo: afinal, ela tinha os seus próprios filhos. Eram ombros demais para abraçar.

— Talvez, então, parte da sua empolgação com Hitler venha do fato de estar finalmente tendo alguma atenção paterna. Que idade ele tem?

— É pouco mais velho que eu. Mas é diferente de qualquer outra pessoa que jamais conheci. Como eu, veio do nada; nasceu numa família modesta, sem qualquer instrução. Durante a guerra, era um simples cabo, embora tenha recebido várias condecorações. Não tem posses, cultura ou formação universitária. Ainda assim, fascina a todos. Não sou apenas eu. As pessoas o cercam. Todos procuram a sua companhia e as suas opiniões. Todos percebem que ele tem um destino à frente, a estrela do futuro da Alemanha.

— Então, você se sente um privilegiado por contar com a companhia dele. A relação entre vocês dois está se transformando em amizade?

— Este é o problema: ela não está se transformando. A não ser naquele dia da escrivaninha, Hitler nunca sai comigo. Acho que gosta de mim, mas não me ama. Nunca me chama para almoçar ou jantar. É mais próximo de outras pessoas. Na semana passada, eu o vi tendo uma conversa particular com Hermann Göring. A cabeça de um quase encostava na do outro, de tão perto que eles estavam. Tinham acabado de se conhecer e, mesmo assim, riam, faziam brincadeiras, andavam de braço dado e davam cutucadas na barriga um do outro, como se fossem amigos de longa data. Por que isso não acontece comigo?

— A frase que você disse ainda agora: "mas não me ama." Pense um pouco sobre isso. Deixe essa ideia circular pela sua mente. E pense em voz alta.

Alfred fechou os olhos.

— Não estou ouvindo nada — disse Friedrich.

Alfred sorriu.

— Amor. Alguém a quem se possa dizer "eu te amo". Só ouvi essas palavras uma vez, quando estava com Hilda em Paris, antes de nos casarmos.

— Você é casado! É mesmo... Tinha praticamente esquecido. É tão raro você mencionar a sua mulher.

— Na verdade, *fui* casado. Acho que, oficialmente, ainda sou. Foi um casamento muito breve, em 1915. Hilda Leesmann. Passamos umas poucas semanas em Paris, onde ela estudava balé, e, no máximo uns três ou quatro meses na Rússia. Foi então que ela apareceu com um quadro grave de tuberculose.

— Que horror! Como o seu irmão e os seus pais. O que aconteceu depois?

— Perdemos o contato por um bom tempo. A última notícia que tive foi que a família dela a tinha levado para um sanatório na Floresta Negra. Nem sei se ainda está viva. Quando você disse "que horror!" me deu um aperto no peito porque *não* é essa a sensação que tenho. Nunca penso nela. E duvido que ela pense em mim. Nós nos tornamos estranhos um para o outro. Lembro que uma das últimas coisas que ela me disse foi que eu nunca perguntava sobre a vida dela, nunca perguntava como tinha sido o seu dia.

— Então — disse Friedrich, olhando para o relógio —, voltamos ao motivo que o levou a me procurar. Começamos com essa história de você não conversar com as pessoas, não demonstrar interesse pelos outros. Depois, tratamos da questão de você gostar de parecer uma esfinge. Voltamos ao seu desejo de ser amado e receber atenção por parte de Hitler e à tristeza causada por vê-lo privilegiar outras pessoas ao passo que você fica de fora, só olhando. E, finalmente, falamos da relação distante entre você e a sua mulher. Vamos olhar um pouco essa coisa de proximidade e distância aqui, comigo. Você disse que se sentia seguro aqui.

Alfred assentiu.

— E como se sente com relação a mim?

— Muito seguro. E muito compreendido.

— E tem a impressão de estar se aproximando? Gostando de mim?

— Tenho, sim. As duas coisas.

— Pois esta é a nossa grande descoberta de hoje. Acho que você *gosta* mesmo de mim e um dos principais motivos para isso é o fato de eu me interessar por você. Estou me lembrando do comentário que você fez mais cedo, sobre achar que não se interessa muito pelos outros. E, no entanto, as pessoas gostam de quem se interessa por elas. Esta é a mensagem mais importante que tenho para você hoje. Vou repetir: *As pessoas gostam de quem se interessa por elas.*

"Trabalhamos bastante hoje. E bem. Foi a nossa primeira sessão e você entrou de cabeça no processo. Lamento, mas, agora, temos de parar, tive um dia longo e a minha energia está no limite. Espero que você volte a me procurar logo logo. Sinto que posso ajudá-lo."

CAPÍTULO 25

AMSTERDÃ — 1658

DURANTE TODO O ano seguinte, Espinosa — que não mais se chamava Baruch, mas Bento (ou, nos seus escritos, Benedictus), como seria doravante conhecido — manteve uma estranha relação noturna com Franco. Quase toda noite, quando ele se deitava na cama de dossel instalada numa pequena mansarda da casa de Van den Enden, esperando ansioso pela chegada do sono, a imagem de Franco surgia em seus pensamentos. Era uma presença tão furtiva e tão regular que, à diferença do que seria de se esperar, Bento jamais tentou entender por que pensava naquele rapaz com tanta frequência.

Em nenhum outro momento, porém, lembrava-se de Franco. Os seus dias eram repletos de tarefas intelectuais que lhe davam uma alegria maior que qualquer outra que já tivesse experimentado. Sempre que se imaginava como um velho mirrado refletindo sobre a própria vida, tinha certeza de que escolheria aqueles dias como os melhores, aqueles dias de amizade com Van den Enden e os outros alunos da academia, dominando o latim e o grego e saboreando os grandes temas do mundo clássico: o universo atomístico de Demócrito, a forma do bem em Platão, o motor imóvel de Aristóteles e a libertação das paixões dos estoicos.

Levava uma vida maravilhosa em sua simplicidade. Concordava inteiramente com a insistência de Epicuro em afirmar que as necessidades humanas são poucas e podem facilmente ser satisfeitas. Precisando apenas de um quarto e uma mesa, alguns livros, papel e tinta, podia ganhar os florins necessários fabricando lentes para óculos só duas vezes por semana e dando aulas de hebraico para colegiantes que desejavam ler as escrituras na sua língua original.

A academia lhe oferecia não apenas um lar e a possibilidade de trabalhar, mas também de ter uma vida social, às vezes até mais intensa do que ele gostaria. Em princípio, deveria jantar com a família de Van den Enden e os estudantes que residiam na casa; muitas vezes, porém, optava por levar para o quarto uma bandeja com pão e um duro queijo holandês, e ficar lendo à luz de velas. A sua ausência na hora do jantar deixava a sra. Van den Enden bem desapontada. Ela achava a conversa do rapaz animadíssima e tentava em vão ampliar a sua sociabilidade, propondo-se até a preparar os seus pratos favoritos e a evitar comida que não fosse kosher. Bento lhe garantiu que não se tratava de uma questão de observância; simplesmente, era indiferente à comida e ficava bastante satisfeito com uma refeição frugal: o seu pão, o seu queijo e um copo de cerveja por dia. Depois, fumava o seu cachimbo de argila de tubo longo.

Fora do horário das aulas, evitava se relacionar com os colegas, à exceção de Dirk, que logo estaria indo embora para ingressar na escola de medicina, e, é claro, a precoce e adorável Clara Maria. Mesmo assim, depois de alguns minutos, dava um jeito de se afastar até desses dois, preferindo a companhia dos duzentos volumes pesados e empoeirados da biblioteca de Van den Enden.

Além do seu interesse pelas belas pinturas exibidas nas lojas dos *marchands* espalhadas pelas ruelas próximas à sede da municipalidade, Bento não tinha lá muita afinidade com as artes e resistia às tentativas de Van den Enden de aprimorar a sua sensibilidade com relação à música, à poesia e à narrativa. Mas não havia como resistir à devoção apaixonada que o mestre dedicava ao teatro. O drama clássico, insistia o professor, só podia ser devidamente apreciado se lido em voz alta, e, como aluno aplicado, Bento participava, juntamente com os seus colegas, de leituras dramatizadas, embora tivesse plena consciência de não ler as suas falas com emoção suficiente. Em geral, duas vezes por ano, o diretor do Teatro Municipal de Amsterdã, grande amigo de Van den Enden, permitia que a academia usasse o seu palco para montagens maiores, apresentadas diante de uma pequena plateia de amigos e parentes.

No inverno de 1658, mais de dois anos depois da excomunhão, o grupo apresentou a peça O *Eunuco*, de Terêncio, e Bento fez o papel de Parmenão, um escravo muito esperto. Quando leu pela primeira vez as falas do personagem, sorriu ao dar com o seguinte trecho:

Se acha que essas coisas incertas podem se tornar certas por meio da razão, não estará fazendo mais do que se tentasse ensandecer através da sanidade.

Bento sabia que o senso de humor cheio de ironia do seu mestre havia entrado em ação quando ele o escolheu para representar aquele papel. Van den Enden vivia ralhando com Espinosa, dizendo que o seu racionalismo hipertrofiado não deixava espaço para a sensibilidade estética.

A apresentação foi magnífica: os estudantes desempenharam os seus papéis com entusiasmo, a plateia riu e aplaudiu por um bom tempo (embora todos ali entendessem muito pouco dos diálogos em latim), e, animado, Bento deixou o teatro de braços dados com os seus dois amigos, Clara Maria (que fizera o papel de Taís, a cortesã) e Dirk (que havia sido Fédria). De repente, do meio das sombras, surgiu um homem desvairado, de olhos arregalados e brandindo um facão de açougueiro. Aos gritos de "herege! herege!", em português, o sujeito se lançou sobre Bento e o atingiu duas vezes no abdômen. Dirk se atracou com o agressor, derrubando-o no chão, enquanto Clara Maria correu em socorro de Espinosa e aninhou a cabeça do amigo nos braços. De compleição franzina, Dirk não era páreo para o tal sujeito, que conseguiu escapar e desapareceu na escuridão, sem largar o facão. Van den Enden, que já fora médico, correu para examinar o discípulo. Vendo os dois cortes no grosso paletó preto, logo tratou de desabotoá-lo e percebeu que a camisa, também rasgada, estava manchada de sangue. Os ferimentos, porém, não passavam de talhos superficiais.

Em estado de choque, e com a ajuda de Van den Enden e de Dirk, Bento conseguiu percorrer as três quadras que o separavam de casa. Lá chegando, subiu bem devagar a escada até o seu quarto. Com ânsias de vômito, engoliu uma beberagem de valeriana que o médico-professor tinha preparado. Estirou-se na cama e, com Clara Maria sentada ao seu lado, na beirada do leito, e segurando a sua mão, logo mergulhou num sono profundo por doze horas seguidas.

No dia seguinte, reinava na casa a maior confusão. Logo cedo, pela manhã, as autoridades municipais vieram bater à porta em busca de informações sobre o agressor e, mais tarde, duas criadas chegaram trazendo bilhetes de pais ultrajados que criticavam Van den Enden não apenas por encenar uma peça escandalosa sobre sexualidade e travestismo, mas também por permitir que uma jovem (sua própria filha) desempenhasse um papel na tal peça — ainda por cima, o papel de uma cortesã. O professor, porém, manteve-se incrivelmente calmo — não, mais que calmo: achou graça naquelas cartas e chegou mesmo a rir pensando como Terêncio teria se divertido vendo aqueles pais calvinistas assim tão ofendidos. A sua jocosidade não tardou a acalmar toda a família e Van den Enden voltou às suas aulas de grego e de cultura clássica.

Lá em cima, na mansarda, Bento continuava extremamente ansioso, e mal podia suportar o aperto que sentia no peito. A todo instante, voltavam-lhe à mente as cenas do ataque, os gritos de "herege!", o brilho do facão, a pressão da lâmina penetrando no seu casaco e ele caindo no chão sob o peso do homem que o atacou. Procurando se acalmar, tentou apelar para sua arma habitual, a espada da razão, mas, naquele dia, ela não se mostrou forte o bastante para fazer frente ao seu terror.

Bento, porém, persistiu. Tentou desacelerar a respiração fazendo inalações deliberadamente longas e conjurando, também deliberadamente, a assustadora imagem do rosto do seu agressor — com barba cerrada, os olhos arregalados e espumando como um cão raivoso —, e ficou encarando o personagem até a sua imagem se desvanecer.

— Acalme-se — murmurou o rapaz. — Pense apenas neste momento. Não desperdice energia com algo que não pode controlar. Você não pode controlar o passado. Está com medo porque imagina esse acontecimento passado acontecendo agora, no presente. É a sua mente que cria essa imagem. E cria os sentimentos que essa imagem provoca em você. Concentre-se apenas em tentar controlar a sua mente.

No entanto, todas essas formulações que tinha na ponta da língua, por tê-las compilado todas no seu caderno de anotações, não foram capazes de acalmar o seu coração, que batia disparado. Mas Bento continuou tentando usar a razão para se tranquilizar.

— Lembre-se de que tudo na natureza tem uma causa. Você, Bento Espinosa, é uma parte insignificante desse vasto nexo causal. Pense na longa trajetória do assassino, na longa cadeia de eventos que o levou inelutavelmente a cometer aquele ato.

Que eventos seriam esses?, indagou consigo mesmo. Talvez discursos inflamados por parte do rabino? Talvez alguma desgraça na sua vida pessoal, no passado ou no presente? E Bento ficou remoendo essas ideias, andando para um lado e para o outro dentro do quarto.

Ouviu-se então uma leve batida na porta. Como estava bem perto, Espinosa estendeu a mão e a abriu de imediato. Clara Maria e Dirk estavam parados ali, de mãos dadas, com os dedos entrelaçados. Ao vê-lo, soltaram as mãos e entraram no quarto.

— Bento — exclamou Clara Maria, um tanto constrangida. — Ah, mas você está de pé e andando? Não faz uma hora que batemos à sua porta e, como você não abriu, espiamos e vimos que estava dormindo profundamente.

— Hã... Claro... É bom vê-lo de pé — disse Dirk. — Ainda não apanharam o maníaco, mas pude reparar bem nele e serei capaz de reconhecê-lo quando o capturarem. Espero que fique longe por um bom tempo.

Bento não disse nada.

— Vamos dar uma olhada nesse ferimento — prosseguiu Dirk, apontando para o abdômen de Espinosa. — Van den Enden me pediu para ver como ele está — acrescentou o rapaz chegando mais perto e, com um gesto, mandando que Clara Maria os deixasse a sós.

Mas Bento recuou imediatamente e balançou a cabeça.

— Não, não. Está tudo bem. Agora, não. Gostaria de ficar sozinho por mais algum tempo.

— Está certo. Voltaremos então daqui a uma hora.

Dirk e Clara Maria se entreolharam, espantados, e saíram do quarto.

Agora, Bento estava se sentindo pior que antes: aquelas mãos se tocando e se afastando assim que os dois o viram, e aquele olhar de intimidade que ambos trocaram... Poucos minutos antes, aqueles eram os seus melhores amigos. Na noite passada, Dirk salvara a sua vida; na noite passada, tinha adorado o desempenho de Clara Maria, encantando-se com cada movimento que ela fazia, cada movimento provocante dos seus lábios ou cada batimento das suas pálpebras. E, de repente, sentia raiva dos dois. Nem conseguiu agradecer a Dirk, ou mesmo pronunciar o seu nome, como não conseguiu agradecer a Clara Maria por ficar sentada ao seu lado.

— Calma — murmurou ele, com seus botões. — Recue um pouco e tome distância para se observar. Veja como os seus sentimentos estão girando freneticamente: primeiro amor, agora ódio, raiva. Como são inconstantes, como são caprichosas as paixões! Veja como você é atirado para cá e para lá pelas ações dos outros. Se quer mesmo desabrochar, precisa dominar as suas paixões, fixando os seus sentimentos em algo imutável, algo que perdure eternamente.

Nova batida à porta. A mesma pancada suave. Será que era ela?

— Bento, Bento! Posso entrar? — perguntou aquela voz melodiosa.

A esperança e a paixão se reavivaram. No mesmo instante, Bento se sentiu radiante e esqueceu por completo o eterno e o imutável. Talvez Clara Maria estivesse sozinha, mudada, arrependida. Talvez voltasse a pegar na sua mão.

— Entre.

Clara Maria entrou sozinha, trazendo um bilhete nas mãos.

— Trouxeram isso aqui para você, Bento. Era um estranho, um homem baixo, com um forte sotaque português. E estava aflito. Ficou olhando para um lado e para outro da rua. Acho que é judeu e está esperando uma resposta ali em frente, perto do canal.

Bento apanhou o bilhete que ela lhe estendia, desdobrou o papel e leu rapidamente. Clara Maria o fitava curiosa: nunca tinha visto Bento devorar algo assim com tanta avidez. Então, ele leu o bilhete em voz alta, para ela, traduzindo o texto para o holandês:

Bento, fiquei sabendo o que houve ontem à noite. Toda a congregação está a par do ocorrido. Quero vê-lo hoje. É importante. Estou perto da academia, em frente à casa-barco vermelha no Singel. Pode vir até aqui? Franco.

— É um amigo, Clara Maria — disse Espinosa. — O único amigo que me restou da minha antiga vida. Preciso ir vê-lo. Sei que consigo descer a escada.

— Não. Papai disse que você não deveria subir a escada hoje. Vou dizer ao seu amigo que volte daqui a um ou dois dias.

— Mas ele frisou que tinha de ser "hoje". Deve ser algo que tenha a ver com a noite passada. Os meus ferimentos são apenas arranhões. Sei que posso ir.

— Não. Papai mandou que eu cuidasse de você. E eu o proíbo de sair. Vou trazê-lo aqui em cima. Tenho certeza de que papai aprovaria essa decisão.

— Obrigado — replicou Espinosa, concordando. — Mas tome cuidado. Verifique se a rua está deserta: ninguém pode vê-lo entrar aqui. Pela minha excomunhão, todos os judeus ficam proibidos de falar comigo. Ele não pode ser visto vindo me visitar.

Dez minutos depois, Clara Maria estava de volta com Franco.

— Quando devo vir para levá-lo embora, Bento? — indagou ela. Mas, como não recebeu resposta alguma dos dois homens, inteiramente absortos fitando um ao outro, a menina foi saindo discretamente. — Estarei no quarto ao lado.

Assim que se ouviu o ruído da porta se fechando, Franco chegou mais perto de Bento e o segurou firme pelos ombros.

— Você está bem, Bento? Ela me disse que os ferimentos não foram sérios.

— É verdade, Franco. Só uns arranhões aqui — respondeu Espinosa, apontando para a própria barriga. — Mas *aqui* — acrescentou ele, indicando a cabeça —, o corte foi bem fundo.

— Que alívio vê-lo!

— Para mim também. Venha, sente-se — disse Bento, apontando para a cama. Ambos se sentaram, e Franco prosseguiu.

— As primeiras notícias que chegaram à congregação davam você como morto, fulminado por Deus. Fui até a sinagoga e o clima era de exultação: as pessoas diziam que Deus havia ouvido os seus clamores e feito justiça. Eu não estava mais aguentando de tanta angústia e foi só quando falei com uns policiais que estavam percorrendo o bairro em busca do assassino é que fiquei sabendo que você tinha sido ferido e, é claro, não por Deus, mas por um judeu maluco.

— Quem é ele?

— Ninguém sabe. Ou, pelo menos, ninguém admite que o conhece. Ouvi dizer que é um judeu que acaba de chegar a Amsterdã.

— É. Ele é português. Ficou gritando "herege!" enquanto me atacava.

— Disseram-me que a família dele foi morta pela Inquisição. E talvez esse homem tenha alguma mágoa particular contra ex-judeus. Na Espanha e em Portugal, vários ex-judeus acabaram se tornando os maiores inimigos dos judeus: padres que conseguem promoções rapidamente por ajudar os inquisidores a descobrir qualquer subterfúgio.

— Então, agora, a rede causal fica mais clara.

— Rede causal?

— É tão bom estar com você de novo, Franco! Gosto muito do jeito como você me interrompe para pedir esclarecimentos. Estou apenas querendo dizer que tudo tem uma causa.

— Até mesmo esse ataque?

— Tudo! Tudo está sujeito às leis da natureza, e, por meio da razão, é possível apreender essa cadeia de causalidades. Acredito que isso é verdade não apenas para os objetos físicos, mas para tudo que é humano, e, agora, estou me dedicando ao projeto de tratar as ações, os pensamentos e os apetites humanos exatamente como se fosse tudo uma questão de linhas, planos e corpos.

— Está me dizendo que podemos conhecer a causa de cada pensamento, de cada apetite, de cada capricho, de cada sonho?

Bento fez que sim com a cabeça.

— Isso significa que não podemos simplesmente decidir ter certos pensamentos? Não posso decidir se viro a minha cabeça para um lado ou para outro? Que não temos liberdade de escolha?

— É exatamente isso que estou pretendendo dizer. O homem é parte da Natureza e está portanto sujeito à rede causal da Natureza. Nada na Natureza, inclusive nós mesmos, pode escolher caprichosamente dar início a uma ação qualquer. Não pode haver um campo separado no interior de um campo.

— Campo separado no interior de um campo? Estou perdido de novo.

— Faz quase um ano que conversamos pela última vez, Franco, e eu fico aqui falando de filosofia sem ao menos perguntar pela sua vida...

— Não. Nada é mais importante para mim que conversar com você assim desse jeito. Sou como o homem que, morrendo de sede, chega a um oásis. O resto pode esperar. Fale mais sobre esse tal campo no interior de um campo.

— O que estou querendo dizer é que, uma vez que o homem é, sob todos os aspectos, parte da Natureza, é errado pensar que esse homem perturbe a ordem da Natureza em vez de segui-la. É incorreto presumir que ele, ou qualquer outra entidade na Natureza, seja dotado de livre-arbítrio. Tudo que fazemos é determinado por causas externas ou internas. Lembra como demonstrei, em outra ocasião, que Deus, ou a Natureza, não escolheu os judeus?

Franco assentiu.

— Pois também é verdade que Deus não escolheu a humanidade para ser especial, para escapar às leis da Natureza. Estou convencido de que essa ideia nada tem a ver com a ordem natural; na verdade, nasce da profunda necessidade que experimentamos de ser especiais, de ser imperecíveis.

— Acho que estou entendendo... É uma reflexão colossal. Não existe liberdade de escolha? Sou cético... Gostaria de discutir essa questão. Veja, acho que sou livre para decidir dizer: "Gostaria de discutir essa questão." No entanto, não tenho qualquer argumento para lhe propor. Da próxima vez que nos virmos já terei pensado em alguma coisa. Mas você estava falando sobre o seu agressor e a rede causal quando eu o interrompi. Continue, por favor, Bento.

— Acho que é uma lei da natureza reagir do mesmo jeito a conjuntos inteiros de coisas. Esse homem, provavelmente enlouquecido pela dor de ter perdido a família, ouviu dizer que eu era um ex-judeu e me incluiu no grupo dos ex-judeus que fizeram mal aos seus parentes.

— A sua linha de raciocínio faz sentido, mas não pode desconsiderar a influência de terceiros que podem perfeitamente tê-lo encorajado a fazer o que ele fez.

— Esses "terceiros" também estão sujeitos à rede causal — observou Bento.

Franco se calou por um instante, assentindo.

— Sabe o que acho, Bento?

Espinosa o fitou com as sobrancelhas erguidas.

— Que você tem, aí, um projeto para toda a vida.

— Quanto a isso, concordamos inteiramente. E estou disposto, plenamente disposto, a devotar a minha vida a esse projeto. Mas o que você ia dizer sobre a influência de terceiros sobre o meu agressor?

— Acredito que os rabinos instigaram tudo isso e moldaram os pensamentos e as ações do homem que o esfaqueou. Correm boatos de que ele está agora escondido no sótão da sinagoga. Acho que os rabinos queriam que a sua morte servisse de alerta para a congregação sobre os perigos de se questionar a autoridade rabínica. Estou pensando em avisar à polícia do possível esconderijo daquele homem.

— Não, Franco! *Não* faça isso. Pense nas consequências. O ciclo de dor, raiva, vingança, castigo e retaliação não terá fim e acabará tragando tanto você quanto a sua família. Escolha um caminho religioso.

— Religioso? — exclamou o rapaz, perplexo. — Como você pode usar esse termo?

— Estou me referindo ao caminho moral, um caminho virtuoso. Se deseja interferir nesse ciclo de angústia, deve procurar o agressor — replicou Bento. — Procure consolá-lo, mitigar a sua dor, esclarecê-lo.

Franco assentiu com um gesto lento e se sentou, calado, procurando assimilar as palavras de Espinosa.

— Vamos voltar — disse ele, enfim — ao que você disse ainda agora sobre o ferimento profundo na sua cabeça. É sério mesmo?

— Para ser sincero, Franco, estou paralisado pelo medo. O meu peito parece que vai estourar de tanta pressão. Não consigo me acalmar, embora tenha passado a manhã inteira tentando.

— Tentando como?

— Exatamente como descrevi para você: lembrando a mim mesmo que tudo tem uma causa e que aconteceu o que tinha *necessariamente* que acontecer.

— O que quer dizer com "necessariamente"?

— Considerando-se todos os fatores que o precederam, esse incidente *tinha* que ocorrer. Não havia como evitá-lo. E uma das coisas mais importantes que aprendi é que é insensato tentar controlar coisas sobre as quais não temos controle. Estou convencido de que essa é uma ideia verdadeira, embora a visão do ataque continue a me atormentar incessantemente. — Bento calou-se por um instante e os seus olhos se iluminaram ao se deparar com os rasgos do seu casaco. — Só agora me ocorreu que aquele casaco na cadeira pode estar agravando o problema. Foi um erro deixá-lo aqui. Tenho de me desfazer dele. Por um instante, pensei em dá-lo a você, mas é claro que você não pode ser visto com esse casaco. Ele pertenceu ao meu pai e seria facilmente reconhecido.

— Pois eu discordo. Tirar o casaco da sua frente é uma péssima ideia. Deixe que eu lhe diga o que o meu pai disse a algumas pessoas em situação bem semelhante: "Não se desfaça disso. Não tranque parte da sua mente; faça antes exatamente o contrário." Portanto, Bento, sugiro que você o pendure num lugar bem visível, em que possa vê-lo o tempo todo, para que não se esqueça do perigo que está enfrentando.

— Percebo a sabedoria de tal conselho. É preciso ter muita coragem para segui-lo.

— É fundamental manter esse casaco bem à vista, Bento. Acho que você está subestimando o perigo que paira sobre a sua situação atual no mundo. Ontem, você quase morreu. Decerto tem medo da morte?

Bento fez que sim com a cabeça.

— Embora venha trabalhando para superar esse medo — acrescentou.

— Como? Todos os homens têm medo da morte.

— Os homens a temem em graus diferentes. Alguns dos antigos filósofos que tenho lido procuraram formas de abrandar o terror da morte. Lembra-se de Epicuro? Falamos dele uma vez.

— Lembro. O homem que disse que o propósito da vida era viver num estado de serenidade. Qual era mesmo o termo que ele empregava?

— *Ataraxia*. Epicuro acreditava que o maior empecilho para a *ataraxia* era o medo da morte e ensinou aos seus discípulos vários argumentos poderosos para abrandá-lo.

— Por exemplo?

— O seu ponto de partida era o fato de não haver vida após a morte e, portanto, nada a temer por parte dos deuses depois de termos morrido. Em seguida, ele dizia que morte e vida jamais podem coexistir. Em outras palavras: onde há vida, não há morte, e onde há morte, não há vida.

— Isso soa lógico, mas duvido que consiga acalmar alguém que, no meio da noite, acorda de um pesadelo sobre a própria morte.

— Epicuro tinha um outro argumento, o da simetria, que pode ser ainda mais forte. Ele afirmava que o estado de não ser que se segue à morte é idêntico ao estado de não ser que antecede o nascimento. E, embora tenhamos medo da morte, não nos assusta pensar nesse estado anterior, a ele idêntico. Portanto, não há razão para temer a morte.

— Isso, sim, me parece importante — disse Franco, respirando fundo. — Você disse uma verdade, Bento. *Esse* argumento tem o poder de tranquilizar.

— Para ter esse "poder tranquilizante", um argumento pressupõe a ideia de que as coisas, em si e fora de si mesmas, não são realmente boas ou ruins, agradáveis ou assustadoras. É só a nossa mente que as faz serem assim. Pense nisso, Franco: *é só a nossa mente que as faz serem assim*. Essa ideia é efetivamente poderosa e estou persuadido que nela está a chave para curar o meu ferimento. Tudo o que tenho a fazer é alterar a reação da minha mente ao evento da noite passada. Mas ainda não descobri como fazer isso.

— É impressionante ver como você continua a filosofar mesmo mergulhado no pânico!

— Preciso considerar tudo isso uma oportunidade para compreender. O que pode ser mais importante do que aprender por si só como abrandar o medo da morte? Ainda outro dia li um trecho de um filósofo romano chamado Sêneca que dizia: "Não há temor que ouse penetrar num coração que se libertou do medo da morte." Em outras palavras, quando você vence o medo da morte, vence também os demais temores.

— Estou começando a entender melhor o seu fascínio diante do seu próprio pânico.

— O problema está ficando cada vez mais claro, mas a solução permanece um mistério. Pergunto-me se temo a morte de forma particularmente intensa nesse momento por me sentir tão repleto.

— O quê?

— A minha mente está repleta. Existem muitos pensamentos ainda incipientes circulando pela minha cabeça e não consigo nem expressar a dor que sinto só de pensar que essas ideias podem morrer antes mesmo de nascer.

— Tome cuidado, então, Bento. Proteja esses pensamentos. E proteja-se também. Embora esteja no caminho de se tornar um grande mestre, sob certos aspectos você é muito ingênuo. Acho que tem tão pouco rancor que subestima a existência desse sentimento nos outros. Ouça o que lhe digo:

você está correndo perigo e precisa deixar Amsterdã. Precisa se afastar dos judeus; precisa se esconder para continuar pensando e escrevendo em segredo.

— E eu acho que existe um excelente mestre se formando dentro de você. Esse é um ótimo conselho, Franco, e vou segui-lo em breve, muito em breve. Agora, porém, é a sua vez de me falar sobre a sua vida.

— Não, ainda não. Tenho uma ideia que talvez possa ajudá-lo com o seu pânico. Quero fazer uma pergunta: acha que teria ficado tão ferido aqui — e, nesse instante, Franco apontou para a cabeça de Espinosa — se o agressor fosse apenas um louco qualquer, e não um judeu que tivesse uma acusação particular a lhe fazer?

— Excelente pergunta — disse Bento, assentindo. Recostou-se num dos pilares da cama, fechou os olhos e refletiu por alguns instantes. — Acho que entendo o que está pensando e trata-se de uma percepção incrivelmente perspicaz. Não, tenho certeza de que se ele *não* fosse judeu, o ferimento na minha mente *não* teria sido tão grave.

— Ah — exclamou Franco —, e isso quer dizer que...

— Só pode significar que o meu pânico não se refere *apenas* à morte. Há nele um componente adicional, relacionado ao meu exílio forçado do mundo judaico.

— Também acho. Neste exato momento, o quanto esse exílio é doloroso? Na última vez que nos falamos, você só disse que se sentia aliviado por deixar o mundo da superstição e que estava muito alegre diante da perspectiva da liberdade.

— É verdade. E esse alívio e essa alegria ainda permanecem. Mas só quando estou acordado. Atualmente, levo duas vidas. Durante o dia, sou um novo homem, que se livrou da sua velha pele, que lê em latim e em grego e tem ideias livres e empolgantes. À noite, porém, sou Baruch, um judeu errante que é consolado pela mãe e pela irmã, interrogado pelos anciãos sobre o Talmud e que tropeça nas ruínas enegrecidas de uma sinagoga. Quanto mais me afasto da plena consciência, mais me enredo nas minhas lembranças mais remotas e me agarro a esses fantasmas da infância. E você vai ficar surpreso se eu lhe disser, Franco, que quase toda noite, quando estou deitado na cama esperando o sono chegar, você aparece para me visitar.

— Espero que eu seja uma boa companhia.

— Muito melhor do que você poderia imaginar. Eu o convido a entrar porque você me traz muito consolo. E hoje mesmo está sendo uma ótima companhia. Mesmo quando estamos falando, sinto a *ataraxia* tomando conta de mim novamente. Mas não é só *ataraxia*: você me ajuda a pensar. A pergunta que fez sobre o agressor, querendo saber como eu teria reagido se ele não fosse judeu, foi sem dúvida de grande valia para eu compreender a complexidade dos determinantes. Agora sei que preciso ir mais fundo ao observar os antecedentes e levar em conta pensamentos não tão conscientes, tanto os que me ocorrem à noite quanto os que me ocorrem durante o dia. Muito obrigado por essa ajuda.

Franco abriu um enorme sorriso e pôs a mão no ombro de Espinosa.

— E agora, Franco, *trate* de me contar da sua vida.

— Aconteceram muitas coisas, embora a minha vida seja muito menos aventurosa que a sua. A minha mãe e a minha irmã chegaram um mês depois da sua partida. E, com o auxílio do fundo da sinagoga, conseguimos um pequeno apartamento bem perto da sua loja. Passo por ali diversas vezes e vejo Gabriel, que me cumprimenta com um aceno de cabeça, mas não fala comigo. Acho que é porque sabe, como todos, aliás, qual foi o meu papel no seu *cherem*. Ele está casado e mora com a família da esposa. Eu estou trabalhando na empresa de navegação do meu tio, ajudando a fazer o inventário das embarcações que chegam. Venho estudando muito e tenho aulas de hebraico várias vezes por semana, junto com outros imigrantes. Acho muito aborrecido aprender hebraico, mas também é muito empolgante. É algo que me reconforta e me dá uma conexão com o passado, uma sensação de continuidade com o meu pai, o pai dele e assim por diante, remontando a centenas de anos. Essa sensação é incrivelmente estabilizadora.

"O seu cunhado, Samuel, agora é rabino e nos dá aulas quatro vezes por semana. Outros rabinos, até mesmo Mortera, se revezam nos outros dias.

Por alguns comentários, tenho a impressão de que a sua irmã, Rebekah, vai bem. O que mais?"

— E o que foi feito do seu primo Jacob?

— Voltou para Roterdã e quase não o vejo.

— Mas a pergunta que importa é: *está satisfeito*, Franco?

— Estou, mas é um tipo de satisfação bem melancólico. Com você, conheci outra faceta da vida, uma vida da mente que não vivencio em sua plenitude. O meu maior consolo é saber que você estará aqui e continuará a me confiar as suas reflexões. O meu mundo ficou menor e já posso ver o seu traçado futuro. A minha mãe e a minha irmã escolheram a minha esposa: é uma garota de dezesseis anos, lá da nossa aldeia em Portugal, e devemos nos casar daqui a algumas semanas. Gostei da escolha: a minha noiva é bonita, agradável e me faz sorrir. Será uma boa esposa.

— E poderá falar com ela sobre as coisas do seu interesse?

— Acho que sim. Ela também tem sede de conhecimento. Como a maioria das moças da nossa aldeia, nem sequer sabe ler. Já comecei a trabalhar na sua instrução.

— Não muita, espero. Muita instrução pode ser perigoso. Mas, diga-me, falam de mim na comunidade?

— Até o incidente de ontem, nunca tinha ouvido nada. É como se as pessoas houvessem recebido ordem não apenas para evitá-lo, mas também para não mencionar o seu nome. Jamais ouvi alguém pronunciá-lo, embora, é claro, não faça ideia do que se passa a portas fechadas. Talvez seja só imaginação minha, mas creio que o seu espírito paire sobre a comunidade e exerça grande influência sobre todos. As nossas aulas de hebraico, por exemplo, são incrivelmente severas e não se permitem quaisquer questionamentos. Como se os rabinos quisessem ter certeza de que jamais voltaria a existir outro Espinosa.

Bento baixou a cabeça.

— Talvez eu não devesse ter dito isso, Bento. Foi indelicado da minha parte.

— Você só será indelicado se esconder de mim a verdade.

Ouviu-se uma batida leve na porta e, depois, a voz de Clara Maria.

— Bento!

O rapaz abriu a porta.

— Tenho de sair daqui a pouco, Bento. Quanto tempo o seu amigo ainda vai ficar aqui?

Espinosa voltou-se para Franco com um ar de interrogação e o visitante sussurrou que precisava ir embora logo, pois não tinha motivo algum para faltar ao trabalho.

— Dê-nos só mais alguns minutos, Clara Maria. Por favor — disse ele então.

— Estarei esperando na sala de música — replicou a menina, fechando a porta de mansinho.

— Quem é ela, Bento?

— A filha do mestre, e minha professora. É ela que me dá aulas de latim e também de grego.

— Sua *professora*? Impossível! Quantos anos tem?

— Uns 16. Começou a me dar aulas quando tinha 13 anos. Ela é um prodígio. Inteiramente diferente de qualquer outra garota.

— Ela parece fitá-lo com amor e ternura.

— É verdade. E esses sentimentos são recíprocos, mas... — Espinosa hesitou, não estava habituado a expressar os seus sentimentos mais íntimos. — Mas hoje ela agravou muito a minha tristeza demonstrando mais ternura a um amigo e colega.

— Ah, está com ciúme. Isso pode ser mesmo muito sofrido. Sinto muito, Bento. Mas, no nosso último encontro, você não disse que pretendia abraçar uma vida de solidão e renunciar à ideia de ter uma companheira? Tive a impressão de que você tinha se comprometido, ou talvez *se resignado*, a viver sozinho.

— *Ambas* as coisas. Estou firmemente decidido a levar uma vida voltada para a mente e sei que jamais poderia assumir a responsabilidade de uma família. E também sei que, para mim, o casamento legal é impossível, seja ele cristão ou judeu. E Clara Maria é católica. Aliás, uma católica supersticiosa.

— Quer dizer que está tendo dificuldades em abrir mão de algo que efetivamente não quer e não pode ter?

— Exatamente! Gosto desse seu jeito de atingir em cheio o coração do meu absurdo.

— E, pelo que disse, você a ama? E o bom amigo que ela preferiu a você?

— Eu o amava também, até hoje. Ele me ajudou com a mudança depois do *cherem* e salvou a minha vida ontem à noite. É um bom homem. E pretende ser médico.

— Mas quer que ela prefira você a ele, apesar de saber que os três seriam infelizes.

— É verdade.

— E que, quanto mais ela gostar de você, maior será o seu desespero por não poder tê-lo.

— Isso é inegável.

— Mas você a ama e deseja a felicidade dela. E, se ela sofrer, você sofrerá também?

— Sim, sim, sim! Tudo o que está dizendo é verdade.

— Uma última pergunta. Você disse que ela é uma católica supersticiosa. E católicos adoram milagres e rituais. Como ela encara o fato de você considerar que Deus equivale à Natureza e rejeitar todo e qualquer tipo de ritual ou superstição?

— Nunca toquei nessas questões com ela.

— Porque ela vai rejeitá-las e, talvez, rejeite você também.

Bento assentiu.

— Cada palavra que você disse é verdade, Franco. Lutei muito, desisti de muitas coisas para ser livre e, agora, abri mão da minha liberdade e estou apaixonado por Clara Maria. Quando penso nela, praticamente não consigo ter nenhum outro pensamento mais elevado. Nesta questão, é evidente que não sou mestre de mim mesmo, mas estou escravizado pela paixão. Embora a razão me mostre o que seria melhor, vejo-me forçado a seguir o pior.

— Esta é uma velha história, Bento. Desde sempre temos sido escravizados pelo amor. Como poderá se libertar?

— Só poderei me libertar se cortar, de forma absoluta, as minhas ligações com os prazeres sensuais, a riqueza e a fama. Se não der ouvidos à razão, continuarei sendo escravo da paixão.

— Mesmo assim — disse Franco, levantando-se e preparando-se para sair —, sabemos que a razão não é páreo para a paixão.

— Isso mesmo. Só uma emoção mais forte é capaz de subjugar uma emoção. A minha tarefa é evidente: preciso aprender a transformar a razão numa paixão.

— *Transformar a razão numa paixão* — repetiu Franco, baixinho, enquanto os dois se dirigiam à sala de música, onde Clara Maria os aguardava. — Uma tarefa e tanto... Da próxima vez que nos encontrarmos, espero ter notícias dos seus progressos.

CAPÍTULO 26

Berlim — 26 de março de 1923

Acho difícil lidar com as nossas famílias bálticas: elas parecem ter algum tipo de qualidade negativa e, ao mesmo tempo, assumir um ar de superioridade, como se fossem donos de tudo, coisa que jamais encontrei em qualquer outro lugar.

Adolf Hitler sobre Alfred Rosenberg

Caro Friedrich,

Lamento, mas tenho de cancelar a minha próxima visita. Embora seja a terceira vez que faço isso, não desista de mim, por favor. O meu desejo de me consultar com você é genuíno, mas as exigências que têm ocupado o meu tempo vêm crescendo intensamente. Na semana passada, Hitler me pediu para substituir Dietrich Eckart como editor-chefe do Völkischer Beobachter. *Nós dois estamos mais próximos agora — ele gostou muitíssimo da minha publicação dos* Protocolos dos sábios de Sião. *Um mês atrás, com o auxílio de um generoso doador, o* VB *tornou-se um diário e tem agora uma circulação de 33 mil exemplares (aliás, atualmente você pode encontrar o nosso jornal nas bancas de Berlim).*

Todos os dias, há uma nova crise a ser divulgada. Todos os dias, o futuro da Alemanha parece estar na corda bamba. Neste exato momento, por exemplo, precisamos decidir o que fazer com os franceses, que invadiram o Ruhr para obter à força o pagamento das suas criminosas reparações. E todos os dias a inflação sempre crescente empurra o nosso país para a beira do abismo. Acredita que um dólar americano que, há apenas um ano, valia quatrocentos marcos, estava cotado a vinte mil marcos hoje de manhã? Acredita que os patrões de Munique estão começando a pagar os seus empregados três vezes por dia? Isso também está acontecendo em Berlim? A esposa acompanha o marido ao seu local de trabalho; depois de receberem o primeiro pagamento do dia, ela vai correndo comprar o café da manhã antes que os preços subam. Na hora do almoço, a mulher volta para apanhar o segundo pagamento (que, a essa altura, já é maior que o anterior) e, mais uma vez, sai correndo para comprar o almoço — cem mil marcos, que ontem davam para comprar quatro linguiças, hoje só compram três. Finalmente, já de noitinha, há o terceiro pagamento, também mais alto que o anterior, e então o dinheiro está a salvo, pois os mercados fecham, até que as casas de câmbio voltem a abrir pela manhã. É um escândalo, uma tragédia.

E ainda vai ficar pior. Acho que esta vai ser a maior hiperinflação da história: todos os alemães ficarão empobrecidos exceto, é claro, os judeus, que, naturalmente, estão lucrando com esse pesadelo. Os seus cofres estão abarrotados de ouro e moeda estrangeira.

A minha vida de jornalista anda tão atarefada que não consigo nem sair do escritório para almoçar, que dirá para embarcar num trem e fazer uma viagem de dez horas, ao custo de vinte milhões de marcos, até Berlim. Avise-me, por favor, se porventura tiver de vir a Munique, pois poderíamos nos encontrar aqui. Eu lhe ficaria muito grato. Já considerou a perspectiva de vir clinicar em Munique? Eu poderia ajudá-lo: pense na quantidade de anúncios que o meu jornal publicaria para você, de graça.

O dr. Karl Abraham leu a carta e a devolveu a Friedrich.

— E como pretende responder?

— Não sei. Gostaria de usar a minha hora de supervisão hoje para discutir esse caso. Lembra-se dele? Falei da conversa que tivemos alguns meses atrás.

— Aquele que publicou os *Protocolos de Sião*? Quem poderia esquecer?

— Não voltei a ver Herr Rosenberg desde aquela ocasião. Trocamos apenas algumas cartas. Mas aqui está o número de ontem do seu jornal, o *Völkischer Beobachter*. Veja só esta manchete:

Criança sofre abuso em bordel de Viena: vários judeus envolvidos

O dr. Abraham passou os olhos por aquelas linhas, balançou a cabeça desalentado e perguntou:

— E os *Protocolos...*? Chegou a ler?

— Só alguns trechos e umas discussões que taxam o texto de fraude.

— Uma fraude óbvia, mas perigosa. E não tenho dúvida de que o seu paciente, Rosenberg, sabia disso. Alguns eruditos judeus confiáveis da minha comunidade disseram-me que os *Protocolos* foram concebidos por um escritor russo de péssima reputação, um tal de Sergei Nilus, que pretendia convencer o tzar que os judeus estavam tentando dominar a Rússia. Depois de ler esse texto, o monarca ordenou toda uma série de *pogroms* sangrentos.

— Então — disse Friedrich —, o que lhe pergunto é: como posso atender um paciente que comete atos tão abomináveis? Sei que ele é perigoso. Como lidar com a minha contratransferência?

— Prefiro considerar a contratransferência uma reação neurótica do terapeuta ao paciente. Nesse caso, os seus sentimentos têm uma base racional. A pergunta adequada seria: "Como trabalhar com alguém que, de acordo com qualquer padrão objetivo, é uma pessoa maligna, repulsiva, capaz de muita destruição?"

Friedrich pesou as palavras do seu supervisor.

— Maligno, repulsivo. São palavras fortes — disse ele.

— Tem toda razão, dr. Pfister. Os termos são meus, não seus, e acredito que está fazendo alusão a outra questão, qual seja, a contratransferência do *supervisor*, que pode interferir na minha competência para lhe transmitir qualquer ensinamento. Pessoalmente, por ser judeu, acho impossível tratar esse antissemita letal, mas vamos ver se ainda posso lhe ser útil como supervisor. Fale mais sobre os seus sentimentos a respeito dele.

— Apesar de não ser judeu, sinto-me pessoalmente ofendido pelo antissemitismo de Rosenberg. Afinal, as pessoas com quem convivo mais de perto são quase todas judias: o meu analista, o senhor e boa parte do corpo docente do instituto. — E, pegando a carta de Alfred, Friedrich prosseguiu: — Veja. Ele fala dos progressos que tem feito na carreira com todo o orgulho, contando que eu vá ficar feliz com isso. Na verdade, sinto-me cada vez mais ofendido e assustado por vocês, por todos os alemães civilizados. Acho que ele representa o mal. E o seu ídolo, esse tal de Hitler, deve ser o próprio diabo em figura de gente.

— Isso é uma parte. Há, porém, outra parte de você que quer continuar a vê-lo. Por quê?

— É aquilo de que falamos antes, o meu interesse intelectual em analisar alguém cujo passado eu conheço. Conheço o irmão dele desde sempre e Alfred desde bem pequeno.

— Mas, dr. Pfister, é óbvio que o senhor jamais terá condições de analisá-lo. Por si só, a distância já impossibilita a terapia. Na melhor das hipóteses, vai ter umas poucas sessões esparsas com ele e nunca conseguirá aprofundar o trabalho arqueológico do seu passado.

— Tem razão. Preciso desistir dessa ideia. Deve haver outros motivos.

— Lembro-me de você ter falado da sensação de um passado extinto. O irmão dele é o único amigo que lhe resta. Esqueci como ele se chama...

— Eugen.

— Isso. O único remanescente desse passado é Eugen Rosenberg e, num grau infinitamente menor, já que vocês nunca foram próximos, o irmão caçula de Eugen, Alfred. Os seus pais já morreram, você não tem irmãos, não tem qualquer contato com a sua vida passada: nem com pessoas nem com lugares. Parece-me que está tentando negar o envelhecimento ou a transitoriedade procurando algo que não seja perecível. Está tratando disso na sua própria análise, espero...

— Ainda não. Mas as suas observações podem me ajudar muito. Não posso deter o tempo aferrando-me a Eugen ou a Alfred. Isso mesmo, dr. Abraham, o senhor está deixando bem claro para mim que estar com Alfred não exerce qualquer efeito sobre os meus conflitos internos.

— Isso é tão importante, dr. Pfister, que vou repetir a sua frase: *estar com Alfred não exerce qualquer efeito sobre os seus conflitos internos*. O espaço para fazer isso é a sua própria análise, certo?

Friedrich assentiu, resignado.

— Então, volto a lhe perguntar: por que quer vê-lo?

— Não sei ao certo. Concordo que Alfred é perigoso, um indivíduo que dissemina o ódio. Ainda assim, penso nele como o garotinho da casa ao lado, e não como um homem mau. Considero-o mal-orientado, não demoníaco. Ele acredita realmente nesse absurdo racial, e os seus pensamentos e os seus atos seguem de forma perfeitamente coerente as premissas de Houston Stewart Chamberlain. Não acredito que seja um psicopata, um sádico ou uma pessoa violenta. Na verdade, ele é antes tímido, quase covarde e inseguro. Tem grandes dificuldades de relacionamento com os outros e se entregou de corpo e alma à esperança de ser amado pelo seu líder, Hitler. Apesar de tudo, parece ter consciência das próprias limitações e se mostra espantosamente disposto a participar do processo terapêutico.

— Portanto, as suas metas na terapia são...

— Talvez eu esteja sendo ingênuo, mas não é verdade que, se eu conseguir fazer dele uma pessoa com mais senso moral, ele vai causar menos danos ao mundo? Isso é melhor que não fazer nada. Talvez eu possa até ajudá-lo a lidar com o poder e a irracionalidade do seu antissemitismo.

— Ah, se você conseguir ser bem-sucedido analisando o antissemitismo, vai ganhar o prêmio Nobel, coisa que, até agora, Freud não conseguiu. Tem alguma ideia de como abordar essa questão?

— Ainda não... É apenas algo em perspectiva, e, com toda a certeza, esse é o *meu* objetivo, não o do paciente.

— E qual é o objetivo dele? O que ele quer?

— O seu objetivo explícito é ter uma relação mais efetiva com Hitler e outros membros do partido. Qualquer coisa além disso vai ter de ser introduzida com muito jeito.

— E você é bom nisso?

— Apenas um principiante, mas tenho uma ideia. Já mencionei que andei lhe dando umas orientações sobre Espinosa. Bem, na parte IV da *Ética*, a seção que trata da superação dos grilhões da paixão, há uma frase que me chamou a atenção. Espinosa diz que a razão não é páreo para a paixão e o que precisamos fazer é transformar a razão numa paixão.

— Humm, interessante... E o que propõe para conseguir isso?

— Não tenho ainda um método definido. Mas sei que preciso estimular a curiosidade de Alfred sobre si mesmo. Todo mundo se interessa intensamente por si mesmo, não é verdade? Todo mundo quer saber tudo sobre si mesmo, não é verdade? Eu quero. E vou batalhar para aguçar essa curiosidade em Rosenberg.

— Interessante como linha terapêutica, dr. Pfister. Bem original. Esperemos que ele coopere, e vou fazer o possível para ajudá-lo na supervisão. Mas será que não há uma falha no seu argumento?

— Que falha?

— Generalização em excesso. Os terapeutas são diferentes. Somos uns espécimes peculiares. A maioria das pessoas não tem a mesma curiosidade apaixonada com relação à mente. Pelo que percebi, o objetivo do paciente é muitíssimo diferente do seu: o que ele quer é se tornar uma pessoa mais querida por seus companheiros nazistas. Não se esqueça, portanto, que existe um risco: a terapia pode simplesmente piorar tudo para todos nós! Vou tentar ser mais explícito. Se o senhor puder ajudar Rosenberg a mudar no sentido de fazer com que Hitler goste mais dele, tudo o que vai conseguir é torná-lo mais eficiente na maldade.

— Entendo. A minha tarefa é ajudá-lo a abraçar outro objetivo, inteiramente diferente: compreender e reduzir a necessidade irracional e desesperada que ele tem de ser amado por Hitler.

— Precisamente — replicou o dr. Abraham, sorrindo para o jovem aluno. — Adoro o seu entusiasmo, Friedrich. Quem sabe? Talvez consiga fazer isso... Vamos ver se encontramos alguns eventos profissionais em Munique. Assim, poderá ir até lá e ter mais algumas sessões com Rosenberg.

BAYREUTH — OUTUBRO DE 1923

Apesar de todas as pressões profissionais, Alfred persistiu no intento de fazer uma visita a Houston Stewart Chamberlain e não teve dificuldades em convencer o seu líder a acompanhá-lo. Hitler também havia ficado entusiasmado com o livro *Fundamentos do século XIX* e, mais para o fim da vida, viria a declarar que Chamberlain, juntamente com Dietrich Eckart e Richard Wagner, tinha sido um dos seus principais mentores intelectuais.

Chamberlain morava em Bayreuth, na vila Wahnfried, a velha mansão de Wagner, com a esposa, Eva, filha do compositor, e Cosima, a sua viúva, agora com 86 anos. O trajeto de quase 250 quilômetros até Bayreuth foi dos mais agradáveis para Alfred. Era a primeira viagem que fazia na reluzente Mercedes nova de Hitler e também uma chance única de desfrutar da atenção exclusiva do seu líder por horas a fio.

Um criado veio recebê-los e os levou ao andar de cima, onde Chamberlain estava sentado numa cadeira de rodas, com as pernas cuidadosamente cobertas por uma manta de xadrez azul e verde, olhando pela ampla janela que dava para o pátio interno da residência. Vitimado por um misterioso transtorno nervoso que o deixou parcialmente paralítico e incapaz de articular claramente as palavras, Chamberlain parecia ter muito mais que seus setenta anos, com a pele manchada, o olhar vago e um lado do rosto deformado por um espasmo. Fitando o rosto de Hitler, ele assentia de quando em quando, parecendo compreender o que o visitante dizia. Nunca olhava para Rosenberg.

Inclinando-se para a frente e aproximando a boca da orelha do velho, Hitler lhe disse:

— Fiquei particularmente encantado com um trecho do seu grande livro *Fundamentos do século XIX*: "A raça germânica vem travando uma luta mortal contra os judeus, que devem ser combatidos não apenas com os canhões, mas também com todas as armas da vida e da sociedade humanas."

Chamberlain assentiu e Hitler prosseguiu:

— Prometo, Herr Chamberlain, que serei o homem que há de declarar essa guerra pelo senhor — e prosseguiu por aí afora, estendendo-se na descrição do seu programa de 25 tópicos e na sua inabalável determinação em ter uma Europa livre dos judeus.

Chamberlain continuou a assentir, com gestos vigorosos, e, de tempos em tempos, grunhia:

— Sim, sim.

Mais tarde, quando Hitler saiu do aposento para ter uma conversa em particular com Cosima Wagner, Rosenberg ficou a sós com o velho inglês e lhe disse que, aos 16 anos, exatamente como acontecera com Hitler, havia ficado fascinado com o livro *Fundamentos dos século XIX*. E acrescentou que também ele tinha uma dívida eterna com o seu autor. Depois, aproximando-se mais, como Hitler havia feito, confidenciou:

— Estou começando a escrever um livro que, espero, dará continuidade ao seu trabalho com relação ao próximo século.

Talvez Chamberlain tenha sorrido, mas o seu rosto era tão deformado que ficava difícil ter certeza.

— As suas ideias e as suas palavras — prosseguiu Alfred — estarão sempre presentes nas minhas páginas. Estou apenas começando. Trata-se de um projeto para uns cinco anos, pois há muito a ser feito. No entanto, acabei recentemente de escrever um trecho para o encerramento da obra: "As horas sagradas dos germânicos ressurgirão quando o símbolo do despertar, a bandeira com a suástica, signo do renascer da vida, houver se tornado o único credo a predominar no Reich."

Chamberlain grunhiu. Talvez tenha dito: "Sim, sim."

Alfred voltou a se recostar na cadeira e olhou ao seu redor. Ainda não conseguia ver Hitler. Mais uma vez, ele se inclinou para ficar mais perto de Chamberlain.

— Caro mestre, preciso da sua ajuda com relação a algo. Trata-se do enigma de Espinosa. Diga-me como esse judeu de Amsterdã pôde ter escrito obras tão reverenciadas pelos maiores pensadores alemães, entre os quais o imortal Goethe. Como é possível?

Chamberlain mexeu a cabeça com certa agitação e emitiu uns sons indecifráveis. Tudo que Alfred conseguiu distinguir foi "*Ja, ja*". Pouco depois, o ancião mergulhou num sono profundo.

Na viagem de volta, os dois homens pouco falaram sobre Chamberlain, pois Alfred tinha outros planos: persuadir Hitler de que já estava na hora de o partido entrar em ação. Tratou, pois, de frisar alguns fatos básicos.

— O caos tomou conta da Alemanha — disse ele. — A inflação está escapando inteiramente a qualquer controle. Quatro meses atrás, um dólar valia 75 mil marcos alemães, ao passo que ontem ele estava cotado a 150 milhões de marcos. Ontem, o quitandeiro da esquina da minha casa estava cobrando 90 milhões de marcos por meio quilo de batatas. E sei, de fonte, que logo logo a gráfica do tesouro nacional estará imprimindo notas de 1 trilhão de marcos.

Hitler assentiu, parecendo cansado. Já tinha ouvido Alfred lhe dizer isso diversas vezes.

— E veja só os golpes irrompendo por toda parte — prosseguiu Rosenberg. — O *putsch* comunista na Saxônia, o levante da reserva do Reichswehr na Prússia oriental, o golpe de Kapp em Berlim, o dos separatistas da Renânia. Mas Munique e toda a Baviera é que são o verdadeiro barril de pólvora prestes a explodir. Munique está repleta de partidos de direita que fazem oposição ao governo de Berlim, mas, de todos eles, somos sem dúvida o mais forte, o mais poderoso e o mais bem organizado. Chegou a nossa hora! Tenho incitado as massas, publicando artigo após artigo no nosso jornal, preparando essa gente para uma ação de peso do nosso partido.

Hitler, porém, ainda parecia irresoluto.

— Chegou a sua hora — insistiu Alfred. — Você precisa agir agora, ou vai deixar passar o momento certo.

Quando o carro parou diante do prédio onde ficava o *Völkischer Beobachter*, Hitler limitou-se a dizer:

— Tenho muito que pensar, Rosenberg.

Poucos dias depois, ele apareceu no escritório de Alfred. Com um enorme sorriso no rosto, exibiu a carta que tinha acabado de receber de Houston Stewart Chamberlain e leu alguns trechos em voz alta.

23 de setembro de 1923

Prezado Herr Hitler,

Tem toda a razão de se surpreender com essa intromissão, pois viu com os seus próprios olhos a dificuldade que tenho para falar. Mas não posso resistir à necessidade imperiosa de lhe dirigir umas poucas palavras.

Tenho me perguntado por que teria sido o senhor, justamente o senhor, que é tão extraordinário quando se trata de despertar as pessoas do sono e da monotonia da rotina, quem me deu o sono mais reparador e duradouro que experimentei desde aquele fatídico dia de agosto de 1914, quando tive a primeira manifestação dessa doença insidiosa. Agora creio que compreendi que é exatamente isto que caracteriza e define o seu ser: aquele que efetivamente desperta é, a um só tempo, aquele que nos concede a paz...

O fato de o senhor ter me trazido paz está diretamente relacionado aos seus olhos e aos gestos das suas mãos. Os seus olhos funcionam quase como mãos: capturam e detêm as pessoas; e o senhor tem a qualidade singular de ser capaz de concentrar as suas palavras num determinado ouvinte sempre que assim o desejar. Quanto às suas mãos, são tão expressivas nos seus movimentos que rivalizam com os seus olhos. Um homem assim propicia repouso a um pobre espírito que sofre! Principalmente quando ele está devotado a servir à mãe-pátria.

A minha fé na Germanidade jamais se abalou por um instante sequer, muito embora as minhas esperanças, devo confessar, tenham se reduzido a um grau ínfimo. De um só golpe, o senhor transformou a condição em que se encontrava a minha alma. O fato de a Alemanha, na sua hora de maior carência, ter gerado um Hitler é prova de vitalidade: é algo que os seus atos demonstram cabalmente, pois a personalidade de um homem não se separa das suas ações.

Consegui dormir sem qualquer preocupação. Não houve o que me fizesse acordar. Que Deus o proteja!

Houston Stewart Chamberlain

— Ele deve ter recuperado a fala e ditado esse texto... Uma carta magnífica — observou Alfred, esforçando-se para disfarçar a inveja que sentia. — E merecida, Herr Hitler — tratou logo de acrescentar.

— Agora, tenho umas notícias de verdade para lhe dar — disse Hitler. — Erich Ludendorff resolveu unir forças conosco!

— Ótimo! Ótimo! — exclamou Rosenberg. Para dizer o mínimo, Ludendorff era um excêntrico, mas continuava a ser universalmente respeitado como o marechal de campo da guerra mundial.

— Ele concorda com a minha ideia de um golpe — prosseguiu Hitler. — Também acha que devemos unir forças com outros grupos de direita, mesmo com os monarquistas e os separatistas da Baviera, e realizar um ataque durante a reunião da noite de 8 de novembro, para sequestrar várias autoridades bávaras e obrigá-las, sob a mira das armas, a me aceitar como líder. No dia seguinte, marcharemos pelo centro da cidade até o Ministério da Guerra e, com o auxílio dos reféns e da reputação do marechal de campo Ludendorff, dominaremos o exército alemão. Depois, a exemplo do que fez Mussolini marchando sobre Roma, marcharemos sobre a Berlim vermelha e derrubaremos o governo democrático da Alemanha.

— Excelente! É o começo! — exclamou Alfred. Ele estava tão alegre que nem se importou que Hitler desconsiderasse o fato de ter sido o próprio Rosenberg quem lhe sugeriu aquele plano. Já estava habituado a ver o seu líder se apropriar das suas ideias sem lhe dar crédito.

Mas acabou saindo tudo errado. O golpe foi um completo fiasco. Na noite de 8 de novembro, Hitler e Alfred foram juntos ao encontro da coalizão dos partidos de direita. Esses grupos jamais haviam se reunido antes, e a reunião foi ficando tão caótica que, a certa altura, Hitler subiu numa das mesas e deu um tiro para o teto, procurando restabelecer a ordem. Então, os nazistas sequestraram os delegados do governo da Baviera para mantê-los reféns. No entanto, achando que aqueles homens tinham passado para o lado do Partido Nacional-Socialista, os sequestradores relaxaram a vigilância e os reféns conseguiram fugir durante a noite. Apesar de tudo, porém, Hitler cedeu à insistência de Ludendorff para que prosseguissem com o projeto da marcha pela manhã, na esperança de incitar um levante por parte dos cidadãos. O marechal tinha certeza de que nem o exército nem a polícia ousaria atirar nele. Rosenberg voltou às pressas para o escritório e redigiu a manchete do *VB*, conclamando o povo à revolta geral. Nas primeiras horas da manhã do dia 9 de novembro de 1923, uma coluna de duzentos homens, muitos dos quais armados, como Hitler e Rosenberg, começou a se deslocar em direção ao centro de Munique. À frente do grupo iam Hitler, o marechal de campo Ludendorff — resplandecente no seu uniforme militar completo, ostentando inclusive o elmo com o espigão —, Hermann Göring — o popular piloto da grande guerra, com todas as suas condecorações — e Scheubner-Richter, de braços dados com o seu grande amigo Hitler. Rosenberg vinha logo atrás do seu líder. Atrás dele, estavam Rudolf Hess e Putzi Hanfstaengl (o doador que permitiu que o *VB* se tornasse uma publicação diária). Mais atrás ainda, vinha Heinrich Himmler, carregando a bandeira do partido.

Ao chegarem a uma praça, deram com uma barreira de tropas que estava ali à sua espera. Hitler gritou, mandando que os soldados se rendessem. O que eles fizeram, porém, foi abrir fogo. Seguiu-se um tiroteio de três minutos e os participantes da marcha debandaram imediatamente. Dezesseis nazistas e três soldados morreram. Sem se abalar, o marechal de campo Ludendorff se dirigiu à barricada, afastou os fuzis e foi recebido com toda a delicadeza por um oficial que se desculpou por ter de detê-lo sob custódia. Göring foi atingido duas vezes na virilha, mas conseguiu rastejar até um local mais protegido. Levaram-no então a um médico judeu gentilíssimo que lhe deu excelente tratamento e, depois, trataram logo de transportá-lo para fora do país. Scheubner-Richter, que estava de braços dados com Hitler, foi morto e arrastou consigo o companheiro, que, ao cair no chão, deslocou o ombro. Um guarda-costas, Ulrich Graf, jogou-se sobre ele e recebeu vários tiros, salvando a vida do seu líder.

Embora o homem ao seu lado tenha sido morto, Alfred nada sofreu, e conseguiu escapar àquela carnificina rastejando até a calçada e misturando-se à multidão. Não ousou ir para casa ou para o escritório: o governo mandou fechar o *VB* por tempo indeterminado e postou guardas nas portas da sua sede. Rosenberg acabou convencendo uma senhora idosa a abrigá-lo em casa por alguns dias e, à noite, ele saía vagando por Munique tentando saber o que tinha acontecido com os seus companheiros. Hitler, com muitas dores, havia se arrastado por alguns metros até ser enfiado num carro que estava à sua espera. Acompanhado por um médico do partido, foi levado para a casa de Putzi Hanfstaengl, onde trataram do seu ombro e o esconderam no sótão. Pouco antes de ser preso, rabiscou um bilhete endereçado a Alfred e pediu a Frau Hanfstaengl que o entregasse. Ela o encontrou no dia seguinte e entregou-lhe o tal bilhete, que o jornalista logo abriu. Para sua surpresa, ali estava escrito:

Caro Rosenberg, assuma a liderança do movimento de agora em diante.

Adolf Hitler

CAPÍTULO 27

Rijnsburg — 1662

Alguns dias depois, o medo de Bento tinha cedido. Já não havia mais o pulso acelerado, o peito apertado, as perturbadoras visões do ataque daquele assassino. E que alívio abençoado poder respirar sem dificuldade e se sentir bem na própria pele! Conseguia, até com certa indiferença, visualizar o rosto do seu agressor e, seguindo o conselho de Franco, olhar para aquele sobretudo preto rasgado que estava bem visível, pendurado na parede do quarto.

Depois da tentativa de assassinato e da visita de Franco, ele passou semanas refletindo sobre os mecanismos que lhe permitiriam superar o terror. Como recuperou a serenidade? Não teria sido por compreender melhor as causas que motivaram aquele homem? Bento tendia para essa explicação: ela parecia sólida e sensata. Mesmo assim, desconfiava desse apego tão forte ao poder do entendimento. Afinal, no início, isso não o tinha ajudado em nada; foi só depois que Franco veio vê-lo que essa ideia ganhou força. Quanto mais pensava a respeito, mais lhe parecia claro que Franco havia lhe dado algo essencial para a sua recuperação. Sabia muito bem que estava atravessando o seu pior momento quando o rapaz chegou e que, depois, começou a melhorar rapidamente. Mas o que exatamente Franco lhe deu? Talvez a sua maior contribuição tenha sido dissecar os ingredientes do terror e demonstrar que Bento estava particularmente abalado pelo fato de o agressor ser judeu. Em outras palavras, o pavor era aumentado pela dor reprimida do afastamento do seu povo. Isso podia explicar o poder de cura de Franco: ele não tinha apenas auxiliado o processo da razão, mas, o que fora provavelmente ainda mais importante, tinha lhe proporcionado a sua simples presença, a sua presença judaica.

E Franco também havia libertado Bento do ciúme que o atormentava, abrindo os seus olhos para a irracionalidade de sofrer por alguma coisa que, na verdade, ele nem verdadeiramente desejava nem poderia vir a ter. O rapaz então foi recuperando a tranquilidade e, em pouco tempo, havia retomado a amizade com Clara Maria e Dirk. Mesmo assim, nuvens negras voltaram a se formar na sua mente quando Clara Maria apareceu usando um colar de pérolas que Dirk havia lhe dado de presente. Poucos dias depois, as nuvens tornaram-se ameaça de temporal, quando o casal anunciou o noivado. Dessa vez, porém, a razão prevaleceu: Bento manteve o equilíbrio e se recusou a permitir que paixões viessem pôr fim à relação que tinha com os seus dois grandes amigos.

Apesar de tudo, ele se aferrou à lembrança do contato da mão de Clara Maria na dele durante a noite que se seguiu ao ataque. E lembrou-se também da forma como Franco havia posto a mão no seu ombro e da frequência com que ele mesmo e o irmão Gabriel se davam as mãos. No entanto, agora não haveria mais esse tipo de contato, por mais que o seu corpo o desejasse. Às vezes, fantasias em que se via tocando e abraçando Clara Maria ou a sua tia Martha, que também achava atraente, vinham se insinuar na sua mente, mas eram eliminadas com certa facilidade. Os desejos noturnos eram outra coisa: Bento não tinha como fechar portas para impedir a entrada dos sonhos, nem deter os fluidos do seu corpo que tantas vezes vinham manchar os lençóis. É claro que mantinha tudo isso sob o mais profundo silêncio, mas podia prever o que Franco lhe diria se porventura lhe falasse a este respeito: "Sempre foi assim. O impulso sexual é parte da nossa condição de criaturas; é a força que permite a preservação da nossa espécie."

Embora admitisse a sensatez do conselho de Franco para que ele deixasse Amsterdã, Bento ainda permaneceu na cidade por vários meses. A sua competência linguística bem como a sua excelência em termos de lógica fizeram com que diversos colegiantes viessem pedir a sua ajuda para traduzir documentos em hebraico e em latim. Esses colegiantes não tardaram a formar um círculo filosófico, liderado pelo seu amigo Simão de Vries, e, nas reuniões regulares do grupo, era comum discutirem-se ideias formuladas por Espinosa.

Mas esse tão elogioso círculo de conhecidos, que ia ficando cada vez maior e que era tão salutar para a sua autoestima, também estava interferindo significativamente no seu tempo, quase o impedindo de se dedicar plenamente às ideias que brotavam dentro dele. Conversou com Simão de Vries sobre o desejo que tinha de levar uma vida mais tranquila e, em pouco tempo, o amigo, com o auxílio de outros membros do grupo de estudos, localizou uma casa em Rijnsburg onde ele poderia morar. Rijnsburg, um pequeno povoado às margens do rio Vliet, a quarenta quilômetros de Amsterdã, era não apenas o centro do movimento colegiante, mas tinha uma localização bastante conveniente: ficava perto da universidade de Leiden, onde Bento, então profundo conhecedor de latim, poderia frequentar os cursos de filosofia e desfrutar da companhia de outros eruditos.

Bento achou o lugar bem a seu gosto. A casa era toda de pedras, com várias janelas envidraçadas que davam para um pomar de macieiras muito bem-cuidado. Na parede da frente, havia sido pintada uma estrofe manifestando o descontentamento de vários colegiantes com o estado em que o mundo se encontrava:

Ah, se os Seres Humanos Fossem Sábios
E Tivessem mais Boa Vontade
O Mundo Seria um Paraíso
Mas Hoje é Quase Sempre um Inferno

A parte da casa que lhe cabia consistia de dois aposentos no térreo, um para servir de escritório, abrigar a sua biblioteca que florescia e a cama de dossel; no outro, menor, ficaria o seu equipamento para fabricar lentes.

O dr. Hooman, um cirurgião, morava com a esposa na outra metade da casa: uma ampla sala anexada à cozinha e um quarto no andar de cima, ao qual se chegava por uma escada bem íngreme.

Bento pagava um adicional para ter direito ao jantar, refeição que geralmente fazia com o dr. Hooman e a esposa, uma senhora muito agradável. Às vezes, depois dos longos dias de atividade solitária, escrevendo e fabricando lentes, ansiava pela companhia do casal; quando, porém, estava particularmente envolvido com uma ideia, retomava os seus velhos hábitos e passava dias e dias jantando no quarto e olhando para as fecundas macieiras do pomar dos fundos, enquanto refletia e escrevia.

Um ano transcorreu assim, de forma bastante agradável. Certa manhã, em setembro, Bento acordou sentindo-se indisposto, desanimado e dolorido. Mas decidiu manter os planos de ir até Amsterdã para entregar algumas lentes de telescópio a um cliente. Ademais, o seu amigo Simão de Vries, secretário do Clube Filosófico dos Colegiantes, havia conseguido para ele um convite para uma reunião em que se discutiria a primeira parte da sua nova obra. Tirou então da bolsa a última carta de Simão e voltou a lê-la.

Meu dileto amigo, aguardo a sua chegada com impaciência. Lamento às vezes a minha sina, por estarmos separados um do outro por tão longa distância. Feliz é o dr. Hooman, que vive sob o mesmo teto que você; que pode conversar com você sobre os melhores temas seja no almoço, seja no jantar ou em passeios que deem juntos. Entretanto, embora estejamos distantes em corpo, você tem estado sempre nos meus pensamentos, principalmente pelos seus escritos, que leio e releio com frequência. Como, porém, nem todos eles são claros o bastante para os membros do nosso círculo, começamos a realizar uma nova série de reuniões e estamos ansiosos por receber de você a explicação de algumas passagens mais difíceis, o que nos dará melhores condições, graças à sua orientação, de defender a verdade contra os adeptos da religiosidade supersticiosa e sustentar o ataque do mundo inteiro.

Seu amigo devotado,
S.J. DE VRIES

Voltando a dobrar a carta, Bento sentiu um misto de alegria e inquietação: alegria pelas palavras tão positivas de Simão, mas desconfiança quanto ao seu próprio desejo de ter um público que o admirasse. Mudar-se para Rijnsburg fora sem dúvida uma sábia decisão. Pensava, porém, se não teria sido ainda mais sábio mudar-se para algum lugar ainda mais afastado de Amsterdã.

Percorreu a pé o breve trajeto até Oegstgeest, onde, por 21 *stuivers*, embarcou no *trekschuit* matinal, uma balsa puxada a cavalo que transportava passageiros pelo pequeno *trekvaart*, um canal recém-aberto que ia direto para Amsterdã. Por mais alguns *stuivers*, poderia viajar na cabine, mas estava fazendo um lindo dia de sol e ele se instalou no convés, aproveitando para reler o início do *Tratado da correção do intelecto*, texto que seria discutido no círculo filosófico de Simão no dia seguinte. Começava descrevendo a sua busca pessoal pela felicidade:

> Desde que a experiência me ensinou ser vão e fútil tudo o que costuma acontecer na vida cotidiana, e tendo eu visto que todas as coisas que receava ou que temia não continham em si nada de bom nem de mau senão enquanto o ânimo se deixava abalar por elas, resolvi, enfim, indagar se existia algo que fosse o bem verdadeiro e capaz de comunicar-se, e pelo qual unicamente, rejeitado tudo o mais, o ânimo fosse afetado; mais ainda, se existia algo que, achado e adquirido, me desse para sempre o gozo de uma alegria contínua e suprema.

Passava, então, a descrever a sua incapacidade de atingir a meta proposta enquanto ainda se prendesse às crenças culturais que determinam que o supremo bem consiste em riqueza, fama e prazeres sensuais. Esses bens, insistia em afirmar, não eram bons para a saúde do homem. Leu com todo o cuidado os comentários que tinha feito sobre as limitações desses três bens terrenos:

> Realmente, no que tange aos prazeres sensuais, o espírito fica por eles de tal maneira possuído, como se repousasse num bem, tornando-se de todo

> impossibilitado de pensar em outra coisa; mas, após a sua fruição, segue-se a maior das tristezas, a qual, se não obstrui a mente, pelo menos a perturba e a embota.
>
> Também procurando as honras e a riqueza, não pouco a mente se distrai, mormente quando estas são buscadas apenas por si mesmas, porque então serão tidas como o sumo bem. Pela fama, porém, muito mais ainda fica distraída a mente, pois sempre se supõe ser ela um bem em si e como que fim último, ao qual tudo se dirige. Além do mais, nestas últimas coisas não aparece, como na concupiscência, o arrependimento. Pelo contrário, quanto mais qualquer delas se possuir, mais aumentará a alegria e consequentemente sempre mais seremos incitados a aumentá-las. Se, porém, nos virmos frustrados alguma vez nessa esperança, surgirá uma extrema tristeza.
>
> Por último, a fama representa um grande impedimento pelo fato de precisarmos, para consegui-la, adaptar a nossa vida à opinião dos outros, a saber, fugindo do que os homens em geral fogem e buscando o que vulgarmente procuram.

Bento assentiu, particularmente satisfeito com a descrição que fizera do problema da fama. Agora, o remédio: descrevera as dificuldades que encontrava em se desvincular de um bem seguro e ao qual já estava acostumado para abraçar algo incerto. Logo depois atenuava essa ideia afirmando que, desde que buscasse um bem estabelecido, algo imutável, esse bem não seria de fato incerto em sua natureza, mas apenas pela perspectiva de ser obtido. Embora gostasse da progressão dos argumentos, foi se sentindo desconfortável à medida que ia avançando na leitura. Talvez houvesse revelado a si mesmo em diversas passagens:

> Via-me, com efeito, correr um gravíssimo perigo e obrigar-me a buscar com todas as forças um remédio, embora incerto; como um doente que, sofrendo de uma enfermidade letal e prevendo a morte certa se não empregar determinado remédio, sente-se na contingência de procurá-lo, ainda que incerto, com todas as forças, pois que nele está a sua única esperança.

Sentiu que enrubescia ao ler aquele trecho e começou a murmurar com seus botões:

— Isso não é filosofia. É excessivamente pessoal. O que foi que eu fiz? Trata-se simplesmente de uma argumentação apaixonada que tenciona despertar emoções. Está decidido... Não, é mais que uma decisão: *juro* que, no futuro, Bento Espinosa e as suas buscas, os seus medos, as suas esperanças ficarão invisíveis. Estarei escrevendo falsamente se não puder persuadir os leitores exclusivamente pela razão dos meus argumentos.

Assentiu consigo mesmo e continuou a ler os trechos que descreviam como os homens sacrificaram tudo, até mesmo a própria vida, pela busca de riquezas, reputação e indulgência nos prazeres sensuais. Agora, o remédio deveria ser introduzido em passagens breves e fortes:

(1) Esses males pareciam provir do fato de a felicidade ou a infelicidade consistirem somente numa coisa, a saber, na qualidade do objeto ao qual aderimos pelo amor.
(2) Com efeito, nunca nascem brigas pelo que não se ama, nem haverá tristeza se perece, nem inveja se é possuído por outro, nem temor nem ódio e, para dizer tudo em uma só palavra, nenhuma comoção da alma.
(3) Coisas que acontecem no amor do que pode perecer, como tudo isso de que acabamos de falar.
(4) Mas o amor de uma coisa eterna e infinita alimenta a alma de pura alegria, sem qualquer tristeza, o que se deve desejar bastante e procurar com todas as forças.

Não conseguiu ler mais. A cabeça começou a latejar. Decididamente, não estava se sentindo bem. Fechou os olhos e cochilou pelo que lhe pareceu um quarto de hora. A primeira coisa que viu quando acordou foi um grupo bem compacto de umas vinte ou trinta pessoas caminhando pela borda do canal. Quem seriam? Para onde estariam indo? Bento não despregou os olhos do grupo enquanto o *trekschuit* ia chegando mais perto e passou adiante. Na parada seguinte, que ainda ficava a uma hora a pé da casa de Simão de Vries, em Amsterdã, onde passaria a noite, surpreendeu-se passando a mão na sacola, saltando da balsa e voltando na direção das tais pessoas que caminhavam.

Não tardou muito e ele estava perto o bastante para perceber que os homens, todos vestidos com os trajes característicos dos operários holandeses, usavam o quipá. É, não havia dúvida de que se tratavam de judeus, mas de judeus asquenazes, que não o reconheceriam. Aproximou-se ainda mais. O grupo havia parado numa espécie de clareira às margens do canal e se reuniu em torno do seu líder, decerto o seu rabino, que começou a entoar uns cânticos bem na beira d'água. Bento chegou mais perto para ouvir a letra dos tais cânticos. Uma senhora mais idosa, baixinha e atarracada, com os ombros envoltos num pano preto bem pesado, olhou para o rapaz por alguns minutos e, depois, veio se chegando bem devagar. Bento viu aquele rosto enrugado, tão bondoso, tão maternal que lhe veio à cabeça a lembrança da própria mãe. Mas não, ela morreu mais jovem do que ele era no momento. Aquela velha tinha idade para ser mãe *dela*. Ao se aproximar, ela perguntou:

— *Bist an undzeriker?* [Você é um dos nossos?]

Apesar de entender apenas uma ou outra palavra de iídiche, por causa de negócios que fazia com judeus asquenazes, Bento compreendeu perfeitamente a pergunta que a velha lhe fizera, mas não tinha como responder. Finalmente, balançando a cabeça, sussurrou:

— Sefardi.

— *Ah, ir zayt an undzeriker. Ot iz a matone fun Rifke.* [Então é um dos nossos. Tome! Um presente de Rifke.] — Dizendo isso, tirou do bolso do avental um naco considerável de pão fresco e apontou para o canal.

Bento agradeceu com um aceno de cabeça e, quando a velha se afastou, deu um tapa na testa, murmurando:

— Tashlich. Incrível... É o Rosh Hashanah! Como pude esquecer?

Conhecia bem a cerimônia do Tashlich. Por séculos a fio, congregações de judeus vinham realizando um serviço do Rosh Hashanah às margens de cursos d'água e encerravam a cerimônia atirando pão na água. As palavras da Escritura voltaram à sua mente: "Uma vez mais, tende piedade de nós! Esquecei as nossas faltas e jogai nossos pecados nas profundezas do mar!" (Miqueias 7:19.)

Aproximou-se mais para ouvir o rabino que incitava a congregação, os homens que o cercavam bem de perto e as mulheres formando um círculo exterior, a pensar em tudo que lamentavam ter feito no ano que passou, todos os atos de indelicadeza e todos os pensamentos ignóbeis, a inveja, o orgulho e a culpa, e pedia-lhes que se livrassem deles, que lançassem fora todos os pensamentos indignos exatamente como agora atirariam o seu pão. O rabino então lançou o pão na água e foi imediatamente imitado por todos os demais. Por um instante, Bento enfiou a mão no bolso onde tinha guardado o seu pedaço de pão, mas se conteve. Não gostava de participar de qualquer ritual que fosse e, ainda por cima, era apenas um espectador e estava longe demais do canal. O rabino cantou as orações em hebraico e, instintivamente, Bento murmurou as palavras junto com ele. A cerimônia foi, no final das contas, agradável e extremamente sensata, e, quando o grupo voltou para retornar à sinagoga, vários deles o cumprimentaram com um aceno de cabeça, dizendo:

— *Gut Yontef.* [Bom feriado.]

— *Gut Yontef dir.* [Bom feriado para você.] — replicava Bento, sorridente.

Gostou daqueles rostos; todos pareciam boas pessoas. Embora fossem bem distintos em aparência dos membros da sua própria comunidade sefardi, lembravam-lhe as pessoas que havia conhecido na infância. Simples, mas atenciosos. Serenos e à vontade uns com os outros. Tinha saudades. Ah, se tinha...

Enquanto ia andando para a casa de Simão, mordiscando o pão de Rifke, Bento foi refletindo sobre a experiência que tivera. Era evidente que havia subestimado o poder do passado. A sua marca é indelével; ele não pode ser apagado; tinge com as suas cores o presente e influencia imensamente os sentimentos e as ações. De forma mais clara que nunca, Bento compreendeu que os pensamentos e os sentimentos não conscientes fazem parte da rede causal. Tantas coisas ficaram claras: o poder de cura que ele atribuiu a Franco, o forte e doce impacto da cerimônia Tashlich, até mesmo o gosto extraordinário do pão de Rifke que ele ia mastigando bem devagar, como se quisesse extrair cada partícula do seu sabor. E mais: tinha certeza de que a sua mente tinha sem dúvida alguma um calendário invisível, pois, embora houvesse esquecido o Rosh Hashanah, parte da sua mente lembrou que aquele dia marcava o início de um novo ano. Talvez fosse esse conhecimento oculto que estivesse por trás do mal-estar que o incomodara o dia inteiro. Quando pensou nisso, as suas dores e o peso no corpo desapareceram. Ele, então, apressou o passo e seguiu para Amsterdã, ao encontro de Simão de Vries.

CAPÍTULO 28

CONSULTÓRIO DE FRIEDRICH, OLIVAER PLATZ, Nº 3, BERLIM — 1925

Porque não serão os senhores, cavalheiros, que hão de nos julgar. Esse julgamento será pronunciado pelo eterno tribunal da história (...) Declarem-nos culpados mil vezes: a divindade do eterno tribunal da história sorrirá e rasgará em pedacinhos as teses da Promotoria do Estado e o veredicto desta corte; pois ela nos inocentará.

— Adolf Hitler, trecho de encerramento do discurso pronunciado durante o julgamento de 1924, em Munique.

No dia 1º de abril de 1925, o *VB* voltou a circular como um jornal diário. E quem foi reconduzido ao cargo de editor, a despeito de todos os meus pedidos e argumentos? Rosenberg, aquele meio judeu antissemita insuportável, tacanho, arremedo de mitólogo, que, mantenho hoje o que já disse antes, fez mais mal ao movimento que qualquer outro homem, à exceção de Goebbels.

— Ernst (Putzi) Hanfstaengl

— O bilhete de Hitler me deixou perplexo. Olhe só, Friedrich, quero que veja com os seus próprios olhos. Ando sempre com ele na carteira. Atualmente, dentro de um envelope: o papel está começando a se rasgar.

Friedrich pegou o envelope com todo o cuidado, abriu-o e retirou dali o tal bilhete.

Caro Rosenberg, assuma a liderança do movimento de agora em diante.

Adolf Hitler

— Então, isto lhe foi entregue logo depois do golpe fracassado? Dois anos atrás?

— No dia seguinte. Ele o escreveu em 10 de novembro de 1923.

— Fale mais sobre a sua reação.

— Como já disse, fiquei perplexo. Não fazia a menor ideia que ele poderia me escolher para substituí-lo.

— Continue.

— Eu... — principiou Alfred, balançando a cabeça. Por um instante, pareceu ter perdido a fala; depois, recobrou-se e disse: — Fiquei chocado. Completamente atônito. Seria possível? Hitler nunca tinha mencionado a ideia de eu liderar o partido antes desse bilhete... E nunca voltou a falar disso depois de escrevê-lo!

Hitler nunca tocou nesse assunto antes ou depois... Friedrich ficou tentando assimilar essa ideia tão estranha, mas continuou atento às emoções de Alfred. O seu treinamento analítico tinha feito dele um homem mais paciente. Sabia que tudo se revelaria no seu tempo.

— Quanta emoção na sua voz, Alfred! É importante acompanhar os sentimentos. O que lhe vem à cabeça?

— Com o *putsch*, tudo desmoronou. O partido se dispersou. Os líderes estavam ou na prisão, como Hitler, ou fora do país, como Göring, ou escondidos, como eu. O governo declarou o partido ilegal e fechou definitivamente o *Völkischer Beobachter*. O jornal só voltou a circular poucos meses atrás e retomei então o meu antigo emprego.

— Quero saber a história toda, mas, por enquanto, volte ao que sentiu com relação ao bilhete. Faça aquilo que já fizemos antes. Imagine a cena: você abriu o bilhete pela primeira vez e, então, diga o que lhe passar pela cabeça.

Alfred fechou os olhos e se concentrou.

— Orgulho. Um orgulho enorme: ele escolheu *a mim*; *eu, acima de todos os demais.* Foi para mim que ele passou o cetro. Isso é o máximo. É por isso que carrego sempre esse bilhete comigo. Eu *nem* imaginava que ele confiava tanto em mim e me valorizava tanto. O que mais? Uma alegria enorme. Talvez esse tenha sido o momento de maior orgulho na minha vida. Não, talvez não: *foi* o momento de maior orgulho. Eu o amei muitíssimo por isso. E depois... E depois...

— Depois o quê, Alfred? Não pare.

— Depois, foi a maior merda! O bilhete. Tudo! A minha maior alegria virou a maior... a maior *pestilência* da minha vida.

— De alegria à pestilência... Conte como foi essa transformação — disse Friedrich, sabendo que qualquer comentário seu era desnecessário. Alfred estava louco para falar.

— Para contar tudo em detalhe, eu precisaria de todo o meu tempo de hoje — replicou Alfred, olhando o relógio. — Aconteceram tantas coisas...

— Sei que você não pode me contar tudo que aconteceu nos últimos três anos, mas preciso pelo menos de um breve resumo para entender realmente o seu sofrimento.

Rosenberg olhou para o teto alto do amplo consultório de Friedrich, tentando pôr as ideias em ordem.

— Como eu poderia dizer? Basicamente, esse bilhete me atribuía uma tarefa impossível. Ele me mandava liderar um deplorável grupo de homens peçonhentos, todos armando para chegar ao poder, todos com o seu próprio projeto, todos dispostos a me derrotar. Todos eles, uns sujeitos superficiais e imbecis, sentiam-se ameaçados pela minha inteligência superior e eram inteiramente incapazes de entender o que eu dizia. Cada qual mais profundamente ignorante que o outro quanto aos princípios que o partido defendia.

— E Hitler? Ele lhe pediu que liderasse o partido. Não teve nenhum apoio por parte dele?

— Hitler? A reação dele foi absolutamente desconcertante e dificultou ainda mais a minha vida. Não acompanhou o drama do nosso partido?

— Lamento, mas não estou a par do que ocorre na política. Continuo inteiramente absorvido pelas novas descobertas no meu campo e por todos os pacientes que vêm me procurar, em sua maioria ex-soldados. Além do mais, é melhor saber das coisas pelo seu ponto de vista.

— Vou tentar resumir. Como deve saber, em 1923 tentamos persuadir os líderes do governo da Baviera a se unirem a nós na marcha sobre Berlim, inspirada na marcha sobre Roma realizada por Mussolini. Mas o nosso golpe acabou sendo um completo fiasco. Na opinião de todos, não podia ter sido pior. Foi mal planejado e mal executado, e se desmantelou ao primeiro sinal de resistência. Quando escreveu esse bilhete para mim, Hitler estava escondido no sótão da casa de Putzi Hanfstaengl, na iminência de ser preso e possivelmente até deportado. Quando a Frau Hanfstaengl veio me entregar o bilhete, me contou o que tinha acontecido. Três carros trazendo policiais chegaram à casa deles, e Hitler ficou agitadíssimo, brandindo a pistola, dizendo que preferia se matar a deixar que aqueles porcos o levassem. Por sorte, o marido dela tinha lhe ensinado uns golpes de jiu-jítsu e, como Hitler estava com o ombro machucado, ela conseguiu dominá-lo. A esposa de Hanfstaengl tomou o revólver das mãos dele e atirou a arma num barril de duzentos quilos de farinha. Depois de escrever o tal bilhete às pressas, Hitler se deixou levar para a prisão. Todos achavam que a sua carreira tinha terminado. Hitler estava acabado: tinha se tornando objeto de riso país afora.

"Ou, pelo menos, era o que parecia. Mas foi lá do fundo do poço que esse verdadeiro gênio ressurgiu. Transformou o fiasco em ouro puro. Para ser honesto, ele me tratou como se eu fosse um merda. Fiquei arrasado com o que ele fez comigo. Mesmo assim, atualmente, estou mais que nunca convencido de que esse homem tem um destino brilhante."

— Explique isso, Alfred.

— O seu momento de redenção veio por ocasião do julgamento. No tribunal, todos os outros participantes do golpe se mostraram dóceis e se declararam inocentes das acusações de traição. Alguns recebiam sentenças leves, como Hess, que pegou sete meses. Alguns, como o intocável marechal de campo Ludendorff, foram declarados inocentes e liberados imediatamente. Hitler foi o único que insistiu em se declarar culpado de traição e, na sessão do seu julgamento, eletrizou juízes, espectadores e jornalistas dos principais jornais da Alemanha com um discurso milagroso que se estendeu por quatro horas. Aquele foi o seu auge, o momento que fez dele um herói para todos os alemães. Decerto está a par disso.

— Estou. Todos os jornais cobriram o julgamento, mas não cheguei a ler efetivamente o discurso.

— À diferença daqueles outros frouxos que se declararam inocentes, ele proclamou repetidas vezes a sua culpa. "Se", disse ele, "derrubar esse governo dos criminosos de novembro, que apunhalaram pelas costas o valoroso exército alemão, é alta traição, *então sou culpado*. Se querer restaurar a gloriosa majestade da nossa nação alemã é traição, *então sou culpado*. Se querer restaurar a honra do exército alemão é traição, *então sou culpado*." Os juízes ficaram tão tocados que vieram cumprimentá-lo, apertaram a sua mão e queriam inocentá-lo, mas não podiam: ele insistia em se declarar culpado de traição. No fim, condenaram-no a cinco anos de reclusão na prisão de segurança mínima de Landsberg, mas concederam-lhe o perdão antecipado da pena. Foi assim que, numa tarde extraordinária, ele passou de político sem importância e motivo de riso a uma figura nacional universalmente admirada.

— É, reparei que, agora, todos conhecem seu nome. Obrigado por me relatar o que se passou. Mas tem uma coisa que está aqui martelando na minha cabeça, e gostaria de voltar a esse ponto: o termo tão forte que você usou, "pestilência". O que houve entre você e Adolf Hitler?

— Mais valeria dizer o que *não* houve... O episódio mais recente, que é o verdadeiro motivo que me trouxe aqui, foi quando ele me humilhou publicamente. Teve um daqueles seus ataques de raiva e, furioso, me fez as mais cruéis acusações: me acusou de incompetência, deslealdade e todos os crimes que se possa imaginar. Não me peça mais detalhes. Apaguei isso tudo da minha cabeça e só me lembro de alguns fragmentos da cena... Parece até o jeito como nos lembramos de um rápido pesadelo. Isso aconteceu há duas semanas, e ainda não consegui me recuperar.

— Dá para perceber como você está abalado. O que provocou toda essa raiva?

— Questões políticas. Decidi inscrever alguns candidatos para a eleição parlamentar de 1924. Era óbvio que o nosso futuro apontava para essa direção. O golpe desastroso provou que não tínhamos outra escolha senão entrar no sistema parlamentar. Caso contrário, o nosso partido, que já estava em frangalhos, acabaria se dissolvendo inteiramente. Uma vez que o NSDAP havia sido declarado ilegal, propus que unísse-mos forças com um outro partido, sob a liderança do marechal de campo Ludendorff. Tive uma longa conversa com Hitler sobre o assunto numa das diversas visitas que lhe fiz na prisão de Landsberg. Ele passou semanas recusando-se a tomar uma decisão, mas finalmente acabou me autorizando a resolver a questão. Esta é uma atitude bem típica dele: raramente decide alguma coisa em termos políticos, delegando aos seus subordinados a tarefa de procurar uma solução. Tomei então a decisão e nos saímos bem na eleição. Mais tarde, porém, quando Ludendorff tentou deixá-lo à margem, Hitler denunciou publicamente a minha decisão e proclamou que ninguém estava autorizado a falar em seu nome. Ou seja: me desautorizou inteiramente.

— Ao que parece, ele descontou em você uma raiva que tinha outro alvo, uma raiva que vinha de outras fontes, particularmente da perspectiva de perder o poder.

— Isso mesmo, Friedrich. Foi exatamente isso. Atualmente, Hitler só está preocupado com uma única coisa: a sua posição de líder. Nada mais importa, nem mesmo os nossos princípios básicos. Desde que foi libertado, depois de passar 13 meses em Landsberg, está muito mudado. Tem agora um olhar distante, como se estivesse vendo coisas que os outros não veem, como se estivesse acima e além das questões terrenas. E faz questão absoluta de que todos o chamem exclusivamente de "Führer". Ficou incrivelmente distante de mim.

— Lembro que me disse, no nosso último encontro, como se sentia ao vê-lo distante de você; como se entristecia quando presenciava alguma cena que demonstrava que ele tinha mais intimidade com outras pessoas. Você se referiu a Göring, não foi?

— Exatamente. Hoje em dia, porém, a coisa é mais geral. Em público, ele se mantém sempre à parte. E esse palerma do Göring é uma parte importante do problema. Ele não é só um puxa-saco que gosta de semear a discórdia, e muito grosseiro comigo, mas o seu notório vício é uma verdadeira desgraça. Disseram-me que, em manifestações públicas, ele fica o tempo todo pegando o frasco de pílulas e tomando um bom punhado. Tentei expulsá-lo do partido, mas não consegui convencer Hitler. Na verdade, Göring é o outro grande motivo que me fez vir aqui hoje. Embora ainda esteja fora do país, eu soube, por fontes seguras, que ele anda espalhando o boato de que Hitler escolheu a mim para liderar o partido na sua ausência *porque sabia que eu era o pior candidato possível*. E que fez isso *deliberadamente*. Em outras palavras: eu era tão incompetente que a posição e o poder de Hitler não seriam ameaçados. Não sei o que fazer. Estou realmente apavorado — e, dizendo isso, Alfred afundou na cadeira, tapando os olhos com as mãos. — Preciso da sua ajuda. Tenho me imaginado conversando com você.

— E o que me imagina dizendo ou fazendo?

— Nesse ponto, me dá um branco total. Nunca consigo chegar tão longe.

— Tente me imaginar falando com você de um jeito que alivie a sua dor. A seu ver, qual seria a coisa perfeita para eu dizer? — Esse era um dos estratagemas favoritos de Friedrich, já que sempre lhe permitia investigar de forma mais profunda a relação entre paciente e terapeuta. Mas naquele momento não foi isso que aconteceu.

— Não posso, não posso fazer isso. Preciso ouvir o que você vai falar.

Vendo que Alfred estava agitado demais para conseguir refletir, Friedrich fez o melhor que pôde para lhe dar algum apoio.

— Bom, Alfred, vou lhe dizer o que fiquei pensando enquanto você falava. Em primeiro lugar, sinto o peso do fardo que está carregando. É uma história de terror. Como se você estivesse num ninho de cobras, sendo tratado de forma injusta e cruel por todos. E, embora eu tenha prestado a maior atenção, não ouvi nenhuma afirmação vinda de fonte alguma.

— Você já entendeu — exclamou Rosenberg, bufando. — Sabia que ia entender. Ninguém valoriza nada que eu faço. Tomei a decisão certa no caso da eleição, e o Führer agora está trilhando exatamente o caminho que propus. Mas nunca, nunca mesmo, ouvi uma palavra de elogio.

— De ninguém na vida?

— Ouço elogios da minha esposa, Hedwig. Casei de novo recentemente. Mas os elogios dela não são importantes. Só as palavras de Hitler contam.

— Posso lhe fazer uma pergunta, Alfred? Essas injúrias que você vem sofrendo, esses boatos maldosos, a bronca aviltante de Hitler, a mais completa falta de apreciação... Por que aguenta tudo isso? Por que se aferra a essa condição, como se estivesse pedindo mais? Por que não cuida melhor de si mesmo?

Alfred balançou a cabeça, como se estivesse esperando por essa pergunta.

— Não gosto nada de usar chavões, mas preciso viver. Preciso de dinheiro. O que mais posso fazer? Sou conhecido como jornalista radical e não existem outras oportunidades de trabalho. A minha formação profissional como arquiteto não me garantiria um emprego. Já lhe disse que o meu trabalho de conclusão de curso foi o projeto de um crematório?

Vendo Friedrich sacudir a cabeça, Alfred prosseguiu:

— Bom, acho que na Baviera católica ninguém anda pedindo que se construam mais crematórios. Não, não tenho outra alternativa em termos profissionais.

— Mas atrelar-se a Hitler, aceitar todos esses abusos e permitir que toda a sua autoestima fique subindo ou descendo conforme o humor dele não é uma boa receita para estabilidade ou bem-estar. Por que o amor desse homem por você é assim tão importante?

— Não é assim que vejo as coisas. Não é apenas o amor dele que eu procuro, é o que ele pode me propiciar. A razão da minha vida é a purificação racial. Do fundo do meu coração, sei que este é o trabalho da minha vida. Se desejo que a Alemanha volte a se erguer; se desejo uma Alemanha livre dos judeus e uma Europa livre dos judeus, *preciso* permanecer junto com Hitler. Só por meio dele posso concretizar essas ambições.

Friedrich deu uma olhada no relógio. Ainda tinham muito tempo pela frente, pois haviam marcado uma sessão dupla naquele dia e outra no dia seguinte.

— Estou pensando numa coisa sobre essa mudança de comportamento de Hitler com relação a você, Alfred. Acho que está ligada à mudança de atitude dele, ao fato de ele ter assumido uma postura visionária. Aparentemente, ele está tentando se recriar, tornar-se maior que tudo e que todos. E creio que deseja se afastar daqueles que o conheceram quando ainda era um ser humano comum. Talvez esta seja a razão de ele estar se desligando de você.

— Não tinha pensado nisso nesses termos — disse Rosenberg, depois de refletir um instante. — Mas acho que há muita verdade no que você disse. Hitler tem agora um novo grupo mais chegado, e todos nós, que formamos o grande grupo, temos de fazer o maior esforço para conseguir que ele nos ouça. Sem contar com Göring, que foi a única exceção, ele excluiu toda a velha guarda. Há um novato particularmente pernicioso, Joseph Goebbels, que, creio eu, será o Mefisto do nosso movimento antes tão correto. Não suporto esse sujeito, e a recíproca é absolutamente verdadeira. Atualmente, Goebbels é o editor de um diário nazista aqui em Berlim, e logo logo estará comandando todas as nossas eleições. Tem ainda um outro que faz parte desse grupinho: Rudolf Hess. Ele andou nos rondando por algum tempo e comandou uma tropa de assalto no golpe. Mesmo assim, entrou na vida de Hitler muito depois de mim. Ele ficou numa cela vizinha à dele, em Landsberg, e o visitava diariamente. Como pretendia ir trabalhar com os negócios do pai, aprendeu estenografia e começou a datilografar os trechos de *Mein Kampf* que Hitler ia lhe ditando. Admito que tenho inveja de Hess. Teria ido para a prisão de muito bom grado se fosse para me encontrar com Hitler todos os dias. Eles terminaram o primeiro volume ainda em Landsberg e acho que Hess fez um trabalho de edição, trabalho em geral bem ruim, diga-se de passagem.

E cá estou eu, o líder intelectual do partido e, de longe, o melhor escritor... Seria de se esperar que ele tivesse *me* pedido para fazer o trabalho de edição. Eu teria aprimorado tanto o texto... É claro que teria eliminado vários trechos que ele hoje declara abertamente estar arrependido de ter escrito. Sem dúvida cortaria aquela parte tão esquisita sobre a sífilis. Mas ele não me pediu absolutamente nada.

— Por que não?

— Tenho lá os meus palpites, mas você é a única pessoa a quem posso dizer isso. Por um motivo: acho que Hitler sabia que eu não seria um editor imparcial em função de todas as ideias que ele roubou de mim. Veja bem, antes de ele ir para a cadeia, eu era o filósofo oficial do partido. Na verdade, alguns jornais de esquerda viviam publicando coisas como "Hitler é o porta-voz de Rosenberg" ou "Hitler ordena o que Rosenberg quer". Isso o deixava muitíssimo aborrecido e, agora, ele pretende deixar bem claro que é o único autor da ideologia do partido e que eu não tive qualquer função na sua obra. Em *Mein Kampf*, ele é absolutamente explícito a esse respeito. Decorei uma das suas frases: "Em períodos raros da história da humanidade pode acontecer que o político pragmático e o político filósofo se reúnam na mesma pessoa." Hitler quer ser visto como esse raro tipo de líder — disse Alfred, e então recostou-se na cadeira e fechou os olhos por alguns instantes.

— Está parecendo mais relaxado, Alfred.

— É que ajuda falar com você.

— Vamos explorar isso. Como eu ajudo?

— Me apontando novas formas de ver o que aconteceu comigo. É um alívio conversar com alguém inteligente. Ando cercado de tanta mediocridade...

— É como se esse lugar, essa forma de conversar, lhe desse uma trégua com relação ao seu isolamento, é isso?

Alfred assentiu.

— É... — prosseguiu Friedrich. — E fico feliz por lhe proporcionar isso. Mas não é o bastante. Pergunto-me se não haveria um jeito de eu lhe proporcionar algo mais substancial que alívio. Algo mais profundo e mais duradouro.

— Acho perfeito. Mas como?

— Vamos tentar. Vou começar com uma pergunta. Há muitos sentimentos negativos de Hitler e de muitos outros dirigidos a você. A minha pergunta é: que papel *você* desempenha nisso tudo?

— Já toquei nesse ponto. Como sempre, sou hostilizado por causa da minha inteligência superior. Tenho uma mente complexa e a maioria das pessoas não consegue acompanhar os meandros dos meus pensamentos. Não é culpa *minha*, mas as pessoas se sentem intimidadas por mim. E, por não serem capazes de compreender plenamente as minhas ideias, muitas delas se sentem estúpidas e, então, me agridem como se a culpa fosse *minha*.

— Não, não é bem isso que estou buscando. Na verdade, estou tentando chegar à pergunta "O que deseja mudar em si mesmo?". Porque é isso que tento fazer: ajudar os meus pacientes a mudar. Quando diz que o seu problema decorre da sua mente superior, está nos levando a um beco sem saída, já que você naturalmente não quer sacrificar nem uma parte que seja da sua mente superior. Ninguém iria querer fazer isso.

— Estou completamente perdido, Friedrich.

— O que estou querendo dizer é que a terapia consiste em mudança e estou tentando ajudá-lo a descobrir o que deseja mudar em si mesmo. Quando você me diz que todos os seus problemas se devem a terceiros, o único recurso terapêutico que me resta é tranquilizá-lo e ajudá-lo a aprender como aguentar essas ofensas, ou então sugerir que procure outro círculo de relações. Veja — disse Friedrich, resolvendo adotar outra tática que geralmente dava resultado —, vamos pensar assim: que percentual dos problemas que você tem enfrentado é causado por outras pessoas: 20%, 50%, 70% ou 90%?

— É impossível calcular assim.

— É claro, mas não estou querendo exatidão; quero simplesmente que você arrisque uma estimativa. Vamos lá, faça o que estou pedindo, Alfred.

— Está certo. Digamos 90%.

— Ótimo. O que significa que 10% desses problemas desagradáveis que tanto o aborrecem são responsabilidade *sua*. Isso pode nos indicar um caminho a seguir. Nós precisamos explorar esses 10% e ver se conseguimos compreender o que acontece e, então, mudar isso. Está me entendendo, Alfred?

— Estou começando a ter aquela estranha sensação de vertigem que tenho sempre que converso com você.

— Isso não é necessariamente ruim. Em geral, o processo de mudança provoca uma desestabilização. Mas vamos voltar ao trabalho. Vamos examinar aqueles 10%. Quero saber que papel você desempenha nessa história de as pessoas o tratarem tão mal.

— Já respondi a essa pergunta. Eu lhe disse que é a inveja dos homens comuns diante de alguém com uma imaginação e um intelecto superiores.

— O fato de as pessoas o maltratarem em função da sua superioridade se inclui na categoria dos 90%. Vamos nos concentrar nos outros 10%: a *sua* parte nisso tudo. Você disse que é excluído, malvisto, vítima de boatos. O que faz para provocar isso?

— Fiz o possível para convencer Hitler a se livrar daqueles sujeitos medíocres e bitolados, os Göring, os Streicher, os Himmler, os Röhm. Mas foi em vão.

— Mas você fala da superioridade da linhagem ariana e esses homens, se Hitler sair vencedor, vão ser dirigentes arianos. Como é possível que eles façam parte dessa linhagem ariana? Decerto devem ter *alguns* pontos fortes, *algumas* virtudes...

— Eles precisam de instrução e esclarecimento. O livro que estou escrevendo vai justamente propiciar a educação de que os nossos futuros líderes arianos vão precisar. Se Hitler me der o seu apoio, posso elevar e purificar o modo de pensar de todos eles.

Friedrich estava atônito. Como pôde subestimar a tal ponto a força da resistência de Alfred? Resolveu fazer uma nova tentativa.

— Na última vez que nos encontramos, Alfred, você me disse que algumas pessoas lá no seu trabalho tinham se referido a você como a "esfinge" e também que a crítica de Dietrich Eckart o tinha convencido da necessidade de fazer algumas mudanças significativas em si mesmo. Lembra-se disso?

— Isso é coisa do passado. Essa saga e a influência de Dietrich Eckart já se acabaram. Ele morreu há vários meses.

— Lamento muito. Foi uma grande perda para você?

— Foi, e não foi... Eu lhe devo muito, mas a nossa relação se deteriorou quando Hitler concluiu que Eckart estava doente e enfraquecido demais para continuar sendo o editor-chefe do *VB* e me nomeou para ocupar o seu lugar. Não tive culpa nenhuma, mas Eckart me acusou na ocasião. Por mais que eu tenha tentado, não consegui convencê-lo de que não tinha armado um golpe para derrubá-lo. Só quando ele já estava morrendo é que o seu rancor contra mim diminuiu um pouco. Na última vez que fui visitá-lo, ele me mandou chegar mais perto e sussurrou na minha orelha: "Acompanhe Hitler. Ele vai ditar os passos da dança. Mas não esqueça que quem escolheu a música fui eu." Depois que ele morreu, Hitler o chamou de "estrela guia" do movimento nazista. Mas, como acontece comigo, jamais lhe deu o crédito por ter lhe ensinado alguma coisa específica.

A energia de Friedrich estava se esgotando, mas ele continuou a tentar.

— Vamos voltar à questão que eu estava querendo abordar. Quando ainda trabalhava para Eckart, você me disse que queria fazer mudanças em si mesmo, queria não ser tão "esfinge", conversar mais...

— Isso foi naquela época. Atualmente, não tenho a mínima intenção de me enfraquecer só para ficar bem aos olhos de espíritos inferiores. Na verdade, agora essa ideia me causa repugnância. Em si mesma, essa ideia é um microcosmo da grande questão que devemos enfrentar enquanto nação: *os fracos não são iguais aos fortes.* Se os fortes reduzirem a sua disposição e o seu poder; se renunciarem ao seu destino de dirigentes ou se poluírem o seu sangue com casamentos interraciais, estarão solapando a verdadeira grandeza do *Völk*.

— Você só está vendo o mundo em termos de fortes e fracos, Alfred. Com toda a certeza, existem outras maneiras de...

— Toda a história — interrompeu Rosenberg, com voz mais forte — é uma saga dos fortes e dos fracos. Vou lhe falar com toda a franqueza. A tarefa de homens fortes como Hitler, como eu e como você, Friedrich, é estimular o florescimento da superior raça ariana. Você sugere que se veja a história de "outras formas". Sem dúvida está se referindo à forma da igreja, que tenta nos livrar dos laços de sangue e criar o indivíduo soberano que nada mais é que uma abstração desprovida de polaridade ou potência. Todas as noções de igualdade são fantasias e contrárias à natureza.

Friedrich estava vendo um outro Alfred: Alfred Rosenberg, o ideólogo nazista, o propagandista, o orador das manifestações de massa nazistas. Não gostava nada do que via, mas, por uma questão de reflexo, persistia na sua função.

— Lembro que, na primeira vez que nos falamos já adultos, você disse que gostava imensamente de conversar sobre filosofia. Disse também que há anos não tinha oportunidade de fazer isso.

— E era verdade. Aliás, continua sendo.

— Então, posso propor algumas questões filosóficas sobre os seus comentários?

— Claro que pode.

— Todos os argumentos que você vem apresentando esta manhã têm por fundamento uma premissa básica: que a raça ariana é superior e que devem ser feitos esforços importantes e drásticos no sentido de aumentar a pureza dessa raça. Certo?

— Prossiga.

— A minha pergunta é simplesmente: que evidência tem disso? Não tenho dúvida de que, diante de indagação semelhante, qualquer outra raça proclamaria a sua própria superioridade.

— Evidência? Veja só todos esses grandes alemães! Use os seus olhos, os seus ouvidos. Ouça Beethoven, Bach, Brahms, Wagner. Leia Goethe, Schiller, Schopenhauer, Nietzsche. Veja as nossas cidades, a nossa arquitetura e as grandes civilizações que os nossos antecessores arianos fundaram, mas que acabaram ruindo, contaminadas pela poluição do sangue semítico inferior.

— Creio que você está citando Houston Stewart Chamberlain. De uns tempos para cá, li parte da obra dele e, francamente, fiquei muito pouco impressionado com a evidência que ele apresenta. Na verdade, tudo não passa da afirmação de que é possível ver alguns arianos, louros, de olhos azuis, em pinturas de figuras de corte no Egito, na Índia ou em Roma. Isso não é evidência. Os historiadores que andei consultando dizem que Chamberlain simplesmente inventou a história que serviria para fundamentar as suas alegações. Por favor, Alfred, dê-me alguma evidência substancial das suas premissas. Evidências que Kant, Hegel ou Schopenhauer respeitariam.

— Você quer evidências? A voz do meu sangue é a minha evidência. Nós, os verdadeiros arianos, confiamos nas nossas paixões, e sabemos como dominá-las para recuperar o lugar de liderança que nos é destinado.

— Você fala de paixão, mas ainda não ouvi nenhuma evidência. Na minha área, procuramos as causas das paixões intensas. Existe uma teoria, na psiquiatria, que me parece de extrema relevância para essa nossa conversa. Alfred Adler, um médico vienense, escreveu diversos textos sobre os sentimentos universais de inferioridade que aumentam simplesmente em função do crescimento como ser humano e da vivência prolongada de situações em que nos sentimos desamparados, fracos e dependentes. Muitos acham esse sentimento de inferioridade intolerável e buscam compensá-lo desenvolvendo um complexo de superioridade, que é apenas a outra face da mesma moeda. Acredito que essa dinâmica pode estar acontecendo dentro de você, Alfred. Falamos da infelicidade que você sentia quando criança, da sensação de não se sentir em casa em parte alguma, da sua impopularidade e da sua luta para obter sucesso, em parte para "eles verem". Lembra-se disso?

Alfred ficou só olhando para ele, mas não disse nada.

— Acredito — prosseguiu Friedrich — que você esteja cometendo o mesmo erro que os judeus, que, por dois mil anos, acharam-se um povo superior, o povo escolhido por Deus. Ambos concordamos que Espinosa derrubou tal argumento e não tenho a menor dúvida de que, se ele estivesse vivo, o poder da sua lógica também derrubaria o seu argumento ariano.

— Eu bem que lhe avisei sobre os riscos de entrar nesse campo judeu. O que a psicanálise sabe sobre raça, sangue e alma? Eu lhe avisei e, agora, temo que já tenha sido corrompido.

— E eu *lhe* disse que esse conhecimento e esse método eram bons demais e poderosos demais para serem propriedade exclusiva dos judeus. Os meus colegas e eu temos usado os princípios dessa área para proporcionar uma ajuda imensa a legiões de arianos feridos. E você também está ferido, Alfred, mas, apesar dos seus próprios desejos, não vai permitir que eu o ajude.

— E eu achando que estava lidando com um *Übermensch*... Como estava enganado! — exclamou Rosenberg, levantando-se.

Tirou do bolso um envelope com reichsmarks alemães, depositou-o com a maior precisão num canto da mesa de Friedrich e se dirigiu à porta.

— Voltamos a nos ver amanhã, a essa mesma hora — disse Friedrich.

— Nem amanhã — gritou Alfred já do vestíbulo — nem nunca! E vou fazer o que estiver ao meu alcance para que essas ideias judaicas deixem a Europa juntamente com os judeus.

CAPÍTULO 29

Rijnsburg e Amsterdã — 1662

Enquanto rumava para Amsterdã, Bento tratou de desviar o pensamento do passado, afastar as nostálgicas imagens dos Rosh Hashanah celebrados em família que tinham lhe voltado à lembrança graças à cena dos judeus asquenazes realizando o Tashlich. Tinha de pensar no que vinha pela frente. Dentro de cerca de uma hora, ia rever Simão, o generoso Simão, tão querido, o seu mais fervoroso defensor. Era bom que ele morasse perto o bastante para que houvesse visitas ocasionais, mas também que não fosse tão perto assim, já que, por diversas vezes, o rapaz tinha dado sinais de querer ficar próximo demais. Passou-lhe pela cabeça uma cena da última visita que ele fez a Rijnsburg.

— Bento — disse Simão —, embora sejamos bem próximos, continuo a achá-lo esquivo. Dê-me esse prazer, amigo, e conte-me exatamente como passa os seus dias. O dia de ontem, por exemplo.

— Ontem foi um dia como outro qualquer. Comecei a manhã relembrando e anotando ideias que a minha mente havia acumulado durante a noite. Depois, passei as quatro horas seguintes trabalhando nas minhas lentes.

— O que faz, exatamente? Conte-me o seu processo, passo a passo.

— É melhor mostrar que contar. Mas vai levar algum tempo.

— O que mais quero é participar da sua vida.

— Venha comigo ao outro aposento.

No laboratório, Bento indicou uma grande placa de vidro.

— É aí que tudo começa. Fui buscá-lo ontem na fábrica de vidro que fica apenas a um quilômetro daqui. — E, pegando uma serra de arco, prosseguiu: — Isso é afiado, mas não o bastante. Estou esfregando a lâmina com óleo e pó de diamante. — Dizendo isso, ele cortou um pedaço circular de três centímetros de diâmetro. — O próximo passo é trabalhar esse vidro para lhe dar a curva e o ângulo adequados. Antes de mais nada, preciso prendê-lo à prensa, assim. — E, enquanto falava, aplicou ao aparelho, com todo o cuidado, um pouco de piche para fixar a rodela de vidro. — E então usamos o torno mecânico para o primeiro corte em feldspato e quartzo. — Depois de uns dez minutos de trabalho ali na prensa, Bento pôs o vidro num molde preso a um disco de madeira que girava muito rápido. — Enfim, dou o acabamento com um polimento delicado. Uso um corindon e uma mistura de óxido de zinco. Vou fazer só a parte inicial para não aborrecê-lo com o processo inteiro, que é longo e maçante. Pronto — disse, então, voltando-se para Simão —, agora você sabe como passo as minhas manhãs e também sabe de onde vêm os óculos.

— Vendo você fazer isso, Bento — replicou Simão —, fico dividido. Por um lado, saiba que admiro imensamente as suas habilidades e a sua técnica perfeita, mas, por outro, a maior parte da minha mente brada alto e bom som: "Deixe isso para os artesãos. Toda comunidade na Europa tem os seus artesãos. Existem legiões incalculáveis deles. Mas em que lugar do mundo existe outro Bento Espinosa?" Faça o que só você pode fazer, Bento. Leve a cabo o projeto filosófico que o mundo inteiro está aguardando. Todo esse barulho, essa poeira, esse ar viciado, esses cheiros, todo esse tempo tão precioso sendo consumido. Por favor, eu lhe imploro mais uma vez, deixe que eu o livre do fardo desse trabalho. Deixe que eu lhe dê um estipêndio anual vitalício, a quantia que você desejar, para que possa dedicar todas as suas horas à filosofia. Os meios não me faltam e me daria uma alegria indizível poder lhe proporcionar esse auxílio.

— Você é generoso, Simão. E saiba que gosto de você pela sua generosidade. Mas as minhas necessidades são parcas e não precisam de muito para serem satisfeitas, e dinheiro em excesso vai antes me distrair que me ajudar a me concentrar. Além do mais, Simão, por mais inacreditável que seja, é verdade, fabricar lentes é ótimo para ajudar a pensar. Isso mesmo: fico muito concentrado no torno, no ângulo e no raio do vidro, no polimento delicado, mas, enquanto isso, as ideias vão germinando lá no fundo a uma velocidade tal que, muitas vezes, quando termino uma lente, descubro que, mirabile dictu, surgiram novas soluções para alguns argumentos filosóficos bem espinhosos, e que elas estão ali, *prontinhas, ao alcance da mão. Eu, ou pelo menos o eu em estado de atenção, pareço não ser necessário. Não é muito diferente do fenômeno que tantos antigos relatam de problemas sendo solucionados em sonhos. Independentemente de tudo isso, porém, a ciência da óptica me fascina. Atualmente, estou desenvolvendo um método inteiramente novo de fabricar lentes preciosas para telescópios, coisa que, creio eu, será um grande avanço nessa técnica.*

A conversa se encerrou com Simão segurando a mão de Bento entre as suas e retendo-a por um bom tempo.

— Você não vai me escapar. Não vou desistir da ideia de tentar facilitar o seu trabalho. E saiba que a minha oferta continua de pé enquanto eu viver.

Foi nessa hora que Bento achou que era bom Simão não morar tão perto assim...

Em Amsterdã, num banco às margens do Singel, Simão Joosten de Vries esperava a chegada do amigo. Nascido numa família de ricos comerciantes, o rapaz morava a poucas quadras da casa de Van den Enden, numa sólida construção de quatro andares que tinha o dobro da largura das casas vizinhas que bordejavam o canal. Simão não apenas adorava Bento, mas também se parecia com ele fisicamente: frágil, de ossatura miúda, com um rosto de traços belos e delicados e uma postura que transpirava grande dignidade.

Quando o Sol se pôs e o brilho alaranjado do céu foi se tornando cinzento como carvão, Simão começou a andar de um lado para outro, diante da própria casa, e foi ficando cada vez mais ansioso quanto ao paradeiro de Espinosa. O *trekschuit* já deveria ter chegado cerca de uma hora antes. De repente, ao avistar o amigo caminhando pelo Singel, a uns dois quarteirões de distância, Simão acenou com os braços, correu ao seu encontro e insistiu em carregar a pesada bolsa que Bento trazia no ombro, com os seus cadernos e as lentes que acabara de aprontar. Assim que entraram na casa, Simão levou o visitante até a mesa onde havia pão de centeio, queijo e um *oudewijvenkoek* recém-saído do forno: o bolo das velhas, como é chamado esse doce com anis característico do norte da Holanda.

Enquanto preparava o café, Simão foi lhe contando os planos que tinha para o dia seguinte.

— O Clube de Filosofia vai se reunir por volta das sete da noite. Estou contando com 12 participantes, e todos leram as dez páginas que você me enviou pelo correio. Mandei fazer duas cópias e pedi que lessem o texto em um dia e, depois, fossem passando para os outros. À tarde, tenho um presente para você, do Clube de Filosofia. Tenho certeza de que não vai recusar. Encontrei alguns volumes interessantes em duas livrarias diferentes: a loja de Abraham de Wees e a de Lubbert Meyndertsz. Vou levá-lo até lá e poderá escolher um livro entre tantos de um saboroso cardápio que inclui Virgílio, Hobbes, Euclides e Cícero.

Bento não recusou a proposta do amigo; pelo contrário, os seus olhos brilharam.

— Agradeço muito, Simão. Você é generosíssimo.

Exatamente: Bento tinha um ponto fraco que Simão já havia identificado. Era um apaixonado pelos livros, e não apenas por lê-los, mas também por possuí-los. Embora sempre recusasse, polida e firmemente, qualquer outro presente, não conseguia recusar um livro precioso. Assim, Simão e vários outros colegiantes vinham, pouco a pouco, construindo para ele uma bela biblioteca que já havia preenchido quase por completo a grande estante que ocupava uma das paredes do seu quarto em Rijnsburg. Às vezes, tarde da noite, quando não conseguia dormir, Bento se aproximava das estantes e sorria fitando aqueles volumes. Às vezes, dedicava-se a rearrumá-los por tamanho, por tema ou simplesmente por ordem alfabética. E, às vezes, inspirava o cheiro dos livros ou os acariciava, deliciando-se com o seu peso ou com o contato das diferentes encadernações na palma das mãos.

— Antes, porém, de irmos à livraria — prosseguiu Simão —, você vai ter uma surpresa. Uma visita! Espero que seja do seu agrado. Tome, leia esta carta que chegou na semana passada.

Bento abriu a carta, que formava um rolinho bem apertado, amarrado com um barbante. A primeira linha estava escrita em português e, de imediato, ele reconheceu a letra de Franco. "Meu caro amigo, há quanto tempo não nos vemos." A partir daí, para sua grande surpresa, a carta prosseguia num excelente hebraico. "Tenho muito que conversar com você. Antes de mais nada, saiba que sou agora um estudante aplicado e que sou pai. Não acho muito seguro me alongar nesse bilhete e só espero que o seu amigo possa dar um jeito de nos encontrarmos."

— Quando chegou esta carta, Simão?

— Há cerca de uma semana. O mensageiro, a própria caricatura da fugacidade, entrou furtivamente assim que abri a porta. Entregou-me a carta no mesmo instante e, depois de espiar a rua com todo o cuidado para ter a certeza de que ninguém o via, esgueirou-se bem depressa. Não revelou o próprio nome, mas declarou que você tinha lhe dito que eu poderia lhes servir de contato. Deduzi que é aquele homem que foi tão prestativo depois da tentativa de assassinato que você sofreu.

— Exatamente. Ele se chama Franco, mas até isso tem de ser mantido em segredo. O meu amigo está se arriscando muito: lembre-se de que a excomunhão proíbe formalmente que qualquer judeu me dirija a palavra. Ele é a minha única ligação com o passado, e você, a minha única ligação com ele. Quero muito encontrá-lo.

— Ótimo. Tomei a liberdade de lhe dizer que você chegaria hoje a Amsterdã e os olhos dele brilharam tanto que sugeri que ele passasse aqui para vê-lo amanhã de manhã.

— E o que ele disse?

— Disse que havia alguns obstáculos, mas que faria tudo que fosse humanamente possível para vir até aqui antes do meio-dia.

— Obrigado, Simão.

Na manhã seguinte, uma vigorosa batida na porta ecoou pela casa inteira. Quando Simão abriu a porta, Franco, usando um manto com um capuz que lhe cobria a cabeça e boa parte do rosto, esgueirou-se para dentro. O dono da casa o levou até onde estava Bento, que o esperava no salão da frente com janelas que davam para o canal e, depois, discretamente, os deixou a sós. Franco segurou Bento pelos dois ombros, radiante.

— Ah, Bento. Que bênção ver você!

— É uma bênção para mim também. Tire esse manto e deixe-me vê-lo, Franco. Ora, ora, ora! — exclamou Espinosa, girando ao redor do amigo. — Você está mudado: ganhou peso, tem o rosto mais cheio, mais animado. Mas, com essa barba e essas roupas pretas, você está parecendo um estudante do Talmud. É muito perigoso vir até aqui? E que tal a vida de casado? E a experiência de ser pai? Está feliz?

— Quantas perguntas! — replicou Franco, rindo. — A qual delas devo responder primeiro? Acho que à última. O seu amigo Epicuro não a consideraria a mais importante de todas? Estou, sim, muito feliz. A minha vida mudou muito, e para melhor. E você, Bento? Está feliz?

— Estou, sim. Mais feliz que nunca. Como Simão deve ter lhe dito, estou morando em Rijnsburg, um lugarejo pequeno e tranquilo, e vivo exatamente do jeito que sempre quis: sozinho, com poucas distrações. Penso, escrevo e ninguém tenta me esfaquear. O que eu poderia querer mais? E as minhas outras perguntas?

— A minha esposa e o meu filho são verdadeiras bênçãos na minha vida. Ela é a alma gêmea que eu desejava encontrar e, agora, está se tornando uma alma gêmea instruída. Está aprendendo comigo a ler em português e em hebraico, e estamos estudando holandês juntos. O que mais você perguntou? Ah, sim, as minhas roupas e essa touceira aqui... — disse Franco, passando a mão pela barba. — Você talvez fique chocado, mas estou estudando na sua antiga escola, o Yeshibah Pereira. O rabino Mortera conseguiu na sinagoga uma pensão tão generosa para mim que não preciso mais trabalhar para o meu tio ou para quem quer que seja.

— Isso não é comum...

— Ouvi dizer que, no passado, ele lhe ofereceu a mesma pensão. Talvez, por algum estranho golpe do destino, ela tenha sido redirecionada para mim. Talvez esteja sendo recompensado por tê-lo traído.

— E qual foi o motivo alegado pelo rabino Mortera?

— Quando eu lhe perguntei: "O que fiz para merecer isso?", ele me surpreendeu. Disse que a pensão, dentro dos seus princípios, dentro dos princípios da comunidade judaica, era uma forma de honrar o nome do meu pai, cuja reputação, além da reputação da longa linhagem de rabinos de que ele descendia, era muito maior do que eu jamais imaginaria. Mas também acrescentou que eu era um aluno promissor que poderia, um dia, seguir os passos do meu pai.

— E... — principiou Bento, respirando fundo — qual foi a sua resposta?

— Gratidão. Você fez de mim um homem com sede de conhecimento, Bento Espinosa, e, para alegria do rabino, mergulhei num prazeroso estudo do Talmud e da Torá.

— Entendo. Hã... Bem... Você conseguiu grandes resultados. O hebraico do seu bilhete é excelente.

— Tem razão. Estou feliz comigo mesmo, e o meu prazer em aprender só faz aumentar a cada dia.

Seguiu-se um breve silêncio. Ambos abriram a boca para falar, mas se detiveram. Depois de mais um breve silêncio, Franco perguntou:

— Você estava angustiadíssimo quando nos vimos pela última vez, depois do ataque que sofreu. Recuperou-se logo?

— Sim — replicou Espinosa, com um aceno de cabeça. — E em boa parte graças a você. Saiba que, mesmo agora, lá em Rijnsburg, deixo o meu velho sobretudo rasgado pendurado em local bem visível. Foi um excelente conselho.

— Fale mais sobre a sua vida.

— O que eu poderia dizer? Passo metade dos meus dias fabricando lentes e o resto do meu tempo é dedicado a pensar, ler e escrever. Não tenho muito que contar quanto ao aspecto exterior. A minha vida inteira é concentrada na minha mente.

— E aquela jovem que me levou até o seu quarto? A que tanto o fez sofrer?

— Ela e o meu amigo Dirk estão pretendendo se casar.

Depois de mais um instante de silêncio, Franco indagou:

— E? Fale mais.

— Continuamos amigos, mas ela é católica devota e ele está se convertendo ao catolicismo. Suponho que a nossa amizade vá ser abalada quando eu publicar a concepção que tenho da religião.

— E a sua preocupação com o poder das suas paixões?

— Ah... — principiou Bento, com alguma hesitação. — Bem, desde a última vez que nos vimos, tenho desfrutado de tranquilidade.

Seguiu-se um novo silêncio, finalmente rompido pelo visitante.

— Reparou que há algo diferente entre nós hoje?

Bento deu de ombros, meio desconcertado.

— O que quer dizer com isso? — indagou.

— Estou me referindo aos silêncios. Nunca tivemos esses momentos de silêncio antes. Sempre havia muito a ser dito: falávamos sem parar. Jamais houve um instante que fosse de silêncio.

Bento assentiu.

— O meu pai, bendito seja — prosseguiu Franco —, sempre dizia que, quando há algo importante que não é dito, não se pode dizer mais nada que tenha alguma importância. Concorda com isso, Bento?

— O seu pai era um homem sábio. Algo importante? Em que está pensando?

— Sem dúvida alguma, é algo relacionado à minha aparência e ao meu entusiasmo pela minha educação judaica. Presumo que isso o perturbou e você não sabe o que dizer.

— Há uma boa dose de verdade nas suas palavras. Mas... Hã... Não sei exatamente o que...

— Não estou habituado a vê-lo tropeçar nas palavras, Bento. Se posso falar por você, acho que "a coisa importante" é o fato de desaprovar a minha linha de estudos, mas, ao mesmo tempo, o seu coração tem carinho por mim e, por isso, você deseja respeitar a minha decisão e não fazer qualquer observação que possa me causar constrangimento.

— Você disse muito bem, Franco. Eu não estava conseguindo encontrar as palavras adequadas. Sabe que é excepcionalmente bom nisso?

— Nisso?

— É. Em perceber as nuances entre o que é dito e o que não é dito numa conversa. Fico pasmo com a sua acuidade!

— Muito obrigado, Bento — replicou o rapaz, inclinando a cabeça. — É um dom que herdei do meu querido pai. Algo que aprendi desde pequeno.

Mais uma vez, fez-se silêncio.

— Por favor, Bento, tente expressar o que está achando do nosso encontro de hoje.

— Vou tentar. Concordo que *há* uma diferença qualquer. Nós dois mudamos, e estou tendo uma dificuldade incomum em lidar com isso. Você vai ter de me ajudar a destrinchar o que está acontecendo.

— Talvez seja melhor falarmos apenas da nossa mudança. Do seu ponto de vista, quero dizer.

— Antes, *eu* era o professor, e *você*, o discípulo que concordava com as minhas concepções e queria passar a vida exilado ao meu lado. Agora, tudo isso mudou.

— Porque comecei a estudar a Torá e o Talmud?

Bento balançou a cabeça.

— Não é só o estudo — respondeu ele. — As suas palavras foram um "estudo prazeroso". E acertou em cheio no diagnóstico que fez do meu coração. Fiquei com medo de ofendê-lo ou de atrapalhar a sua alegria.

— Acha que os nossos caminhos estão se separando?

— E não estão? Atualmente, mesmo que não tivesse as suas obrigações familiares, será que ainda optaria por me acompanhar na vida que eu levo?

Franco hesitou e refletiu por um bom tempo antes de responder.

— A minha resposta, Bento, é sim e não. Acho que eu *não* o acompanharia na vida que leva. Mesmo assim, os nossos caminhos *não* se separaram.

— Como é possível? Explique-me.

— Ainda compartilho plenamente de todas as críticas que você fez às superstições religiosas naquelas conversas com Jacob e comigo. Nesse ponto, sou exatamente como você.

— E, no entanto, sente um grande prazer em estudar textos supersticiosos?

— Não, não é assim. Sinto grande prazer no *processo* do estudo, mas nem sempre no *conteúdo* daquilo que estudo. Sabe, professor, há uma diferença entre essas duas coisas...

— Pois me explique, por favor, professor — replicou Bento, agora muito aliviado. Abriu um enorme sorriso e estendeu a mão para brincar com o cabelo de Franco.

O rapaz retribuiu aquele sorriso e fez uma pausa para desfrutar do carinho do amigo.

— Quando digo "processo" — prosseguiu ele, então —, estou querendo dizer que adoro me ver empenhado num estudo intelectual. Tenho um prazer imenso em estudar hebraico e me delicio com todo esse mundo antigo que se abre para mim. As minhas aulas de estudos talmúdicos são muito mais interessantes do que eu poderia imaginar. Ainda outro dia discutimos a história do rabino Yohanon...

— Que história?

— O fato de ele ter curado outro rabino dando-lhe a mão e, depois, quando ele mesmo ficou doente, foi visitado por um terceiro rabino, que lhe perguntou: "Esses sofrimentos são suportáveis para você?" E Yohanon respondeu: "Não, nem eles nem a sua recompensa." Então, o outro o curou dando-lhe a mão.

— Sei. Conheço a história. E sob que aspecto você acha isso interessante?

— Na discussão que tivemos, levantamos inúmeras questões. Por exemplo, por que o rabino Yohanon simplesmente não curou a si mesmo?

— E, é claro, a turma discutiu o fato de o prisioneiro não poder libertar a si mesmo e de a recompensa para o sofrimento estar no mundo que há de vir.

— Exatamente. Sei que tudo isso é bem familiar, talvez até incômodo para você, mas, para alguém como eu, tais discussões são divertidíssimas. Onde mais eu teria a oportunidade de participar de exames de consciência desse tipo? Alguns dos meus colegas diziam uma coisa, outros discordavam, outros ainda se perguntavam por que usar determinadas palavras quando existem outras muito mais esclarecedoras. O nosso professor nos estimula a examinar cada pedacinho de informação contida no texto.

"E, para lhe dar mais um exemplo — prosseguiu Franco —, na semana passada, discutimos a história sobre um célebre rabino que agonizava com muito sofrimento à beira da morte, mas que era mantido vivo pelas orações dos seus alunos e dos demais rabinos. Penalizada, a criada atirou uma jarra do alto do telhado, que se estilhaçou fazendo um barulho tão grande que todos se assustaram e pararam de rezar. Nesse exato momento, o rabino morreu."

— Ah, sim. O rabino Yehudah haNasi. E estou certo de que os temas da discussão foram se a criada agiu corretamente ou se era culpada de homicídio, e ainda se os outros rabinos careceram de compaixão por prolongar aquela vida, retardando a sua chegada à felicidade do mundo que está por vir.

— Posso imaginar que resposta você daria, Bento. Lembro-me perfeitamente da sua postura com relação à crença numa vida após a morte.

— Exatamente. A premissa fundamental, a existência de um outro mundo, é falha. Mesmo assim, a sua turma não se dispôs a discuti-la.

— Concordo que existem limitações. De todo modo, é um privilégio, uma alegria, sentar-me com outros por horas a fio discutindo temas de tanto peso. E o nosso professor nos ensina como argumentar. Se uma questão parece extremamente óbvia, somos instruídos a questionar por que o autor do texto teria dito aquilo, a buscar se não haveria alguma coisa mais profunda oculta por trás das suas palavras. Quando ficamos plenamente satisfeitos com o nosso entendimento, ele nos ensina a desencavar o princípio geral subjacente àquele trecho. Se algum ponto for irrelevante, aprendemos a discutir por que o autor o teria incluído. Em suma, Bento, os estudos talmúdicos estão me ensinando a pensar e acredito que isso tenha acontecido com você também. Quem sabe não foi esse estudo que azeitou a sua mente, deixando-a tão ágil?

— Não posso negar que há mérito nisso, Franco — admitiu Bento, assentindo. — Mas, fazendo um retrospecto, eu preferiria ter percorrido um trajeto menos sinuoso, mais racional. Euclides, por exemplo, vai direto ao ponto e não fica turvando as águas com histórias enigmáticas e geralmente contraditórias.

— Euclides? O inventor da geometria?

Bento fez que sim.

— Euclides vai fazer parte da minha próxima fase, de uma instrução mais mundana. Mas, por enquanto, o Talmud está desempenhando bem o seu papel. E por um motivo muito simples: *adoro* histórias. Elas dão vida e profundidade às aulas. Todos adoram histórias.

— Não, Franco, nem todos! Pense na evidência que está por trás dessa afirmação. Trata-se de uma conclusão infundada que, por experiência pessoal, sei que é falsa.

— Ah! Não gosta de histórias? Nem quando criança?

Bento fechou os olhos e recitou:

— "Quando eu era criança, falava como criança, pensava como criança, raciocinava como criança..."

— "Desde que me tornei homem" — completou Franco, no mesmo tom — "eliminei as coisas de criança." Paulo, Coríntios#1.

— Impressionante! Você agora é tão rápido, Franco, tão autoconfiante. Tão diferente daquele rapaz inculto e mal-ajambrado que desembarcou de um navio vindo de Portugal.

— Inculto em termos de cultura judaica. Mas não esqueça que nós, os cristãos-novos, tínhamos uma instrução católica, forçada, mas completa. Eu li o Novo Testamento inteirinho.

— Tinha me esquecido disso. O que significa que você começou a sua segunda educação. Isso é ótimo. Há muita sabedoria tanto no Velho quanto no Novo Testamento. Especialmente em Paulo. Umas poucas linhas acima dessa passagem, ele expressa exatamente a minha opinião com relação a histórias: "Quando chegar o que é perfeito, o imperfeito desaparecerá."

Franco ficou parado ali, repetindo consigo mesmo:

— Imperfeito? Perfeito?

— O "perfeito" — disse Bento — é a verdade moral. O que é imperfeito é o seu invólucro, no caso, a história que não mais será necessária quando a verdade for revelada.

— Não sei ao certo se aceitaria Paulo como modelo de vida. A vida que ele levou, segundo nos ensinam, parece um tanto desequilibrada. Tão severo, tão fanático, tão destituído de alegrias, condenando tanto os prazeres terrenos... Como você é duro consigo mesmo, Bento! Por que recusar o prazer de uma boa história, um prazer que parece tão benigno, tão universal? Que cultura não tem histórias?

— Lembro-me de um rapaz que debochava das histórias de milagres e profecias. Lembro-me de um rapaz agitado, instável e rebelde que refutava com todas as suas forças a ortodoxia de Jacob. Lembro-me das suas reações aos serviços da sinagoga. Embora não soubesse hebraico, acompanhava a tradução portuguesa da Torá e ficava indignado com as histórias que encontrava ali, criticando a loucura e o despropósito tanto dos cultos judaicos quanto dos católicos. Lembro-me de tê-lo ouvido perguntar: "Por que se encerrou a temporada dos milagres? Por que Deus não realizou um milagre e salvou o meu pai?" E o mesmo rapaz se angustiava pensando que o pai tinha dado a vida por uma Torá repleta de crendices supersticiosas em milagres e profecias.

— É, tudo isso é verdade. Também me lembro.

— E então, Franco? Onde foram parar esses sentimentos? Agora, você só fala da alegria que encontra no estudo da Torá e do Talmud. E, mesmo assim, diz que concorda inteiramente com a crítica que faço das superstições. Como é possível?

— A resposta é a mesma, Bento. O que me dá alegria é o *processo* do estudo. Não levo muito a sério o conteúdo. Gosto das narrativas, mas não as considero uma verdade histórica. Presto atenção à moral, às mensagens contidas nas escrituras sobre amor, caridade, bondade e comportamento ético. E deixo de lado todo o resto. Além disso, existem histórias e histórias. Alguns relatos de milagres são, como você diz, inimigos da razão. Outros, porém, chamam a atenção do estudante, e isso é algo que acho útil tanto para os meus estudos quanto para as aulas que estou começando a dar. De uma coisa estou certo: alunos sempre vão se interessar por histórias, ao passo que jamais haverá uma longa fila de estudantes ávidos por aprender mais sobre Euclides e a geometria. Ah... quando falei de aulas, lembrei algo que estava louco para contar! Estou começando a lecionar os elementos do hebraico e adivinhe quem é um dos meus alunos... Prepare-se para um choque: o seu quase assassino!

— Oh! Meu agressor! É chocante mesmo! Você sendo professor do meu agressor! O que me diz dele?

— O seu nome é Isaac Ramirez e o seu palpite sobre as circunstâncias foi absolutamente certo. A família de Ramirez foi aterrorizada pela Inquisição: os seus pais foram assassinados e ele ficou enlouquecido de dor. Foi exatamente porque a história dele era tão parecida com a minha que me prontifiquei a lhe dar aulas, e, até agora, as coisas estão indo bem. Nunca esqueci a forma como você me aconselhou a tratá-lo. Lembra-se?

— Lembro que lhe disse para não contar à polícia onde ele estava.

— É verdade, mas disse outra coisa também: "Escolha um caminho religioso." Está lembrado? Não entendi absolutamente nada...

— Talvez eu não tenha sido claro o bastante. Amo a religião, mas detesto a superstição.

— Foi exatamente assim que entendi as suas palavras — replicou Franco, assentindo com um gesto. — Que eu deveria demonstrar compreensão, compaixão e perdão. Não é isso?

Bento fez que sim.

— Isso também está na Torá, um código moral de comportamento, e não só as histórias de milagres.

— Sem dúvida alguma, Franco. A minha história favorita no Talmud é aquela do pagão que se aproxima do rabino Hillel declarando que estaria disposto a se converter ao judaísmo caso o rabino pudesse lhe ensinar toda a Torá enquanto ele ficasse num pé só. "Não faça ao seu vizinho o que a você parece detestável", replicou Hillel. "Aí está toda a Torá: o resto são comentários. Vá estudá-la."

— Está vendo? Você *gosta* de histórias...

Bento já ia responder, mas Franco logo tratou de corrigir o que havia dito:

— ...ou, ao menos, de *uma* história. Podem funcionar como uma ótima ferramenta para a memória. Para muita gente, são mais eficazes que a geometria pura.

— Entendo o seu ponto de vista, Franco, e, sem dúvida alguma, os seus estudos *estão* aguçando a sua mente. Você está se tornando um formidável antagonista num debate. O motivo pelo qual o rabino Mortera o escolheu é óbvio. Hoje à noite vou discutir um texto meu com alguns colegiantes membros de um círculo filosófico, e adoraria que o mundo fosse de outro jeito para que você pudesse estar presente. Mais que a de qualquer outra pessoa, a sua crítica me seria de grande valia.

— Seria uma honra ler um texto seu. Em que língua escreve? O meu holandês está cada dia melhor.

— Infelizmente, em latim. Vamos torcer para que essa língua faça parte da sua segunda educação, pois duvido muito que esse texto seja um dia traduzido para o holandês.

— Tive umas noções de latim na minha educação católica.

— Pense em estudar o latim a sério. O rabino Menasseh e o rabino Mortera são bem versados nessa língua e devem permitir que você faça isso, quem sabe não vão até encorajá-lo...

— O rabino Menasseh morreu no ano passado, e acho que o rabino Mortera está declinando rapidamente.

— Ah, que pena... Mesmo assim você há de encontrar quem o incentive. Talvez possa passar um ano na Yeshibah de Veneza. Isso é muito importante: o latim abre todo um...

De repente, Franco se levantou e foi até a janela para ver melhor os três homens que acabavam de passar. Voltou-se, então, e disse:

— Desculpe, Bento... Pensei ter visto alguém da congregação. Estou muito assustado com a possibilidade de ser visto aqui.

— É, e não tocamos na pergunta que fiz sobre o risco dessa visita. Diga-me, Franco, esse risco é muito grande?

O rapaz baixou a cabeça.

— Enorme! Tão grande que é a única coisa que não conto nem para a minha esposa. Não tenho como dizer a ela que posso pôr a perder tudo aquilo que tanto lutamos para construir neste novo mundo. É um risco que corro apenas por você; que não correria por mais ninguém na Terra. Preciso ir andando. Não tenho como explicar a minha ausência à minha esposa ou aos rabinos. Pensei num estratagema: se alguém me visse, poderia mentir dizendo que Simão me procurou para ter aulas de hebraico.

— Também pensei nisso. Mas não use o nome de Simão. Todos sabem que somos amigos, pelo menos no mundo dos gentios. É melhor citar o nome de outra pessoa qualquer que você poderia perfeitamente encontrar aqui. Talvez Peter Dyke, um dos membros do Clube de Filosofia.

— É triste penetrar na terra da mentira — observou Franco, com um suspiro. — Nunca mais pisei nesse solo desde que o traí, Bento. Mas, antes de eu ir embora, fale-me sobre os seus progressos filosóficos. Depois que eu tiver aprendido latim, talvez Simão consiga uma cópia das suas obras para mim. Por enquanto, porém, tudo que posso ter é a sua palavra. As suas ideias me deixam intrigado. Continuo sem entender direito algumas coisas que você nos disse, a Jacob e a mim.

Bento ergueu o queixo, com um ar inquiridor.

— Na primeira vez que nos vimos — prosseguiu Franco —, você disse que Deus era pleno, perfeito, sem insuficiências, e que não precisava que nós o glorificássemos.

— Exatamente. Esta é a minha concepção e foi isso mesmo que eu disse.

— E lembro também o comentário que fez logo em seguida, dirigindo-se a Jacob; uma frase que me fez adorar você: "Deixe, por favor, que eu ame a Deus do meu próprio jeito."

— Sim? Por que ficou tão intrigado?

— Graças a você, sei que Deus não é um ser como nós. Nem como qualquer outro ser. Você afirmou, enfaticamente, e isso foi o golpe definitivo para Jacob, que Deus era a Natureza. Mas diga-me, ensine-me: como pode amar a Natureza? Como pode amar algo que não é um ser?

— Em primeiro lugar, Franco, uso o termo "Natureza" num sentido especial. Não me refiro a árvores, florestas, relva, oceano ou qualquer outra coisa que não seja feita pelas mãos do homem. Refiro-me a tudo que existe: a uma unidade perfeita, absolutamente necessária. Por "Natureza" designo o que é infinito, uno, perfeito, racional e lógico. A causa imanente de todas as coisas. E tudo que existe, sem exceção, funciona de acordo com as leis da Natureza. Portanto, quando falo de amor à Natureza, não estou me referindo ao amor que você sente pela sua esposa ou pelo seu filho. Estou tratando de uma forma diferente de amor, um amor intelectual. Em latim, a formulação que adoto é *Amor dei intellectualis*.

— Um amor intelectual por Deus?

— Exatamente. O amor pelo mais pleno entendimento possível da Natureza, ou de Deus. A apreensão do lugar de cada coisa finita na sua relação com causas finitas. A compreensão, na medida do possível, das leis universais da Natureza.

— Então, quando fala de amar a Deus, está se referindo à compreensão das leis da Natureza.

— Isso mesmo. As leis da Natureza são apenas um outro nome, mais racional, para os eternos desígnios de Deus.

— Que se distingue do amor humano comum na medida em que envolve uma só pessoa?

— Perfeitamente. E amar algo que é imutável e eterno significa que você não está sujeito aos caprichos, às inconstâncias ou à finitude do ser amado. Significa também que não devemos tentar nos completar por meio de outra pessoa.

— Se estou entendendo direito, Bento, isso também deve significar que não devemos esperar reciprocidade no amor.

— Mais uma vez, certíssimo. Não podemos esperar qualquer reciprocidade. Extraímos uma admiração deleitosa de uma visão, um entendimento privilegiado do vasto e infinitamente complexo esquema da Natureza.

— Outro projeto de vida?

— É. Deus, ou a Natureza, tem um número infinito de atributos que vão sempre escapar ao meu pleno entendimento para sempre. Mas a minha limitada compreensão já consegue obter uma admiração e um deleite imensos, por vezes até um deleite extático.

— Estranha religião essa sua, se é que podemos chamá-la de religião — observou Franco, levantando-se. — Preciso ir, embora ainda esteja perplexo. Mas, antes, quero lhe dizer ainda uma coisa: estou me perguntando se você deifica a Natureza ou naturaliza Deus.

— Muito bem formulado, Franco. Preciso de tempo, de bastante tempo, para pensar como responderia a essa questão.

CAPÍTULO 30

BERLIM — 1936

O mito do século XX — texto que ninguém consegue compreender, escrito por um báltico tacanho que pensa de uma forma assustadoramente complicada.

— Adolf Hitler

Dos velhos membros do partido, poucos figuram entre os leitores do livro de Rosenberg. Eu, particularmente, só passei os olhos pelas páginas. Na minha opinião, trata-se de algo escrito num estilo excessivamente abstruso.

— Adolf Hitler

"Sigmund Freud recebe o Prêmio Goethe"

O Prêmio Goethe, a maior distinção científica (acadêmica) e literária da Alemanha, foi concedido a Freud no dia 28 de agosto de 1930, dia do aniversário do escritor, em Frankfurt, em meio a grandes festividades. O *Israelitische Gemeindezeitung* comemorou com tambores e fanfarra. O valor do prêmio era de dez mil reichsmarks... É público e notório que destacados eruditos tenham rejeitado por completo a psicanálise do judeu Sigmund Freud. O grande antissemita Goethe teria se revirado no caixão se soubesse que um judeu recebeu o prêmio que leva o seu nome.

— Alfred Rosenberg, *Völkischer Beobachter*

— Mein Führer, dê só uma olhada nessa carta do dr. Gebhardt, médico-chefe da clínica Hohenlychen, sobre o *Reichsleiter* Rosenberg.

Hitler tomou a carta das mãos de Hudolf Hess e passou os olhos pelo texto, dando particular atenção aos trechos que Hess havia sublinhado.

> *Venho tendo grandes dificuldades para estabelecer qualquer contato com o* Reichsleiter *Rosenberg (...) Como médico, tenho a impressão de que a demora da sua recuperação se deve, em boa medida, ao seu isolamento psíquico (...) Apesar dos meus, se posso dizer assim, cautelosos esforços para construir uma ponte, tudo tem sido em vão (...) em razão da constituição espiritual do* Reichsleiter *e da sua posição especial na vida política (...) Ele só poderá ter alta se conseguir abrir a sua mente para aqueles que estão pelo menos em condições de lhe falar de igual para igual e que tenham capacidade intelectual similar, pois, assim, ele poderá recuperar a calma e a determinação necessárias para agir e até mesmo para retomar a vida cotidiana.*
>
> *Na semana passada, perguntei se ele já havia compartilhado os seus pensamentos mais íntimos com alguém. De forma bastante inesperada, ele respondeu, citando um tal de Friedrich Pfister, um amigo de infância lá da Estônia. Depois disso, fui informado de que Friedrich Pfister é hoje* Herr Oberleutnant *Pfister, um conceituado médico da Wehrmacht servindo em Berlim. Posso solicitar que ele seja imediatamente destacado para assumir as funções de médico do* Reichsleiter *Rosenberg?*

— Não há nada aí que possa nos surpreender — disse Hitler, devolvendo a carta a Hess. — Mas tome cuidado para que ninguém mais a veja. E providencie a ordem para a transferência imediata de Herr Oberleutnant Pfister. Rosenberg é insuportável. Sempre foi. Todos sabemos disso perfeitamente. Mas ele é leal, e o partido ainda precisa do seu talento.

A clínica Hohenlychen, a cem quilômetros ao norte de Berlim, tinha sido requisitada por Himmler para atender aos líderes nazistas e aos altos oficiais da SS que estivessem doentes. Alfred já havia estado internado ali por três meses, em 1935, por causa de uma séria crise de depressão. Agora, em 1936, vinha apresentando os mesmos sintomas que o impediam de exercer as suas atividades: fadiga, agitação e depressão. Incapaz de se concentrar no trabalho editorial do *Beobachter*, isolara-se por várias semanas, mal falando com a esposa e a filha.

Depois de hospitalizado, foi submetido a vários exames físicos pelo dr. Gebhardt, mas recusava-se terminantemente a responder a qualquer pergunta sobre o seu estado mental ou a sua vida pessoal. Karl Gebhardt era amigo e médico pessoal de Himmler e também tratava de outros líderes nazistas (à exceção de Hitler, que sempre teve o seu próprio médico, Theodor Morell, próximo de si). Alfred tinha certeza de que tudo o que dissesse a Gebhardt não tardaria a ser transmitido ao bando inteiro dos seus inimigos nazistas. Pela mesma razão, ele se recusava a falar com um psiquiatra. Vendo-se num impasse e já sem paciência para ficar sentado, em silêncio, encarando o olhar desdenhoso de Rosenberg, o médico estava louco para transferir aquele paciente tão irritante para algum colega, e sofreu muito escolhendo com todo o cuidado as palavras certas para escrever a Hitler, que, por motivos que ninguém conseguia compreender, valorizava Rosenberg e, de tempos em tempos, pedia notícias suas.

O dr. Gebhardt não tinha treinamento psicológico nem era muito voltado para essa área, mas não teve dificuldades em identificar sinais de grande discórdia entre os líderes do partido: a eterna rivalidade, o desprezo mútuo, as constantes armações, a competição pelo poder e pela aprovação de Hitler. Aqueles homens discordavam a respeito de tudo, mas o médico descobriu uma coisa que eles tinham em comum: todos odiavam Alfred Rosenberg. Agora, depois de umas poucas semanas vendo-o diariamente, Gebhardt entendia por quê.

Embora Alfred talvez tenha percebido isso, mantinha-se calado e, semana após semana, passava o tempo em Hohenlychen lendo clássicos russos e alemães, e recusando-se a entabular conversa com a equipe da clínica ou com os outros nazistas ali internados. Certa manhã, durante a sua quinta semana de internação, estava se sentindo extremamente agitado e resolveu dar um passeio pelo quintal. Quando descobriu que estava tão cansado que não conseguia nem amarrar os cadarços dos sapatos, disse vários palavrões e esbofeteou-se com toda a força tentando se acordar. Precisava fazer alguma coisa para se impedir de continuar afundando num desespero irreversível.

Na sua aflição, evocou mentalmente o rosto de Friedrich. Ele, sim, saberia o que fazer. O que teria sugerido? Sem dúvida procuraria entender a causa daquela depressão. Alfred imaginou as palavras do médico: "Quando foi que tudo isso começou? Deixe a sua mente correr livre e volte à época do início do seu declínio. Apenas observe as ideias que lhe ocorrerem, todas as imagens que lhe vierem à mente. Registre-as. Tome nota se puder."

Resolveu tentar. Fechou os olhos e ficou observando o desfile que se realizava na sua mente. Voltou no tempo e viu uma cena se materializar.

Aconteceu anos antes. Ele está no escritório do VB, *sentado à escrivaninha que Hitler lhe deu de presente. Está terminando o trabalho de edição na última página da sua obra-prima,* Der Mythus des 20. Jahrhunderts (O mito do século XX)*. Deposita o lápis vermelho, abre um sorriso triunfante, arruma as setecentas páginas manuscritas numa pilha bem certinha, presa por dois elásticos resistentes, e, com todo o carinho, aperta aquelas folhas contra o peito.*

E, ainda hoje, a lembrança desse momento maravilhoso lhe traz uma, talvez duas lágrimas que lhe escorrem pelo rosto. Alfred sente ternura por aquele eu mais jovem, aquele que sabia que O *mito* deixaria o mundo inteiro boquiaberto. A sua gestação havia sido longa e laboriosa — dez anos de domingos e de qualquer outro momento disponível durante a semana. Mas tinha valido a pena. Sabia, é claro, que havia descuidado da mulher e da filha, mas que importância tinha isso diante da criação de um livro que inflamaria o mundo; um livro que vinha propor uma nova filosofia da história baseada no sangue, na raça e na alma; uma nova apreciação do *Völk* ou da arte, da arquitetura, da literatura e da música *völkish*; e, acima de tudo, um livro que vinha estabelecer uma nova base de valores para o futuro Reich?

Estendeu a mão para apanhar o seu exemplar pessoal de O *mito* que estava na mesinha de cabeceira, e começou a folheá-lo ao acaso. Certas passagens lhe trouxeram de imediato à lembrança o local físico que as inspirou. Foi quando ele visitou a catedral de Colônia e estava olhando vitrais representando a crucificação de Cristo e as hostes de mártires magros e abatidos que lhe veio uma ideia inspirada: a Igreja Católica Romana não se contrapõe ao judaísmo. Embora professasse ser antijudeus, ela era, na verdade, o principal canal através do qual as ideias judaicas infectavam o corpo saudável do pensamento alemão. Leu as próprias palavras com grande prazer:

> Os grandes germânicos viviam em conformidade com a natureza e prezavam o seu físico admirável e a sua beleza máscula. Isso, porém, foi minado pelo antagonismo cristão à carne, por ideias sentimentais sobre preservar a vida de crianças defeituosas e permitir que criminosos e criaturas com doenças hereditárias propagassem os seus defeitos às gerações seguintes. Assim, a contaminação da pureza da raça leva à fragmentação do caráter, à perda da noção de direção e do pensamento e à incerteza interior. O povo germânico não nasceu no pecado, mas sim na nobreza (...) O Velho Testamento, como livro de instrução religiosa, precisa ser banido imediata e definitivamente. Com ele terá fim a fracassada tentativa dos últimos um e meio milênio de fazer de todos nós judeus espirituais (...) O espírito do fogo — o heroico deve ocupar o lugar da crucificação.

Isso mesmo, pensou ele, foram passagens como essa que fizeram com que O *mito* fosse incluído no índex católico dos livros expurgados em 1934. Mas isso não foi nenhum infortúnio; pelo contrário, foi uma dádiva que só fez aumentar as vendas. Mais de trezentos mil exemplares vendidos e, no momento, o meu *Mito* está em segundo lugar, só perdendo para *Mein Kampf*. Mesmo assim, aqui estou eu, emocionalmente falido.

Alfred deixou o livro de lado, apoiou a cabeça no travesseiro e mergulhou em meditações. *O meu* Mito *me trouxe tanta alegria, mas também tanto tormento! Aqueles críticos literários de merda, todos eles, sem exceção, usaram o termo* unbegreiflich. *O meu livro, incompreensível?! Por que não respondi a eles? Por que não lhes perguntei, através da imprensa, se tinha lhes passado pela cabeça que a minha escrita podia ser sutil demais e complexa demais para cérebros de minhoca? Por que não lembrei a essa gente as consequências de colisões entre mentes medianas e grandes obras: os inferiores invariavelmente atacando os pensadores superiores? O que o público quer? Ele clama pela estúpida vulgaridade de Julius Streicher. Até Hitler prefere a prosa de Streicher. Cada vez que ele repete que aquele lixo que Steicher publica,* Der Stürmer, *está sempre vendendo mais que o meu* Beobachter *é uma verdadeira tortura...*

E pensar que nem um único líder nazista leu o meu Mito! *Só Hess teve a franqueza de vir se desculpar, dizendo que tentou lê-lo, mas não conseguiu lidar com a minha prosa difícil. Os outros nem sequer mencionaram o meu livro. Imaginem só: um incrível best-seller e esses filhos da mãe invejosos me ignorando... Mas por que isso deveria me incomodar? O que eu poderia esperar de um bando como esse? O problema é Hitler, sempre Hitler. Quanto mais penso nisso, mais certeza tenho de que o meu declínio começou no dia em que ouvi que Goebbels andava dizendo para todo mundo que Hitler havia largado* O mito, *depois de ler apenas umas poucas páginas, exclamando: "Quem consegue entender esse troço?" Isso mesmo. Foi nessa hora que me senti mortalmente ferido. Afinal de contas, só a opinião de Hitler é que importa. Mas, se ele não gostou, por que então pôs o livro em todas as bibliotecas e o incluiu na lista das leituras essenciais do programa do partido? Está até mandando que a Juventude Hitlerista o leia! Por que agir assim e, ao mesmo tempo, se recusar terminantemente a associar o próprio nome ao meu livro?*

Entendo a sua posição em termos públicos. Sei que o apoio dos católicos ainda é vital para o seu posto de Führer e que, portanto, ele não pode aplaudir abertamente uma obra tão ostensivamente anticristã. Quando éramos mais jovens, na década de 1920, Hitler concordava de forma irrestrita com a minha postura antirreligiosa. Sei que continua a concordar. Em particular, vai até mais longe que eu: quantas vezes não o ouvi dizer que mandaria enforcar os padres junto com os rabinos? Entendo a sua posição pública. Mas por que não me dizer, em particular, alguma coisa positiva, qualquer coisa que fosse? Por que não me convidar uma vez sequer para almoçar ou para uma conversa privada? Hess me disse que, quando o arcebispo de Colônia veio reclamar com Hitler sobre O mito, *ele respondeu: "Não vejo serventia nesse livro. Rosenberg sabe disso. Eu mesmo já lhe disse. Não quero saber dessas histórias pagãs como culto a Odin e coisas do gênero." Como o arcebispo continuasse insistindo, Hitler teria proclamado: "Rosenberg é o dogmatista do partido" e censurou o religioso dizendo-lhe que, criticando* O Mito *com tanta veemên-*

cia, ele só estaria impulsionando as vendas do livro. E, quando lhe propus me desligar do partido caso o meu Mito *estivesse lhe criando problemas, ele simplesmente descartou a ideia, mais uma vez, porém, sem mencionar a possibilidade de um encontro em particular. Mas ele está sempre se encontrando com Himmler, e Himmler é um anticatólico mais ostensivo e mais agressivo que eu.*

Sei que ele deve ter algum respeito por mim. Tem me oferecido postos importantes, um atrás do outro: cargos diplomáticos em Londres, depois na Noruega; a função de diretor da educação ideológica do NSDAP, da Frente de Trabalho alemã e de todas as organizações correlatas. São cargos importantes. Mas por que todas essas indicações só me chegam pelo correio? Por que ele não me chama ao seu escritório, aperta a minha mão, senta e conversa comigo? Será que sou tão repulsivo assim?

É, sem dúvida nenhuma, o problema é Hitler. Mais que tudo no mundo, quero a sua atenção. Mais que tudo, temo deixá-lo aborrecido. Dirijo o jornal mais influente da Alemanha; tenho a meu encargo a educação espiritual e filosófica de todos os nazistas. Mas será que estou escrevendo os artigos necessários? Será que estou fazendo as palestras necessárias? Planejando os currículos? Supervisionando a educação de todos os jovens alemães? Não, o Reichsleiter *Rosenberg está ocupado demais para isso, especulando por que motivo não recebeu um sorriso carinhoso, um gesto amável ou, Deus me livre, um convite para almoçar por parte de Adolf Hitler!*

Estou enojado comigo mesmo. Isso tem de mudar!

Alfred se levantou e foi até a escrivaninha que havia no quarto. Apanhou a maleta e pegou a pasta "Não". (Ele tinha duas pastas: uma "Sim", contendo resenhas positivas, cartas de fãs e artigos de jornal; e outra "Não", onde guardava todas as opiniões negativas.) A pasta "Sim" estava bem gasta. Várias vezes por semana, ele passava os olhos nas resenhas elogiosas e nas cartas de admiradores, que funcionavam como um tônico cotidiano, como vitaminas matinais. Agora, porém, o tônico estava perdendo potência. Atualmente, esses comentários "Sim" mal chegavam a penetrar, um milímetro no máximo, e logo se evaporavam. Por outro lado, a pasta "Não" era terra ignota, uma caverna raramente visitada. Hoje! Hoje seria o dia da virada! Ia enfrentar os seus demônios. Ao estender a mão para abrir a pasta quase desconhecida ficou imaginando cartas e artigos, apanhados de surpresa, correndo para se proteger. Seus lábios se entreabriram num sorriso, o primeiro em tantas semanas, demonstrando a sua satisfação com aquele curioso senso de humor. Tirou dali uma coisa qualquer, aleatoriamente: já estava na hora de superar aquela bobagem. Um homem corajoso faz um esforço e lê coisas dolorosas todos os dias, até elas deixarem de doer. Olhou o papel que tinha nas mãos: uma carta de Hitler, datada de 24 de agosto de 1931:

Caro Herr Rosenberg,

Estou lendo, na página 1 da edição nº 235/236 do Völkischer Beobachter, *um artigo intitulado "Será que Wirth está pretendendo mudar de lado?" A tendência do artigo é evitar uma derrocada da atual forma de governo. Pessoalmente, estou viajando por toda a Alemanha para conseguir exatamente o contrário. Será que devo então pedir que o meu próprio jornal não me apunhale pelas costas com artigos tão insensatos do ponto de vista tático?*

Saudações germânicas,
Adolf Hitler

Uma onda de desespero percorreu todo o seu corpo. A carta havia sido escrita cinco anos antes, mas ainda tinha toda a sua força, ainda doía muito. Os ferimentos que Hitler lhe infligia por escrito jamais saravam. Alfred balançou a cabeça vigorosamente, tentando clarear as ideias. Pense sobre esse homem chamado Hitler, disse consigo mesmo. Afinal, ele é apenas um homem. Fechando os olhos, deixou que os pensamentos afluíssem livremente.

Fui eu que apresentei a Hitler a extensão e a profundidade da cultura germânica. Fui eu que lhe mostrei a enormidade da devastação judaica. Ele e eu andamos pelas mesmas ruas, nos sentamos nos mesmos cafés, falamos incessantemente, trabalhamos juntos em artigos do Beobachter, *chegamos até a desenhar juntos uma vez. Mas isso acabou. Agora, tudo que posso fazer é fitá-lo assombrado, como uma galinha erguendo os olhos para um falcão. Testemunhei o seu reencontro, quando ele saiu da prisão, com os membros do partido que se haviam dispersado. Testemunhei a sua candidatura às eleições parlamentares, a construção da sua máquina de propaganda, algo que o mundo jamais tinha visto antes: uma máquina que inventou a mala direta e a campanha contínua, mesmo quando não havia eleição. Eu o vi minimizar a importância de um retorno lamentável, de menos de 5%, nos anos iniciais desse trabalho, e ir progredindo até 1930, quando o seu partido tornou-se o segundo maior da Alemanha, com 18% dos votos. E, em 1932, publiquei gigantescas manchetes anunciando que os nazistas haviam se tornado o maior dos partidos, com 38% dos votos. Há quem diga que Goebbels foi o cérebro por trás disso, mas sei que foi Hitler. Ele estava por trás de tudo. Cobri cada passo do seu caminho para o* Beobachter. *Eu o vi voar de cidade em cidade, fazendo aparições pelo país inteiro no mesmo dia e convencendo as massas de que era um* Übermensch, *capaz de estar em todos os lugares ao mesmo tempo. Admirei o seu destemor quando convocou deliberadamente manifestações em locais perigosos, porque eram controlados pelos comunistas, e quando comandou as suas tropas de choque para enfrentar os bolcheviques pelas ruas. Eu o vi recusar o meu conselho e concorrer com Hindenburg na eleição de 1932. Ele só obteve 37% dos votos, mas mostrou que tinha toda a razão em se candidatar: sabia que ninguém poderia derrotar Hindenburg, mas a eleição lhe trouxe fama por todo o país. Poucos meses depois, aceitou formar um governo de coalizão com Papen e não tardou a se tornar chanceler. Acompanhei cada passo político que ele deu, mas, mesmo assim, não sei como ele fez aquilo.*

E o incêndio do Reichstag! Lembro que ele apareceu no meu escritório às cinco da manhã, de olhos arregalados, gritando: "Onde estão todos?" Disse então que precisávamos fazer a mais completa cobertura possível, pois os comunistas haviam ateado fogo à sede do parlamento. Até hoje, continuo a achar que os comunistas não tiveram nada a ver com o incêndio, mas pouco importa: num golpe de mestre, ele usou o episódio para banir o partido comunista e assumir, sozinho, o controle da situação. Nunca obteve maioria numa eleição, nunca conseguiu mais de 38% dos votos e, no entanto, lá estava ele: um governante absoluto! Como ele conseguiu isso? Continuo sem saber.

Os seus devaneios foram interrompidos por uma batida na porta e pela entrada do dr. Gebhardt, seguido por Friedrich Pfister.

— Tenho uma surpresa para o senhor, *Reichsleiter* Rosenberg. Trouxe um velho amigo que pode ser muito útil no seu tratamento. Vou deixá-los a sós para conversarem mais à vontade.

Alfred fitou Friedrich por um bom tempo, antes de dizer:

— Você me traiu. Rompeu o voto de sigilo que havia feito. De que outra maneira ele poderia ficar sabendo que nós...

Friedrich deu meia-volta e, sem dizer uma palavra ou sequer olhar para Alfred, saiu do quarto.

Em pânico, Rosenberg se deixou cair na cama, fechou os olhos e tentou serenar a respiração acelerada.

Minutos depois, Friedrich voltou com o dr. Gebhardt, que lhe disse:

— O dr. Pfister me pediu para lhe dizer por que o chamei. Não se lembra, *Reichsleiter* Rosenberg, da conversa que tivemos há três ou quatro semanas, quando lhe perguntei se já havia se aberto inteiramente com alguém? As suas palavras exatas foram: "Um amigo lá da Estônia que agora vive aqui, o dr. Friedrich Pfister."

— Lembro-me vagamente dessa conversa, mas não de ter mencionado o nome dele — respondeu Alfred, balançando a cabeça bem devagar.

— Pois foi o que o senhor fez. Senão, como eu poderia saber o nome dele? Ou que ele estava morando na Alemanha? Na semana passada, quando o seu estado depressivo se acentuou e o senhor não quis falar comigo, decidi tentar localizar o seu amigo, achando que poderia ser saudável ele vir lhe fazer uma visita. Quando soube que ele estava na Wehrmacht, pedi ao Führer que mandasse transferi-lo para a clínica Hohenlychen.

— O senhor se importaria — interrompeu Friedrich — de contar ao *Reichsleiter* Rosenberg qual foi a minha resposta?

— O senhor só me disse que o conhecera ainda criança lá na Estônia.

— E...? — insistiu Friedrich.

— Mais nada... A não ser que o senhor lamentava deixar tantos pacientes que dependiam do seu trabalho, mas que nada tinha precedência sobre uma ordem do Führer.

— Posso ter uma breve conversa em particular com o *Reichsleiter* Rosenberg antes que o senhor vá embora da enfermaria hoje de manhã?

— Claro que sim. Estarei à sua espera no posto de enfermagem.

Quando a porta se fechou, Friedrich disse:

— Mais alguma pergunta, *Reichsleiter* Rosenberg?

— Chame-me Alfred, por favor, Friedrich. Sou Alfred. Chame-me Alfred.

— Está certo. Mais alguma pergunta, Alfred? Ele está esperando.

— Você vai ser o meu médico? Pode ter certeza de que, se fosse nas velhas condições, aceitaria de bom grado. Mas, agora, como posso falar com você? Está na Wehrmacht e tem ordens para relatar tudo para ele.

— É verdade. Compreendo o seu dilema. Sei que me sentiria do mesmo jeito se estivesse na sua posição — replicou Friedrich, sentando-se na cadeira perto da cama. Refletiu por alguns instantes e, então, levantou-se e saiu do quarto, dizendo: — Já volto. — E voltou trazendo o dr. Gebhardt. "Doutor — principiou ele, dirigindo-se ao colega —, as minhas ordens são para tratar do *Reichsleiter* Rosenberg e, é claro, vou cumpri-las usando toda a minha capacidade. Há, porém, um impedimento. Ele e eu somos velhos conhecidos, e, por muito tempo, compartilhamos as nossas preocupações íntimas. Se devo lhe ser de algum auxílio, será essencial termos a mais completa privacidade. Preciso ter condições de prometer a ele o mais absoluto sigilo. Sei que as anotações diárias no prontuário médico são obrigatórias, e peço a sua permissão para escrever apenas o que disser respeito à condição médica do paciente."

— Não sou psiquiatra, dr. Pfister, mas compreendo perfeitamente a necessidade de privacidade nessas circunstâncias. Isso foge ao procedimento padrão, mas, acima de tudo, a nossa prioridade é a recuperação do *Reichsleiter* Rosenberg e a retomada do seu trabalho tão importante. Concordo com a sua solicitação.

Dizendo isso, o médico cumprimentou os dois homens e se foi.

— Isso o deixa mais tranquilo, Alfred?

— Deixa, sim — respondeu Rosenberg.

— E não tem mais nenhuma pergunta?

— Estou satisfeito. Apesar do final desastroso do nosso último encontro, continuo a ter uma estranha confiança em você. Digo estranha porque, na verdade, não confio em praticamente ninguém. E estou precisando da sua ajuda. No ano passado, fui internado aqui por três meses num estado semelhante: um buraco negro bem profundo. Não conseguia sair dele. Tive a impressão de que era o fim. Não podia dormir. Estava exausto, mas, mesmo assim, ficava sentado ali, imóvel, sem conseguir descansar.

— O que você tem, algo que chamamos "depressão agitada", é coisa que se resolve geralmente num período de três a seis meses. Posso ajudá-lo a abreviar esse tempo.

— E eu lhe serei eternamente grato. Tudo, a minha vida inteira, está em perigo.

— Ao trabalho! Você conhece a minha abordagem e provavelmente não vai se surpreender se eu lhe disser que a nossa primeira tarefa será afastar todo e qualquer obstáculo que possa nos impedir de trabalhar juntos. Como você, também tenho as minhas preocupações. Deixe-me organizar um pouco as ideias.

Friedrich fechou os olhos por alguns instantes e, depois, começou:

— O melhor é deixar tudo bem claro e simplesmente dizer o que me vier à cabeça. Tenho sérias dúvidas quanto à possibilidade de trabalharmos juntos. Somos diferentes demais. Tenho propensão a tentar entender, a tentar descobrir os motivos ocultos das dificuldades: esta é a crença fundamental do método psicanalítico. O pleno conhecimento elimina os conflitos e propicia a cura. Mas, com você, acho que não posso seguir por esse caminho. Da última vez, quando tentei explorar as origens das suas dificuldades, você ficou furioso, se pôs na defensiva e foi embora do consultório. Portanto, não sei se posso, ou, pelo menos, se o meu sistema de trabalho pode lhe ser de alguma utilidade.

Alfred se levantou e começou a andar pelo quarto.

— Ficou perturbado com a minha franqueza?

— Não. São os meus nervos. Não consigo ficar muito tempo sentado. Agradeço a sua sinceridade. Ninguém fala comigo de forma tão direta. Você é o único amigo que tenho, Friedrich.

O médico tentou digerir aquelas palavras. Apesar de tudo, ficou emocionado. E estava furioso por ter sido transferido para a clínica Hohenlychen sem qualquer aviso prévio. Aquela transferência súbita significou abandonar um grande número de pacientes no meio do tratamento e nem ao menos poder fixar uma data para o seu retorno. Também não lhe agradava nada a ideia de voltar a ver Alfred Rosenberg. Seis anos antes, quando o viu de costas, saindo a toda do consultório e murmurando aquelas ameaças sinistras contra as raízes judaicas da sua profissão, Friedrich sentiu-se aliviado por saber que era a última vez que o via. Ademais, tinha tentado ler *O mito do século XX*. Como todos, porém, achou o texto incompreensível. O livro era um daqueles best-sellers que todo mundo compra, mas que ninguém lê. O pouco que leu o deixou assustado. *Alfred deve estar sofrendo; disse, em tom de lamento, que sou o seu único amigo, mas é um homem perigoso, perigoso para a Alemanha, perigoso para todos.*

O mito e *Mein Kampf* eram obras paralelas. Friedrich lembrou-se de Alfred dizendo que Hitler havia roubado as suas ideias. Um e outro o deixavam doente: eram livros tão infames, tão mesquinhos. E tão ameaçadores que ele começou a pensar na possibilidade de emigrar, e já havia escrito para Carl Jung e Eugen Bleuler, perguntando se não haveria um lugar no hospital de Zurique onde tinha feito o seu treinamento. Mas foi então que chegou a maldita carta que o convocava para o serviço militar e lhe dava os parabéns por sua nomeação como *Oberleutnant* da Wehrmacht. Deveria ter agido mais cedo. Tinha sido alertado pelo seu analista, Hans Meyer, que, anos antes, havia lido *Mein Kampf* num fim de semana e, antevendo o cataclismo que estava por vir, saiu aconselhando todos os seus pacientes judeus a deixar o país imediatamente. O próprio Meyer havia emigrado para Londres um mês depois.

O que fazer, então? Friedrich já tinha abandonado aquela ideia ingênua de que poderia ajudar Alfred a se tornar uma pessoa melhor: aquilo parecia até uma dessas bobagens da juventude. Pelo bem da sua carreira (e pelo bem da sua esposa e dos seus dois filhos pequenos), só havia uma opção viável: obedecer às ordens, empenhar-se ao máximo em tirar Alfred da clínica o mais breve possível e voltar para a sua família e para os seus pacientes lá em Berlim. Precisava reprimir o desprezo que sentia pelo paciente e agir profissionalmente. O primeiro passo era construir um quadro nítido para a terapia.

— Fico tocado com o seu comentário sobre a nossa amizade — disse ele. — Mas o fato de você dizer que sou o seu único amigo me preocupa. Todo mundo precisa de amigos e confidentes. Deveríamos tentar abordar a questão do seu isolamento: não há dúvida de que ele desempenha um papel capital na sua doença. E quanto ao nosso trabalho, deixe-me expor mais algumas coisas que me preocupam. Essas são mais difíceis de expressar, mas é essencial que eu o faça. Também tenho questões de privacidade. Como sabe, atualmente é um ato criminoso questionar quaisquer posições partidárias. A fala de todos é monitorada e, com toda a certeza, esse monitoramento vai se intensificar ainda mais com o passar do tempo. Sempre foi assim em regimes autoritários. Como a maioria dos alemães, não concordo com todos os princípios do NSDAP. É claro que sabe que Hitler nunca obteve maioria nas eleições. Da última vez que nos encontramos, já faz muito tempo, uns seis anos, acho, você saiu desabalado do meu consultório, num estado, se me permite dizer, de fúria descontrolada. Num estado como aquele, não posso confiar em você para respeitar a minha privacidade. E isso me deixará tolhido e menos eficaz em termos do trabalho feito com você. Estou me estendendo muito, mas acho que você entendeu aonde quero chegar: a confidencialidade precisa ser de ambas as partes. Você tem o meu juramento profissional e também a minha palavra para lhe garantir que tudo o que disser não vai sair daqui. Quero ter a mesma segurança.

Os dois ficaram sentados ali, em silêncio. Até que Alfred disse:

— Eu compreendo. E dou a minha palavra de que qualquer comentário que você faça vai ser mantido em segredo. E também compreendo que não possa se sentir seguro se eu me descontrolar emocionalmente.

— Exatamente. Então, temos que trabalhar de forma mais garantida e nos esforçar para nos sentirmos ambos em segurança.

Friedrich observou mais atentamente o seu paciente. Alfred tinha a barba por fazer. As bolsas escuras sob os seus olhos eram testemunhas das noites em claro e a sua postura acabrunhada despertou os instintos do médico; o rapaz então deixou de lado a antipatia e começou a trabalhar.

— Diga-me, Alfred, o que você pretende? Quero ajudar. Que tipo de ajuda gostaria que eu lhe desse?

— Que tal tentarmos isso? — propôs Alfred depois de alguma hesitação. — Li bastante durante essas últimas semanas — disse, apontando as pilhas de livros espalhados pelo quarto. — Estou retomando os clássicos, principalmente Goethe. Lembra-se que lhe contei dos problemas que tive com Herr Epstein, o diretor-substituto, pouco antes de me formar no ensino médio?

— Refresque a minha memória.

— Foi por causa do discurso antissemita que fiz quando fui eleito presidente de turma. E ele me mandou decorar alguns trechos da biografia de Goethe.

— Ah, claro... Estou me lembrando agora. Eram umas passagens sobre Espinosa. Eles lhe deram essa tarefa porque Goethe era um grande admirador do filósofo.

— Fiquei tão assustado diante da perspectiva de não me formar que memorizei tudo direitinho. Até hoje, poderia reproduzir os tais trechos de cor. Mas, para não perdermos tempo, vou apenas resumir os pontos principais: Goethe escreveu que andava se sentindo inquieto e a leitura de Espinosa foi um notável sedativo para as suas paixões. A abordagem matemática do filósofo lhe proporcionou um magnífico equilíbrio para as ideias que o perturbavam, levando-o à calma e a um jeito mais disciplinado de pensar, permitindo, assim, que ele confiasse nas próprias conclusões e se livrasse da influência de terceiros.

— Perfeito, Alfred. E com relação a nós dois?

— Bom, é isso que desejo de você. Quero o que Goethe obteve com Espinosa. É exatamente disso que preciso. Quero um sedativo para as minhas paixões, quero...

— Isso é bom. Muito bom. Pare um instante. Deixe-me anotar o que está dizendo. — Friedrich pegou a caneta-tinteiro, presente do seu supervisor, e escreveu: "sedativo para as paixões."

— ...me livrar da influência dos outros — prosseguiu Alfred enquanto o médico fazia as suas anotações. — Equilíbrio. Calma. Um jeito de pensar disciplinado.

— Ótimo, Alfred. Seria muito bom para nós dois retomar Espinosa. E, além disso, tentar pôr em prática as ideias dele pode ser perfeito para uma mente como a sua, com tendências filosóficas. Talvez isso nos mantenha também a salvo de pontos polêmicos. Vamos nos ver amanhã, a essa mesma hora, e, nesse meio-tempo, vou começar a trabalhar e fazer algumas leituras. Será que pode me emprestar a autobiografia de Goethe? E ainda tem aquele exemplar da *Ética*?

— O mesmo. Aquele que comprei quando tinha vinte anos. Dizem que Goethe passou um ano inteiro carregando a *Ética* no bolso. Eu não carreguei o meu livro no bolso. Na verdade, faz anos que não pego nele. Mesmo assim, não consigo jogá-lo fora.

Embora estivesse louco para sair daquele quarto poucos minutos antes, Friedrich agora voltou a se sentar.

— Já sei o que tenho de fazer. Vou tentar localizar passagens e ideias que ajudaram Goethe e que podem ajudar você também. Mas acho que preciso saber um pouco mais sobre o que precipitou essa crise de depressão atual.

Alfred descreveu a autoanálise que andou fazendo na véspera. Contou a Friedrich que não sentia mais prazer com os próprios sucessos e que O *Mito*, a sua grande façanha, tinha lhe trazido muito sofrimento. Disse tudo, especialmente o que havia percebido: que tudo levava inexoravelmente a Hitler.

— Mais que nunca — concluiu ele —, vejo agora que toda a minha noção de identidade depende da opinião que Hitler tenha a meu respeito. Preciso superar isso. Sou escravo do desejo que tenho de obter a sua aprovação.

— Lembro que já lutava com isso da última vez que nos vimos. Você me disse que Hitler sempre preferia a companhia de outros e nunca o incluía no seu círculo mais íntimo.

— Pois, agora, pegue o sentimento que manifestei naquela época e multiplique por dez, por cem. É uma verdadeira maldição; algo que se instalou em cada cantinho da minha mente. E que preciso exorcizar.

— Vou fazer o máximo que puder. Vamos ver o que Benedictus Espinosa tem a nos oferecer.

Na tarde seguinte, Friedrich chegou ao quarto de Rosenberg e foi recebido por um paciente barbeado e mais bem-arrumado que logo se levantou, dizendo:

— Ah, Friedrich! Estou ansioso para começarmos. Nessas últimas 24 horas praticamente não pensei em outra coisa além do nosso encontro de hoje.

— Você parece mais animado.

— E estou mesmo. Estou me sentindo melhor que nunca nessas semanas. Como é possível? Embora dois dos nossos encontros tenham terminado mal, o fato de vê-lo continua a me beneficiar. Como é que faz isso, Friedrich?

— Talvez eu lhe traga esperança?

— Em parte, sim. Mas não é só.

— Creio que tem muito a ver com a sua tão humana necessidade de carinho e de estabelecer relações. Vamos incluir essa questão na nossa programação: é importante. Mas, por enquanto, é melhor nos concentrarmos no nosso plano de ação. Selecionei uns poucos trechos de Espinosa que me pareceram relevantes. Vamos começar com essas duas frases.

Abriu então o exemplar da *Ética* e leu:

> Homens diferentes podem ser afetados diferentemente por um só e mesmo objeto.
> E um só e mesmo homem pode, em momentos diferentes, ser afetado diferentemente por um só e mesmo objeto.

Percebendo o olhar meio desconcertado de Alfred, Friedrich explicou:

— Citei isso só para servir de ponto de partida para o nosso trabalho. Espinosa está simplesmente dizendo que cada um de nós pode ser afetado de forma diferente por um objeto exterior idêntico. A sua reação a Hitler pode ser inteiramente distinta da reação de outros indivíduos. Outros podem amá-lo e reverenciá-lo, como você, e, no entanto, o seu bem-estar e o conceito que têm de si mesmos podem não depender inteiramente da maneira como vivenciam a relação com ele. Não é verdade?

— Pode ser. Mas não tenho como saber das experiências interiores dos outros.

— Passei boa parte da minha vida explorando esse território e vi muita coisa que fundamentaria o postulado de Espinosa. Por exemplo, os meus pacientes têm reações diferentes à minha presença já na primeira visita. Alguns me olham com desconfiança, ao passo que outros confiam imediatamente em mim; outros ainda acham que vou tentar lhes fazer mal. E, em todas essas ocasiões, acredito que estou lidando com eles do mesmo jeito. Como se poderia explicar isso? Só assumindo que existem diferentes mundos interiores percebendo um único evento.

Alfred assentiu.

— Mas que importância tem isso para a minha situação? — indagou ele.

— Ótimo. Não me deixe divagar. Só estou procurando estabelecer que a sua relação com Hitler é, *até certo ponto*, uma função da sua própria mente. O que pretendo é bem simples. Precisamos começar visando modificar você, em vez de tentar modificar o comportamento de Hitler.

— Concordo, mas gostei de você ter acrescentado "até certo ponto", porque Hitler domina completamente todo mundo. Mesmo Göring, num raro momento de franqueza, me disse um dia que "todos os que cercam Hitler concordam com ele em tudo e por tudo, pois os que discordam estão a sete palmos do chão".

Friedrich assentiu.

— Mas — prosseguiu Alfred — você me convenceu de que, no meu caso, essa dominação é excessiva e quero que me ajude a modificar isso. Será que Espinosa tem alguma proposta que nos auxilie nesse sentido?

— Vamos dar uma olhada no que ele diz sobre se libertar da influência alheia — replicou o médico, examinando as suas anotações. — Essa foi uma das coisas que Goethe aprendeu com Espinosa. Há uma passagem importante aqui, na parte IV, a seção intitulada "Da servidão humana": "Quando o homem é presa das emoções não é senhor de si mesmo, mas fica à mercê da fortuna." Isso descreve o que está acontecendo com você, Alfred. Você tem sido presa das suas emoções, sendo levado pelas ondas da ansiedade, do medo, da autodepreciação. Faz sentido?

Alfred aquiesceu.

— Espinosa prossegue dizendo que, se a sua autoestima se basear no amor da multidão, você viverá sempre ansioso porque esse amor é transitório. Ele se refere a isso como "autoestima vazia".

— Que ele opõe a quê? O que seria uma autoestima plena?

— Tanto Goethe quanto Espinosa sempre insistiram no fato de jamais devermos atrelar o nosso destino a algo corruptível e transitório. Na verdade, Espinosa nos incita a amar algo incorruptível e eterno.

— Que seria?

— Que seria Deus, ou a versão espinosista de Deus que equivale inteiramente à Natureza. Lembre-se da frase que tanto influenciou Goethe: "Quem ama realmente a Deus não deve desejar que Deus corresponda a esse amor." O que ele está dizendo é que levaremos uma vida absurda se amarmos a Deus na expectativa de receber o Seu amor. O Deus de Espinosa não é um ser senciente. Se amamos a Deus, não podemos ter esse nosso amor correspondido, mas recebemos efetivamente algum outro bem em troca.

— Que outro bem?

— Algo a que Espinosa se refere como o mais elevado estado de bem-aventurança: *Amor dei intellectualis*. Ouça esse trecho da *Ética*:

> Assim pois, na vida, é acima de tudo importante aperfeiçoar o entendimento, ou a razão... Nisto consiste a suprema felicidade do homem; na verdade, a beatitude nada mais é que o contentamento do espírito que provém do conhecimento intuitivo de Deus.

— Está vendo? — prosseguiu Friedrich. — Ao que tudo indica, o sentimento religioso de Espinosa consiste num estado de admiração que só é vivenciado quando se aprecia o grande esquema das leis da Natureza. Goethe abraçou inteiramente essa ideia.

— Estou tentando segui-lo, Friedrich, mas preciso de alguma coisa tangível, alguma coisa que eu possa utilizar.

— Acho que não estou sendo um bom guia. Vamos voltar ao que você disse no começo: "Quero o que Goethe obteve com Espinosa." — E o médico voltou a observar as suas anotações.

— Aqui está o que você disse que queria — prosseguiu ele —: "serenidade, equilíbrio, independência com relação à influência dos outros, e uma forma calma e disciplinada de pensar levando a uma visão clara do mundo." Aliás, a sua memória é excelente. Ontem à noite, relendo os comentários de Goethe sobre Espinosa na autobiografia, vi que as suas citações tinham sido bem exatas. Embora ele considere Espinosa uma alma nobre e notável que levou uma vida exemplar, e credite ao filósofo as mudanças realizadas na sua vida, infelizmente, para os nossos propósitos, ele não fornece nenhum detalhe específico da maneira pela qual Espinosa o ajudou.

— Então, como é que ficamos?

— Posso sugerir uma coisa: a partir das minhas leituras, vou dar alguns palpites quanto à forma pela qual Espinosa influenciou Goethe. Antes de mais nada, não esqueça que Goethe já tinha concebido algumas ideias semelhantes às de Espinosa antes de descobrir o seu livro: a conexão existente entre tudo na Natureza, a visão da Natureza como algo que se rege a si mesma, sem que haja nada além ou acima dela. Portanto, ao ler Espinosa, ele teve uma grande sensação de confirmação. Ambos experimentaram um estado de extrema alegria ao perceber essa conexão de todas as coisas na Natureza. E não esqueça que, para Espinosa, Deus equivalia à Natureza. Ele não se refere ao Deus cristão ou judeu, mas a uma religião universal da razão em que não existiriam mais cristãos, judeus, muçulmanos ou hindus.

— Humm... Eu não tinha me dado conta de que Espinosa desejava eliminar todas as religiões. Interessante...

— Ele era um universalista. Esperava que as religiões convencionais fossem desaparecendo à medida que uma quantidade cada vez maior de homens se dedicasse a buscar o mais pleno entendimento do cosmos. Falamos um pouco disso alguns anos atrás. Espinosa foi o supremo racionalista. Via, no mundo, um fluxo infinito de causalidade. Para ele, não havia essa entidade que denominamos vontade ou força de vontade. Nada acontece por capricho. Tudo é causado por algo prévio e, quanto mais nos devotarmos ao entendimento dessa rede de causalidade, mais livres nos tornaremos. Foi essa sua visão de um universo ordenado com leis matematicamente derivadas, previsíveis, um universo com um infinito poder explanatório, que propiciou a Goethe a sensação de calma.

— Já chega, Friedrich! A minha cabeça está rodando. Tudo que sinto diante dessa ordem natural é medo. Isso é tão complicado...

— Estou apenas procurando respostas para a sua pergunta sobre a forma como Espinosa teria ajudado Goethe e para o seu desejo de obter esses mesmos benefícios. Não há uma única técnica na obra de Espinosa. Ele não propõe nenhum tipo de exercício como confissão, catarse ou psicanálise. É preciso segui-lo passo a passo para chegar à visão absolutamente abrangente que ele tinha do mundo, do comportamento e da moralidade.

— Ando atormentado com relação a Hitler. Que sugestão ele daria para aliviar esse meu tormento?

— Na concepção de Espinosa, podemos superar o sofrimento e todas as paixões humanas quando atingimos a compreensão do mundo como algo feito de lógica. Sua convicção é tão forte que ele diz — Friedrich foi passando as páginas —: "Considerarei as ações e os sentimentos humanos simplesmente como se fossem uma questão de linhas, planos e corpos."

— E eu e Hitler?

— Tenho certeza de que ele diria que você está sob o domínio de paixões geradas por ideias inadequadas e não por ideias que nascem de uma verdadeira busca pela compreensão da natureza da realidade.

— E como é que alguém se livra dessas ideias inadequadas?

— Ele afirma, de forma explícita, que uma paixão deixa de ser uma paixão assim que conseguimos ter dela uma ideia mais clara e mais distinta, ou seja, quando percebemos o nexo causal subjacente à paixão.

Alfred se calou e afundou na cadeira com o rosto tão contraído que parecia até que ele tinha tomado um gole de leite azedo.

— Tem uma coisa que me perturba em tudo isso — disse ele. — Perturba muito. Acho que estou começando a ver o judeu em Espinosa: algo flácido, descorado, fraco e antigermânico. Ele nega a vontade e encara as paixões como algo inferior, ao passo que nós, os alemães modernos, assumimos o ponto de vista diametralmente oposto. Paixão e vontade *não* são coisas a serem eliminadas. A paixão é o coração e a alma do *Völk*, cuja trindade se compõe de bravura, lealdade e força física. É isso mesmo, sem dúvida alguma: há algo antigermânico em Espinosa.

— Você está tirando conclusões muito apressadas, Alfred. Lembra que desistiu de ler a *Ética* porque as primeiras páginas eram repletas de axiomas e definições incompreensíveis? Para entender Espinosa, como fez Goethe, precisamos nos familiarizar com a sua linguagem e, passo a passo, teorema a teorema, acompanhar a construção da sua visão de mundo. Você é um intelectual. Tenho certeza de que passou anos mergulhado em pesquisas históricas para escrever o seu *Mito*. E mesmo assim recusa-se a dedicar a Espinosa, uma das maiores mentes da história, mais que uma olhadela nos cabeçalhos dos seus capítulos. Os maiores intelectuais alemães estudaram a sua obra profundamente. Dê a Espinosa o tempo que ele merece.

— Você sempre defende os judeus.

— Ele não representa os judeus. Ele abraça a razão pura. Os judeus o baniram.

— Eu lhe avisei sobre essa história de ficar estudando com judeus há muito tempo. Eu lhe avisei sobre os riscos de penetrar nesse campo judaico. Eu lhe avisei do grande perigo que você corria...

— Pode ficar tranquilo. O perigo é coisa do passado. Todos os judeus do instituto psicanalítico deixaram o país. Assim como Albert Einstein.

Assim como os outros grandes cientistas judeus-alemães. E também os grandes escritores alemães não judeus, como Thomas Mann, 250 dos nossos melhores escritores. Você acredita realmente que isso fortalece o nosso país?

— A Alemanha fica mais forte e mais pura cada vez que um judeu ou um partidário dos judeus deixa o país.

— Você acredita que tamanho ódio...

— Não é uma questão de ódio. Trata-se da preservação da raça. Para a Alemanha, a questão judaica só estará resolvida quando o último judeu tiver deixado o imenso território germânico. Não lhes desejo mal. Só quero que vão viver em outro lugar qualquer.

Friedrich tivera esperanças de obrigar Alfred a encarar as consequências das suas metas. Percebeu como era inútil tentar seguir por esse caminho, mas não conseguiu se conter.

— Não vê problema algum em remover milhões de pessoas e fazer... *o quê* com elas?

— Elas têm que ir para outro lugar, para a Rússia, para Madagascar, para qualquer lugar.

— Use a razão. Você se considera um filósofo...

— Existem coisas superiores à razão: honra, sangue, coragem.

— Pense nas implicações do que está propondo, Alfred. Eu lhe peço que tome coragem e olhe, mas olhe *realmente*, para as implicações humanas dessas suas propostas. Mas talvez, em algum nível, você saiba quais são. Talvez a sua grande agitação venha da parte da sua mente que sabe o horror...

Ouviu-se uma batida. Alfred se levantou, foi até a porta, abriu-a e tomou um susto quando viu Rudolf Hess.

— Bom dia, *Reichsleiter* Rosenberg. O Führer veio visitá-lo. Tem notícias para lhe dar e está à sua espera na sala de reuniões. Vou ficar aqui fora e acompanhá-lo até lá.

Por um instante, Alfred ficou paralisado. Depois, aprumou o corpo, foi até o armário e apanhou o seu uniforme nazista. Voltou-se então para Friedrich e pareceu quase espantado por ver que ele ainda estava ali.

— Vá para a sua sala, Herr Oberleutnant Pfister. Espere-me lá.

Às pressas, vestiu o uniforme, calçou as botas e foi ao encontro de Hess. Os dois saíram andando em silêncio, rumo à sala onde Hitler os esperava.

Quando Alfred entrou, Hitler se levantou, retribuiu à sua saudação, indicou-lhe uma cadeira e mandou que Hess esperasse do lado de fora.

— Você está com boa aparência, Rosenberg. Não parece absolutamente um paciente hospitalizado. Fico aliviado.

Alfred, meio atordoado com a afabilidade do Führer, balbuciou umas palavras de agradecimento.

— Acabei de reler o seu artigo que saiu no *Völkischer Beobachter* no ano passado, sobre a atribuição do Prêmio Nobel da Paz a Carl von Ossietzky. Excelente texto jornalístico, Rosenberg. Muito superior às matérias desenxabidas que têm sido publicadas no nosso jornal durante a sua ausência. Tem o tom exato de dignidade e ultraje pelo fato de o comitê conceder o prêmio da paz a um cidadão que está preso no seu próprio país por traição. Concordo inteiramente com a sua posição. Trata-se de fato de um insulto e um ataque frontal ao Reich soberano. Faça o favor de preparar o obituário de Ossietzky. Ele não tem suportado bem o campo de concentração e podemos ter a boa sorte de anunciar a sua morte dentro em breve.

"Mas a minha visita de hoje não é só para saber da sua saúde e cumprimentá-lo, mas também para lhe trazer algumas notícias. Gostei imensamente da sugestão que fez nesse artigo de que a Alemanha não mais tolere a arrogância de Estocolmo e crie o nosso próprio equivalente germânico do Nobel, que se tornou repulsivo. Já tomei as providências e nomeei um comitê para avaliar candidatos ao Prêmio Nacional Alemão de Artes e Ciências, e encarreguei Müller-Erfurt de criar um elaborado medalhão cravejado de diamantes. Haverá um prêmio de cem mil reichsmarks. Quero que seja o primeiro a saber que indiquei o seu nome para receber o primeiro Prêmio Nacional Alemão. Eis aqui uma cópia da declaração pública que devo divulgar muito em breve."

Alfred pegou a folha e leu, ávido:

O Movimento Nacional-Socialista e, para além dele, todo o povo germânico, ficará profundamente gratificado ao saber que o Führer distinguiu Alfred Rosenberg como um dos seus mais antigos e mais fiéis companheiros de luta, concedendo-lhe o Prêmio Nacional Alemão.

— Obrigado, muito obrigado, *mein* Führer. Obrigado por me dar o momento mais feliz da minha vida.

— E quando vai voltar ao trabalho? O *Völkischer Beobachter* precisa de você.

— Amanhã mesmo. Já estou perfeitamente bem.

— O novo médico, aquele amigo seu, deve ser um profissional milagroso. Deveríamos cumprimentá-lo e promovê-lo.

— Não, não... Quando ele chegou, eu já estava recuperado. O mérito não é dele. Aliás, esse médico fez o seu treinamento naquele sistema do tal Freud num instituto dirigido por judeus em Berlim e, agora, anda chorando porque todos os psiquiatras judeus deixaram o país. Eu bem que tentei, mas acho que é impossível tirar o judeu que existe dentro dele. Acho que deveríamos vigiá-lo. Talvez precise de alguma reabilitação. E, agora, vou trabalhar. *Heil, mein* Führer!

Alfred voltou para o seu quarto a passos rápidos e logo tratou de fazer as malas. Poucos minutos depois, Friedrich bateu à sua porta.

— Está indo embora, Alfred?

— Estou, sim.

— O que aconteceu?

— Aconteceu que não preciso mais dos seus serviços, Herr Oberleutnant Pfister. Volte imediatamente para o seu posto em Berlim.

CAPÍTULO 31

Voorburg — dezembro de 1666

Meu caro Bento,

Simão prometeu lhe entregar esta carta em uma semana, e, a menos que você lhe diga que não é possível, vou visitá-lo em Voorburg mais para o fim da manhã do dia 20 de dezembro. Tenho muito a lhe contar e muito a indagar sobre a sua vida. Sinto tantas saudades de você! Tenho estado sob uma vigilância tão feroz que sequer ousei passar na casa de Simão para lhe mandar uma carta. Mas quero que saiba que, apesar de estarmos separados, você sempre esteve no meu coração durante todos esses anos. Não se passa um dia que seja sem que eu veja o seu rosto radiante e ouça a sua voz na minha mente.

É bem provável que saiba que o rabino Mortera morreu pouco depois do nosso último encontro e que o seu cunhado, o rabino Samuel Casseres, que fez a oração fúnebre, morreu poucas semanas depois. A sua irmã, Rebekah, mora com o filho, Daniel, que tem agora 16 anos e está destinado ao rabinato. O seu irmão, Gabriel, hoje conhecido como Abraão, tornou-se um comerciante de sucesso e está sempre viajando a negócios para Barbados.

Agora sou rabino! Isso mesmo, rabino! E até pouco tempo era o assistente do rabino Aboab, que é agora o líder da nossa comunidade. Amsterdã vive um período de loucura e não se fala de outra coisa que não seja a vinda do Messias, Sabbatai Zevi. Por estranho que pareça, explico por que mais tarde, é justamente essa loucura que me permitiu ir visitá-lo. Embora o rabino Aboab continue vigiando cada movimento meu, isso já não tem mais importância. Um forte abraço e logo logo você ficará a par de tudo.

Franco (também chamado rabino Benitez)

Bento leu a carta uma segunda vez e ainda uma terceira. Fez uma careta diante da tão estranha frase "isso já não tem mais importância". O que ele queria dizer? E fez outra careta diante da menção ao novo Messias. Sabbatai Zevi era o assunto do dia. Ainda ontem tinha recebido uma carta de um dos seus correspondentes regulares, Henry Oldenburg, falando da tal vinda do Messias. Oldenburg era o secretário-correspondente da Real Sociedade Britânica de Ciências, e Bento apanhou a sua carta para reler a passagem pertinente:

Por aqui correm boatos de que os israelitas, dispersos por mais de dois mil anos, estão prestes a voltar para a sua terra natal. Poucos acreditam nisso, mas muitos desejam que assim seja... Estou ansioso para saber o que os judeus de Amsterdã sabem a esse respeito e como receberam notícia tão importante.

Bento ficou andando de um lado para outro enquanto refletia. O seu quarto de piso ladrilhado era mais espaçoso que o de Rijnsburg. As suas duas estantes, agora contendo mais de sessenta volumes alentados, ocupavam duas das quatro paredes do aposento. As outras duas eram enfeitadas com frisos de azulejos de Delft representando moinhos e uma boa dezena de belas paisagens holandesas feitas por pintores do país: eram parte da coleção de Daniel Tydeman, o seu senhorio, um colegiante e grande admirador da sua filosofia. Foi por insistência de Daniel que Bento deixou Rijnsburg há três anos e alugou um quarto na sua residência em Voorburg, um vilarejo encantador localizado a apenas duas milhas da sede do governo, em Haia. Ademais, era ali que também morava um prezado conhecido seu, Christiaan Huygens, o eminente astrônomo, que tantas vezes elogiara as lentes fabricadas por ele.

Bento deu um tapa na própria testa, murmurando:

— Sabbatai Zevi! A vinda do Messias! Que loucura! Será que essa credulidade estúpida algum dia vai acabar?

Poucas coisas o deixavam mais irritado que aquelas crendices numerológicas irracionais e 1666 estava inundado das mais fantásticas predições.

Durante um bom tempo, muitos cristãos supersticiosos afirmaram que o dilúvio havia acontecido 1656 anos depois da criação e que deveria ocorrer um segundo, ou algum outro evento capaz de mudar a face da Terra, em 1656. Quando esse ano terminou sem nenhum acontecimento especial, eles simplesmente transferiram as suas expectativas para 1666, uma data que se tornara significativa em função de uma passagem do livro das Revelações que designa o número da besta como 666 (Revelações 13:18). Por conta disso, muitos profetizaram a vinda do Anticristo em 666. Quando a predição falhou, profetas dos últimos dias transferiram a data para o outro milênio, em 1666, crença que havia adquirido mais credibilidade com o grande incêndio de Londres ocorrido havia apenas três meses.

Os judeus não eram menos crédulos. Os messianistas, principalmente entre os marranos, estavam na maior expectativa pela vinda iminente do Messias, que reuniria todos os judeus dispersos pelo mundo e os levaria de volta à Terra Santa. Para muitos, a chegada de Sabbatai Zevi era a resposta às suas preces.

Na sexta-feira, dia marcado para a visita de Franco, Bento estava dispersivo, coisa que não era do seu feitio, distraindo-se com os sons que lhe chegavam da praça do mercado de Voorburg, sempre tão movimentada, e que ficava a apenas trinta metros de distância. Isso era uma atitude estranha para ele, que, em geral, se concentrava no trabalho intelectual apesar de todo o barulho ou do que acontecesse lá fora. Mas o rosto de Franco não parava de lhe surgir na mente. Depois de passar meia hora relendo o mesmo trecho de Epiteto, acabou desistindo: fechou o livro e voltou a guardá-lo na estante. Hoje de manhã ia se permitir devanear.

Arrumou o quarto, ajeitou as almofadas e esticou as cobertas da cama de dossel. Parou para admirar o resultado desse trabalho e pensou: *Algum dia vou morrer nessa cama.* Estava na maior expectativa pela chegada de Franco e achou que talvez o quarto não estivesse aquecido o bastante. Embora ele próprio não ligasse muito para essas questões de temperatura, imaginava que o amigo estaria enregelado depois da viagem até Voorburg. Foi então buscar duas braçadas de achas da pilha de lenha que ficava nos fundos da casa, mas tropeçou ao entrar, espalhando tudo pelo chão. Recolheu as achas caídas, levou-as para o quarto e se agachou para acender a lareira. Daniel Tydeman, que tinha ouvido o barulho da lenha caindo, bateu de leve à sua porta.

— Bom dia. Vai acender a lareira? Não está se sentindo bem?

— Não é para mim, Daniel. Estou esperando visita lá de Amsterdã.

— De Amsterdã? O seu visitante vai chegar com fome. Pedirei ao *huishoudster* que prepare café e um pouco mais de comida.

Bento passou boa parte da manhã espiando pela janela. Ao meio-dia, avistando Franco, correu alegremente para abraçá-lo e conduzi-lo até o seu quarto. Quando chegou ao quintal da casa, recuou um pouco para admirar o amigo que, agora, se vestia como um efetivo cidadão holandês, usando um chapéu de copa alta e abas largas, um casacão bem comprido, um paletó abotoado até o pescoço com um colarinho branco de pontas quadradas, culotes e meias três-quartos. Tinha o cabelo bem escovado, e a barba não muito longa estava cuidadosamente aparada. Sentaram-se ambos na cama de Bento, em silêncio, e ficaram se olhando, radiantes.

— Hoje estamos em silêncio — disse Bento, no português tão familiar de anos. — Mas desta vez sei por quê. Temos tanto a dizer...

— E também porque uma imensa alegria muitas vezes engolfa as palavras — acrescentou Franco.

Aquele silêncio ameno foi rompido por um breve acesso de tosse de Espinosa. O catarro que cuspiu no lenço tinha manchas marrons e amareladas.

— Outra vez essa tosse, Bento? Você está doente?

Com um gesto, Espinosa contestou a preocupação do amigo.

— A tosse e a congestão se instalaram no meu peito e nunca se afastam muito dessa morada — disse ele. — Mas, sob todos os outros aspectos, a minha vida é muito boa. O exílio é algo que me convém perfeitamente e, à exceção de hoje, claro, sou grato pela minha solidão. E você, Franco? Ou será que eu deveria dizer *rabino* Franco Benitez? Está tão diferente, tão bem trajado... tão... tão holandês!

— É verdade. Por mais cabalístico e convicto da existência do outro mundo que ele seja, o rabino Aboab quer que eu me vista como o holandês comum e até insiste que eu mantenha a barba aparada. Acho que ele prefere ser o único judeu de barba grande em toda a comunidade.

— E como você conseguiu chegar assim tão cedo, vindo lá de Amsterdã?

— Peguei o *trekschuit* de Amsterdã para Haia ontem, e pernoitei na casa de uma família judia.

— Está com sede? Quer um café?

— Mais tarde, talvez. Por ora, estou faminto de uma única coisa: conversar com você. Quero saber dos seus últimos escritos e das suas últimas reflexões.

— Vai ser mais fácil conversarmos depois que eu acalmar a minha mente. Uma frase da sua carta me deixou preocupadíssimo. — Bento se levantou, foi até a escrivaninha, pegou a carta de Franco e passou os olhos por ela. — Aqui está: "Embora o rabino Aboab continue vigiando cada movimento meu, isso já não tem mais importância." O que aconteceu, Franco?

— Aconteceu o que tinha *necessariamente* que acontecer, e creio que estou usando o seu termo "necessariamente" de forma correta, no sentido que as coisas não poderiam ter acontecido de outra maneira.

— Mas o quê?

— Não fique tão assustado, Bento. Pela primeira vez, não temos pressa alguma. Temos até às duas horas da tarde, quando preciso pegar o *trekschuit* para Leiden, onde vou visitar algumas famílias judias. Temos bastante tempo para tratar da história da minha vida e da sua. Tudo vai ser dito, e tudo ficará bem, mas é melhor contar histórias a partir do princípio em vez de começar pelo fim e refazer o caminho para trás. Como vê, ainda adoro histórias e persisto na minha campanha para aumentar o seu respeito por elas.

— Ah, é. Lembro-me da sua estranha ideia de que eu gostava de histórias secretamente. Bom, não vai encontrar muitas por aqui... — disse Bento, indicando com um gesto a sua biblioteca.

Franco chegou mais perto para observar aqueles livros e leu os títulos das quatro prateleiras.

— Ah, são lindos, Bento. Adoraria passar meses aqui lendo os seus livros e conversando sobre eles. Mas vejam só! — exclamou ele, apontando para uma das prateleiras. — Veja o que tenho bem diante dos olhos! Não são os maiores contadores de histórias? Ovídio, Homero, Virgílio? Na verdade, chego a ouvi-los sussurrando — acrescentou Franco, aproximando a orelha dos volumes. — Estão implorando: "Por favor, leia-nos... Temos sabedoria, mas o nosso dono tão casmurro simplesmente nos ignora."

Bento caiu na gargalhada. Levantou-se e foi abraçar o amigo.

— Ah, Franco, que saudade! Você é o único que fala comigo desse jeito. Todos os demais demonstram sempre tanta deferência para com o Sábio de Voorburg...

— Ah, claro. E você e eu sabemos muito bem que o Sábio não desempenha papel algum com relação a esse tratamento tão reverente que lhe dão.

Mais uma gargalhada de Bento.

— Como ousa deixar o Sábio esperando? Vamos à sua história — disse ele.

Franco voltou a se sentar perto do amigo e começou a contar.

— Daquela última vez que nos encontramos, na casa de Simão, eu estava apenas começando os meus estudos do Talmud e da Torá, e andava empolgado com o processo da educação.

— O "estudo prazeroso", como você disse.

— Foram exatamente estas as minhas palavras — replicou Franco, sorrindo. — Mas não esperava outra coisa de você... Há três ou quatro anos, perguntei a Abrihim, o velho zelador da sinagoga que estava muito doente e à beira da morte, que lembranças ele tinha de você. Ele me respondeu: "Baruch de Espinosa não esquece nada. Grava absolutamente tudo." É verdade que eu tinha muito prazer em aprender. O meu apetite e a minha aptidão eram tão evidentes que o rabino Aboab não tardou a me considerar o seu melhor aluno. Resolveu então ampliar o meu estipêndio para eu prosseguir nos estudos rabínicos. Eu lhe escrevi contando isso. Recebeu a minha carta?

— Recebi, mas não entendi nada. Para dizer a verdade, fiquei atônito. Não por causa do seu amor pelos estudos, pois isso é algo que compreendo, algo que temos em comum. Mas, com todos os sentimentos que você manifestava contra os perigos, as restrições, a irracionalidade da religião, por que escolher se tornar um rabino? Por que se aliar aos inimigos da razão?

— Eu me uni a eles pelo mesmo motivo que você os deixou.

Bento ergueu as sobrancelhas e, depois, abriu um ligeiro sorriso de compreensão.

— Creio que você me entendeu, Bento. Nós dois queremos modificar o judaísmo: você, de fora; eu, de dentro!

— Não, não, tenho de discordar do que está dizendo. O meu objetivo não é modificar o judaísmo. O meu objetivo de universalismo radical seria erradicar todas as religiões e instituir uma religião universal segundo a qual todos os homens buscariam alcançar a bem-aventurança através do pleno entendimento da Natureza. Mas voltaremos a isso mais tarde. A exploração de tantos afluentes não vai permitir que você me explique por que a vigilância do rabino Aboab já não tem mais importância.

— Quando terminei os meus estudos — prosseguiu Franco —, o rabino Aboab me ordenou, me abençoou e me nomeou seu assistente. Durante os três primeiros anos, tudo correu bem. Eu participava com ele de todos os cultos diários e aliviava o peso dos seus encargos assumindo boa parte das cerimônias de bar mitzvah e de casamento. Em pouco tempo, a sua confiança em mim era tamanha que ele começou a me enviar um número cada vez maior de membros da congregação que vinham em busca de orientação e de conselhos. Mas o período áureo, a época em que caminhávamos pela sinagoga de braços dados, como pai e filho, foi chegando ao fim. Surgiram nuvens negras no horizonte.

— Por causa da vinda de Sabbatai Zevi? Lembro que o rabino Aboab era messianista fervoroso.

— Já antes disso. As coisas começaram a desandar quando ele decidiu me instruir na Cabala.

— Ah, sei. É claro. Imagino que foi então que você deixou de ser um aluno que sentia prazer em estudar.

— Exatamente. Eu me esforcei ao máximo, mas a minha credulidade chegou ao seu limite. Tentei me convencer de que o texto era um importante documento histórico que eu deveria estudar com toda a atenção. Um intelectual não deveria conhecer a mitologia da sua própria cultura bem como a de outras? Mas, Bento, a sua voz soava clara e o seu método incisivo de crítica à Torá não me saía dos ouvidos, e eu ficava profundamente centrado nas inconsistências e na falta de uma base substancial para as premissas em que a Cabala se assentava. E é óbvio que o rabino Aboab insistia em afirmar que não estava me ensinando mitologia: estava me ensinando história, fatos, a verdade viva, a palavra de Deus. Por mais que eu tentasse disfarçar, a minha falta de entusiasmo era evidente. Aos poucos, com o passar dos dias, o sorriso carinhoso foi desaparecendo do seu rosto. Ele já não segurava o meu braço quando estávamos andando; foi ficando mais distante, mais desapontado. Depois, quando um dos meus alunos lhe disse que eu havia usado o termo "metáfora" para me referir à descrição que Luria faz da criação cósmica cabalística, ele me censurou publicamente e restringiu as minhas funções. Creio que infiltrou informantes em todas as minhas turmas e designou observadores para lhe relatar todas as minhas atividades.

— Agora entendo por que você não podia entrar em contato com Simão para se corresponder comigo.

— Exatamente, embora a minha esposa tenha conseguido recentemente um pequeno texto, de 12 páginas, que é a tradução feita por Simão de algumas reflexões suas sobre a superação das paixões.

— A sua esposa? Mas achei que você não podia lhe falar...

— Vamos deixar isso aqui guardado por enquanto. Paciência. Logo voltaremos a esse ponto, mas, continuando a minha cronologia pessoal, os meus problemas com a cabala foram bem difíceis. Mas a crise efetiva com o rabino Aboab aconteceu em função do suposto Messias, Sabbatai Zevi.

— O que pode me dizer sobre ele?

— Imagino que já faça um bom tempo que você leu o Zohar, mas sem dúvida ainda se lembra das predições sobre a vinda do Messias.

— Decerto. Lembro-me da última conversa que tive com o rabino Mortera, que acreditava que os textos sagrados profetizavam a chegada do Messias no momento em que os judeus haviam atingido o seu ponto mais baixo. Tivemos um entrevero bem desagradável a este respeito quando lhe perguntei: "Se somos efetivamente os escolhidos, por que precisamos chegar ao ponto máximo do desespero antes da vinda do Messias?" Quando sugeri que parecia provável que a ideia de um Messias tivesse sido criada por seres humanos para combater a desesperança, ele ficou furioso por eu estar ousando questionar a palavra divina.

— Acreditaria se eu lhe dissesse que sinto saudade dos bons tempos do rabino Mortera, Bento? O rabino Aboab é tão radical em suas crenças messiânicas que, comparado a ele, Mortera parece alguém esclarecido. Ademais, há algumas coincidências que só fizeram aumentar o fervor de Aboab. Lembra da predição que faz o Zohar para a data de nascimento do Messias?

— Lembro o nove e o cinco... O nono dia do quinto mês.

— Pois bem! Segundo consta, Sabbatai Zevi nasceu no nono dia do quinto mês, *Av*, na cidade de Esmirna, na Turquia, em 1626, e, no ano passado, foi proclamado o Messias por Nathan, um cabalista de Gaza que se tornou seu patrono. Há inúmeros boatos sobre milagres. Ao que se diz, Zevi é carismático, alto como um cedro, belo, piedoso e ascético. Diz-se também que ele jejua por longos períodos e passa a noite inteira entoando salmos com voz melodiosa. Aonde quer que vá, parece se desviar do seu caminho para ofender e ameaçar as autoridades rabínicas estabelecidas. Foi expulso de Esmirna pelos rabinos locais porque ousou pronunciar o nome de Deus da bimá da sinagoga, e foi também expulso pelos rabinos de Tessalônica por celebrar um casamento em que ele próprio era o noivo e a Torá, a noiva. Ele, porém, não parecia lá muito preocupado com o desagrado dos rabinos e continuou vagando pela Terra Santa, angariando um número cada vez maior de seguidores. Logo a notícia da chegada do Messias se espalhou como um furacão pelo mundo judaico. Vi, com os meus próprios olhos, as comunidades de Amsterdã dançando pelas ruas quando ficaram sabendo da novidade, e muitos venderam ou doaram todos os seus bens terrenos e embarcaram para ir ao seu encontro na Terra Santa. Não pense que foram apenas homens ignorantes que fizeram isso: vários dos nossos mais eminentes cidadãos estão enfeitiçados por ele, até mesmo o tão comedido Isaac Pereira dispôs de toda a sua fortuna e partiu atrás do Messias. Já o rabino Aboab, em vez de procurar restaurar a sanidade dessa gente, festeja e ainda incita o entusiasmo por esse homem com a maior empolgação. E isso apesar de vários rabinos da Terra Santa terem ameaçado Sabbatai Zevi com um *cherem*.

De olhos fechados, Bento levou ambas as mãos à cabeça e gemeu:

— Ah, como são tolos, como são tolos...

— Espere. O pior ainda está por vir. Cerca de três semanas atrás, um viajante que chegava do leste contou que o sultão otomano estava tão aborrecido com as hordas de judeus que não paravam de desembarcar por lá para se unir ao Messias que convocou Sabbatai Zevi ao seu palácio e lhe deu a opção de escolher entre o martírio ou a conversão ao Islã. Qual foi a decisão de Zevi? Mais que prontamente, o Messias escolheu tornar-se muçulmano!

— Ele se converteu ao Islã! Assim? — exclamou Bento com a surpresa estampada no rosto. — De uma hora para outra? Essa loucura com relação ao Messias terminou?

— Era o que seria de se esperar! Que todos os seguidores do Messias entendessem que haviam sido enganados. Mas nada disso: Nathan e outros convenceram os seus adeptos que aquela conversão fazia parte do plano divino, e centenas, talvez milhares, de judeus acompanharam o seu gesto e se converteram ao islamismo.

— E o que houve entre você e o rabino Aboab?

— Não consegui mais me conter e conclamei publicamente a minha congregação a recobrar o bom senso, a parar de vender casas e posses e a esperar pelo menos um ano antes de emigrar para a Terra Santa. O rabino Aboab ficou furioso, decretou a minha suspensão e está me ameaçando com um *cherem*.

— *Cherem? Cherem?* Preciso fazer uma observação ao estilo de Franco, algo que aprendi com você.

— E que é? — indagou o outro, fitando-o com o maior interesse.

— A sua letra e a sua música não estão se encaixando.

— A minha letra e a minha música?

— Você me descreveu acontecimentos prodigiosos: o rabino Aboab censurando-o em público, deixando de amá-lo, pondo observadores atrás de você, restringindo a sua liberdade, e, agora, um *cherem*. No entanto, embora você tenha ficado horrorizado ao testemunhar o meu *cherem*, não vejo sinal de desespero no seu rosto, nem de medo nas suas palavras. Na verdade, você parece... O quê? Quase animado. De onde vem tanta despreocupação?

— A sua observação foi perfeita, Bento. Mas, se tivéssemos falado disso cerca de um mês atrás, eu não estaria assim tão sereno. Acontece que, recentemente, me ocorreu uma solução. Decidi emigrar! Existem pelo menos 25 famílias que acreditam na minha maneira de ser judeu e que vão, daqui a três semanas, embarcar comigo para o Novo Mundo, para a ilha holandesa de Curaçao, onde fundaremos a nossa própria sinagoga e levaremos uma vida religiosa ao nosso modo. Ontem mesmo, em Haia, visitei duas famílias que abandonaram a congregação do rabino Aboab há dois anos, e eles também se animaram a partir conosco. Hoje à noite, tenho a intenção de aumentar o grupo com duas outras famílias.

— Curaçao? Do outro lado do mundo?

— Acredite, Bento, apesar de estar cheio de esperanças com relação ao nosso futuro no Novo Mundo, também estou imensamente triste só de pensar que você e eu talvez nunca mais voltemos a nos ver. Ontem, no *trekschuit*, fiquei divagando, e não pela primeira vez, sobre a possibilidade de você ir nos visitar no Novo Mundo e decidir ficar conosco, como nosso sábio e nosso intelectual. Mas sei que é apenas um sonho. A sua tosse e a sua congestão me dizem que você não aguentaria fazer uma viagem dessas, e vê-lo tão contente com a vida que leva me diz que você não gostaria de fazer isso.

Bento se levantou e começou a andar pelo quarto.

— Estou tão entristecido que sequer consigo ficar sentado. Embora os nossos encontros sejam raros, por força das circunstâncias, a sua presença na minha vida é vital para mim. A ideia de uma despedida definitiva é um choque tão grande, uma perda tão difícil, que não encontro palavras para expressar o que sinto. Ao mesmo tempo, o amor que tenho por você provoca outros pensamentos. Os perigos! Como vai viver? Já não há judeus e uma sinagoga em Curaçao? Como será que vão acolhê-lo?

— Sempre existe o perigo para os judeus. Vivemos constantemente sob opressão, se não por parte dos cristãos ou dos muçulmanos, por parte dos nossos próprios superiores. Amsterdã é o único lugar do Velho Mundo que nos proporciona certo grau de liberdade, mas muitos preveem que ela vá chegar ao fim. São diversos os inimigos que vêm ganhando força: a guerra contra os ingleses terminou, mas, ao que tudo indica, a trégua será breve, pois Luís XIV tem nos ameaçado e o nosso próprio governo liberal não terá condições de resistir por muito tempo aos orangistas holandeses que pretendem instaurar a monarquia. Não concorda comigo, Bento?

— Claro! Essas questões têm me preocupado tanto que deixei de lado o trabalho com a *Ética* e estou atualmente escrevendo um livro sobre as minhas opiniões teológicas e políticas. As autoridades religiosas exercem influência sobre os governos e andam se intrometendo tanto na política que precisam ser detidas. Temos de manter a religião e a política separadas.

— Fale mais sobre esse seu novo projeto, Bento.

— Em boa parte, trata-se de um velho projeto. Lembra a crítica bíblica que expus a você e a Jacob?

— Lembro cada palavra que você disse.

— Estou pondo essas ideias no papel e vou incluir todos aqueles argumentos e muitos outros, de tal forma que qualquer pessoa sensata passará a duvidar das fontes divinas das escrituras e acabará aceitando que tudo acontece de acordo com as leis universais da Natureza.

— Então vai publicar aquelas mesmas ideias que provocaram o seu *cherem*?

— Vamos discutir isso mais tarde, Franco. Por enquanto, voltemos aos seus projetos. Trata-se de assunto mais urgente.

— Cada vez mais, o nosso grupo tem se convencido que a nossa única esperança está no Novo Mundo. Um dos nossos membros, que é comerciante, já visitou e selecionou algumas terras que compramos da Companhia Holandesa das Índias Ocidentais. E você tem toda a razão: já existe uma comunidade judaica estabelecida em Curaçao. Mas ficaremos no lado oposto da ilha, vivendo na nossa própria terra, aprendendo a cultivar o solo, e criaremos um tipo diferente de comunidade de judeus.

— E a sua família? Como reagiram à perspectiva de tal mudança?

— A minha esposa, Sarah, concorda em ir conosco, mas apenas sob certas condições.

— Certas condições? E uma esposa judia pode impor condições? Quais são elas?

— Sarah é bem voluntariosa. Ela só concordará em ir se eu me comprometer a considerar seriamente a sua ideia de modificar a forma como o judaísmo encara e trata as mulheres.

— Não acredito no que estou ouvindo! Como é que encaramos as mulheres? Nunca ouvi tamanha bobagem!

— Ela me pediu para discutir exatamente essa questão com você.

— Falou com ela a meu respeito? Achei que precisasse guardar segredo do nosso contato mesmo para ela.

— Ela mudou. Nós mudamos. Não temos segredos um para o outro. Posso lhe transmitir o que ela pediu que eu lhe dissesse?

Bento assentiu, meio desconfiado.

Franco pigarreou e falou com voz um pouco mais aguda:

— Senhor Espinosa, concorda que é justo as mulheres serem tratadas como criaturas inferiores sob todos os aspectos? Na sinagoga, temos de sentar separadas dos homens e em assentos menos confortáveis, e...

— Sarah — interrompeu Bento, entrando de imediato no jogo do amigo. — É claro que vocês, mulheres, e os seus olhares sensuais têm que se sentar em separado. Acha correto os homens serem distraídos da presença de Deus?

— Sei exatamente a resposta que ela lhe daria — disse Franco, e, imitando a esposa, prosseguiu: — Está querendo dizer que os homens são como animais constantemente no cio e desviados da sua mente racional pela simples presença de uma mulher, a mesma mulher que dorme ao seu lado toda noite? E a mera visão do nosso rosto dissipa o amor que eles têm por Deus? Pode imaginar como nos sentimos?

— Ah, mulher tola... É claro que vocês precisam estar fora do nosso campo de visão! A presença dos seus olhos tentadores, dos seus leques que se agitam e dos seus comentários frívolos é inimiga da contemplação religiosa.

— Então, se os homens são fracos e não conseguem se concentrar, a culpa é das mulheres e não deles? O meu marido me disse que o senhor afirma que nada é bom ou ruim, e que é a nossa mente que nos faz ver as coisas assim. Não é verdade?

Bento assentiu, com certa relutância.

— Talvez, então, a mente do homem é que precise ser edificada. Talvez os homens devessem usar antolhos em vez de pedir às mulheres que usem véus! Expus o meu ponto de vista, ou devo prosseguir?

Bento ia responder de forma detalhada, mas se deteve e, balançando a cabeça, disse:

— Continue.

— Nós, mulheres, somos mantidas prisioneiras dentro de casa. Nunca aprendemos holandês e, portanto, ficamos limitadas para fazer compras ou conversar com outras pessoas. Carregamos um fardo absolutamente desigual em termos de trabalho com a família, enquanto os homens passam boa parte do dia sentados discutindo questões do Talmud. Os rabinos se opõem abertamente à nossa educação, dizendo que somos inferiores em inteligência e que, se tivessem de nos ensinar a Torá, estariam nos ensinando bobagens, já que nós, mulheres, jamais conseguiríamos apreender toda a sua complexidade.

— Neste ponto, concordo com o rabino. A senhora acredita realmente que mulheres e homens têm inteligência equivalente?

— Pergunte ao meu marido. Ele está parado bem aí, ao seu lado. Pergunte-lhe se não aprendo tão rápido e entendo com tanta profundidade quanto ele.

Bento ergueu o queixo na direção de Franco, que sorriu e disse:

— É verdade, Bento. Ela aprende e compreende tão rápido, ou talvez até mais rápido que eu. E você conheceu uma mulher assim. Lembra-se da jovem que lhe ensinou latim, que você mesmo taxava de prodígio? Sarah acredita mesmo que as mulheres deveriam contar como presença para compor o *minyan*, deveriam ser chamadas para ler textos na bimá e até tornar-se rabinos.

— Ler textos na bimá? Tornar-se rabinos? Não dá para acreditar! Se as mulheres fossem capazes de participar do poder, acharíamos vários exemplos assim consultando a história. Mas não há absolutamente nada, nem um único caso de mulheres governando em pé de igualdade com os homens, e nenhum caso de mulheres governando homens. Só podemos concluir que as mulheres têm uma fraqueza inerente ao sexo.

Franco balançou a cabeça.

— Sarah diria, e, nesse ponto, eu concordaria com ela, que a sua evidência não é absolutamente uma evidência. A razão pela qual não há exemplos de...

Uma batida na porta veio interromper a conversa dos dois. A governanta entrou, carregando uma bandeja bem-servida de comida.

— Posso servi-los, senhor Espinosa?

Bento concordou com um gesto e a mulher começou a pôr os pratos fumegantes na mesa.

— Ela está perguntando se pode nos servir o almoço. Podemos comer aqui mesmo — disse ele, dirigindo-se ao amigo.

Espantado, Franco olhou para Bento e replicou em português.

— Como eu poderia comer essa comida com você, Bento? Esqueceu? Sou rabino!

CAPÍTULO 32

Berlim e Holanda — 1939-1945

Ele é o "quase Alfred". Rosenberg quase conseguiu se tornar um intelectual, um jornalista, um político — mas não passou do quase.

— Joseph Goebbels

Por que o mundo deve derramar lágrimas de crocodilo diante do merecidíssimo destino de uma reduzida minoria de judeus? Pergunto a Roosevelt, pergunto ao povo americano: estão preparados para receber no meio de vocês esses envenenadores do povo alemão e do espírito universal da cristandade? Daríamos de bom grado a cada um deles uma passagem gratuita num navio a vapor e a quantia de mil reichsmarks para as despesas da viagem se pudéssemos, assim, nos livrar deles.

— Adolf Hitler

Embora não tenha sofrido outra crise depressiva, Alfred jamais conseguiu viver bem consigo mesmo e, pelo resto da vida, a sua autoestima oscilou furiosamente: ora inflada, ora murcha, dependendo de se sentir ou não próximo a Adolf Hitler.

O Führer jamais gostou dele; mesmo assim, acreditando que as habilidades de Rosenberg eram úteis para o partido, continuou a lhe atribuir responsabilidades. Todos esses encargos eram um acréscimo à sua principal função como editor-chefe do jornal do partido. O *Völkisher Beobachter*, "o tão combatente periódico do partido nazista", florescera sob a sua direção: por volta de 1940, ele tinha uma circulação diária que ultrapassava em muito um milhão de exemplares. Pessoalmente, Hitler preferia as caricaturas antissemitas bem vulgares do jornal de Streicher, *Der Stürmer*, mas o *Beobachter* era o órgão oficial do partido, e Hitler e seu adjunto, Rudolf Hess, jamais deixavam de lê-lo diariamente.

Alfred tinha uma relação cordial com Hess e, através dele, conseguia ter acesso a Hitler. Isso, porém, acabou de forma abrupta em 10 de maio de 1941, quando, depois de um longo e ameno café da manhã com Rosenberg, Hess foi de carro até o aeroporto e, por razões que ainda hoje desconcertam os historiadores, voou num Messerschmitt BF 110 até a Escócia e saltou de paraquedas para ser imediatamente capturado e encarcerado pelos britânicos pelo resto da vida. Martin Bormann assumiu o posto de Hess, como adjunto de Hitler, e, como declarou Alfred, tornou-se "o ditador da antecâmara". A não ser em raríssimas ocasiões, Bormann só permitia que os mais chegados tivessem acesso ao Führer, e isso nunca incluía Rosenberg.

Mas algo que ninguém podia negar a Alfred era o incrível sucesso do seu livro *O mito do século* XX. Por volta de 1940, a obra já havia vendido mais de um milhão de exemplares e era a segunda na lista dos mais vendidos da Alemanha, perdendo apenas para *Mein Kampf*. Os seus outros encargos eram inúmeros: como diretor da formação ideológica de todo o partido, ele precisava participar de diversos encontros e fazer pronunciamentos públicos. Os seus discursos jamais se afastavam muito do catecismo traçado no seu próprio livro: a superioridade da raça ariana, a ameaça judaica, a pureza do sangue, os perigos das alianças impuras, a necessidade do *Lebensraum* e os perigos que as religiões representavam. Batia insistentemente na tecla das ameaças que os judeus constituíam para o Reich e nunca deixava de insistir no fato de a questão judaica só poder ser resolvida com a remoção de todos os indivíduos desse povo para fora da Europa. Quando ficou claro, em 1939, que nenhum país aceitaria os judeus alemães, poloneses e tchecos, ele propôs a realocação dos judeus europeus numa reserva (não um Estado, é claro) afastada da Europa, como por exemplo em Madagascar ou na Guiana. Por algum tempo, ele considerou a possibilidade de mandá-los para o Alasca, mas acabou chegando à conclusão que o clima implacável seria duro demais para os judeus.

Em 1939, Hitler convocou Rosenberg para uma reunião.

— Tenho em mãos o anúncio oficial do seu Prêmio Nacional Alemão, Rosenberg. Tenho certeza de que se lembra da conversa que tivemos sobre isso. Você até disse que era o maior orgulho que jamais sentira na vida... Aprovei pessoalmente o texto. "A incansável batalha que Rosenberg vem travando para manter pura a filosofia nacional-socialista é especialmente meritória. Só os tempos futuros poderão avaliar plenamente a profundidade da influência exercida por esse homem nos fundamentos filosóficos do Reich Nacional-Socialista."

As pupilas de Alfred se dilataram: ele estava atônito com a generosidade de Hitler.

— E hoje pretendo nomeá-lo para um cargo para o qual você é perfeito. Decidi fundar oficialmente a Hohe Schule, a universidade do Nazismo para a elite do partido. E você será o seu diretor.

— Sinto-me profundamente honrado, *mein* Führer. Mas não estou a par dos planos para a Hohe Schule.

— Será um centro avançado de pesquisas ideológicas e educacionais localizado no norte da Baviera. Pelos meus planos, deverá haver ali um auditório com três mil lugares, uma biblioteca com quinhentos mil volumes e filiais espalhadas por várias cidades do Reich.

— Devo escrever sobre isso no *Beobachter*? — perguntou Alfred, pegando o bloquinho.

— Deve. A minha secretária vai lhe dar as informações necessárias. Oportunamente, o jornal publicará um texto curto noticiando a fundação da universidade e a sua nomeação para dirigi-la. A sua primeira tarefa, e isso não deve ser publicado — observou Hitler, baixando o tom da voz —, será criar a biblioteca da instituição. E deve fazer isso logo. Imediatamente. Os livros estão disponíveis neste exato momento. Quero que assuma o comando da operação de confisco do acervo de todas as bibliotecas judaicas e maçons localizadas em territórios ocupados.

Alfred ficou eufórico: era a tarefa *perfeita* para ele. Tratou logo de pôr a mão na massa. Não tardou muito e emissários seus estavam saqueando as bibliotecas judaicas por todo o Leste Europeu e enviando milhares de livros raros para Frankfurt, onde bibliotecários fariam a seleção dos melhores volumes para a Hohe Schule. Hitler também planejava criar um museu dos povos extintos e outros livros de valor teriam de ser selecionados para serem ali exibidos. Em pouco tempo, as ordens de Alfred foram ampliadas: além de livros, ele passou a ter que reunir também obras de arte. Como um bichinho de estimação louco por alguma atenção, ele escreveu a Hitler por ocasião do quinquagésimo aniversário do Führer.

Heil, mein *Führer,*

Desejando lhe dar, meu Führer, alguma alegria no dia do seu aniversário, tomo a liberdade de lhe oferecer fotos de umas das mais valiosas telas que a minha equipe para tarefas especiais, cumprindo sua determinação, resgatou de coleções de arte abandonadas por judeus nos territórios ocupados. Essas fotos representam um acréscimo à coleção de 53 dos mais preciosos objetos de arte que, há algum tempo, foram integrar a sua coleção.

Eu lhe imploro, meu Führer, que me conceda a possibilidade de relatar verbalmente, durante a minha próxima audiência, a extensão e o escopo dessa ação de confisco de obras de arte. Imploro ainda que V.Exª. aceite, nesse meio-tempo, um breve relatório escrito dos progressos e da amplitude das nossas atividades, documento que será usado como base para o relato verbal acima referido, e que aceite ainda três cópias dos catálogos provisórios de pinturas que também mostram apenas uma parte da coleção que V.Exª. possui. Durante a audiência solicitada, tomarei a liberdade de entregar ao meu Führer outros vinte prospectos de pinturas na esperança de que esse breve contato com as belas coisas da arte que lhe são tão caras envie um raio de beleza e alegria à sua tão prezada vida.

Em 1940, Hitler comunicou oficialmente a todo o Partido Nazista a constituição da ERR — Einsatzstab (força-tarefa) do *Reichsleiter* Rosenberg —, que tinha por missão o confisco, para uso do Reich, de todos os livros e obras de arte de propriedade dos judeus da Europa. Rosenberg viu-se à frente de uma enorme organização que trabalhava em conjunto com os exércitos nos territórios ocupados, visando salvaguardar e remover qualquer bem "desapropriado" dos judeus que fosse considerado valioso para a Alemanha.

Alfred estava empolgadíssimo. De todas as suas nomeações, esta era a mais compensadora. Desfilando envaidecido pelas ruas de Praga ou de Varsóvia com a sua equipe, ia pensando: *Poder! Enfim o poder! Tomar decisões de vida ou morte com relação às bibliotecas de judeus ou galerias da Europa. E também ter condições de barganhar com Göring, que, de repente, passou a ser tão gentil comigo. Aquelas mãos vorazes estão sempre à cata de presas artísticas por toda parte. Agora, porém, eu estou na linha de frente. Tenho prioridade para captar as obras de arte para o Führer antes que Göring possa se apoderar delas para a sua própria coleção. Que ganância! Göring já deveria ter sido eliminado tempos atrás. Por que será que o Führer tolera tamanha traição à tradição e à ideologia arianas?*

A apreensão das bibliotecas judaicas da Polônia e da Tchecoslováquia só fizeram aguçar o apetite de Alfred pelo maior de todos os tesouros: os volumes pertencentes ao museu de Rijnsburg. Tendo em mente a biblioteca de Espinosa, Alfred ia escrevendo avidamente uma manchete triunfal após a outra, destacando o progresso nazista na Frente Ocidental. "Nada pode deter a nossa *blitzkrieg*", bradava o *Beobachter*. Um por um, os países iam se curvando à força de Hitler, e a vez da Holanda não tardou a chegar. Embora o pequeno país houvesse permanecido neutro na Primeira Guerra Mundial e tivesse esperanças de fazer o mesmo na atual, Hitler tinha outras intenções. No dia 10 de maio de 1940, as tropas nazistas invadiram a Holanda com toda a força. Quatro dias depois, a Luftwaffe arrasou Roterdã com os seus bombardeios, destruindo praticamente um quilômetro quadrado do centro da cidade e, no dia seguinte, as forças holandesas capitularam. Radiante, Alfred preparou as manchetes da primeira página e a matéria sobre os cinco dias de combate na Holanda para o *Völkischer Beobachter*. Escreveu ainda um editorial sobre a invencibilidade das guerras-relâmpago travadas pelas tropas nazistas. Os funcionários do periódico estavam espantadíssimos com a atitude do editor-chefe: jamais o tinham visto com um sorriso tão largo no rosto. Era incrível ver

Alfred Rosenberg abrindo garrafas de champanhe no escritório, servindo a bebida para todos e propondo brindes, em alto e bom som, primeiro para o Führer e, depois, à memória de Dietrich Eckart...

Poucas semanas antes, Alfred havia topado com uma citação de Albert Einstein: "O segredo da criatividade é saber esconder as suas fontes." Num primeiro momento, resmungou com desprezo:

— Desonestidade descarada! A típica hipocrisia dos judeus...

E deixou aquilo de lado.

No entanto, havia dias que aquela afirmação não lhe saía da cabeça. Seria uma pista para resolver o problema de Espinosa? Talvez as ideias "originais" de Bento Espinosa não fossem tão originais assim... Talvez as verdadeiras origens do seu pensamento estivessem ocultas nas páginas dos 159 livros da sua biblioteca pessoal.

A ERR, a força-tarefa saqueadora de Rosenberg, estava pronta para entrar em ação na Holanda em fevereiro de 1941. Alfred foi de avião até Amsterdã para participar de uma reunião de toda a equipe organizada por Werner Schwier, o oficial alemão responsável pela dissolução da francomaçonaria e de todas as demais instituições holandesas do gênero. Os nazistas odiavam a francomaçonaria, fossem os seus membros judeus ou não. Em *Mein Kampf*, Hitler alardeava que a organização havia "sucumbido" aos judeus e que havia sido uma das grandes responsáveis pela derrota alemã na Primeira Guerra Mundial. Estavam presentes à tal reunião a equipe de Schwier, composta por uma dezena de "liquidadores provinciais", cada um deles designado para cobrir um território. Antes de começarem os trabalhos, Schwier pediu que Alfred aprovasse as instruções que ele pretendia passar aos "liquidadores". Todos os bens que portassem os emblemas maçônicos deveriam ser destruídos: copos, bustos, pinturas, distintivos, joias, espadas, círculos, prumos, desempenadeiras, malhos, candelabros de sete braços e sextantes. Todos os objetos de madeira dos quais não fosse possível eliminar os símbolos seriam esfacelados ou queimados. Todos os aventais de couro seriam cortados em quatro pedaços e confiscados. Ao ler aquilo, Alfred sorriu e fez apenas uma retificação: os aventais de couro deveriam ser cortados em 16 pedaços antes de serem confiscados. Aprovou todo o resto e cumprimentou Schwier por aquele trabalho meticuloso.

Depois, ao examinar a lista dos locais onde seriam realizados os confiscos, perguntou:

— Estou vendo que a Rijnsburg Spinozahuis consta da sua lista, Herr Schwier. Por quê?

— Porque a Associação Espinosa está repleta de maçons.

— Eles fazem reuniões na Spinozahuis?

— Não que eu saiba. Ainda não descobrimos os lugares onde eles se reúnem em Rijnsburg.

— Tem a minha autorização para prender qualquer suspeito de integrar a francomaçonaria, mas deixe a Casa de Espinosa para a ERR. Vou visitá-la pessoalmente para confiscar a biblioteca e, se encontrar algum material relacionado aos maçons, mando entregar ao senhor.

— O senhor vai lá *pessoalmente*, *Reichsleiter*? Precisa de alguma ajuda? Terei o maior prazer em designar alguns dos meus homens para acompanhá-lo.

— Não, obrigado. A minha própria equipe está aqui, e estamos plenamente preparados para esse tipo de trabalho.

— Eu teria permissão, *Reichsleiter*, para perguntar o que esse local tem de tão importante que exige a sua atenção pessoal?

— A biblioteca de Espinosa e as suas obras em geral podem ser de grande valia para a Hohe Schule. A biblioteca vai exigir a minha atenção pessoal. Os volumes podem até acabar sendo expostos no museu dos Povos Extintos que o Führer está planejando criar.

Dois dias depois, às onze da manhã, Rosenberg e o seu adjunto, *Oberbereichsleiter* Schimmer, chegaram a Rijnsburg numa luxuosa limusine Mercedes seguida por outra limusine e por um pequeno caminhão trazendo parte do pessoal da ERR e caixotes vazios. Alfred deu ordens para que alguns dos seus homens ficassem de guarda diante da casa do zelador, uma construção anexa ao museu, e mandou que dois outros fossem deter o presidente da Sociedade Espinosa, que morava a um quarteirão de distância. A porta do museu estava trancada, mas logo foram buscar o zelador, Gerard Egmont, que veio abri-la. A passos largos, Alfred atravessou o vestíbulo, dirigindo-se ao local onde ficavam as estantes. O que viu não correspondia às suas lembranças: as prateleiras estavam muito menos abarrotadas. Em silêncio, contou os livros. Sessenta e oito.

— Onde estão os outros volumes? — perguntou.

Parecendo assustado e amedrontado, o zelador deu de ombros.

— Os outros 91 livros — disse Alfred, sacando a pistola.

— Sou apenas o zelador. Não sei nada sobre os livros.

— E quem sabe?

Nesse exato momento, os seus homens chegaram trazendo Johannes Diderik Bierens de Haan, o velho presidente da Sociedade Espinosa. Era um homem já idoso, de aparência digna, bem-vestido, usando um cavanhaque e óculos de aro metálico.

— Estamos aqui por causa da biblioteca — disse Alfred, apontando a estante meio vazia com a pistola. — Para guardá-la em lugar seguro. Onde estão os outros 91 livros? Está pensando que somos idiotas?

Aparentemente, Bierens de Haan ficou abalado, mas não disse nada.

— E onde está o poema de Einstein que ficava pendurado bem aqui, Herr presidente? — prosseguiu Alfred, andando pela sala e batendo com a pistola num ponto da parede.

A essa altura, Bierens de Haan pareceu inteiramente atônito. Abanou a cabeça e murmurou:

— Não faço ideia do que está falando. Nunca na vida vi um poema pendurado aí.

— Há quanto tempo está na presidência?

— Há 15 anos.

— Aquele guarda, aquele desgraçado gordo e mal-ajambrado que trabalhava aqui no início dos anos 1920... Que agia como se fosse o dono da casa. Onde é que ele está?

— Deve estar se referindo a Abraham. Ele morreu já faz muito tempo.

— Sujeito de sorte. Que pena. Gostaria tanto de voltar a vê-lo. O senhor tem família, Herr presidente da Spinozahuis?

Bierens de Haan assentiu.

— Pois tem duas opções: ou nos leva até os livros e voltará imediatamente para a sua família e para a sua cozinha aquecida, ou não nos diz nada e vai enfrentar um longo período de frio até voltar a vê-los. Garanto-lhe que vamos encontrar os livros, nem que tenhamos de desmontar esse museu tábua por tábua, e não deixar nada a não ser uma pilha de entulho e de pedras. E vou começar a fazer isso agora mesmo.

Nenhuma resposta por parte do velho presidente.

— E, depois, vamos fazer a mesma coisa na casa ao lado. E na que fica ao lado da sua casa. Vamos encontrar os livros... Isso eu lhe garanto.

Bierens de Haan refletiu por um instante e, então, inesperadamente, virou-se para Egmond e disse:

— Leve-os até onde estão os livros.

— E quero o poema também — acrescentou Alfred.

— Não há poema algum — esbravejou Bierens de Haan.

O zelador os conduziu por uma porta até um armário escondido na despensa. Ali dentro, o restante dos livros formava uma pilha meio troncha, embrulhada numa lona e coberta de louças e de potes de conservas.

Com a maior eficiência, os soldados embalaram a biblioteca e todos os outros objetos de valor — retratos de Espinosa, paisagens do século XVII, um busto de bronze do filósofo, uma pequena estante de leitura — em caixotes de madeira e levaram tudo para o caminhão. Duas horas mais tarde, os saqueadores e os seus tesouros estavam a caminho de Amsterdã.

— Participei de várias operações do gênero, *Reichsleiter* Rosenberg — disse Schimmer durante a viagem de volta. — Mas nunca vi nenhuma delas ser comandada com mais eficiência. Foi um privilégio vê-lo em ação. Como sabia que faltavam livros?

— Sei muito sobre a biblioteca. Ela vai ser valiosíssima para o Hohe Schule. Vai nos ajudar com o problema de Espinosa.

— O problema de Espinosa?

— É complicado demais para lhe dar detalhes. Digamos simplesmente que se trata de uma fraude judaica de grande importância no campo da filosofia e que vem se arrastando há séculos. Pretendo conceder ao caso a minha atenção pessoal. Embarque os livros de navio diretamente para a sede da ERR em Berlim.

— Fiquei impressionado com a forma como lidou com o velho. Com frieza. Eficiência. Ele cedeu tão facilmente...

— Demonstre a sua força — disse Alfred, batendo com a mão na testa. — Demonstre a superioridade do seu conhecimento e a sua determinação. Eles fingem ter grandes ideias, mas tremem só de pensar na própria casa em ruínas. Assim que mencionei a cozinha aquecida, o jogo acabou. É exatamente assim que vamos dominar facilmente a Europa inteira.

— E o tal poema?

— Era infinitamente menos valioso que os livros. Percebia-se claramente que ele estava dizendo a verdade: ninguém que abre mão dessa preciosa biblioteca ia se meter em apuros por causa de algumas linhas rabiscadas numa folha de papel. É mais provável que aquilo nem pertencesse ao museu, mas que tivesse sido pendurado ali por um zelador qualquer.

Acabrunhados, os dois holandeses se sentaram na cozinha do zelador. Com as mãos na cabeça, Bierens de Haan gemeu:

— Traímos a confiança depositada em nós. Nós éramos os guardiães dos livros.

— O senhor não teve escolha — retrucou Egmond. — Primeiro, eles teriam destruído o museu e, depois, esta casa, encontrando não só os livros, mas ela também.

Bierens de Haan continuou a se lamentar.

— O que será que Espinosa teria feito? — indagou o zelador.

— Tudo que posso pensar é que ele teria escolhido a virtude. Se a escolha era entre salvar bens preciosos e salvar uma pessoa, então era ela que tínhamos de salvar.

— Exatamente. Bom, eles já se foram. Devo ir lhe dizer que acabou tudo?

Bierens de Haan assentiu. Egmond subiu a escada e, com o auxílio de um bastão comprido, deu três pancadas num canto do teto do quarto.

Poucos minutos depois, abriu-se um alçapão, surgiu uma escada, e uma judia de meia-idade, Selma de Vries-Cohen, desceu.

— Selma — disse Egmond —, pode ficar tranquila. Eles já foram. Levaram tudo que tinha algum valor e, agora, vão tratar de saquear o resto do país.

— Por que vieram até aqui? O que é que eles queriam? — perguntou a mulher.

— Toda a biblioteca de Espinosa. Não imagino que interesse pode ter para eles. É um completo mistério. Poderiam perfeitamente se apoderar de um Rembrandt entre as dezenas que estão no Rijksmuseum de Amsterdã. Uma dessas telas vale muito mais que todos aqueles livros juntos. Mas tenho uma coisa para você. Um livro que eles não viram. Trata-se de uma das obras de Espinosa traduzida para o holandês, a *Ética*, que eu tinha escondido em separado, na casa do meu filho. Eles não sabem da existência desse volume e amanhã mesmo vou trazê-lo para você. Talvez seja bom lê-lo: é o seu livro mais importante.

— Traduzido para o holandês? Mas sempre achei que ele *fosse* holandês!

— E era, mas, naquela época, os estudiosos escreviam em latim.

— Estou a salvo agora? — perguntou a mulher, ainda visivelmente trêmula. — Será que é seguro trazer a minha mãe para cá? Vocês mesmos estão a salvo aqui?

— Ninguém está inteiramente a salvo com essas bestas soltas por aí. Mas você está na cidade mais segura da Holanda. Eles lacraram as portas e as janelas do museu com fitas, acabaram com a Associação Espinosa e o governo alemão requisitou esta casa. Mas duvido muito que voltem a esse museu vazio. Não sobrou nada de importante aqui. Mesmo assim, para garantir a sua segurança, gostaria de instalá-la num outro local por um mês. Várias famílias em Rijnsburg se dispuseram a escondê-la. Você tem muitos amigos nesta cidade. Nesse meio-tempo, preciso mandar instalar um toalete no seu quarto, antes da chegada da sua mãe no mês que vem.

* * *

Quando os livros chegaram a Berlim, Alfred mandou que os seus homens os despachassem direto para o seu escritório na sua própria casa. Na manhã seguinte, tomou o seu café nesse aposento, sentado, olhando para aqueles volumes, só usufruindo do prazer da presença e do aroma de obras tão preciosas: livros que Espinosa tivera nas mãos. Passou horas acariciando as capas e lendo os títulos. Alguns autores lhe eram familiares, como Virgílio, Homero, Ovídio, César, Aristóteles, Tácito, Petrarca, Plínio, Cícero, Lívio, Horácio, Epiteto, Sêneca e a obra de Maquiavel em cinco volumes. *Ah*, lamentou-se, *se pelo menos eu tivesse feito o curso clássico, teria lido tudo isso. Nem latim, nem grego: a tragédia da minha vida.* E, de repente, teve um choque, ao se dar conta de que não poderia ler um livro que fosse, porque nenhum deles era em alemão ou em russo. Havia o *Discours de la méthode*, de Descartes, mas o seu francês era muito elementar.

Várias obras lhe eram inteiramente desconhecidas: uma grande quantidade de textos em hebraico, provavelmente o Velho Testamento e comentários bíblicos, e diversos autores de quem jamais ouvira falar, como Nizolio, Josefo e Pagnino. Alguns, a julgar pelas ilustrações, eram textos sobre óptica (Huygens, Longomontanus); outros, sobre anatomia (Riolando) ou matemática. Alfred contara talvez encontrar ali pistas com relação às fontes de Espinosa, observando as páginas marcadas ou a marginália, e passou o resto do dia examinando cada livro página por página. Mas tudo em vão: não achou nada, nem um vestígio de Espinosa. À tarde, a dura realidade ficou clara: faltavam-lhe conhecimentos para obter qualquer informação sobre Espinosa a partir daquela biblioteca. Era óbvio que o próximo passo teria de ser consultar especialistas nos clássicos.

Mas Hitler tinha outros planos para ele. Pouco depois de os livros terem chegado à casa de Rosenberg, quatro milhões e meio de soldados do exército nazista invadiram a Rússia. Hitler nomeou Rosenberg ministro do Reich nos territórios ocupados do leste e lhe pediu que traçasse um plano piloto para uma vasta área da Rússia Ocidental, habitada por trinta milhões de russos, e que deveria ser repovoada por alemães. Quinze milhões de russos seriam deportados. Os outros quinze milhões teriam permissão para permanecer ali com a condição de se "germanizarem" num prazo de trinta anos.

Alfred tinha sólidas convicções a respeito da Rússia. Acreditava que só os próprios russos podiam derrotá-la e que os alemães deveriam lutar para balcanizar o país, procurando criar grupos de combate constituídos por ucranianos que avançariam contra os bolcheviques.

Aquela nomeação tão destacada, de início um triunfo para Rosenberg, não tardou a se tornar um verdadeiro desastre. Alfred submeteu os seus planos a Hitler, mas lideranças militares — Göring, Himmler e Erich Koch — discordaram veementemente e trataram de ignorar e solapar as suas sugestões. Deixaram que dezenas de milhares de prisioneiros de guerra ucranianos morressem nos campos e milhões de civis morressem de fome ao enviar navios carregados de trigo e outros alimentos para a Alemanha. Rosenberg continuou a se queixar com Hitler, que acabou lhe dando uma resposta ríspida:

— Pare de se intrometer em assuntos militares! A sua preocupação com questões ideológicas o fez perder contato com as questões cotidianas!

Escritor com um milhão de livros vendidos. Editor-chefe do principal jornal do país. Um cargo de prestígio após o outro: diretor da ideologia e da educação nazista, comandante da ERR, ministro do Reich nos territórios ocupados do leste. E, apesar de tudo, antipatizado e ridicularizado pelo círculo mais próximo ao Führer. Como Rosenberg conseguiu angariar tantas honras? Às vezes uma prosa incompreensível, empolada, impenetrável suscita uma admiração nada realista pela inteligência do autor. Talvez fosse por isso que Hitler continuava oferecendo a Rosenberg tantas atribuições de responsabilidade.

Com o tempo, à medida que os russos começaram a rechaçar as forças alemãs e a recuperar o seu território, a posição de Alfred como ministro do Reich foi se tornando irrelevante e ele apresentou o seu pedido de exoneração. Mas Hitler estava ocupado demais para lhe responder.

As suas esperanças de realizar um estudo mais profundo da biblioteca de Espinosa nunca se concretizaram. Em pouco tempo, os aliados estavam bombardeando Berlim. Quando uma casa que ficava a apenas duzentos metros da sua foi destruída, Alfred mandou os livros de navio para Frankfurt para mantê-los a salvo.

O *Völkischer Beobachter*, "o jornal combatente da Alemanha nazista", continuou lutando até o fim e Alfred nunca parou de reverenciar Hitler servilmente nas suas páginas. Numa das últimas edições do periódico (20 de abril de 1945), Rosenberg celebrou o seu 56º aniversário aclamando-o como "o homem do século". Dez dias mais tarde, quando as tropas russas já estavam a poucos quarteirões do *bunker* de Hitler, o Führer se casou com Eva Braun, distribuiu cápsulas de cianureto aos convidados, escreveu o seu testamento e se matou com um tiro depois que a esposa ingeriu o veneno. Vinte e quatro horas depois, naquele mesmo *bunker*, Goebbels e a esposa mataram os seis filhos com morfina e cianureto, e cometeram suicídio juntos. Mesmo assim, as máquinas do *Völkischer Beobachter* continuaram a rodar até que a Alemanha se rendeu no dia 11 de maio daquele mesmo ano. Quando a sede do jornal foi invadida, os russos encontraram uma ou duas edições pré-datadas. A última, com data de 11 de maio de 1945, continha um guia de sobrevivência intitulado "Subsistência nos campos e florestas alemães".

Depois da morte de Hitler, Alfred, juntamente com outros líderes nazistas que haviam sobrevivido, fugiu para Flensburg, onde o almirante Doenitz, o novo chefe de Estado, sediara o seu governo. Alfred tinha esperanças de ser chamado para formar o gabinete, já que era o *Reichsleiter* mais antigo. Mas ninguém sequer deu pela sua presença ali. Finalmente, ele mandou uma carta de rendição cuidadosamente redigida para o marechal de campo Montgomery, mas nem mesmo os britânicos foram capazes de avaliar devidamente a sua importância, e o *Reichsleiter* Rosenberg passou seis dias esperando impaciente no hotel até a polícia militar britânica aparecer para prendê-lo. Pouco depois, puseram-no sob a custódia dos norte-americanos e ele foi informado de que, juntamente com um pequeno grupo de criminosos de guerra nazistas de alto escalão, seria julgado por um tribunal especial internacional em Nuremberg.

Criminosos de guerra nazistas de alto escalão! Imagine só..., pensou ele, e um sorriso lhe passou pelos lábios.

Enquanto isso, em Rijnsburg, no Dia da Vitória, Selma de Vries-Cohen e a sua mãe idosa, Sophie, desceram a escada do seu minúsculo quartinho e, pela primeira vez em muitos anos, saíram ao ar livre. Percorreram a fachada lateral da casa até a entrada da Spinozahuis, onde assinaram o livro de visitas: a primeira assinatura em quatro anos.

"Uma grata lembrança do tempo em que pudemos nos esconder aqui. À Casa de Espinosa e a todos aqueles que cuidaram tão bem de nós e salvaram a nossa vida diante da ameaça alemã."

CAPÍTULO 33

VOORBURG — DEZEMBRO DE 1666

Abanando a cabeça, perplexo, Bento se aproximou da *huishouder* e lhe disse baixinho, em holandês, que eles haviam decidido não almoçar.

Depois que ela se foi, ele exclamou:

— Kosher! Você segue a dieta kosher?

— Claro, Bento! O que estava pensando? Sou rabino...

— E eu, um filósofo atônito. Você concorda que não existe um Deus sobrenatural que tenha desejos, faça exigências, fique contente ou aborrecido ou sequer tenha consciência dos nossos desejos, das nossas orações e até mesmo da nossa própria existência?

— Concordo inteiramente.

— E concorda que toda a Torá, incluindo-se o Levítico, que contém a halachá e todas essas misteriosas regras alimentares, é uma coletânea de escritos teológicos, legais, mitológicos e políticos compilados por Ezra dois mil anos atrás?

— Decerto que sim.

— E está se preparando para criar um novo judaísmo esclarecido?

— É a minha esperança.

— Mas, por causa de leis que sabe se tratar de mera invenção, não pode almoçar comigo?

— Ah, neste ponto você *não* tem razão, Bento — replicou Franco, enfiando a mão na sacola e tirando dali um embrulho. — A família que visitei em Haia preparou comida. Vamos compartilhar uma refeição judaica.

Vendo Franco desembrulhar o arenque defumado, o pão, o queijo e duas maçãs, Bento prosseguiu:

— Mas volto a perguntar, Franco: por que seguir a dieta kosher? Como pode desligar assim a sua mente racional? Eu não consigo. Não sabe como me dói ver um homem tão inteligente se curvar, obediente, diante de leis tão arbitrárias... E, por favor, Franco, eu lhe imploro, poupe-me da velha resposta de que você tem de manter viva essa tradição de dois mil anos!

Franco engoliu um bocado do arenque, tomou um gole d'água e refletiu por alguns instantes.

— Mais uma vez, eu lhe garanto que, como você, exatamente como você, Bento, desaprovo a irracionalidade da nossa religião. Pense como precisei apelar para a razão quando falei sobre o falso Messias com a minha congregação. *Como você*, quero modificar a nossa religião, mas ao contrário de você, acho que ela tem de ser modificada por dentro. Na verdade, foi ao testemunhar o que aconteceu com você que concluí que ela *só* pode ser modificada por dentro. Se eu quiser ter algum resultado em termos de transformar o judaísmo e afastar a minha congregação das explicações sobrenaturais, preciso, antes de mais nada, conquistar a sua confiança. Esses homens e mulheres precisam me ver como um deles e isso inclui seguir a dieta kosher. Como rabino da minha comunidade, é necessário, é imperativo que qualquer judeu do mundo possa se sentir à vontade vindo me visitar e comendo na minha casa.

— Então você também segue as outras leis e os ritos cerimoniais?

— Respeito o Sabbath. Uso o tefilin, faço as orações na hora das refeições, e, é claro, realizo vários dos serviços na sinagoga... Ou melhor, realizava até pouco tempo atrás. Bento, você sabe que o rabino tem de se envolver plenamente na vida religiosa da comunidade...

— E... — concluiu Espinosa — você faz isso apenas para conquistar a confiança das pessoas?

— Não só — replicou Franco, depois de refletir por um instante. — Seria desonesto dizer isso. Muitas vezes, quando estou realizando as minhas funções cerimoniais, desligo-me do conteúdo das palavras, perco-me no ritual e na agradável onda de sentimentos que toma conta de mim. Os cânticos me inspiram e me transportam. E adoro a poesia dos salmos, todos os piyyut. Adoro a sua cadência, as aliterações, e fico muito tocado com os sentimentos relacionados à ideia de envelhecer, de ver a morte chegando e de desejar a salvação.

"Mas há algo ainda mais importante — prosseguiu ele. — Quando leio e canto as melodias hebraicas junto com toda a congregação, sinto-me seguro; sinto-me em casa, quase fundido com o meu povo. Saber que todos que estão ali compartilham o mesmo desespero e os mesmos desejos me enche de amor por cada uma daquelas pessoas. Nunca teve esse tipo de experiência, Bento?"

— Tive, com certeza, quando era jovem. Mas não agora. Há muito tempo que não mais. À diferença de você, não consigo desviar a atenção do sentido das palavras. A minha mente está sempre alerta e, depois que tive idade suficiente para analisar o efetivo sentido da Torá, a minha conexão com a comunidade começou a se desmantelar.

— Está vendo? — disse Franco, segurando o braço do amigo. — Quanto a este aspecto, temos uma diferença fundamental. Não concordo que todos os sentimentos tenham de ser subservientes à razão. Existem alguns deles que merecem estatuto equivalente a ela. Pense na saudade, por exemplo. Quando comando orações, eu me conecto ao meu passado, ao meu pai e ao meu avô, e, ousaria até dizer que penso nos meus antepassados que, há dois mil anos, repetiam aquelas mesmas frases, entoavam as mesmas preces, cantavam as mesmas melodias. Em todos esses momentos, perco a minha importância enquanto indivíduo; perco a minha própria individualidade e me torno uma parte, uma parte ínfima, de uma corrente comunitária ininterrupta. Essa noção me proporciona algo que não tem preço. Como descrevê-lo? Uma conexão, uma união com outros que é imensamente reconfortante. Preciso disso. Imagino que todos precisemos.

— Mas qual a vantagem desses sentimentos, Franco? Qual a vantagem de se afastar tanto da verdadeira compreensão? De um verdadeiro conhecimento de Deus?

— Vantagem? Por que não pensar em sobrevivência? O homem não viveu sempre em algum tipo de comunidade, mesmo que seja simplesmente uma família? De que outra forma poderíamos sobreviver? Não experimenta prazer algum em estar numa comunidade? Não vê sentido em fazer parte de um grupo?

Bento começou a balançar a cabeça, num gesto de negação, mas se deteve.

— Já senti isso, por estranho que pareça, na véspera do nosso último encontro. A caminho de Amsterdã, vi um grupo de judeus asquenazes que participavam da cerimônia do Tashlich. Eu estava no *trekschuit*, mas saltei imediatamente, fui atrás deles, e uma senhora idosa chamada Rifke me deu as boas-vindas e me ofereceu um pedaço de pão. Não sei por que gravei o nome dela. Assisti à cerimônia com uma agradável sensação e me senti estranhamente ligado à comunidade inteira. Em vez de jogar na água o pão que Rifke me deu, eu o comi. Bem devagar. E foi incrivelmente bom. Mas, depois, quando retomei o meu caminho, aquela nostálgica sensação agradável logo desapareceu. Essa experiência, como um todo, veio mais uma vez me mostrar que o meu *cherem* me afetou mais do que eu imaginava. Agora, porém, a dor da expulsão finalmente passou e não sinto a menor necessidade que seja de integrar uma comunidade.

— Mas me explique, Bento, como pode, como consegue viver em semelhante solidão? Por natureza, você não é uma pessoa fria, distante. Sei disso porque, sempre que estamos juntos, sinto uma ligação tão forte, tanto da sua parte quanto da minha. Sei que existe amor entre nós.

— Também sinto isso, e esse amor é uma coisa que cultivo com todo o carinho — replicou Espinosa, fitando o amigo bem nos olhos. Logo, porém, desviou o olhar. — Solidão. Você perguntou sobre a minha solidão. Há momentos em que ela me faz sofrer. E, então, lamento não ter podido trocar ideias com você. Quando estou tentando pensar mais claro, é comum eu mergulhar em devaneios, imaginando que estamos os dois discutindo um ponto qualquer.

— Talvez esta seja a nossa última oportunidade, Bento... Fale das suas ideias, agora. Ou, pelo menos, conte-me quais são as linhas mestras que o seu pensamento tem seguido.

— Claro que quero fazer isso, mas por onde começar? Talvez pelo meu próprio ponto de partida: o que eu sou? O que constitui o meu cerne, a minha essência? O que faz de mim o que sou? O que é isso que resulta *nesta* pessoa e não em outra qualquer? Quando penso em *ser*, uma verdade fundamental parece autoevidente: eu, como todas as coisas vivas, luto para permanecer no meu próprio ser. Diria que este *conatus*, o desejo de continuar florescendo, impulsiona todos os esforços de uma pessoa.

— Então você parte do indivíduo isolado em vez de tomar o polo oposto, da comunidade, que considero de suprema importância?

— Mas não encaro o homem como uma criatura da solidão. O caso é simplesmente que tenho uma perspectiva diferente com relação à ideia de conexão. Busco a experiência prazerosa que não advém tanto da conexão quanto da ausência de separação.

Franco balançou a cabeça, desconcertado.

— Você mal começou e já estou inteiramente confuso. Conexão e ausência de separação não são a mesma coisa?

— Há uma diferença sutil mas crucial entre ambas. Deixe-me tentar explicar. Como sabe, na base mesma do meu pensamento está a ideia de que é *exclusivamente através da lógica* que podemos compreender algo da essência da Natureza ou de Deus. Digo "algo" porque o ser efetivo de Deus é um mistério que está acima e além do pensamento. Deus é infinito, e, já que somos criaturas finitas, a nossa visão é limitada. Estou sendo claro?

— Até aqui, está, sim.

— Portanto — prosseguiu Bento —, para aumentar a nossa compreensão, devemos tentar ver este mundo *sub specie aeternitatis*, do ponto de vista da eternidade. Em outras palavras, precisamos superar os impedimentos ao nosso entendimento, impedimentos estes que resultam do nosso apego ao nosso próprio eu. — Olhando para o amigo, Espinosa se deteve um instante. — Está com um ar tão desconcertado, Franco!

— Estou completamente perdido. Você ia explicar a ausência de separação. Onde foi parar essa questão?

— Calma, Franco. Vou chegar lá. Primeiro, tenho de lhe dar o pano de fundo. Como eu ia dizendo, para ver o mundo *sub specie aeternitatis*, preciso descartar a minha própria identidade, ou seja, o meu apego a mim mesmo, e ver tudo pela adequada e verdadeira perspectiva absoluta. Se consigo, deixo de vivenciar a existência de fronteiras entre mim e os outros. Quando isso acontece, uma imensa calma me preenche e nenhum evento que me diga respeito, nem mesmo a minha morte, tem qualquer importância. E, quando outros atingem essa perspectiva, nós então nos sentimos muito próximos, desejamos para terceiros o que desejamos para nós mesmos e agimos de acordo com sentimentos nobres. Essa experiência de beatitude e de alegria é, pois, consequência de *uma inexistência de separação, mais que de uma conexão.* Como pode ver, há uma diferença: a diferença entre a situação de homens se agrupando por calor e por segurança e a de homens que compartilham a visão iluminada e afortunada da Natureza ou de Deus.

Franco, ainda parecendo confuso, disse:

— Estou tentando entender, mas não é nada fácil porque nunca tive uma experiência assim, Bento. Perder a própria identidade é algo difícil de imaginar. Fico com dor de cabeça só de pensar nisso. E me parece tão solitário... Tão frio.

— Solitário, sim; mas, mesmo assim, paradoxalmente, essa ideia é capaz de unir todos os homens. Trata-se, simultaneamente, de *estar separado de* e de *ser parte de*. Não estou sugerindo ou dando preferência à solidão. Na verdade não tenho nenhuma dúvida de que, se você e eu pudéssemos nos encontrar diariamente para conversar, a nossa busca por mais entendimento se ampliaria consideravelmente. Parece paradoxal dizer que os homens são mais úteis uns aos outros quando cada qual busca o seu próprio benefício. Mas, em se tratando de homens de razão, é isso que acontece. O egoísmo esclarecido leva à utilidade mútua. Todos temos em comum a capacidade de usar a razão, e um verdadeiro paraíso terrestre advém quando o nosso empenho em entender a Natureza, ou Deus, substitui todas as outras filiações, sejam elas religiosas, culturais ou nacionais.

— Se entendo o que você diz, Bento, temo que esse tipo de paraíso esteja ainda a uns mil anos de distância. E também me pergunto se eu, ou qualquer um que não tenha uma mente como a sua, o seu fôlego e a sua profundidade, conseguiria entender plenamente essas ideias.

— Não duvido de que isso demande esforço. Por serem tão difíceis, todas as coisas excelentes são raras. No entanto, tenho uma comunidade de colegiantes e de outros filósofos que leem e compreendem as minhas palavras, embora seja fato que vários me escrevem muitas e muitas cartas pedindo mais esclarecimentos. Não espero que as minhas ideias sejam lidas e compreendidas por mentes sem preparo. Pelo contrário, muitos ficarão confusos ou desconfortáveis, e eu os advirto para não lerem a minha obra. Escrevo em latim para a mente filosófica, e só espero que algumas das mentes por mim influenciadas venham a influenciar outras tantas. Atualmente, por exemplo, Johan De Witt, o nosso grande estadista, e Henry Oldenburg, secretário da Real Sociedade Britânica, estão entre os meus correspondentes. Mas, se você está pensando que a minha obra pode jamais vir a ser divulgada para um público mais amplo, está provavelmente certo. É bem possível que as minhas ideias tenham de esperar mil anos.

Os dois homens ficaram em silêncio, até que Bento acrescentou:

— Assim, considerando tudo que eu disse sobre a confiança que tenho na razão, entende por que me oponho a ler e dizer textos e orações sem levar em conta o seu conteúdo? Essa divisão interna não pode ser boa para a saúde da sua mente. Não acredito que um ritual possa conviver com a mente racional alerta. Acredito que os dois são antagonistas ferrenhos.

— Não vejo o ritual como algo perigoso, Bento. Lembre que fui doutrinado nas crenças e nos rituais tanto católicos quanto judaicos e, nos últimos dois anos, venho estudando também o islamismo. Quanto mais eu leio, mais fico impressionado ao ver como todas as religiões, sem exceção, inspiram um senso de comunidade, utilizam ritual e música, e desenvolvem uma mitologia repleta de histórias de feitos miraculosos. E todas as religiões, sem exceção, prometem uma vida eterna, contanto que a pessoa viva de acordo com alguma forma prescrita. Não é notável que religiões surgidas de forma independente, em diversas partes do mundo, sejam tão semelhantes entre si?

— E o que pretende dizer com isso?

— O que pretendo dizer, Bento, é que, se os rituais, as cerimônias e, por que não, também a superstição estão tão profundamente entranhados na própria natureza dos seres humanos, talvez seja legítimo concluir que nós, humanos, precisemos disso.

— Eu *não* preciso. Crianças precisam de coisas que os adultos podem dispensar. O homem de dois mil anos atrás precisava de coisas das quais o homem de hoje já não precisa. Acho que o motivo para a existência da superstição em todas essas culturas é o fato de o homem antigo viver aterrorizado com a condição misteriosamente caprichosa da existência. Ele não dispunha do conhecimento que poderia lhe dar aquilo de que ele mais necessitava: explicações. E, nesses tempos antigos, ele se aferrava à única espécie de explicação disponível, o sobrenatural, com orações, sacrifícios, regras kosher e...

— E? Continue, Bento. Que função desempenha a explicação?

— Ela tranquiliza. Alivia a angústia da incerteza. O homem antigo queria sobreviver, tinha medo da morte, via-se desamparado diante de boa parte daquilo que o cercava, e a explicação proporciona a sensação, ou pelo menos a ilusão, de controle. Ele concluiu que, se tudo o que acontece tem origem em causas sobrenaturais, talvez devesse encontrar um meio de aplacar esse sobrenatural.

— Não é que eu discorde de você a esse respeito, Bento, mas simplesmente o nosso método é diferente. Mudar velhas formas de pensar é um processo lento. Não se pode fazer tudo de uma vez. Qualquer mudança, mesmo interna, deve ser lenta.

— Você tem razão, sem dúvida alguma, mas também tenho certeza de que boa parte dessa lentidão é resultado da tenacidade com que os rabinos e os padres mais velhos se aferram ao poder. Era assim com o rabino Mortera, e continua sendo assim com o rabino Aboab. Mais cedo, estremeci ouvindo você descrever como ele insuflou a crença em Sabbatai Zevi. Passei toda a minha infância e juventude em meio às superstições e, mesmo assim, fico chocado ao ver todo esse frenesi em torno de Zevi. Como os judeus podem acreditar em tamanho absurdo? Parece impossível superestimar a capacidade que essa gente tem de ser irracional. A cada piscar de olhos, nasce um idiota em algum lugar do mundo.

Franco terminou de comer a sua maçã, sorriu e perguntou:

— Posso fazer uma observação à moda de Franco, Bento?

— Ah, a minha sobremesa! Poderia haver coisa melhor? Deixe eu me preparar — disse Espinosa, recostando-se e ajeitando-se nas almofadas. — Acho que estou prestes a aprender algo a meu respeito.

— Você disse que precisamos nos libertar da servidão das paixões e, no entanto, hoje, a sua própria paixão se manifestou várias vezes. Embora você tenha sido absolutamente compassivo com o homem que tentou matá-lo, mostra-se exaltado contra o rabino Aboab e aqueles que optaram por aceitar o novo Messias.

— É verdade — replicou Bento, assentindo também com um aceno de cabeça.

— E digo mais: você também foi mais compreensivo com aquele criminoso judeu que diante das convicções da minha esposa. Não é mesmo?

Bento assentiu novamente, mas, dessa vez, com certa hesitação.

— Prossiga, professor — disse ele.

— Certa feita, você me disse que as emoções humanas podiam ser entendidas como linhas, planos e corpos. Certo?

Mais um aceno de cabeça.

— Então vamos tentar aplicar esse mesmo princípio à sua reação indignada diante da atitude do rabino Aboab e dos crédulos seguidores de Sabbatai Zevi? E também com relação à minha esposa, Sarah?

— Aonde está querendo chegar, Franco? — perguntou Bento, visivelmente confuso.

— Estou lhe pedindo que aplique os seus instrumentos de compreensão às suas próprias emoções. Lembre-se das palavras que me disse quando eu estava furioso com o homem que o atacou. "Tudo, todos os fatos, *sem exceção*", foi o que disse, "têm uma causa, e precisamos entender que tudo acontece *necessariamente*". Reproduzi bem?

— A sua memória é impecável, Franco.

— Obrigado. Mas, então, vamos aplicar o mesmo raciocínio hoje.

— Você sabe muito bem que não posso recusar esse convite e, ao mesmo tempo, proclamar que a busca da razão é a minha *raison d'être*.

— Ótimo! Lembra a moral daquela história talmúdica sobre o rabino Yohanon?

— O prisioneiro não pode libertar a si mesmo — replicou Bento. — Você está sem dúvida sugerindo que posso libertar os outros, mas não a mim mesmo...

— Exatamente. Talvez eu tenha condições de ver algumas coisas sobre Bento Espinosa que ele próprio não consegue perceber.

— E a sua visão é mais aguçada que a dele? — indagou Bento, sorrindo.

— Como você descreveu ainda agora mesmo, o seu próprio eu fica no caminho e obstrui a sua visão. Veja, por exemplo, os duros comentários que fez sobre aqueles tolos crédulos lá de Amsterdã iludidos pelo falso Messias. A sua virulência e a credibilidade deles são *necessariamente* assim. Não poderia ter sido diferente. E, Bento, tenho alguns palpites sobre a fonte de ambos os comportamentos.

— Tem? Prossiga.

— Em primeiro lugar, é importante destacar que você e eu testemunhamos os mesmos acontecimentos, mas as reações são diferentes. Citando você, "é a nossa mente que faz as coisas serem assim", certo?

— Mais uma vez, certo.

— Eu, pessoalmente, não fico surpreso ou perplexo com a credulidade dos marranos. — E, agora, Franco falava com facilidade e convicção. —

Eles acreditam *necessariamente* no Messias. *É claro* que nós, marranos, somos suscetíveis à concepção messianista! Afinal, quando fomos iniciados na doutrina católica, não deparávamos constantemente com a ideia de Jesus como um homem que era mais que um simples homem; um homem que havia sido enviado à Terra com uma missão? E *é claro* que os marranos não ficam indignados ao ver a conversão de Sabbatai Zevi sob ameaça. Não vivemos na própria pele essa experiência de uma conversão forçada? E, além disso, muitos de nós tivemos ainda a experiência pessoal de nos reconvertermos e nos tornarmos judeus ainda melhores.

— Isso mesmo, isso mesmo, Franco. Percebe quanta falta vou sentir de conversar assim com você? Está me ajudando a identificar as partes de mim que não foram liberadas. Tem toda razão: as minhas palavras com relação a Sabbatai Zevi, ao rabino Aboab e aos tolos crédulos não estão de acordo com a razão. Um homem livre não perturba a sua paz com esses sentimentos de desprezo e indignação. Ainda tenho muito trabalho pela frente no sentido de controlar as minhas paixões.

— Em certa ocasião, você me disse que a razão não é forte o bastante para enfrentar a paixão e que a única maneira que tínhamos de nos libertar seria transformar a razão numa paixão.

— Arrá! Acho que sei aonde você está querendo chegar: eu realizei essa transformação a tal ponto que, por vezes, fica impossível distinguir razão de desrazão.

— Exatamente. Reparei que a sua raiva e as suas acusações tão veementes *só* surgem quando a razão está ameaçada.

— Tanto a razão quanto a liberdade — acrescentou Bento.

Franco hesitou por um instante, escolhendo as palavras com todo o cuidado.

— Pensando melhor, houve uma outra circunstância em que vi as suas paixões aflorarem: quando falávamos do lugar e dos direitos da mulher. Acho que os argumentos que usou para provar a inferioridade da inteligência das mulheres carecem do seu rigor habitual. Por exemplo, você declarou que as mulheres não assumem posições de liderança, desconsiderando inteiramente a existência de rainhas poderosas como Cleópatra, do Egito, Elizabeth, da Inglaterra, Isabel, da Espanha, e...

— Sim, sim, mas o tempo hoje é precioso e não podemos dar conta de todas as questões. Vamos trabalhar com razão e liberdade. Não estou nada disposto a lidar agora com a questão das mulheres.

— Mas ao menos não vai concordar que esta é mais uma área a ser considerada no futuro?

— Talvez. Não sei ao certo.

— Então permita simplesmente que eu faça um último comentário e passaremos a outros tópicos. — E, sem esperar resposta, Franco foi logo acrescentando: — É óbvio que você e eu temos posturas diferentes com relação às mulheres, e acho que tenho uma ideia quanto à rede causal também sobre esse aspecto. Está interessado em ouvi-la?

— Deveria estar, mas sinto alguma relutância em ouvir o que você tem a dizer.

— Mas vou continuar assim mesmo... É só um minuto. Acho que isso se origina das diferentes experiências que tivemos com mulheres. Eu tive uma relação muito amorosa com a minha mãe e, hoje em dia, com a minha esposa e a minha filha, e creio que a sua atitude para com as mulheres é *necessariamente* negativa em função dos contatos prévios que teve com elas. Pelo que me contou, as suas experiências foram desagradáveis: a sua mãe morreu quando você era pequeno, e as outras mães que teve, sua irmã mais velha e sua madrasta, também morreram. Toda a comunidade sabe da dura rejeição que você sofreu por parte da sua outra irmã, Rebekah. Ouvi dizer que ela abriu um processo contestando o testamento do seu pai para que você não recebesse os seus bens. E, depois, houve Clara Maria, a única mulher que você amou e que o magoou ao escolher outro. Além dela, jamais ouvi você mencionar uma única experiência positiva com uma mulher.

Bento ficou calado por alguns instantes, assentindo, digerindo aos poucos as palavras de Franco.

— Agora, passemos aos outros temas — disse Bento enfim. — Em primeiro lugar, há algo que eu não lhe disse: como admiro a sua coragem em falar com a sua congregação, incitando os seus membros à moderação. A sua oposição pública ao rabino Aboab se baseou no que chamo de ideias "adequadas", ou seja, movidas antes pela razão que pela paixão. E também gostaria de ouvir mais sobre a sua concepção do novo judaísmo que você espera poder criar. Mais cedo, eu talvez tenha desviado o rumo da conversa.

Ambos sabiam que o tempo estava passando e, Franco apressou-se em falar.

— Espero criar um tipo diferente de judaísmo, baseado no amor que temos uns pelos outros e na tradição que compartilhamos. Planejo realizar serviços religiosos nos quais o sobrenatural não seja mencionado e que se baseiem na nossa humanidade comum, retirando da Torá e do Talmud a sabedoria que nos conduza a uma vida amorosa e moral. Seguiremos, sim, a lei judaica, mas ela será posta a serviço dessa ligação e dessa vida moral, e *não* simplesmente aplicada por ser uma ordem divina. E, permeando tudo isso, haverá o espírito do meu amigo Baruch Espinosa. Quando faço planos para o futuro, às vezes imagino você como um pai. O meu sonho é construir uma sinagoga para a qual você mandaria o seu próprio filho.

— É, estamos de acordo se você acredita que deveríamos usar as cerimônias para atrair a parte da nossa natureza que ainda precisa disso, mas não a ponto de deixar que elas nos escravizem — disse Bento, enxugando uma lágrima que lhe escorria pelo rosto.

— É exatamente a minha posição. E não é uma ironia que, embora você tente modificar o judaísmo estando fora dele e eu, estando dentro, nós dois enfrentemos o *cherem*, o seu já no passado e o meu estando sem dúvida prestes a ocorrer?

— Concordo com a segunda parte do que você disse, a ironia no fato de nós dois enfrentarmos o *cherem*, mas, para evitar mal-entendidos, deixe-me repetir mais uma vez que não tenho a intenção de modificar o judaísmo. A minha esperança é que uma dedicação vital à razão venha a erradicar *todas* as religiões, inclusive o judaísmo. Infelizmente — prosseguiu Bento, olhando para o relógio —, está na hora, Franco. São quase duas horas e o *trekschuit* já deve estar chegando.

Enquanto seguiam a passos rápidos para o ponto de atracação do *trekschuit*, Franco disse:

— Há ainda uma última coisa que preciso lhe dizer: aquele livro que você está planejando escrever sobre as críticas que faz à Bíblia...

— Sim?

— Acho ótimo que você o escreva, mas, por favor, meu amigo, seja cauteloso. Não ponha o seu nome nesse livro. Eu acredito no que você diz, mas essas páginas não vão ser lidas de uma forma sensata. Não agora, não enquanto vivermos.

Franco embarcou. O barqueiro soltou as amarras, os cavalos puxaram as suas cordas e o *trekschuit* foi deixando o cais. Bento ficou um bom tempo olhando a barcaça que se afastava. Quanto menor ela ia ficando à medida que avançava rumo ao horizonte, maior lhe parecia o peso do seu *cherem*. Por fim, quando já não havia vestígio de Franco, Bento foi se afastando do cais sem pressa alguma de voltar para os braços da solidão.

EPÍLOGO

Em 1670, aos 38 anos de idade, Bento concluiu o seu *Tratado teológico-político*. Muito acertadamente, o seu editor previu que o texto seria taxado de incendiário, portanto, a obra foi publicada anonimamente, sob a chancela de editores fictícios em cidades fictícias. A venda dos exemplares logo foi proibida tanto por autoridades civis quanto religiosas. No entanto, inúmeras cópias começaram a circular de forma clandestina.

Poucos meses depois, Espinosa deixou Voorburg para ir se instalar em Haia, onde viveu o resto da vida, de início alugando um modesto quarto no sótão da casa da viúva Van der Werve e, meses depois, mudando-se para aposentos ainda menos dispendiosos: um único cômodo, bem espaçoso, na casa de Hendrik Van der Spyck, um mestre pintor de interiores. Uma vida tranquila: era isso que ele queria e conseguiu encontrar em Haia. Passava os dias lendo as grandes obras na sua biblioteca, trabalhando na *Ética* e fabricando lentes. À noite, fumava o seu cachimbo e conversava amistosamente com Van der Spyck, a sua esposa e os seus sete filhos, a não ser quando estava tão envolvido nos seus escritos que nem saía do quarto, quase sempre por dias a fio. Por vezes, acompanhava a família aos domingos, para ouvir o sermão na Nieuwe Kerk, que ficava nas vizinhanças.

Com uma tosse que nunca cedia e não raro o fazia expelir um catarro sanguinolento, Espinosa foi ficando visivelmente enfraquecido a cada ano que passava. Talvez a inalação de pó de vidro durante o seu trabalho óptico tenha comprometido os seus pulmões; o mais provável, porém, é que ele tivesse tuberculose, como a sua mãe e outros membros da família. No dia 20 de fevereiro de 1677, estava se sentindo tão fraco que pediu um médico e este instruiu a sra. Van der Spyck a cozinhar uma velha galinha e a alimentar Espinosa com o seu rico caldo. A mulher seguiu as instruções recebidas e, na manhã seguinte, ele aparentava alguma melhora. À tarde, a família foi à igreja, mas, quando chegaram de volta à casa, duas horas mais tarde, Bento Espinosa estava morto. Ele tinha 44 anos.

Espinosa viveu a própria filosofia: atingiu o *Amor dei intellectualis*, libertou-se da servidão às paixões perturbadoras e enfrentou o fim da vida com serenidade. No entanto, a sua vida e a sua morte tranquilas deixaram atrás de si uma grande turbulência que ainda se manifesta nos dias de hoje, uma vez que muitos se levantam para reverenciá-lo e alegar a sua influência, ao passo que outros tantos o rejeitam e o execram.

Embora não tenha deixado testamento, ele fez questão de instruir o seu senhorio recomendando-lhe que, no caso de sua morte, a sua escrivaninha com todo o seu conteúdo fosse imediatamente embarcada para o seu editor, Rieuwertsz, em Amsterdã. Van der Spyck honrou o desejo de Espinosa: embalou o móvel com todo o cuidado e o enviou a Amsterdã pelo *trekschuit*. A remessa chegou à cidade a salvo, contendo, nas gavetas trancadas, a *Ética* e outros preciosos manuscritos inéditos, além da sua correspondência.

Os amigos de Bento logo trataram de editar os manuscritos e as cartas. Seguindo instruções do próprio Espinosa, eliminaram todas as referências pessoais destas últimas, deixando apenas as ideias filosóficas.

Poucos meses após a morte do seu autor, as *Obras póstumas* de Espinosa (que incluíam a *Ética*, o *Tratactus politicus*, inacabado, e *De Intellectus emendatione*, uma seleção de textos da sua correspondência, além de um *Compêndio de gramática do hebraico* e do *Tratado do arco-íris*) foram publicadas tanto em holandês quanto em latim, mais uma vez sem referência de autoria, com editor e cidade de publicação falsos. Como era de se esperar, o Estado da

Holanda logo declarou o livro proscrito em édito oficial, acusando-o de blasfêmias profanas e sentimentos ateus.

Assim que a notícia da morte de Espinosa se espalhou, a sua irmã, Rebekah, que o havia ignorado por 21 anos, reapareceu apresentando-se, a si mesma e ao filho, Daniel, como os seus únicos herdeiros legais. Entretanto, quando Van der Spyck lhe entregou um inventário dos bens e das dívidas do irmão, ela reconsiderou: as dívidas de Bento relativas ao aluguel, às despesas com o funeral, com o barbeiro e o com boticário decerto ultrapassavam o montante das suas posses. Oito meses depois, foi feito o leilão do que ele possuía (principalmente a biblioteca e os instrumentos para fabricação de lentes) e, na verdade, o que se obteve mal dava para cobrir o que precisava ser pago. Para não herdar dívidas, Rebekah renunciou legalmente à sua pretensão ao espólio e, mais uma vez, desapareceu da história. As poucas despesas que não haviam sido pagas foram quitadas pelo cunhado do seu amigo Simão de Vries. (Simão, que morrera dez anos antes, em 1667, quis deixar todos os seus bens para Bento. Este, porém, recusou a oferta, dizendo que não era justo para com a família do amigo e que, ademais, o dinheiro viria apenas distraí-lo do trabalho. A família de Vries lhe ofereceu, então, uma pensão anual de quinhentos florins, que ele também recusou, alegando que aquilo era muito mais do que podia precisar. Acabou finalmente concordando em receber uma pequena anuidade de trezentos florins.)

O leilão dos bens de Espinosa foi realizado por W. van den Hove, um tabelião consciencioso que deixou uma relação detalhada dos 159 livros que compunham a biblioteca do filósofo, com especificações bem precisas quanto à data de publicação, editor e formato de cada volume. Em 1900, George Rosenthal, um negociante holandês, utilizou essa listagem para tentar recuperar aqueles livros e oferecê-los à Spinozahuis em Rijnsburg. Rosenthal teve o cuidado de comprar as mesmas edições, com as mesmas datas e locais de publicação, mas, é claro, não se tratava dos exemplares que Espinosa havia manuseado. (No capítulo 32, imagino uma cena em que Alfred Rosenberg não tem consciência desse detalhe.) Finalmente, George Rosenthal acabou conseguindo reunir 110 dos 159 livros que compunham a biblioteca original de Espinosa e também doou para a instituição 35 volumes anteriores ao século XVII, bem como obras sobre a vida e a filosofia do autor.

Espinosa foi enterrado sob as lajes de pedra da Nieuwe Kerk, o que fez com que muitos supusessem que ele havia se convertido ao cristianismo no fim da vida. No entanto, considerando-se que, para ele, "a ideia de que Deus assumiu a natureza humana parece tão contraditória quanto a afirmação de que o círculo assumiu a natureza do quadrado", uma conversão parece altamente improvável. Na Holanda liberal do século XVII, o enterro de não protestantes dentro de igrejas não era fato raro. Mesmo católicos, que eram muito mais detestados que os judeus nessa Holanda protestante, eram por vezes sepultados no interior de igrejas. (No século seguinte, a política se modificou e só indivíduos muito ricos e proeminentes tinham direito a esse tipo de funeral.) Como era costume na época, o local de sepultamento de Espinosa foi alugado por um prazo limitado e, quando as despesas de manutenção deixaram de ser pagas, provavelmente dez anos após a sua morte, os seus ossos foram exumados e espalhados pelo meio acre de terra que cercava a igreja.

Com o passar dos anos, a Holanda começou a reverenciá-lo como filho ilustre, e a sua fama cresceu a tal ponto que o seu retrato passou a estampar a nota de mil florins holandeses que circulou até o ano de 2002, quando foi introduzido o euro no país. O retrato impresso nessa nota, como todos os demais, baseava-se em umas poucas descrições de Espinosa por escrito, já que não se fez qualquer registro dos seus traços em vida.

Em 1927, inaugurou-se uma placa na Nieuwe Kerk para celebrar os 250 anos da sua morte. Vários judeus entusiastas da Palestina, que desejavam resgatar a figura de Baruch Espinosa como judeu, participaram dessa comemoração. A inscrição latina diz: "Esta terra cobre os ossos de Benedictus Espinosa, que foi outrora enterrado na nova igreja."

Na Palestina, mais ou menos na mesma hora em que se descerrava essa placa, Joseph Klausner, o renomado historiador que, mais tarde, viria a ser candidato na primeira eleição presidencial de Israel, fez um discurso na universidade Hebraica, declarando que o povo judeu havia cometido um terrível pecado ao excomungar Espinosa e repudiando a ideia de que o filósofo fosse um herege. E concluiu o seu discurso declarando: "Para Espinosa, o judeu, clamamos, do alto do monte Scopus, aqui no nosso novo santuário, a universidade Hebraica de Jerusalém: *que se anule o banimento!* O erro que o judaísmo cometeu com você está assim desfeito e qualquer que tenha sido o pecado que você cometeu contra ele será perdoado. Você é nosso irmão, você é nosso irmão, você é nosso irmão!"

Em 1956, quando se completavam trezentos anos da excomunhão de Espinosa, Heer H.F.K. Douglas, um dos admiradores holandeses do filósofo, teve a ideia de construir um novo memorial junto da placa instalada em 1927. Sabendo que Ben-Gurion, então primeiro-ministro de Israel, também era grande admirador de Espinosa, Heer Douglas resolveu pedir o seu apoio, no que foi atendido com o maior entusiasmo. Assim que a notícia foi divulgada em Israel, os membros de uma organização humanista de Haifa, que considerava o filósofo holandês como o pai do humanismo judaico, se ofereceram para contribuir com uma pedra preta de basalto. A inauguração oficial da placa comemorativa contou com um grande público, entre os quais representantes dos governos da Holanda e de Israel. Ben-Gurion não esteve presente, mas visitou o memorial numa cerimônia oficial realizada três anos mais tarde.

A nova placa, instalada junto da anterior, continha a efígie de Espinosa em relevo e uma única palavra, "*Caute*", cautela, em latim, encontrada no anel com o selo de Espinosa. Logo abaixo, na pedra preta de basalto ofertada pelos israelenses e pregada à placa, lê-se a palavra hebraica עמך (*amcha*), que significa "o seu povo".

Alguns israelenses discordaram da decisão de Ben-Gurion com relação a declarar Espinosa membro do povo judeu. Membros ortodoxos do Knesset ficaram tão enfurecidos ante a perspectiva de Israel homenagear Espinosa que exigiram que tanto o primeiro-ministro quanto a ministra do exterior, Golda Meir, fossem censurados e que o embaixador de Israel na Holanda não comparecesse à inauguração do monumento.

Antes disso, num artigo, o primeiro-ministro havia levantado a questão da excomunhão de Espinosa. "É difícil culpar a comunidade judaica da cidade de Amsterdã no século XVII. A sua situação era precária... E essa comunidade traumatizada tinha o direito de defender a sua coesão. Hoje, porém, o povo judeu não tem o direito de excluir definitivamente o imortal Espinosa da Comunidade de Israel." Ele insistia em afirmar que a língua hebraica não seria completa sem as obras do filósofo e, na verdade, pouco depois da publicação desse artigo, a universidade Hebraica editou a obra completa de Espinosa em hebraico.

Alguns judeus quiseram que Ben-Gurion apelasse para o rabinato de Amsterdã no sentido de se reverter a excomunhão; ele, porém, recusou e escreveu: "Não estou tentando anular a excomunhão, uma vez que tenho certeza de que ela é nula e sem sentido... Há uma rua em Tel-Aviv com o nome de Espinosa e não existe uma única pessoa sensata neste país que acredite que a excomunhão ainda está em vigor."

A biblioteca de Espinosa em Rijnsburg foi confiscada pela ERR de Rosenberg em 1942. O *Oberbereichsleiter* Schimmer, que comandava a força-tarefa na Holanda, descreveu a apreensão no seu relatório feito no mesmo ano (texto que viria a se tornar um dos documentos oficiais no processo de Nuremberg): "As bibliotecas da *Societas Spinozana* de Haia e da Casa de Espinosa de Rijnsburg também foram embaladas, dispostas em 18 caixotes, que contêm ainda obras iniciais extremamente valiosas e de grande importância *para se estudar o problema de Espinosa.* Não foi à toa que o diretor da *Societas Spinozana* tentou, lançando mão de falsos pretextos que desmascaramos, nos subtrair essa biblioteca."

Os livros roubados de Rijnsburg foram guardados em Frankfurt, com o produto da maior pilhagem da história mundial. Sob a liderança de Rosenberg, a ERR roubou cerca de três milhões de livros de milhares de bibliotecas. Quando Frankfurt começou a ser atingida pelos bombardeios aliados, em 1944, os nazistas logo trataram de transportar o resultado dos seus saques para locais subterrâneos. A biblioteca de Espinosa foi enviada, com outros milhares de livros não catalogados, para uma mina de sal em Hungen, perto de Munique. No fim da guerra, todos os tesouros de Hungen foram transferidos para o depósito central norte-americano de Offenbach, onde um pequeno exército de bibliotecários e historiadores começou a procurar os seus proprietários. Dirk Marius Graswinckel, um arquivista holandês, acabou encontrando os livros de Espinosa, e a coleção (à exceção de um punhado de exemplares) foi levada para a Holanda a bordo do navio holandês *Mary Rotterdam.* Os volumes chegaram a Rijnsburg em março de 1946 e foram mais uma vez postos em exibição no museu Espinosa, onde podem ser vistos até o dia de hoje.

Durante o mês que precedeu ao julgamento, Alfred permaneceu numa solitária na prisão de Nuremberg, vendo apenas o advogado que preparava a sua defesa, um médico militar norte-americano e um psicólogo. Foi só no dia 1º de outubro de 1946, o primeiro dia do julgamento, que ele viu os outros acusados nazistas, quando o grupo foi reunido diante do corpo de magistrados que presidiria a sessão e a equipe de promotores dos Estados Unidos, da Grã-Bretanha, da Rússia e da França. Ao longo dos 11 meses subsequentes todos voltariam a se reunir naquela mesma sala 218 vezes.

Ao todo, eram 24 acusados, mas apenas 22 estavam presentes às sessões do tribunal. O 23º, Robert Ley, havia se enforcado na cela duas semanas antes do início do julgamento, utilizando uma toalha, e o 24º, Martin Bormann, o "ditador da antecâmara de Hitler", foi julgado à revelia, embora fosse público e notório que ele havia sido morto quando os russos invadiram Berlim. Os acusados ficaram sentados em quatro bancos de madeira dispostos em duas fileiras, tendo, às suas costas, um grupo de soldados armados em posição de sentido. Alfred era o segundo no banco da frente, à direita. No da esquerda estavam Göring, Hess, Joachim von Ribbentrop, ministro nazista das relações exteriores, e o marechal de campo Wilhelm Keitel, supremo comandante das forças armadas. Nos meses passados na prisão, Göring ficou em abstinência das drogas, emagreceu quase 12 quilos adquiriu um aspecto esbelto e jovial.

À direita de Alfred estava Ernst Kaltenbrunner, o mais alto oficial da SS que havia sobrevivido. À sua esquerda, estavam Hans Frank, governador-geral da Polônia ocupada, Wilhelm Frick, que ocupava o cargo de protetor da Boêmia e da Morávia, e, na ponta, Julius Streicher, editor do jornal *Der Stürmer*. Alfred deve ter se sentido bem aliviado por não ficar ao lado deste último, indivíduo que ele achava particularmente repulsivo.

Na segunda fileira estavam figuras de destaque como o almirante Dönitz, presidente do Reich após o suicídio de Hitler e comandante da chamada "frota dos U-boat", e o marechal de campo Alfred Jodl, ambos mantendo uma arrogante postura militar. Perto deles, via-se Fritz Sauckel, diretor do programa de trabalho escravo do Reich, Arthur Seyss-Inquart, comissário do Reich para a Holanda ocupada, e Albert Speer, arquiteto e melhor amigo de Hitler, um homem que Alfred odiava quase tanto quanto odiava Goebbels. Em seguida, estava Walther Funk, que fez do Reichsbank um depósito de dentes de ouro e, outros objetos de valor roubados das vítimas dos campos de concentração, e Baldur von Schirach, diretor do programa nazista para a juventude. Na fila de trás, havia duas figuras menos conhecidas: dois homens de negócios nazistas.

O processo de seleção dos principais criminosos de guerra nazistas levou meses. Não se tratava, por certo, do grupo originalmente mais próximo ao poder, mas, com os suicídios de Hitler, Goebbels e Himmler, aqueles homens representavam as figuras mais conhecidas do regime. Finalmente, Alfred Rosenberg passara a fazer parte desse círculo seleto. Bem a seu modo, Göring, segundo na hierarquia de Hitler, tentou assumir o controle do grupo, com uma piscadela sedutora aqui, um olhar intimidador ali, e logo muitos já haviam se curvado a ele. A equipe de promotores, temendo que Göring viesse a influenciar os depoimentos, logo tomou providências para separá-lo dos demais réus. Primeiro, foi a ordem para que ele passasse a comer sozinho na hora do recesso para o almoço durante as sessões do tribunal, enquanto os outros sentavam-se em mesas de três. Depois, para reduzir ainda mais a influência que ele pudesse exercer, determinaram a reclusão em solitárias para todos os acusados. Como sempre, Alfred se recusou a participar das poucas ocasiões em que podia haver algum convívio social, tais como as refeições, os passeios pelo pátio ou os comentários sussurrados durante as sessões do julgamento. Os outros não ocultavam a antipatia que sentiam por ele e a recíproca era absolutamente verdadeira: aqueles eram os homens que ele considerava responsáveis pelo fracasso dos nobres fundamentos ideológicos que ele e o Führer haviam erguido com tanto cuidado...

Ainda no início do julgamento, todos, no tribunal, viram um filme impactante feito por soldados norte-americanos que haviam desmantelado campos de concentração. Nada, nem um único detalhe tenebroso, foi omitido: todos os presentes ficaram chocados e revoltados diante das cenas das câmaras de gás, dos fornos crematórios repletos de corpos parcialmente queimados, das montanhas de cadáveres em decomposição, das imensas pilhas de objetos retirados dos mortos: óculos, sapatinhos de bebê, cabelo humano. Um operador de câmera norte-americano focalizou os acusados durante aquela projeção. O rosto branco de Rosenberg expressava horror, e ele desviou o olhar de imediato. Depois do filme, ele afirmou, como fizeram os demais réus, que não fazia a mínima ideia da existência de coisas como aquelas.

Seria verdade? Até que ponto ele tinha conhecimento da execução em massa dos judeus do Leste Europeu? O que sabia sobre os campos de concentração? Rosenberg levou esse segredo para o túmulo. Não deixou nenhum registro, nenhuma prova definitiva. (Até a assinatura de Hitler jamais apareceu num documento relacionado aos campos.) E, é claro, Alfred nunca escreveu sobre eles no *Beobachter*, uma vez que a política nazista proibia expressamente *qualquer* declaração pública sobre esse tema. No tribunal, ele logo tratou de frisar que havia recusado o convite para participar da importantíssima Conferência de Wannsee, em janeiro de 1942, a que compareceram os burocratas nazistas de maior destaque e durante a qual Reinhard Heydrich descreveu entusiasticamente os planos para a "solução final". Em seu lugar, Rosenberg havia enviado o seu assistente, Alfred Meyer. Mas Meyer foi o seu colaborador mais chegado por vários anos e é impensável que os dois jamais tenham conversado sobre Wannsee.

No sétimo dia do julgamento, a promotoria apresentou como prova um filme com quatro horas de duração intitulado *O plano nazista*, e que consistia em uma compilação de várias propagandas e noticiários. O filme começa com trechos de *O triunfo da vontade*, de Leni Riefenstahl, no qual Rosenberg, envergando o seu rebuscado uniforme de gala, se encarregava de uma pomposa narração. Alfred e os outros acusados não esconderam a alegria que sentiram ao realizar essa breve viagem de volta aos seus tempos de glória.

Quando os outros réus estavam sendo interrogados durante a sessão, Alfred não prestava a mínima atenção. Às vezes, ficava desenhando rostos de alguns dos presentes; às vezes, trocava a língua da tradução em seus fones de ouvido para o russo e balançava a cabeça, com um risinho debochado, diante da quantidade de erros. Mesmo durante o seu próprio interrogatório, ele ficava ouvindo a tradução russa e protestava publicamente contra os vários erros de interpretação que percebia.

Ao longo de todo o julgamento, Rosenberg foi levado a sério pelo tribunal como nunca havia sido antes pelos próprios nazistas. Não raro a corte o descreveu como o principal ideólogo do partido, o homem que traçou o projeto da destruição da Europa, e ele não negou tais acusações uma vez sequer. É possível imaginar as reações de Göring diante dessa atitude: por um lado, debochando da suposta importância atribuída a Alfred dentro do Terceiro Reich e, por outro, rindo ao ver que Rosenberg não se dava conta de que estava cavando a própria sepultura.

Durante o seu longo discurso de defesa, o tom evasivo e pedante de Rosenberg e a linguagem empolada por ele usada irritaram profundamente os promotores. À diferença de Hitler, eles não se deixaram convencer pela sua pretensa profundidade, talvez porque tivessem conhecimento dos resultados dos testes de QI realizados pelo psicólogo norte-americano tenente G.M. Gilbert. O QI de Rosenberg, 124, o situava na linha média entre os 21 acusados. (Julius Streicher, editor-chefe do jornal favorito de Hitler, foi o último da lista, com 106.) Embora Alfred conservasse o sorrisinho de superioridade que tanto havia treinado, já não enganava mais ninguém quando tentava fazer crer que tinha ideias tão profundas que eles não conseguiam compreendê-lo.

O representante norte-americano, membro da Suprema Corte de Justiça dos Estados Unidos, Robert J. Jackson, escreveu: "Foi Rosenberg, o sumo sacerdote intelectual da 'raça superior', que formulou a doutrina do ódio que incitou a aniquilação dos judeus e que pôs em prática essas teorias pagãs contra os territórios ocupados do leste. A sua tão confusa filosofia veio acrescentar o tédio à longa lista de atrocidades cometidas pelos nazistas."

Na sua correspondência reunida, Thomas Dodd, outro procurador norte-americano (e pai do senador Christopher Dodd), deixa claro o que pensa de Rosenberg: "Mais dois dias se passaram. Interroguei Alfred Rosenberg hoje de manhã e acho que fiz um bom trabalho... É dificílimo lidar com ele: o velhaco mais mentiroso e evasivo que jamais vi na vida. Tenho verdadeira antipatia por esse sujeito. É um tremendo impostor, um perfeito hipócrita."

Sir David Maxwell, promotor-chefe britânico, comentou: "A única evidência apresentada foi a alegação de que Rosenberg não faria mal a uma mosca e que as testemunhas o viram não fazendo mal a moscas. Rosenberg é um mestre do eufemismo, um burocrata pedante cujas frases, aparentemente intermináveis, vão se arrastando, se misturando, e acabam grudando umas nas outras como espaguete cozido demais."

E a declaração final pronunciada pelo promotor-chefe da Rússia, general Rudenko, se encerrava com as seguintes palavras: "A despeito dos esforços que fez para manipular fatos e acontecimentos, Rosenberg não pode negar que era o ideólogo oficial do partido Nazista; há quase um quarto de século, ele estabeleceu as bases 'teóricas' do Estado fascista hitlerista que, durante todo esse tempo, corrompeu moralmente milhões de alemães, preparando-os 'ideologicamente' para os crimes monstruosos cometidos pelos seguidores de Hitler."

Rosenberg só tinha uma defesa efetiva possível: o fato de os seus colegas nazistas nunca o terem levado a sério e de todas as políticas por ele propostas para os países ocupados do leste haverem sido inteiramente ignoradas. Mas a opinião que tinha a respeito do seu valor era inflada demais para que ele pudesse admitir publicamente a própria insignificância. Pelo contrário, ele optou por passar o tempo todo vagando em evasivas e digressões. Como definiu um dos observadores do julgamento: "Compreender o sentido do que ele dizia era quase tão impossível quanto agarrar um punhado de nuvens."

À diferença dos outros réus, Rosenberg jamais se retratou. No fim do processo, ele era o único a realmente acreditar naquilo tudo. Nunca repudiou Hitler e a sua ideologia racista. "Não vi em Hitler um tirano", declarou ele perante o tribunal, "mas, como muitos milhões de nacionais-

-socialistas, confiei pessoalmente nele com base na força da experiência de uma luta de 14 anos. Servi a Adolf Hitler com toda a lealdade e apoiei também o que quer que o partido possa ter feito durante esse período." Em conversa com outro acusado, ele defendeu Hitler de forma ainda mais veemente: "Por mais que eu passe e repasse tudo mentalmente, continuo não acreditando que existisse uma única falha no caráter daquele homem." E continuou também insistindo na correção da sua ideologia: "O que me motivou nos últimos 25 anos foi a ideia de querer servir não apenas ao povo alemão, mas a toda a Europa. Na verdade, a toda a raça branca." E pouco antes de morrer, expressou a esperança de que a ideia do nacional-socialismo jamais viesse a ser esquecida e que pudesse "renascer de uma nova geração fortalecida pelo sofrimento".

O julgamento propriamente dito se realizou no dia 1º de outubro de 1946. A corte tinha se reunido 218 vezes e, durante as seis semanas que antecederam essa data, a sessão final havia sido adiada enquanto os envolvidos travavam longas deliberações. Na manhã do dia 1º de outubro, e seguindo a ordem dos lugares que eles ocupavam na sala das audiências, todos os réus ouviram o veredicto do tribunal. Três deles, Schacht, von Papen e Fritzsche, foram absolvidos e postos imediatamente em liberdade. O restante foi declarado culpado de algumas ou de todas as acusações.

Naquela mesma tarde, os réus tomaram conhecimento do destino que os aguardava. Alfred foi o sexto a ouvir a sua sentença: "Réu Alfred Rosenberg, considerando-se as acusações das quais o senhor foi julgado culpado, este tribunal o sentencia à morte por enforcamento."

Dez outros acusados ouviram idêntica declaração: Göring, Von Ribbentrop, Keitel, Kaltenbrunner, Jodl, Frank, Frick, Streicher, Seyss-Inquart e Sauckel. Martin Bormann recebeu a sentença de morte à revelia e os outros sete foram condenados à prisão com tempos de detenção variados.

As execuções tiveram lugar nas primeiras horas da manhã de 16 de outubro de 1946. Depois da leitura da sentença, uma sentinela militar foi postada diante de cada uma das celas para observar o prisioneiro 24 horas por dia, através de uma pequena portinhola. Na véspera das execuções, os condenados puderam ouvir o barulho das marteladas, pois três forcas estavam sendo construídas no pátio da prisão.

Às 11 horas da noite do dia 15, véspera da data marcada para as execuções, a sentinela que estava diante da porta da cela de Göring ouviu uns ruídos abafados e o viu se retorcendo na cama. O médico e comandante da prisão correu até o local, mas Göring já estava morto. Pelos fragmentos de vidro encontrados na sua boca, ficou claro que ele havia mastigado uma cápsula de cianureto. Centenas dessas cápsulas suicidas tinham sido distribuídas aos líderes nazistas, mas jamais se descobriu como ele havia conseguido, apesar das inúmeras revistas realizadas nos prisioneiros e nos seus pertences, esconder aquela que poria fim à sua vida. Os outros réus não ficaram sabendo da sua morte. Von Ribbentrop passou a ser o primeiro a ser chamado. Os guardas iam entrando nas celas, uma a uma, chamando o prisioneiro pelo nome e, então, escoltando todos os condenados até o ginásio que, havia apenas dois ou três dias, tinha sido utilizado pelos oficiais da segurança dos Estados Unidos para uma partida de basquete. No dia 16 de outubro, o que se via ali eram três cadafalsos de madeira pintados de preto. Para a execução foram usadas duas forcas, alternadamente. A terceira, que estava ali só por uma questão de garantia, não chegou a ser utilizada. Algumas tábuas cobriam a base do cadafalso para que, depois que o enforcado caía, os espectadores não pudessem vê-lo se debater na ponta da corda.

Rosenberg foi o quarto da fila. Amarraram as suas mãos, trouxeram-no até o pé do cadafalso e perguntaram o seu nome. Com voz branda, ele respondeu "Rosenberg" e, ladeado por dois sargentos do exército norte-americano, subiu os 13 degraus que levavam à forca. Quando lhe perguntaram se tinha uma última declaração a fazer, os seus olhos marcados por profundas olheiras expressaram espanto. Ele olhou para o carrasco por alguns minutos e, então, balançou a cabeça com um movimento vigoroso. Cada um dos outros nove nazistas disse as suas últimas palavras. Streicher bradou: "Um dia, os bolcheviques vão enforcá-los." Mas Rosenberg encarou a morte em silêncio. Como uma esfinge.

Os corpos de Göring e dos oito enforcados foram depositados em caixões e fotografados para que não pairasse nenhuma dúvida sobre a sua morte. Na calada da noite, os dez cadáveres foram levados para Dachau, onde os fornos foram acesos pela última vez para cremar os seus idealizadores. Pouco menos de trinta quilos de cinzas, tudo o que restou dos líderes nazistas, foram lançados num córrego e logo chegaram ao Isar, rio que atravessa Munique, cidade onde começou esta que foi a mais triste e sombria das histórias.

FATO OU FICÇÃO?

ESCLARECENDO AS COISAS

TENTEI ESCREVER UM romance que *poderia* ter acontecido. Mantendo-me o mais próximo possível dos acontecimentos históricos, recorri à minha bagagem profissional como psiquiatra para imaginar o mundo interior dos meus protagonistas, Bento Espinosa e Alfred Rosenberg. Inventei dois personagens, Franco Benitez e Friedrich Pfister, para funcionarem como porta de acesso à psique deles. E, é claro, todas as cenas que os envolvem são ficcionais.

Talvez porque ele próprio escolheu ficar invisível, é incrível como se conhece pouca coisa sobre a vida de Espinosa. A história da visita dos dois judeus, Franco e Jacob, baseia-se num breve relato incluído na primeira biografia do filósofo e que descreve a presença de dois homens não identificados que vão conversar com ele com o intuito de incitá-lo a revelar as suas ideias heréticas. Em pouco tempo, Espinosa deixou de ter contato com ambos, mas estes o denunciaram ao rabino Mortera e à comunidade judaica. Não se tem mais informação alguma sobre esses dois homens — o que não é exatamente um mau negócio para um romancista — e alguns eruditos questionam a veracidade de todo esse episódio. Entretanto, isso *podia* ter acontecido. Já o ganancioso Duarte Rodriguez, que no meu texto é um tio dos tais visitantes que guarda rancor de Espinosa, foi de fato um personagem histórico.

As palavras de Espinosa e as ideias por ele expressas na discussão com Jacob e Franco foram em boa parte retiradas do seu *Tratado teológico-político*.

Na verdade, ao longo de todo o romance utilizei muitas das palavras desse seu texto, da *Ética* e da sua correspondência. O Espinosa comerciante é fruto da imaginação; é pouco provável que ele tenha trabalhado no armazém da família. O seu pai, Miguel Espinosa, teve efetivamente um próspero comércio de importação e exportação, empresa que, na época em que o filósofo se tornou adulto, começava a passar por momentos difíceis.

O professor Franciscus van den Enden foi um livre-pensador extremamente enérgico e cativante que, mais tarde, mudou-se para Paris e acabou executado por Luís XIV sob a acusação de tramar para a derrubada da monarquia. A sua filha, Clara Maria, é descrita em quase todas as biografias de Espinosa como um prodígio encantador que se casou com Dirk Kerckrinck, colega do filósofo na academia de Van den Enden.

Dos poucos fatos conhecidos sobre a vida de Espinosa, o mais solidamente documentado é a sua excomunhão, e reproduzi fielmente o texto oficial da proclamação desse banimento. É bem provável que ele jamais tenha voltado a ter contato com qualquer judeu, e, é claro, a amizade que manteve com Franco é inteiramente inventada. Imaginei Franco como um homem muito à frente do seu tempo, uma pré-encarnação de Mordecai Kaplan, um pioneiro do século XX na modernização e na secularização do judaísmo. Os dois irmãos de Espinosa que ainda viviam na época cumpriram a determinação do banimento e cortaram todos os laços com o irmão. Rebekah, como relatei, fez uma breve aparição depois da morte do filósofo, tentando reclamar a posse do seu legado. Gabriel emigrou para uma ilha do Caribe, onde veio a morrer de febre amarela. O rabino Mortera era uma figura proeminente na comunidade judaica do século XVII e muitos dos seus sermões ainda existem.

Não se tem praticamente qualquer registro da reação emocional de Espinosa ao banimento da sua comunidade. Tudo que relato a esse respeito é puramente ficcional, mas, a meu ver, trata-se de uma reação muito provável a uma separação tão radical de todos os que ele jamais conhecera na vida. As cidades e as casas onde ele morou, a fabricação das lentes, as suas relações com os colegiantes, a sua amizade com Simão de Vries, as suas publicações anônimas, a sua biblioteca e, finalmente, as circunstâncias da sua morte e do seu funeral são todos dados baseados na história.

Como indicado no prólogo, um documento (17b-PS) escrito pelo oficial da ERR (Oberbereichtsleiter Schimmer) que confiscou a biblioteca registra que aqueles títulos iriam auxiliar os nazistas na questão do "problema de Espinosa". Há mais certeza histórica na parte do romance que se refere ao século XX. No entanto, Friedrich Pfister é um personagem inteiramente ficcional e todas as interações entre ele e Alfred Rosenberg são imaginárias. Considerando-se, porém, a visão que tenho da estrutura do caráter de Rosenberg e do estado da psicoterapia em princípios do século passado, todas essas interações *poderiam* ter acontecido. Afinal, como disse André Gide, "a história é a ficção que aconteceu. A ficção é a história que poderia ter acontecido." Não encontrei nenhuma outra evidência que ligasse Rosenberg a Espinosa. Mas é algo que *podia* ter acontecido: Rosenberg se considerava um filósofo e, sem dúvida alguma, sabia que muitos dos grandes pensadores alemães reverenciavam Espinosa. Portanto, todos os trechos que estabelecem a relação entre esses dois personagens são ficcionais (inclusive as duas visitas feitas por Rosenberg ao museu Espinosa de Rijnsburg). Sob todos os outros aspectos, procurei relatar os detalhes mais importantes da vida de Rosenberg de forma bem acurada. Sabemos, por suas memórias (escritas na prisão durante o julgamento de Nuremberg), que ele ficou efetivamente "empolgado", aos 16 anos, pelas ideias do escritor antissemita Houston Stewart Chamberlain. Esse fato inspirou o encontro ficcional entre o jovem Alfred, o diretor Epstein e o professor Schäfer.

Em linhas gerais, os detalhes da vida adulta de Rosenberg baseiam-se em registros históricos: a sua família, a educação que teve, os seus casamentos, as suas aspirações artísticas, a experiência na Rússia, a tentativa de se alistar no exército alemão, a fuga da Estônia para Berlim e, de lá, para Munique, o período de aprendizado com Dietrich Eckart, o seu progresso como editor, a sua relação com Hitler, o papel que desempenhou no *putsch* de Munique, o encontro com Hitler e Houston Stewart Chamberlain, os vários postos do período nazista, o Prêmio Nacional que recebeu e a situação do julgamento de Nuremberg.

Tenho mais confiança na apresentação que fiz da vida interior de Rosenberg que da de Espinosa, pois posso dispor de muito mais dados recolhidos dos seus discursos, dos seus próprios escritos autobiográficos e das observações feitas por terceiros. Ele foi efetivamente internado por duas vezes na clínica Hohenlychen, por um período de três semanas, em 1935, e de seis semanas, em 1936, e por motivos ao menos em parte psiquiátricos. Reproduzi fielmente a carta enviada pelo psiquiatra dr. Gebhardt a Hitler descrevendo os problemas de personalidade de Rosenberg (à exceção do último parágrafo, fictício, que menciona o dr. Friedrich Pfister). Aliás, o dr. Gebhardt foi enforcado em 1948 como criminoso de guerra por causa das experiências médicas que realizou em campos de concentração. A carta de Chamberlain a Hitler é citada literalmente. Todas as manchetes de jornais, pronunciamentos e discursos foram registrados com fidelidade. As tentativas feitas por parte de Friedrich para estabelecer um processo psicoterápico com Alfred Rosenberg baseiam-se na forma como eu, pessoalmente, teria abordado a tarefa de trabalhar com um homem como ele.